李の花は散っても

深沢潮
Fukazawa Ushio

朝日新聞出版

李の花は散っても ❀ 目次

目次

〈主な登場人物〉

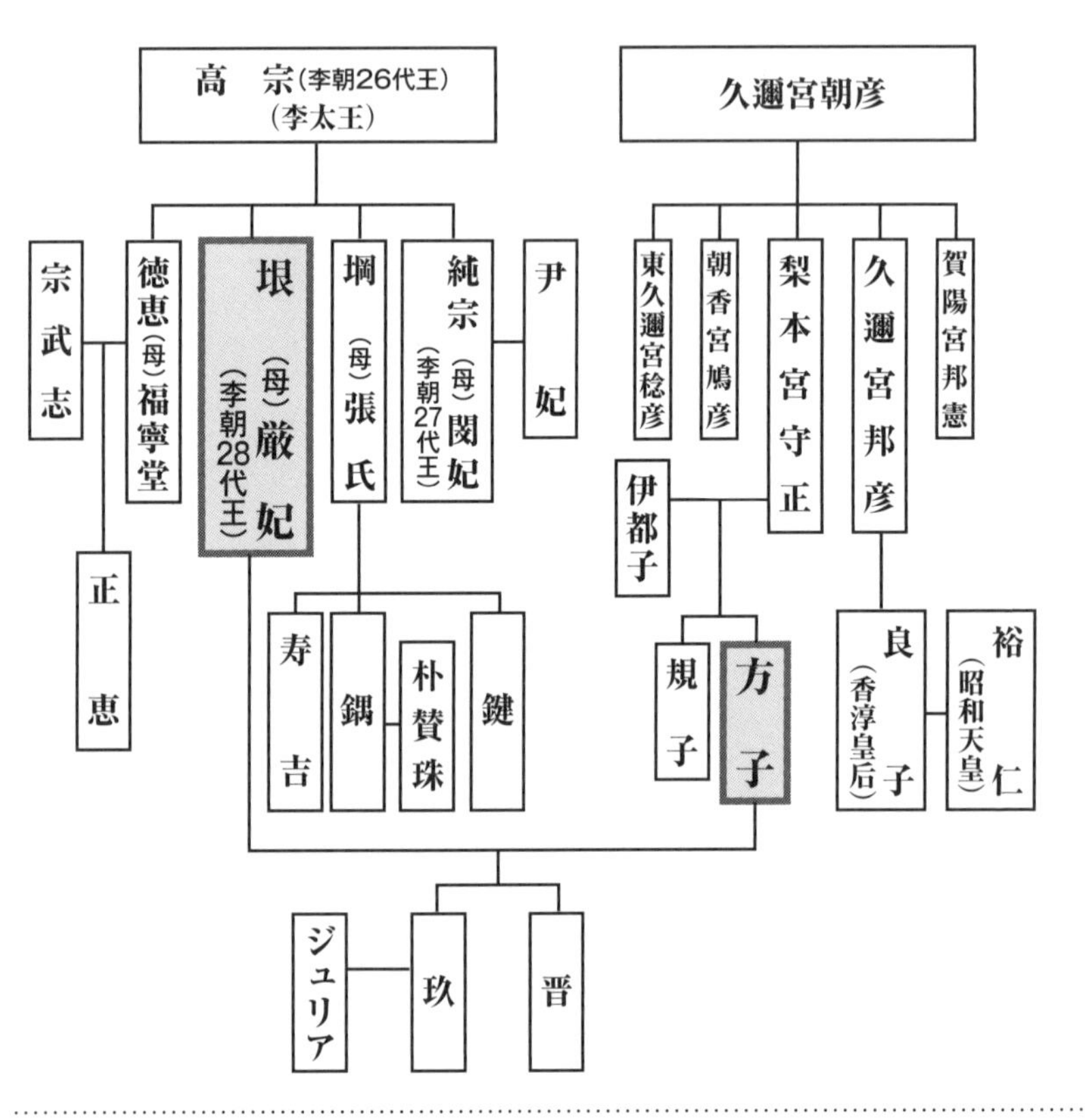

高　宗（李朝26代王）
（李太王）
久邇宮朝彦
宗武志
徳恵（母）福寧堂
垠（母）厳妃（李朝28代王）
堈（母）張氏
純宗（母）閔妃（李朝27代王）
尹妃
東久邇宮稔彦
朝香宮鳩彦
梨本宮守正
久邇宮邦彦
賀陽宮邦憲
伊都子
正恵
寿吉
鍝
朴賛珠
鍵
規子
方子
良子（香淳皇后）
裕仁（昭和天皇）
ジュリア
玖
晋

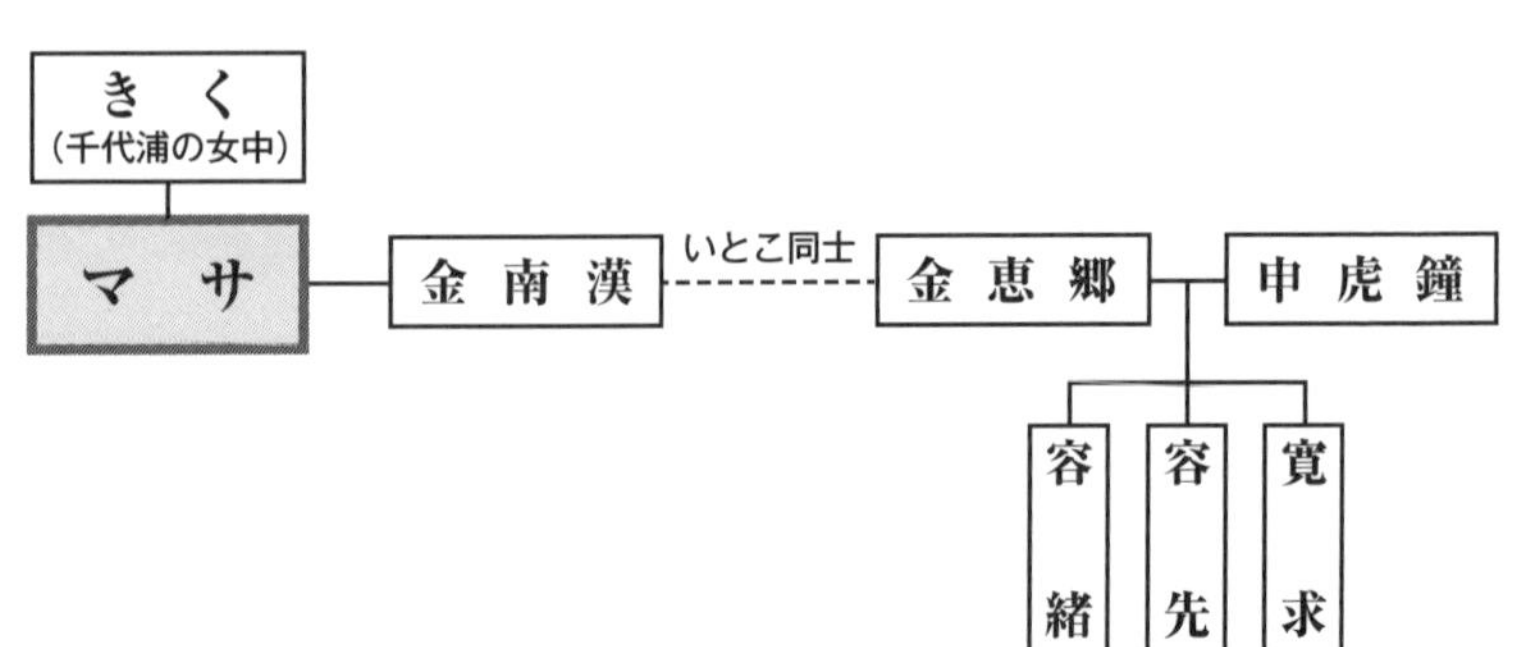

きく
（千代浦の女中）
マサ
金南漢
いとこ同士
金恵郷
申虎鐘
容緒
容先
寛求

李の花は散っても

第一章 ❀ 殿下のさざれ石となって——方子

　エンジン音とともに列車が走り出すと、車輪の回転が足元から伝わってきた。すると方子（まさこ）の心はたちまち一等車両から大磯の地に飛んでゆく。蒼（あお）い海原や白い波しぶき、長く続く穏やかな砂浜が頭に浮かび、浮き立つ気持ちが抑えがたくなってくる。

　やがて汽車が勢いよく品川を出ていく。窓から空を見あげると、入道雲が遠くにそびえている。鳥が横切ったかに見えたが、どうやら飛行機のようだ。

　三年前の夏にも大磯に向かう途中、砲台の向こうに、かすかなプロペラの音を響かせ、海軍機が見えた。大鷲かと見間違えるほど、威風堂々とのびやかに、高く低く空を舞っていた。

——いつか私（わたくし）も飛行機を操縦してみたい。世の中はめまぐるしく変わっているから、宮家に生まれた女王でも、もしかしたら可能な日が来るかもしれない。

　そんな世間知らずな夢を描いていたのは幼かったからだ。十五を目前にして、嫁ぎ先について身辺が騒がしくなってきたこの頃は、定められた道を歩むしかないとわかっている。それでも、両親がかつて欧州を訪ねたように、海を越えて見知らぬ国を旅してみたいと思う。母の生まれた伊太利亜（イタリア）にも行ってみたい。だが、その願いはすべて伴侶が誰かにかかっている。

——どんな方と人生を歩むことになるのか。しかしいずれにせよまだ先のことだ。

　方子はひろびろとした空にひとすじ残った飛行機雲を見つめた。

「おたあさま」

　向かいに座る六つ下の妹、規子（のりこ）が甘えた声で、隣の母、伊都子（いつこ）に呼びかけた。

「おもうさまもいらっしゃればよろしかったのに」

　方子だって、父の不在は残念だ。しかし、父の梨（なし）本宮守正（もとのみやもりまさ）は、歩兵第二十八旅団長として宇都宮に滞在している。皇族の男子は、陸海軍のどちらかに軍人として勤めることになっていた。守正は、学習院初等科から幼年学校、士官学校を経て陸軍に入っている。大事な役目を果たす守正がたやすく長い休暇など取れないことは明白だ。ましてやいまは欧州大戦のさなかなのだ。

まだまだ規子は子どもだとため息が出そうになった。ここはひとつ、ひとびとの手本となるべき宮家の女王としての心構えを言い含めておかなければならないと思う。

方子は息を整えてから、規様、と落ち着いた口調で言った。

「おもうさまはお勤めがございますからね。そのようなわがままはおつつしみになって」

ぴしりと窘めると、規子は不満そうにわずかに口を尖らせた。いっぽう、伊都子は方子を見やり、口元を緩め、小さくうなずく。

「あなたはすっかり大人になりましたね」

伊都子の瞳が、心なしか憂いをおびているように見えた。

綺麗にはき清められた建物に足を踏み入れると、涼しい風が吹き抜けた。広々とした敷地内にうっそうと茂る杉林に囲まれて建つ別荘は、背後に遠く緑深い山々をかまえている。窓からは、こんもりとしげる松林の先に、陽光に輝く相模湾の景色が望める。方子は伊都子と規子とともに海沿いを散策し、大磯での夏を味わった。

翌々日、八月三日の朝、守正が滞在するときは彼の居室となる八畳の和室の、庭に面した縁側で、方子はいつものように新聞を手にした。頬にあたる潮風がさわやかで心地よい。

二枚八頁組の四頁目をひろげたとき、「よみうり婦人附録」の大見出しに目が釘づけになる。

「李王世子の御慶事―梨本宮方子女王殿下と御婚約」

思わず息を呑んで見出しを読み直す。新聞を持つ手が震えてくるのを抑えつつ、続く記事をおそるおそる読む。

「李王世子垠殿下将来のご配遇として、今般梨本宮守正王殿下第一姫宮方子女王殿下をと申す事に御内々に御取決め相成りたるやに拝聞いたし、李王家と竹の園生のご連絡の御榮えまことにめでたき極み

とよろこぶ次第でございます」

紙面の左端には、二段の大きさで写真があった。学習院女子部に通学の際身につける袴姿で写る少女はまぎれもなく方子だった。無帽で軍服を着た朝鮮李王家の王世子、李垠の写真が横にある。さらに、紙面の右下には、方子の両親、梨本宮夫妻の写真も掲載されていた。

——いったいこれはどういうことなのか。

方子は半年ほど前に、自分を李王世子妃にという非公式な申し入れが宮内省からあったことを母の伊都子から聞いていたが、「そんな大役は、私にはとてもだめですよ」と答え、気に留めることもなかった。結婚に対する現実感はまったくなく、辞退すればそれですむと思っていた。それに、自分などが本気で候補にされるわけがないと考えていた。

「まだ伏見さまにも山階さまにもお姫さまがいらっしゃることだから、まさか方子ということもないでしょう」

伊都子もそう言ったきり触れなかったので、ともに名前があがっているという伏見宮恭子、山階宮安子と同様、いちおう声がかかった程度にすぎないと、すっかり忘れていた。

——当の本人である私には、知らされていないというのに。

涙がとめどなく溢れ出てきて、紙面がかすんで見えなくなる。

自分の意思で結婚を決められないのは理解している。それでもせめて、世の中に発表される前に承知しておきたかった。「お受けいたします」ときっぱり言いたかった。ようやく十五になろうかという幼い身とはいえ、それぐらいの覚悟はできたはずだ。

伊都子がいつの間にか部屋に入ってきて、言葉もなく、方子を見守っていた。伊都子が目頭を押さえているのを見た方子は、顔を伏せて、畳の縁を眺めながら、本当だったのですね、とつぶやいた。

「どんなにかおどろいたことと思います。実は先ごろ、宮内大臣がおみえになって、陛下の思し召しだからぜひに、とお話があったのです。おもうさまともご相談のうえ、お国のからむ大きな問題で、大役のことだからと、ずいぶんご辞退申し上げたのだけれど、『日鮮の結びがひとしお固くなり、一般人民の手本ともなる』との陛下の思し召しということで、やはりお受けせねばならなかったのです。あなたには、なんともお気の毒なことだけれども」

伊都子は声を詰まらせ、「おもうさまも、私も、ずいぶん考えたのだけれどね」と続けた。

「どちらかの皇族に嫁ぎ、あなたも私のように穏やかな幸せをという願いは終えてしまいました」

方子が顔をあげると、つね日頃は凜としている伊都子が表情を曇らせ、腿のあたりで着物をきつく握っている。

――おもうさまも、おたあさまも、苦しんでおられる。

李王世子妃として方子に白羽の矢をたてたのは、帝国政府や朝鮮総督府の偉い面々であっても、「陛下の思し召し」ということになれば、その言葉はなによりも重く、逃れることはできない。どんなに非情なことであれ、運命と諦めて従い、ひれ伏さなければならないのだ。そして、すでに天下に発表された以上、覆すことはできない。

――きっと、ご両親さまは、あまりにもお辛く、そして私を哀れんで、かえって言えなかったのではないか。ここで私が固辞してお二人を困らせるわけにはいかない。皇族に生まれた以上、耐えて忍ぶことはさだめなのだ。

宮中行事に上がり、天皇の側で丸一日立ったまま歯をくいしばり、身じろぎひとつせずにいたことが思い出される。

方子は、少し間を置いてから、おたあさま、と口を開いた。気持ちを奮い起こしても、声はどうしても湿ってしまう。

「仰せのことは、お受けいたしましょう。私も心をかたく決め、お国のために尽くす覚悟でございます」そう言うよりほかはなく、方子は自分の一言一句を噛みしめた。

「ありがとう、よく言ってくれました」

伊都子はそれまでの悲痛な表情を和らげた。

「おもうさまが、どんなにご安心あそばすことか」

けれども方子のほうは、不安でたまらなかった。心をかたく決めたという言葉とはほど遠い心持ちだ。

――この私が、李王世子妃としての重荷を背負い、朝鮮の習慣に馴染み、王家内のことをつつがなくやりとげることなんて、できるのだろうか。それに、いくら垠殿下がご幼少の折から日本でお育ちになったとはいえ、いずれは朝鮮へお帰りになるお方なのだ。いったん王世子妃として朝鮮へ行ってしまえば、永久の別れまでとはいかないにしても、ご両親さま、規様ともやすやすと会えないのは当然で、それがなにより辛く、恐ろしい。

　方子の浮かない顔を見て察したのか、伊都子は、方子の手に自分の掌（てのひら）をそっと重ねた。

「あちらのしきたりとか言葉とかは、先生につくなりしてなんとでもできるけれど、朝鮮に行ったきりになることだけはお許しいただきたい。その条件ならさしあげます、というお約束なのだから、そのことについては安心していらっしゃい」

　伊都子によると、方子の住居は東京と定め、方子が朝鮮に渡るのは特別の時だけでよいという。そして方子の使用人も日本人とすることを約束してくれたということだった。

「あなたは日鮮融和の礎（いしずえ）となるのです」

　伊都子のあたたかなぬくもりを肌で感じ、方子の気持ちはいささかほぐれたが、すぐさま新しい不安が次々に湧いてきて、胸が塞がれていく。

　伊都子が部屋から出て行き、ひとりきりになると、ますます気持ちは乱れた。

――新聞を見るまでは、呑気に学校の課題だけを心配し、大磯での滞在に胸が躍っていたというのに。

　遠く海原を見やり、心をなだめようとするが、いっこうに落ち着かない。

　その後、伊都子は方子に対して、腫物（はれもの）に触るような態度で接した。規子も伊都子に言われたのか、近寄ってこない。自ずとひとりになる機会が多く、日中は海辺をあてもなく歩き、暗くなれば庭に立ち尽くし、気づけば物思いにふけっていた。

　なにか大きな力に向かって祈りたいような、助けを求めたいような気持ちだった。

――日鮮融和の礎となる。

　頭では理解できるのだが、途方もなく大きく、得体の知れないことのような気がして、摑みようがない。

――いままで私とはおよそかかわりがなく、遠い国であった朝鮮。いつか海を越えて見知らぬ国に行ってみたいと願っていたけれど、まさか朝鮮だとは思いもよらなかった。

　方子が初等科三年の夏、大韓帝国が併合された。昼も夜も沸きかえる万歳の声を聞いて無邪気に日の丸の旗を振ってはしゃぎ、夜は窓から提灯行列を眺め、その美しさにただ見とれていた。暗い河をたゆたう灯籠（とうろう）のような赤い灯の流れが、方子の人生に連なるとはそのとき知る由もなかった。

――朝鮮がやがて私にとって大事な場所となるのか。

まったく自分のこととは思えない。それでも、これからは一日も早く、少しでも多く朝鮮のことを理解しなければならないのだろうと考えた。

――そんなことが、できるだろうか。だれか、これは夢だと言ってくれないか。

当の垠にあらためて会ったわけでもなく、見合いのようなことがあったわけでもないので、垠は方子にとって、遠い存在でしかなかった。正月などに宮中で陸軍士官学校の制服を着た垠と顔を合わせ、伊都子とともに挨拶をしたことはあった。垠が家族と離れてひとりでおり、生母の最期を看とれなかったということは耳にしていたので、さぞさみしいだろう、気の毒だ、というまなざしで見ていたが、特別な感情を持つことはなかった。

四年前に裕仁(ひろひと)親王が皇太子となって以来、久邇宮(くにのみや)良子(ながこ)、一条朝子(ときこ)と並んで方子は有力な皇太子妃候補と世間では見られていた。それゆえに李王世子との婚姻の話が出ても、そんなことはありえないと、方子自身も、そしてきっと両親も信じていた。

――垠殿下はこのことについて、どのように考えていらっしゃるのだろうか。

制服姿の垠の顔を思い浮かべようとするが、表情が乏しかった垠の印象は薄く、一昨日の新聞の写真しか頭に浮かばない。

――この結婚は、こちらだけでなく、きっとあちらにとっても、不本意なものに違いない。

政略的な結婚を余儀なくされる垠の心持ちを推し量ると、彼も自分と同じ犠牲者なのだという、親近感のようなものが方子のなかに湧きあがってくる。すると、垠との距離が少しだけ縮まるような気がしてきた。

垠のことを想うと、方子の心にあたたかな灯がやわらかくともった。そのほのかな感情を大事に胸にかき抱(いだ)きながら、そして苦しみのなかその灯のみを頼りに、方子は大磯での夏を過ごした。

渋谷の青山北町にある梨本宮邸に帰った方子は、歩兵第一旅団長に転任して東京に戻った父、守正から正式に婚約決定を告げられた。

「このようなことになるというのも、あなたの運命なのです。むごい親だと思うだろうが、どうか許してくれ。いまさら嫌のなんのというたところで、はやそれは決められてしまったこと。お国のためと言われては、親としてもどうすることもできないのだ。どうぞ覚悟してくれ」

軍服姿で鼻の下にカイゼル髭を生やした守正は、硬い表情を崩すことなく、ひとことひとことを言い含めるように語った。方子は姿勢をただし、守正の目を正面から見つめて、まばたきひとつせずに話に聴きいった。傍らの伊都子もかすかに眉を寄せて、その苦悩を押し殺すように方子を見守っている。

守正が話を終えると、方子は、よくわかりました、と毅然として言った。

「たいへんなお役だとは思いますが、ご両親さまのお考えのように努力してみます」

方子の言葉に、守正は表情を変えずに黙ってうなずいた。

――お国のために耐えるしかない。

あらためてそう誓うものの、方子の葛藤は変わらない。気丈に振る舞えば振る舞うほど、憂いは濃くなっていく。

婚約発表後から昼夜を問わず自宅に脅迫の電報が押し寄せ、塀に落書きや張り紙をされ、門前で罵倒の言葉を叫ぶものもいたことなどを伝え聞くと、ますます心穏やかではいられなかった。いやがらせは、宮家の娘が朝鮮人に嫁ぐことを侮辱と考える日本人、朝鮮の王家に日本人の血が混じることを許しがたいとする朝鮮人、双方の仕業のようだ。

――この結婚は祝福されないものなのか。

五百年余り続いた李王朝第二十六代王でいまは李太王の王子にあたる垠は、国号をあらためた大韓帝国の皇太子となり、李王家の後継である。大韓帝国が日本に併合されてのち、為政者ではなくなった李王家は日本の王公族となって皇室に準じている。

――私は、じゅうぶんに立派な方に嫁ぐのだ。堂々としなければ。日鮮融和の礎となり、ひとびとの鑑となり、お国のために尽くし、反対している日本人や朝鮮人にも理解してもらおう。

方子は努めて自分に言い聞かせた。

夏休みが終わり、二学期が始まった。初登校日、方子は侍女を連れて、麴町区永田町の学習院女子部へ歩いて向かった。しつけの厳しい伊都子の方針から、方子はよほどの雨か雪の日以外は、通学のために人力車に乗せてもらえることはなかった。

その日の方子の装いはこれまでと同じく、銘仙の長袖着物にえび茶色の袴だったが、髪型はこれまでの結い上げた髪とは異なっていた。朝鮮式に、中心から分けた髪をぴったりと横に梳き流し、後ろで結んでまとめたのだ。そこには、方子の並々ならぬ決意が表れていた。通い慣れた道の景色が見知らぬ土地に感じられるほど、緊張もしていた。

教室に入ると、方子の髪型を見た級友たちは気圧されたのか、ひととき、しんとなったが、すぐさま親しい何人かが方子を囲む。

「まっさま、おめでとう」

「方宮さま、よろこばしいことです」次々に祝福の言葉を口にした。

しかし、遠巻きにして、目配せを交わし合うものたちも多かった。そんななか方子は、ひるむことなく、顔を前に向け、胸を張って授業を受けた。しかし、方子に対してやんわりと距離をとる級友たちを見るにつけ、ひとりのけものにされたようなさみしさを覚えるのは抑えようがなかった。

休み時間になると、こんどは「妃殿下におなりになるといってもねえ」「朝鮮の方がお相手ではねえ」と、方子とあまり親しくない二人が聞こえよがしに言いあっているのが耳に入ってきた。声の主のほうを向くと、視線がぶつかり、二人が慌てて目をそらした。

方子はたまらず、侍女が控える供待部屋に行った。皇族用と華族用があり、それぞれの家の供のものが、裁縫や刺繡などをしながら待っているところだ。皇族用で控える方子の侍女は昼食時になると、紫の風呂敷に包んだ弁当と魔法瓶を教室まで届けにくる。皇族の子女は、ここで休み時間に髪を直し、下校時には着物の乱れを整えてから帰宅した。

方子は、「もっともっと、きつく」と侍女に髪を直してもらう。もちろん、朝鮮式のままだ。

——髪をしっかりと結んで、そして、心もしっかりと強く持たないと。

櫛で梳かれていると、李王世子の結婚相手として方子とともに名があがった伏見宮恭子や、裕仁親王の皇太子妃候補と噂される久邇宮良子やその妹の信子や智子とここ供待部屋で一緒になったときのことが思い出される。良子たち姉妹とは通学路も重なっていたので道すがらよく会ったが、従姉妹で歳が近いにもかかわらず、良子とはあまり親しく話すことがなかった。

髪を強く引っ張られながら、恭子や良子はどこに嫁ぐのだろうかと想うと、頭だけでなく、胸までもが痛くなった。

結婚相手に決まったとはいえ、垠とはこれまで挨拶以外の言葉を交わしたこともない。いまだ顔を合わせてもおらず、ましてや将来を誓い合ったわけでもない。心にぽっと灯がともったけれどもその感情は一方的なもので、こちらが思えば返ってくるということもない。

――殿下は、私のことをどう思っていらっしゃるのだろう。

方子はこころもとなさを振り切るように、ひたすら学業に励んだ。いままでの稽古事、山田流の琴、和歌、フランス語の会話、ピアノに加えて、あらたに漢文、修身、習字、朝鮮語などの李王世子妃教育をうけ、修養や教養を積むことに熱心に取り組んだ。皇族講話会にもなるべく出席するようにした。

また、朝鮮の歴史や風習についての本を読み、詳しい先生を呼んで話を聴いた。すると朝鮮の事情や、垠の置かれた立場が事細かにわかってきた。

朝鮮の王室のならいとして、王子の垠は生まれてから王宮内より出ることがなかったのに、満十歳という、まだまだ甘えたいであろう幼い年頃に両親と引き離され、伊藤博文に連れられ日本に留学してきた。そして、亡くなった生母厳妃の病気が腸チフスだったため感染の危険から帰省が許されず臨終に立ち会えなかったばかりか、厳妃の死後朝鮮に帰っても亡骸と対面することもできなかった。それが留学して以来、初めての帰省だったらしい。

――なんとおいたわしいことだろうか。

方子は胸がつまり、息苦しくなるほどだった。

また、垠の腹違いの兄、完和君が十三歳で急死したのは陰謀による毒殺で、背後には王位継承や、王妃と王の実父との、一族をあげた争いがあったという。

時代も変わり、王宮内の様相も変わったものの、今度の結婚は、方子が日本人であるために、また別な問題を孕んでいた。

――きちんとまわりを見据えるほかはない。

方子は幼いながら、自分なりに腹を括るつもりでいる。

さらに、垠のもうひとりの腹違いの兄、現在の李王の生母である閔妃は、三浦梧楼という併合前の駐朝鮮国特命全権公使により殺害された。これは日本、露西亜（ロシア）、清が関わる政争が原因だったという。

方子はこの事件を知り、目の前が一瞬真っ暗になるほど衝撃をうけた。方子が生まれ、幼少期を過ごした麴町三番町の家は、三浦梧楼が建てた家だったのだ。

——おそろしい。こんな偶然があっていいのか。

高台にあった三番町の家には、玄関や客間のある洋館部分から日本間の居間のほうへむやみに長く暗い廊下があった。毎朝近くの近衛一、二連隊のラッパが聞こえ、そのせいか、勇ましい遊びをしたことが強く記憶に残っている。日露戦争のあと、方子はままごとよりは、軍歌を口ずさむことを好んだ。梨本宮家に仕える職員の子供を馬車の車庫まで担架に乗せ、そこで包帯を巻いたりして看護婦ごっこをした。旗行列のまねごとをし、ときには棒切れをふりまわして戦争ごっこまでしていた。千代浦（ちようら）という、京都から守正についてきて古くから家のいっさいを取り仕切っていた昔風の厳しい老女に、お転婆な振る舞いを慎むようみっちりと説教されたこともある。

生をうけ、屈託なく子供時代を満喫した家の先住者が三浦梧楼だということに、方子は因縁めいたものを感じずにはいられない。まるで三浦梧楼という人物が方子の行く手に不穏な影を落としているかのようだ。

——この結婚は果たして大丈夫なのだろうか。不吉なことが起きやしないだろうか。

——殿下は私が日本人だということを憎んでおられるのではないか。

澄んだ水に一滴の墨を垂らしたように、方子の純粋な心に恐れおののく気持ちが芽生え、広がっていく。


一年が過ぎ、忙しく毎日を過ごしているからか、ことしは秋の深まりをことさら早く感じる。そんなある日、方子は食事中に伊都子から結婚の日取りを知らされた。

「いよいよお式は再来年の一月と決まりましたよ。来年中に準備をすっかり終えなければなりません。あなたもそのつもりでね。なにかとこれからはあわただしいと思うけれど」

いざ具体的に決まっても、方子には、他人事（ひとごと）のようにしか思えない。

「はい」

方子は伊都子の背後に見えるストーブを見つめて短く答えた。だが、頭のなかではまったく別のことを考えていた。

　あのストーブで数年前に早朝一人で朝食をとったとき、パンにたっぷりとバターをつけてからストーブで焼いた。そうして食べたトーストは、あとを引く美味しさだった。いつもは焼いてからバターをつけたが、誰もいないのでここぞとばかりにやってみたのだ。バターが流れ出てストーブを汚していたため、あとから伊都子に知られてこっぴどく叱られ、お仕置きとして押し入れに入れられた。押し入れは暗くてじめじめしていて怖かった。あれ以来、トーストをストーブで焼くのが禁止されてしまった。そんなことを懐かしく思い出していた。

　公式な婚約発表が出ると、俄然周囲が騒がしくなった。朝鮮貴族を含めた各方面からの祝辞が届くいっぽう、ふたたび梨本宮家に脅迫の電報が数多く届き、外壁には落書きやいやがらせの貼り紙がされた。

——私の結婚はやはり祝福されない。

　塞ぎ込む方子を見て、家族、梨本宮家の職員、みなが方子を気遣い、かえってその空気にいたたまれなくなる。方子は憂いを見せないようにと必死になった。

　数日後、方子は伊都子とともに皇居に参内し、天皇と皇后に婚約内定の報告と挨拶を行った。

「この度の縁談につきまして、いろいろと深き思し召しにてご裁可をいただき、厚く御礼申し上げます」

　伊都子は深々と頭を下げる。方子もそれに倣う。

　すると皇后が、まことにおめでとうと、言葉をかけてくれた。

「これで私も安心しました。このような変わった特別なご縁組をよくぞ受け入れてくれましたね。たいへんよろこばしいけれども、お気の毒にも思っています。これもお国のためでございますから……」

　まだ十六歳になったばかりの方子は、重い役割に押しつぶされそうだった。己の運命が恨めしく、悲しさもこみあげてくるが、必死に耐える。

「どうか、くれぐれもからだをいとうように」

　やさしい言葉をもらい、ありがたさで胸がいっぱいになる。

　皇后と伊都子は学習院女子部の前身である華族女学校に皇后が行啓されて以来の親しい間柄だったこ

ともあって、方子は伊都子に連れられてたびたび皇居に来た。たとえば、春になると、「土筆(つくし)が出たからつみにくるように」「花がみごとに咲きましたよ。お越しくださいな」などと女官を通じて電話があり、皇居内の吹上や紅葉山で、皇后とともに摘み草を楽しみ、その後料理をご馳走になった。これまで、さまざまな頂き物もした。

皇后は最後に「お支度のなかに、なにかお役に立てるように」と言って、洋服地と帽子につけるダチョウの羽根五本を土産としてくれた。方子はあやうく涙が出そうになるのをこらえて、伊都子と手を取り合って退出した。握った伊都子の手は細かく震えている。ちらりと見た伊都子の頰(ほほ)に涙の跡があった。

気持ちがあちらこちらに揺れるものの、表面上はつつがなく、かつ慌ただしく物事が進んでいた。

「こうなったらとにかく、お国の恥にならぬようにお支度をせねばなりません」

伊都子はやつれた顔を見せつつも、力強く言うと、それからは支度に猛進した。頻繁に宮内省に相談し、調度品一式の用意を役所のものたちに指図する。

――私も、もっと、もっと、努力しなければ。

妃殿下の象徴の王冠(ティアラ)や数々の宝石類を伊都子が御木本(みきもと)真珠店に発注しているのを見て、方子も自分を鼓舞した。

大正六年はまたたく間に暮れ、年が明けると、久邇宮良子の皇太子妃決定が新聞で報じられた。

――やはりそうであったか。

初等科の頃、一学年下の良子が、学芸会でヒヨコの歌をうたった。美しい声に、拍手喝采となったことが思い浮かぶ。また、幼い時分に、夏の日光御用邸で、当時皇孫だった裕仁親王と、お供の女官や伊都子を交えて遊び、おやつとして桃だか西瓜だかの果物を一緒に食べたことも蘇る。

方子は新聞を自室に持ち込み、ふたたび頁を開く。写真にある羽織袴姿の楚々とした良子を見て、新聞を摑む指に力が入る。

――もしかしたら、私がこの記事の主人公だったかもしれない。

指がしびれるのに気づいて力を緩める。引っ張っていたから、新聞が破れる寸前だった。

――これではいけない。もしも、と妄想ばかりしていたら、苦しくなるばかりだ。

方子は、新聞を閉じてひと息つき、朝鮮語の教科書を手にとった。

冬休みが明けて学習院女子部に登校すると、案の定、皇太子妃決定の話でもちきりだった。方子は親しい級友たちが自分の顔色を窺っているのを見て、「心からおよろこび申し上げます」「うれしさもひとしおです」と、笑顔さえ見せて言った。

だが、その後にもうひとりの皇太子妃候補とみられていた一条朝子と伏見宮博義との婚約が発表されると、眠れない夜を過ごすようになった。

――朝子さまは、私のように難しい結婚ではなく、宮家につつがなく嫁がれるのか。

――これまでの人生で人を羨むということはなかったが、この気持ちの乱れは、嫉妬という感情なのか。

――こんな感情を持つ私はなんとはしたないのだろう。情けなくて仕方ない。自分が腹立たしい。

暗がりのなか起き上がった方子は、しきりに頭を横に振る。

――どうあがいても、定められた道をいくしかないのだ。

胸のうちで繰り返し呟いて、どうにか心を鎮め、身体を横たえた。

春になり、方子は学習院女子部中等科六年へと進級した。

残された日々をいとおしむように、二万坪におよぶ梨本宮邸敷地内にそびえる欅の緑を愛で、竹やぶに降る雨音を慈しむうちに、季節はめぐっていく。いまだ垠と対面のないまま、夏を迎えた。正式に結婚の期日が決まるまでは会えないのだ。

家族水入らずの最後の夏休みは、昨年より第一六師団長として京都の陸軍師団に勤める守正のもとに行き、青蓮院で過ごした。青蓮院は祖父、久邇宮朝彦が門跡を務めていた、梨本宮家にゆかりのある由緒ある寺だ。暁に荘厳な鐘の音で目覚めると、あたりの静謐さに波立っていた気持ちが潮を引くように落ち着く。方子は、長い歴史を経た情緒あふれる京都の街を散策し、名所や旧跡を訪ね、裏山から比叡山に登った。

――当たり前に一緒にいたご両親さまや規様と過ごす時間が、こんなに貴いものだったとは。

方子は、ひとときひとときが、一日一日が、大切な思い出となるように、心に刻んだ。

秋には支度が進み、伊都子の指図で調度品が次々と邸内に運び込まれた。例年なら敷地内の栗林で栗拾いを楽しむ季節なのに、それどころではなかった。

百貨店の呉服部の人たちがしきりに出入りして、伊都子と染物や図柄のことなどを相談した。とくに王冠については、「皇后陛下よりは豪華でなく、ほかの妃殿下方とおなじにならぬように」と気を配り、何度も御木本真珠店とやりとりし、伊都子は多忙を極めていた。方子も学業や稽古、妃殿下教育の合間に、服の採寸や仮縫いに追われ、めまぐるしい。

十一月四日、方子は満十七歳の誕生日を迎える。

——梨本宮家で祝うのは今年が最後なのだ。

そう思うと胸に迫るものがあった。建坪七百坪の屋敷をぐるりとめぐり、外に出て、敷地内の畑まで足を延ばす。住み込みの百姓一家によって野菜は四季のものがほぼここで作られていた。また、敷地内では、養鶏はもとより、豚まで飼っており、小屋を覗くと、家畜たちまでもが、名残惜しく感じられた。

誕生祝いの晩餐会では、梨本宮家に仕える職員一同、三十数人から祝いの言葉をもらった。いつも祖母のように厳しくあたたかく見守る千代浦が感慨深く、そして少し寂しそうに述べた「おめでとうございます」は、方子の心に響いた。方子は家族や職員一同とともに記念写真を撮ると、嫁ぐということにようやく実感が伴ってきた。

以降は、あれも最後これも最後といちいち感慨にふけることも増え、十一月いっぱいをもってとうとう学習院女子部中等科を退学することになった。王世子妃になる修業に専念するためだ。

三十日には方子を送る会が教室で開かれた。方子は級友たちの顔を見回した。みな表向きは、あたたかく方子を見守っているように見えた。

幼少のみぎりからともに学んできた級友たちとは、初等科の赤レンガ校舎で、勲章の箱作り作業で仕上げの数を競った。テニスの試合で戦ったこともある。フランス語の朗読をし、運動会の集団体操もやった。

初等科の火事のことは、ことさら忘れられない。あれは、紀元節の式典があった日だった。黒地に梨本宮家の裏菊の紋入りの礼服で、紅白の打菓子をたずさえて気分良く帰ると、侍女が血相を変えて叫んだ。

「学習院の女子部が火事ですっ」

大急ぎで二階の東側の窓から見ると、黒い煙が初等科の方角からあがっていた。

――美しいシャンデリアや校舎が永久に失われてしまう。

方子は、じっと二階の手すりにつかまったまま、滂沱の涙を流し、煙が収まるまで見つめていた。

「もうお泣きあそばすな。学校はまたすぐに建ちますもの」

侍女が懸命に慰めてくれるものの、いつまでも泣きじゃくり身を震わせていた。

――たしかあのとき私は九歳だった。赤レンガの校舎が幻のように消えた火事は、私が愛するものを失う深い悲しみと出会った最初の出来事だ。

感傷に浸っていると、方宮さま、とうたうような声で呼びかけられた。

ほとんどの生徒が和装ななか、いつも洋服姿の三井家の令嬢が微笑んでいた。ハイカラな白いドレスが、美しい顔によく似合っている。宣教師が彼女の養育に当たっているという噂だった。

「方宮さまは、わたくしたちに交じって、よく雑巾を握られましたね」

「あれは、楽しかったです」方子も相好を崩す。

皇族には免除される掃除を、方子はどうしてもやりたくて、先生の目を盗んで手伝った。だが、ガラス拭きをしていたら、不意に教室に入って来た先生に見つかった。

「宮様はそういうことをなさらなくてもよろしいのですよ」

「はい」

そのときはいちおう引き下がったが、先生の後ろ姿が廊下に消えると、特別扱いをされるのが嫌で、またせっせと床や廊下を拭き始めた。母の伊都子がハタキをもって侍女とともに大掃除をしていたし、方子も手伝わされていたので、掃除に抵抗はまったくなかったのだ。

――いよいよ学校生活が終わる。もう、私は級友たちと無邪気に笑いあうことはできない。

方子は、さまざまな思い出に浸りながら、しみじみとしたのだった。

翌月五日、天皇より垠と方子の結婚の勅許が出された。そして、結納にあたる納采の儀が八日に行われ、京城より、垠の父でかつての大韓帝国初代皇帝、いまの李太王から祝電と祝いの品が届いた。

——こうして形が整い、儀式が始まると、雲をつかむようだった結婚も、肌身で感じられる。

　軍服の礼装の守正、洋装のドレスの伊都子、振袖の規子と一緒に、伊都子同様ドレス姿で写真に収まりながら、方子はこれまでとは異なる感情の高まりを覚えた。

　それから三日後、方子は両親とともに麻布鳥居坂（あざぶとりいざか）の李王世子邸を初めて訪問した。李王世子家の職員と今後の話し合いをするために、梨本宮家の職員数人も一緒だった。守正は軍服の通常礼服、伊都子は黒留袖、方子は大振袖に高島田の純日本風な装いである。

　早朝から結った重い髷（まげ）は、そのまま方子の重責を表しているかのようだった。緊張で顔も身体も硬くなっている。しかし、頬は妙にほてっているのがわかる。新聞で婚約を知ってから二年あまり、この日を待ちわびていた。だがいざとなると、逃げだしたいような気もする。

——とうとう殿下にお目にかかる。

　ざわつく胸を抱えて対面し、顔をあげて視線をさりげなくやると、満二十一歳の垠は陸軍少尉の軍服姿だった。

——想っていたよりも、小柄でいらっしゃる。でも、がっしりとした広い肩が男らしく、ご立派なお姿。

　周囲に人も大勢おり、ぶしつけに眺めるわけにもいかず、うつむき加減に目の端で垠の姿を捉えていた。

　このときは、儀式のみの対面で、方子は垠と言葉を交わすこともなかった。垠は、終始こわばった表情で、口を結んだまま、方子を一瞥（いちべつ）もしない。

——緊張しているのだろうか、それとも私を気に入らないのだろうか。そもそも結婚自体が嫌なのかもしれない。

　不安がよぎるが、十歳より日本で暮らす垠はきっと、王世子という立場から、皇族と同じく、感情をむやみに表さないことが身についているのだ。自分だって、人前では表情を押し隠すように努めているではないか。そう思い直してあらためて垠を見やると、その姿にはえもいわれぬ気品が漂い、ふっくらとした顔に一重まぶたの目元はやさしく、瞳は穏やかな光をたたえていた。

――この方のもとに嫁ぐのだ。

　頭に描いた姿ではなく、現実に肉体を持った婚約者としての垠を目の前にすると、消えかけていた垠への思慕の灯が蘇り、方子の心をかすかに照らし始めた。

――まもなくここで暮らすようになるのか。

　視線を邸内にうつすと、建物はしっかりとしているものの、装飾品も少なく、花一輪も飾っておらず、どうにも堅苦しい。

――なんと殺伐としているのか。こちらでの生活は、ごくわずかの朝鮮人をのぞけば、側近がほとんど日本人で、それも中年か老年の男子ばかり。家庭らしい雰囲気も、和らぎもなく、ご両親とご一緒に過ごされた頃の思い出があたたかければあたたかいほど、言い知れぬ寂しさに、殿下はさぞ悲しい思いをされたことだろう。

　ここは垠が留学のために来日する際に宮内省が佐々木公爵邸を買い上げ、内部を大改装したという、立派な建物だった。明治天皇自らが気にかけて用意させたと聞いている。明治天皇は垠をかわいがり、皇居にも頻繁に呼び、相手をしたり、贈り物を与えたりしたということだ。その贈り物のなかには活動写真機もあって、垠は写真や映写を好んで趣味としていると聞いていた。昭憲皇太后も垠を不憫に思い、やはりよく皇居に招いたり、使いを遣わして慰めたりしたらしい。

――殿下をお慰めするのは、まもなく私の役目となる。この家をどうにか居心地良くしていかなくては。

　あらたな気持ちも湧いてくる。

　この日、方子は垠から婚約指輪を贈られた。一目見たとたん、方子は、まあ、と声が漏れ、目を見張った。

――なんて素晴らしい。おたあさまもこんな立派なものは持っていない。

　青みがかった五カラットの大粒のダイアモンドを芯に、それよりもさらに大きな、十カラット以上もある涙型のダイアモンドが五弁の花びらとなって、李王家の紋章、李の花をかたどっている。そして、その指輪は、朝鮮王族、李王家の財力を端的に示していた。

――だけど、あまりにも美しく華やかすぎて、怖い。

　燦然と輝くダイアモンドからしばらく目が離せな

かった。

　十三日には、「告期の儀」という、結婚の期日を定めたことを告げる儀式があり、挙式、つまり婚儀は来年の一月二十五日と正式に決まった。すると翌日、垠が二人の供とともに李太王から梨本宮家への贈り物をもってきた。客を迎える大広間で守正と伊都子が垠を迎えた。

――個人的に贈り物をくださるなんて、義理の父上になられる李太王さまがこの結婚を心からおよろこびくださっているという証に違いない。そして、殿下がおんみずからお届けに来てくださったということは、私を嫌ではないということではないだろうか。

　方子は心を弾ませた。けれどもすぐに出て行くようなでしゃばったことはできない。少し間を置き、垠が大広間に落ち着いた頃合いを見計らい、奥から顔を見せた。

　裳裾の長いフランス風の宮廷服を着て、おしろいをはたき、最大限に麗しく整えた姿で出て行っても、軍服姿の垠は今日も方子のほうを見なかった。両親の質問に短く応えるだけで、言葉も少ない。しかし、侍女が運んだ紅茶をすすったとき、ごくさりげなく視線をよこし、すぐにまた外したのを方子は見逃さなかった。

――こちらを見てくださった。嬉しい。

　喜んだのもつかの間、垠がティーカップを置いて立ち上がった。

「きょうはこれでおいとまいたします」

　方子は両親とともに車寄せに見送りに出た。車に乗り込んだ垠に丁寧に目礼すると、ふたたび目が合った。垠はわずかに目を細めたように見えた。走り去る車を目で追うと、方子の胸の鼓動が速くなっていく。

　邸内に戻り、伊都子の指示で侍女が贈り物の荷を解くのを見守った。贈り物は、守正に金銀の細工物や螺鈿細工の古筆硯、方子に胸飾り一式だった。薄緑色の翡翠の胸飾りを胸に当てると、その重みのあるひんやりとした感触が、逸る心臓の鼓動を鎮めてくれた。

　その日、夕食のあと、伊都子は安堵した顔で方子に言った。

「日本に初めておいでの時より、ほんとにもう、なにもかも、日本にお慣れなのね。あの時は、どうしてあのお小さいお方を日本へお連れしたのかと、おいたましく思いましたけどね」

「女二人きりの子どもなのに……」と嘆いては方子が朝鮮の王世子に嫁ぐことに心を悩ませ、人相まで変わるほどだった伊都子は、ここ数日の垠との対面で、だいぶ気持ちが変化したようだ。「男子ばかりのところでお暮らしなさっているのだから、なにかとご不自由でしょうね」と、同情までしている。

　その後、伊都子の提案で、方子は鳥居坂の垠のところへ、心を込めた贈り物を届けることにした。

　荷物を運んで戻った梨本宮家の御用掛の女性、櫻井柳子（さくらいりゅうこ）は、方子の顔を見ると、小さくため息を吐（つ）いた。

「男所帯でうるおいの乏しいお住まいでございました」

　櫻井によると、垠は、方子の贈った品々をたいそう喜んだようだ。露わに表情に出していたわけではないが、絞り染めのクッションはさっそく椅子に載せ、テーブルクロスは机に敷き、刺繍は壁にかけ、しげしげと眺めていた。すべて方子の手製だと説明すると、「店で買うものと違ってなにかあたたかい気がする」と、クッションを胸に当てたそうだ。

「そうしておいでのお姿、ほんとに、おいたわしく思われました。異郷でのわびずまいのご不自由さ、お心をおなぐさめ申し上げる方もいらっしゃらないのでは……」

　櫻井はそこでうつむき、涙ぐんだ目をしばたたいて頬を濡らした。

　方子は鋭い胸の痛みを覚え、櫻井から目をそらし、窓の外の真っ赤な椿を見やった。

　年末の慌ただしさに婚儀の迫った慌ただしさが加わり、また、新年のめでたさに婚礼を目前にしためでたい気分が重なって、方子は無我夢中のめまぐるしさのうちに、大正八年の新春を迎えた。

　明けてすぐの一月六日に、勲二等宝冠章を授けられた。十日には、梨本宮家の女王として最後の暇乞いに皇居に参内し、賢所（かしこどころ）奉拝及び神殿、皇霊殿に奉拝の儀をすませた。方子は、濃紫色の袴をつけ、髪はおすべらかしの小袿（こうちき）長袴姿だった。婚儀の際は英国風のデコルテなので、小袿長袴姿はこれが最初で最後だ。

　——万が一朝鮮に行くことになれば、ずっとあちらの服を着なければならないのだろうか。

まるで雛人形のような姿で写真を撮られていると、ふと思う。

——このまま写真機が永遠に時を止めてくれればいいのに。

先行きの見えなさに、愚かな望みを抱いてしまう。

納采の儀があって以降は、垠が日曜日ごとに梨本宮邸を訪ねてくるようになった。大正六年に陸軍士官学校を卒業し、すでに少尉に任官し、近衛歩兵第二連隊附だった垠は、日曜日以外の外出が困難だったのだ。

——婚儀が目前なのだから、少しでも多く話し、理解を深め合いたい。

そう願うものの、会うとなかなか思うように会話ができなかった。方子もなにを話したらいいかわからないし、話題が見つかったとしても、自分の方から話しかけるのもおこがましくてできない。することといえば、二人で黙って庭を散策したり、子どものようにトランプに興じてみたりするくらいだ。

それでも会うたびに目線が交わる機会は増え、心と心がほんのわずかずつ近づき、触れ合っていくのを感じていた。

日本に来て以来、長らく周囲に肉親の愛情もなく、孤独な生活のなかで育った垠が、口数は少ないもののあたたかい心の持ち主だということは、一緒に時間を過ごしているだけで、汲み取ることができた。散歩の折に草木や花、虫や小動物をやさしいまなざしで見つめ、トランプの勝負では、明らかに方子に勝ちを譲ってくれる。

——私が嫁ぐのは、殿下のあたたかいお心のそばなのだ。

——でも、やっぱり、心もとない。私に王世子妃の務めが果たせるのだろうか。日本と朝鮮のからみあいが困難だというだけでなく、朝鮮の内部にも権力争いや殿下をかついで独立運動をたくらむ計画があるらしいではないか。

——せめて、絶対にそれらの動きに巻き込まれたり惑わされたりすることなくいたい。そして、ずっと寂しい思いを重ねてきたであろう殿下を少しでも慰められるようになりたい。

方子は、垠の顔を思い浮かべては、かたく誓うのだった。

学校関係者や縁故者を梨本宮邸に招待、調度品の陳列と片付け、伊都子の友人や方子の同級生の訪問、荷物の片付けなど、日々結婚準備に追われていた。十八日には先の欧州大戦の終結に伴う戦後処理の仕方を決めたパリ講和会議も開かれ、梨本宮家のみならず、日本中が華やいだ、平和に満ちためでたい雰囲気に浸っていた。そして、挙式まであと四日をあますだけの一月二十一日を迎える。

快晴の天気のもと、午前七時に始められた道具運びが午後二時に終わり、梨本宮邸から、二台のトラックが出ていった。宮内省さしまわしの特別車である。トラックには方子の嫁入り道具が満載され、裏菊が染め抜かれた被いがかけられていた。

片付けを終えて夕方となり、手伝いの人にも祝い酒が振舞われた。大賑わいのなか、方子はほっとして食事の席についた。

突然、王世子附の高義敬（こうぎけい）事務官がただならぬ様子で駆け込んできた。

「大変なお役目を承って参りました」挨拶も抜きで、いきなり言った。

居合わせたものは、高のひきつった顔に気圧され、息を詰めて、次の言葉を待った。

「さきほど京城（けいじょう）から殿下の父君、李太王さまが、二十一日午前一時四十五分にご発病、六時三十五分にはご重態となり、病名は脳溢血、との電報が届き、ただちに王世子さまは朝鮮にお帰りあそばすことになりました」

高事務官はよほど急（せ）いているのか、早口で告げると踵（きびす）を返し、慌てて帰っていった。

邸内は一瞬にして空気が重くなった。あまりのことに、一同は茫然としていた。守正も言葉を失って、虚空を見つめている。伊都子は気を失いかけ、侍女に支えられていた。

喜びから悲しみへの急変に、方子もただうなだれるばかりだった。

東京駅での見送りは、重苦しい雰囲気に覆われていた。

――どんなにか心が重く、悲しいお旅立ちだろうか。ひとことでもお慰めの言葉をおかけしたい。

方子は列車の窓際に立つ垠の側へ駆け寄った。だが、いざ垠を目の前にして、深い憂いに沈んだ顔を見上げると、何も話しかけられなかった。垠は方子を認めると、瞳を揺らし、うん、と小さくうなずいた。

「申しわけないことになってしまいました」垠はやっとのことで絞り出すような声で言った。

「お帰りをお待ち申し上げております」

方子がそれだけしか口にできないでいると、垠の乗る列車は汽笛を鳴らし、無情にも出発した。

——なにもお慰めできないままのお別れとなってしまった。

ホームから遠ざかり、小さくなっていく列車を眺めながら悔やむ。

——八年前には母君の厳妃さまが亡くなり、いままた父君の李太王さまが……。なんて残酷なのか。そして、ご臨終に間に合わないかもしれないと、もどかしい旅をしなければならない殿下のお気持ちはいかばかりのことか。

間もなくして正式に李太王薨去（こうきょ）の発表があって、婚儀は無期限で延期と決定した。方子は新聞を手に、ひとり庭に出た。

——殿下はご臨終にやはり間に合わなかった。どんなにかご無念でいらっしゃることだろう。

紙面の李太王の写真を見ると、垠と目元のあたりがよく似ていた。

——お義父（とう）さまと呼ぶ日も間近だったのに。

胸が押しつぶされそうなほど苦しくなり、李太王よりもらった翡翠の胸飾りを胸元から取り出し握りしめた。

——殿下は京城にお着きになったころかしら。それともまだ汽車のなかにいらっしゃるのかしら。

駅で別れた際の、憂いの濃い垠の顔が思い出される。

「おもうさまにお返事を」

伊都子に着物の袖を引かれて、我に返る。守正に何か尋ねられたようだ。方子は朝食後、両親に連れられて庭を散策していたのだった。

「おもうさま、失礼いたしました。いま、なんとおっしゃいましたか」

守正は方子を見つめ、まばたきをひとつした。

「部屋に戻って休みなさい」

「そういたします」

一礼して顔をあげると、守正はカイゼル髭をさわりながら、方子から目をそらした。伊都子に目を移すと、伏し目がちに浅くうなずいていた。二人がすっかり面やつれしているのがいたたまれない。おそらく、方子を慮って庭に連れ出してくれたというのに、申し訳なくもあった。

自室でひとりになると、じっとしていられず、部屋のなかを歩き回った。方子の荷物は整理され、すっきりと片付いている。

――やはり、この結婚は、一筋縄ではいかないのだろうか。こうなった以上、ひたすら身を大切に、婚儀の日を待つしかない。今年はもう生娘ではなくなるのだと、感慨深く新年を迎えたというのに。

方子の心を映すかのように、翌日はどんよりと曇っていた。李太王に関する続報が載った新聞記事をなんども読み返し、読書や裁縫、編み物などで時を過ごした。刺繡を入れたり、編んだりした小物は、垠へ贈るつもりでいる。

垠の様子をじかに伝える知らせも届かぬまま守正が京都へ行き、規子が風邪と足の腫物のため発熱で臥せると、心もとなさは増すばかりだった。おりしもスペイン風邪が世界中で大流行していた。

気まぐれに思い立ち、部屋の掃除などを始めるが、気づくと窓から西の空を眺めて、朝鮮へ思いをはせている。


「お姫さま、お知らせがございます」

早めに床に就こうかと思っていたら、御用掛の櫻井が扉を開けて顔をのぞかせた。

「もしかして、朝鮮から電報？」慌てて櫻井を部屋に招き入れる。

「いえ、そうではなく……」

言いよどんでいったん顔を伏せた櫻井は、意を決したように顔をあげると方子を見つめて話し始めた。守正を見送りに行き、そこで宮内省の職員が話しているのを耳にしたという。

「李太王さまの死因は脳溢血ではなく、毒殺だといわれているそうです」

――毒殺……。

「誰が、なぜ」ようやく絞り出した声で訊く。

櫻井によると、李太王は亡くなる前夜、機嫌よく側近たちと昔語りに興じ、一同が退いた後、いつも好んでいる珈琲を飲んでから寝所に行ってまもなく、突然の腹痛で苦しみはじめ、たちまち絶命したとのことだった。あまりに刹那で手の施しようがなかったそうだ。不自然な出来事に、王宮内では毒殺を疑う者が多いという。

「それ以上のことは存じないので、誰がどうして、ということはわかりかねます。いずれにせよ、まことに恐ろしいことでございます」

櫻井が下がり、身を横たえても、眠りに入ることはとうていできなかった。

――毒殺は、私たちの結婚となにか関係があるのだろうか。

閔妃を殺害した三浦梧楼のことがどうしても頭に浮かぶ。顔も知らない三浦梧楼は、実体のない黒い影の塊（かたまり）となって大きくなり、不気味に抑えた笑い声を漏らして迫ってくる。

全身がわなわなと震え、歯ががちがちと音を立てる。方子は自分で自分の身体をさすって震えを抑えた。

――李太王さまは「日本の皇室から妃をいただければ、こんな喜ばしいことはない」とおっしゃっていたというから、日本の手による毒殺のわけはないではないか。李王朝内部の抗争でこれまでも毒殺や陰謀があった。だからきっと朝鮮人による犯行だ。とすると、殿下の身も危ないかもしれない。まさか、二度とお会いできないなんてことがなければいいけれど。

こんどは、垠が黒い塊に覆われていく様子が目に浮かんだ。

――縁起でもないことを考えてはいけない。

方子は寝返りを打って、想念を打ち消す。だが、いくら気持ちをなだめようとしてもうまくいかなかった。おもむろに起き上がり、日記帳を開け、しばらく空白の頁を眺めていた。

――朝鮮にいらっしゃる殿下は、私などより、もっともっとお辛いのだ。

垠に宛てた手紙を書こうと思い立ち、日記帳を閉じた。

しかし、方子が毒殺のことを知っているとわかれば、逆に垠に心配をかけてしまう。だからその件には触れず、身体を気遣ってほしいことと帰りを待っていることを書くつもりだ。だが、なかなか文面が浮かんでこない。

――考えてみれば、殿下は手紙をお読みになるいとまもないでしょう。そもそも、殿下からお便りがないのに、私から書くなんて、出過ぎた真似をしてはいけない。

方子はペンを置いた。

――こうして、日本と朝鮮との実際の距離だけでなく、心も殿下と遠く隔たっていってしまうのだろうか。

　窓に目をやると、外は明るくなっていた。

　寒さが日に日に厳しくなり、雪も降り積もる。うつらうつらしては目が覚めるのを繰り返し、眠りの浅い夜は続いた。昼間はいつも通り、裁縫や編み物、読書をしたりして過ごしているが、発熱した規子の回復も遅く、また、鳥居坂の王世子邸から嫁入り道具が戻ってきたりして、家の雰囲気は鬱々としていた。伊都子と顔を合わせても、李太王の話はせず、心なしかお互いよそよそしくなってしまう。伊都子の実家である鍋島家のものや皇族の親戚が気にかけて訪ねてきてくれても、方子の気持ちが晴れることはなく、時折頭まで痛くなる始末だ。

　そのうちに、垠が朝鮮で無事に過ごしていることが人づてに伝わってきた。そして新聞にて李太王の葬儀が三月三日に行われることや墓所が金谷里に決まったことを知ると、方子はどうにか眠れるようになった。

　一月最後の日、目覚めると窓の外は前日までの雪が一面を覆い、見渡す限り真っ白だった。心浮かれて庭に出ると、日の光を反射して輝く雪がまぶしい。さらさらした粉雪を手にとり、持ってきた瓶に入れる。これを溶かして化粧水にするつもりだ。垠が戻って会うときは、きめ細かな肌でいたい、と思う。

　方子は、すべてを垠と結び付けて考えてしまう。

——京城にも雪は降っているのかしら。ここよりもぐんとお寒いことでしょう。

　午後は伊都子や侍女たちとともにもう一度庭に出て雪だるまを作った。幼い頃のように何も考えずに、垠のこともひととき忘れてただ雪を集めて転がしていく。伊都子と笑いあい、慰められた。

　すっかり体が冷えたので、屋敷に入って着替え、伊都子と熱い紅茶を飲む。

「おたあさま、明後日はお誕生日ですね」

「ええ、その日に、おもうさまのところへ発つつもりです。規様の熱もさがってまいりましたしね」

　伊都子の不在は慣れているが、今度ばかりはこたえる。うつむくと、私も、と伊都子が言った。

「毒殺のことは聞きました。李太王さまは以前ハーグに密使を送って民族自立を訴えようとして失敗したことからご退位を余儀なくされ、併合を受け入れたものの、その後もひそかに国力の挽回に腐心されていたらしいのです。それで、こんどのパリ講和会議に代表を送りふたたび独立を訴えようとし、それが発覚した。毒を盛ったのは、総督府から賄賂と脅迫を受けた侍医だったとか」

伊都子は頭を振り、なんと愚かなことでしょうとつぶやいた。

「では、日本が、李太王さまを……」

――このようなことがあっていいのだろうか？ 毒殺、陰謀、詐術……。これが政治や権力というものの正体なのか。

「もうひとつ、あなたには知っておかなくてはならないことがあります。辛い話だけれども」

方子はこれ以上辛い話を聞きたくなかったが、あまりに伊都子の表情が真剣なので、なんでしょうか、と伊都子に答えざるをえなかった。

「殿下には、日本にいらっしゃる前に李太王さまがお選びになった、いいなずけがいらっしゃったそうです。けれども総督府によってその方との婚約が破棄させられ、あなたと婚約したのです。私も最近知ったのですけれどね」

――まさか。朝鮮のひととの結婚が早いことは学んで知っていたけれど、殿下は満十歳で来日したのだから、婚約はまだ子どもの時分になさったのだ。そんな幼いころからのいいなずけがいらしたなんて……。

「ですから李太王さまは、殿下とあなたとの婚姻を内心では必ずしもお喜びではなかった。そうしたことも災いして、おいたわしい最期になったのかもしれません」

――もしかしたら、殿下自身も私と結婚なさりたくなかったのではないか。こんどのことで、結婚をとりやめたいと思っていらっしゃるのでは。お便りがないのは、その表れかもしれない。

「おたあさま、私の結婚は、いったいどうなるのでしょうか。まさか、私にも危険が……」想像すると恐ろしくて、言葉につまる。

「私もあなたが心配です。この先なにが起きるか」

伊都子は苦悩に満ちた顔で方子を見つめた。方子は、行く手に立ちふさがっている困難がいかほどのものかと思うと、気が遠くなりそうだった。

入浴後、早めに布団に入った。おののきで身体が硬くなり、寒気がして頭も痛む。侍女を呼んで湯を飲み、湯たんぽを増やした。しかし一晩中黒い影に追いかけられる妄想でうなされ、朝には寝汗をびっしょりとかいていた。

翌日は伊都子が京都に発ち、さみしさと不安は増すばかりだったが、王世子妃教育が再開し、あわただしく過ごすうちに夕方になっていた。頭痛がしつこく身体もだるいので熱をはかると、三十七度強あった。スペイン風邪がはやっているから用心のためと医者を呼び診てもらい、薬をもらう。規子はすっかりよくなったが、侍女や職員にも発熱するものが多く、特に千代浦は高熱が出ていた。方子はできるだけ部屋から出ず横になっているようにと医師に言われた。

じっと寝ながら、西の方角を向き、垠のふっくらとした顔を思い出す。

――覚悟して、なんとか耐えきろう。みずから求めた道でなくても、すでに私の運命は定められていて、どう逃れようもない。どんなに悩んでも変わらない。だとしたら、殿下のお気持ちを疑うより、信じよう。きっとお忙しくてお便りどころではないのだ。

そのうちに方子は眠りに落ちていった。

それから二週間あまり方子の発熱は続いた。熱のためかかえって幸いなことに、睡眠はとれていた。三十七度台にとどまったので、日によっては起き上がり、軽く読書をしたりすることはできたが、だいぶ長引いているので、村地（むらち）医学博士の来診をうけた。

「軽いお風邪です。右に多少の気管支カタルもありますが、心配はいりません。吸入がよろしいですね。また、神経が多少興奮しているようですが、夢は御覧になりますか？」

最近は怖い夢にうなされることは少なくなり、昨晩などは垠と庭を散歩する夢を見た。けれどもまさかそんなことは言えず、ただうなずいた。頰がほてってくるのがわかる。

「安静が一番です」

博士はその後、千代浦を診た。彼女の方は三十八度を超えて重かった。すでに七十一歳の高齢なので、よくよくの注意が必要だということだ。

吸入が効いたのか、薬の副作用で時折耳鳴りがするものの方子の調子はだいぶ良くなり、見舞いに来た同級生や親戚と語り合ったり、絵を描いたりして過ごすことができるようになった。だが垠と会えない不安とさみしさは常に付きまとい、気持ちは乱れがちだった。

あたたかな日は窓辺に行き、まだ裸の桜の木を眺めて、ひたすら垠のことを思う。

――一緒に桜をながめたい。早くお目にかかりたい。だけど、いざそのときになったら、恥ずかしくてお話しできないかもしれない。

ある日櫻井が、垠が幼少期を過ごしたという昌徳宮の本と京城の地図を書店で手に入れ、さらには垠の購読している画報雑誌の最新号をわざわざ鳥居坂から借りて持ってきてくれた。

――殿下は二月号をまだ読んでいらっしゃらないのに、先に見てしまうのは、まことに失礼のような気がしてならない。しかし、三月の中頃には、この本をお手に取るのかと思うと、なんだかうれしい。

方子は垠の手が触れそうなところを丁寧に撫で、頁を開くときに、「お先に」とお辞儀をした。すると、櫻井が「まあ、お姫さまったら」と言ってくすりと笑った。

しばらく安静を続け、快方に向かっていったが、千代浦の病状は重くなるばかりで、とうとう日赤病院に入院した。そして、二月の晦日、午前一時に肺炎のためあっけなく他界してしまった。知らせをうけた方子の両親も急ぎ通夜にかけつけた。

方子が生まれてからずっと身近におり、守正の父親から三代にわたって仕えた女官の千代浦の死は、方子をふたたび陰鬱な悲しみにいざなった。まるで身体の一部をもぎとられたかのようだった。


三月三日、李太王の国葬の日は、奇しくも千代浦の葬儀の日でもあった。時間まで同じく、悲しみは二重にも三重にも増していく。早朝にひとり目覚め、心ふさいでいたところに、さらに朝鮮から電報が入った。垠からの便りかと色めき侍女から電報を奪うように取って読んだ。

電報は、なんと向こうで騒擾事件が起きているという内容だった。

李太王の死を哀悼して集まった民衆が、いつの間にか日本からの独立を叫び万歳の手を挙げて騒ぎ始め、それが広がっていっているという。毒殺の噂が原因とも考えられているそうだ。日本軍が鎮圧にあたるものの、群衆の数はすさまじく増え続けているということだった。

ほどなくして配達された新聞を見ると、朝鮮の記事が確かにある。見出しには、「**不穏な檄文配布**」

とあり、「**国葬を控えた京城で**」「**警務総監の大活躍**」と続く。そして電報とほぼ同様の内容が記されてあった。

――殿下との結婚は、どうなるかわからない。殿下のお立場もますます苦しくなりそうだ。日本に戻っていらっしゃれるのだろうか。

　自室で李の花をかたどったダイアモンドの指輪を手にしてみるが、かえって胸が騒いで仕方ない。

――殿下はこんどの騒ぎをどう思っていらっしゃるのだろうか。このまま万が一朝鮮が独立するようなことになれば、殿下は、私ではなく、いいなずけだった朝鮮の方と結婚するのだろうか。

　方子は、朝鮮が日本のものでなくなることより、垠と添うことができないことのほうがよっぽど悲しかった。

　千代浦の葬儀から戻り、部屋にこもって李太王の写真を掲げて黙禱していると、両親に居間に呼ばれた。両親とは、騒ぎのことについてまだなにも話していなかった。

　伊都子は方子の泣きはらした目を見て顔をそむけたが、伊都子の目も真っ赤だった。守正は新聞を握りしめ、眉根を寄せている。

「朝鮮がひどくさわがしいな。困ったことになった」

　そう言うと、カイゼル髭を撫でて、安楽椅子に深く座りなおした。

「ですから、私が反対したのではありませんか。やっぱりこういうことになって……」

　日頃は守正に従順な伊都子の精一杯の言葉は、最後は消え入りそうになっていた。

　その場の空気は、ぴりぴりと震えるように張り詰めていた。しばらく目を閉じて考え込んでいた守正が、この結婚は、と沈黙を破る。

「国家的な背景を持っているだけに、日鮮の関係が険しくなると難しい問題が出てくるだろう」

　守正は目を開けて、方子を見据えた。

「それでも、李王家に嫁ぐ自信があるか？」

「こうなっては、とても嫁ぐなんて」間髪を容れず答えたのは、方子ではなく伊都子だった。

「ご両親さまのお心遣い、じゅうぶんにわかっております」

　方子は落ち着いた口調で続ける。

「それでも、もし朝鮮とのあいだがらが悪くなりましても、私は王世子殿下が私を望んでくださるなら、信じて嫁ぎたいと思います」

「あなた、それはどういうつもりの言葉なの？」伊都子の顔に色がなくなっている。

「たとえ政略結婚といわれても、私は王世子殿下と結婚するのであって、朝鮮に嫁ぐのではないと思っています」

　きっぱりと言うと、守正はほっとした顔になった。

「そうか、方子はしっかりしている。それでは、王世子殿下のお帰りを待って日を選び、挙式の運びとしよう」

「ですけれど、それは……」伊都子が食い下がった。

「心配ない。騒ぎはかならず総督府が抑えてくれる」

「でも、朝鮮がいつか方子に仕返しをするのでは」

　伊都子は、もはや涙声になっていた。

「不吉なことをいうでない。静かに、情勢を見守ろう。王世子殿下が帰って来られれば、事は落着する」

　守正の言葉を最後に、誰もが口を閉ざしてしまった。


「**朝鮮人暴動**」の文字が躍る新聞によれば、その後も騒ぎは続き朝鮮全土に拡がっていたが、日本軍と警察が次々に制圧しているとのことだった。朝鮮人がとらえられ、死んでいったものもあるのかと思うと、垠の心の痛みが推し量られ、方子の心も痛むのだった。思い立って特別に仕立てた朝鮮服のチマとチョゴリを嫁入り道具から引っ張り出して身にあててみる。

――むやみに独立など望まなければ平和なのに。だけど、李太王さまだけでなく、多くの朝鮮のひとびとは、そうは思えないのだろうか。

　方子は、生まれて初めて朝鮮のひとの側にたって考えた。そうすると、垠に少しだけ近づけるような気がした。そして、朝鮮服をしまいながら、垠のいいなずけだったという女性はどんな人で、いまどうしているのだろうかと想うのだった。

　梨本宮家には発信人不明の電報が前にも増して殺到した。その多くが、垠との結婚をあきらめないとただではおかない、という内容だった。電報が届くたびに脅迫かと顔を見合わせる日々が続き、家中をただならぬ緊張が支配していた。

　それでも次第に騒ぎは沈静化しているようで、それに伴って脅迫の電報も減っていった。そして葬儀に参加して帰国した梨本宮家の坪井祥事務官から、日本の軍隊と警察の力によって騒ぎが抑えられていることを直接聞いた。坪井はまた、方子に光化門が写る絵葉書を土産としてくれた。それは、方子に買って行ってあげてほしいと垠から頼まれたものだという。

——殿下はかならずお帰りになる。

方子は絵葉書の写真にそっと触れて、胸のうちで繰り返した。

三月半ば、四月より満州に赴任が決まった守正が長期の休暇をとり、両親が京都より戻ってきた。そして、時を同じくして垠が朝鮮より帰ってきた。それから会える日を一日千秋の思いで待つこと十日あまり、垠が梨本宮邸を訪ねてくるという知らせが方子のもとに届いた。

その日は朝から雨が降り鬱陶(うっとう)しい天気だったが、午後には止み、太陽も顔を見せた。方子は気持ちが高ぶったまま早く垠の来訪する夕方にならないかとばかり思い、かなり前から支度を始めた。垠が喪中なのを考慮して華やかな洋装のドレスではなく、地味な色合いの着物を選ぶ。それでも、すこしでも綺麗にみえるようにと、肌には念入りにおしろいをはたいた。

午後五時半、垠は高事務官をともなって梨本宮邸を訪れた。守正は用事があって外出しており、伊都子と方子で迎えた。二か月ぶりに会う、待ち焦がれた軍服姿の垠は朝鮮に行く前と特段変わった様子もないように見え、切なくなるほどなつかしい。

伊都子がこわばった顔で「ご心痛のほどをお察し申し上げます」と悔やみの言葉をかけると、垠は「ご心配をかけてすみません」とかえってこちらを気遣うように言った。そして方子にほんのひととき視線を寄越し、なんとも柔和な表情を見せた。方子はそれまでの鬱々とした思いがたちまち晴れていき、目の前が開けていくかのようだった。

伊都子も安堵したのか表情を緩め、垠を客間ではなく、家族が使う奥の部屋に案内した。椅子に腰かけた垠は、テーブルに置いてあった写真数枚に気づき、視線をとどめた。

「それは私が撮ったものです。京都の街です」伊都子が写真を垠に渡す。

「美しいですね」

垠は目を細めて写真に見入る。すると伊都子が一枚一枚について丁寧に説明し始めた。

――殿下の変わらぬ穏やかなお姿にお目にかかり、おたあさまの濃い憂いも晴れたのかしら。よかった。殿下も、写真がよっぽどお好きのよう。

方子は垠と伊都子の様子を微笑ましく思う一方、伊都子が羨ましい。方子はまだ垠と一言も言葉を交わしていなかったのだ。

夕食の時間になり、食堂に行くと、守正も帰宅していた。敬礼をする垠を見て守正は、うん、と満足そうにうなずいた。それから垠と方子は並んで食卓についた。あまりに間近できまりが悪く、方子はうつむきがちになる。向かいの規子が興味津々でずっとこちらを見ているのも恥ずかしい。

垠は上機嫌の守正と会話したが、聞かれたことに短く答えたり、鷹揚（おうよう）にうなずいたりするくらいで、あまり多くはしゃべらなかった。意識的に李太王の話題は避け、とりとめのない話題が多く、方子が会話に加わることもなかった。それでも方子は隣で垠の声を聴けただけで満ち足りた気持ちになった。

食事の後はしばらくストーブのそばで紅茶を飲み、垠は午後九時過ぎに帰っていった。見送りの際に方子は「私が作りました」と言って、侍女から毛糸の帽子や手袋を差し出させた。すると垠はかすかに目を見開いて、「ありがとう」と受け取ってくれた。

――ほんのひとことだけどお話しできた。

床に入り目を閉じ、何度もそのときのことを思い返した。


五月になると、皇太子の成年式、翌月六月十日には久邇宮良子との婚約が正式に内定した。そして二十八日には欧州大戦の講和条約が調印された。だが垠と方子の婚儀の日取りはなかなか正式に発表されず、梨本宮家は気をもんだ。しかし、垠はまるでなにごともなかったように近衛歩兵二連隊附の少尉として勤務を続けていた。

皇族は、結婚前の交際といってもせいぜい形式的な一、二回の訪問程度だったが、垠と方子の場合、結婚が延びたことで、毎週のように会うことができた。とはいえ、口数の少ない垠とは、会っても相変わらず、せいぜいほんの二言三言話すだけだ。庭を散策したり、家のものを交えてテニスやトランプに興じたりして、その後夕食をともにするというような付き合いだった。伊都子とともに琴を弾いて聞かせると垠がピアノを弾いてくれることもあった。

梨本宮家は垠を温かく迎えた。方子のみならず、伊都子は息子が、規子は兄ができたかのように垠の来訪を心待ちにし、豊かな時間を過ごした。伊都子は、垠が帰る際に果物や菓子などを必ず持たせた。方子は名残惜しく、「この次の日曜日はお目にかかれるかしら」と、馬車が遠く松林の横を抜け、坂道を上っていくのを見送った。

夏のある日、大磯の別荘に滞在中の方子のところに、富士の裾野で野営演習があった垠が、東京から大磯、小田原と行軍する途中に思いがけず立ち寄り、方子はとても驚いた。

垠は庭先の砂山の上に座って休んだ。

「もっとおそばへ、もっとお近くへ」

離れて座っていた方子に、侍女がしきりに世話をやいてきたが、傍に寄る勇気がない。すると、垠がひと一人分くらいの距離まで近づいてきてくれた。方子の顔が発熱したかのようにかっと熱くなり思わず頬に手をやる。視線を合わせるなんてとてもできず、気配だけを感じて黙っていた。垠は静かに松林の先の海を眺めている。

垠は三十分ほどで立ち上がると隊とともに出発し、箱根を越えて御殿場の営舎へと行軍を続けた。

──わずかな隙に思いがけずお訪ねくださるなんて、なんて幸せなことでしょう。

方子は箱根の山を見やり、垠の行軍が悪天候に見舞われないようにと心から祈ったのだった。


李太王の崩御から九か月あまり経った。その日は午後二時過ぎに垠が高事務官とともに梨本宮邸に来た。方子は約束していた自筆の油絵を見せ、ひとつを垠に贈る。箱根の山と大磯の海を描いた絵だ。垠は「ありがとう」と言うと、じっと絵を見つめて、口角をほんのすこしあげた。

おやつにカステラを食べ、その後玉突きをした。垠はなかなか上手で、方子はとてもかなわなかった。夕食後も、高事務官、坪井事務官を交えてまた玉突きをした。今度は垠と方子が同じ組になって戦った。こちらが優勢で垠が珍しく笑顔を見せて喜んでいるのが、嬉しい。

──ちょっと殿下に触れてみたい。

方子は垠が玉を突くときに、思い切って近寄ってみる。

すると、まるで電流が流れるような、激しい感情が身体を貫いた。心臓が高鳴って落ち着かず、自分の番になってもうまく玉を突けない。

それでも垠のおかげで、対戦は難なく勝利した。その後はピアノを弾いたりして過ごし、お茶の時間をはさんでドミノをしようということになった。伊都子や規子も加わり、にぎやかだ。

垠の隣に並んで座っていると、なにかの拍子で不意に垠の足が方子の膝にかすかに触れた。方子は膝をそのままにしておいた。はなしたくなかったのだ。垠も足を動かさない。

方子にふたたび、電流が流れる。身体じゅうの血が熱をもって速く流れていく。

垠の順番となり、足が離れ、垠の顔を横目で見たが、淡々としていて変化はない。

──おそばに寄ることすら恥ずかしくてできなかったのに、こんなに私は大胆になってきている。私はおかしいのだろうか。それとも、これは自然なことなのだろうか。

午後十時、垠は帰っていき、方子はいつものように馬車が見えなくなるまで、馬車の音が聞こえなくなるまで見送った。

翌日、ピアノの稽古をしていても、昨晩の電流がよみがえり、あまりはかどらなかった。玉突き場へ行き、ひとり玉突きをする。

──殿下も、同じ思いでいらしたから、御足(みあし)をそのままにされたのだろうか。この電流は、殿下にも流れていらっしゃるのだろうか。

──だけど、電流でも本当に強い電流は、結婚してからでなければ通じない。今の電流は、わずか一秒間くらいの速さだ。少し大胆になれば、数は多いかもしれないが、今はこの電流にて満足しなければ。

方子は、これまでの人生で抱いたことのない感情に浸り、それを大切に味わっていた。

十月下旬、満州の防衛任務に就いていた守正が風邪で演習中に発熱し、肺炎の恐れが出た。その後回復したが、当地は冬場の寒気が強まることもあり、守正は養生を命じられ帰国した。そのため、垠が梨本宮邸に来ると陸軍軍人として上官にあたる守正に気を遣うだろうと、方子はこちらから鳥居坂を訪ねることにした。

垠の部屋に通された方子は、自分の贈った絞り染めのクッションが垠の椅子に置かれ、描いた絵や縫った刺繍が壁に飾ってあるのを見て、あやうく口元が緩みそうになった。机の上には、やはり方子手製のテーブルクロスも見つけた。そこにはなんの変哲もない灰色の小石が載せてある。そばで見ると、小石の大きさは玉突きの玉の三分の一くらいで、表面は手垢でつるつるとしていた。よほどしょっちゅう握っていたのだろう。

　方子が小石を見つめているのに気づいた垠は、テーブルクロスから小石を手にとって眺め、ためらいがちに、これは、と言った。

「昌徳宮（チャンドツクン）の庭の石です」

　垠は小石を愛（いと）おしそうにやさしく握った。石は垠の掌になじんでいる。方子は、垠がわずか満十歳で肉親と別れ、伊藤博文に連れられて日本に留学したことを思い出した。

――殿下はさみしかったり辛かったりしたときに、このさざれ石を握ることで、表に出さず耐えていたのだろうか。

　方子の心に深い慈しみの思いが湧き上がってくる。

――この方に熱い愛情をささげよう。ご両親を亡くされた殿下に愛と幸福に満ちた家庭を作ってさしあげよう。日鮮融和というけれど、私の使命は、ただ目の前にいる方のさざれ石になることだ。それだけを考えて生きていこう。

　方子の決心はこれまで以上に、石のようにかたく、ゆるぎなくなっていった。

　十一月になってようやく結婚の儀の日取りが翌年四月二十八日と正式に決定した。ここまで長引いたのは、日本側が垠の服喪を一年としたのに対し、李王家は伝統的に親の服喪は三年と強く主張したからだった。方子も両親もこれ以上待てないという思いが強く、やきもきしたが、垠自身が一年の服喪を了承したことで、どうにか円満に解決した。

　方子は垠のことをよりいっそう深く理解するために、朝鮮の文字や風習、宮廷のしきたりなどを積極的に学んだ。そしてこの頃には、朝鮮語の文字ハングルも、簡単な手紙を書けるぐらいまでになっていた。方子には、ハングルが英語やフランス語よりずっと身近に感じられた。朝鮮について学びながら、日本と朝鮮の似通った点を発見しては嬉しくなり、朝鮮のしきたりが日本にわたってきてすこし形を変えたのかもしれない、などと思った。

この月には、よからぬ事件も起きた。朝鮮王公族で、垠の腹違いの兄にあたる李堈が、朝鮮独立のために上海に向けて京城を脱出したという。上海では、民族主義者たちが臨時政府を作ったと騒いでいたのだ。だが堈は安東駅で発見されて連れ戻されたらしい。このことを方子は櫻井から聞いて耳を疑った。なぜなら堈は、放蕩ばかりして金遣いも荒く周りを呆れさせていると聞いていたからだ。まさか、独立運動にかかわるなんて、信じられなかった。

さらに月末には、時の首相の原敬が、亡命して上海にいた独立運動家の呂運亨という人物を、非公式に東京に呼んだことが物議をかもした。万歳騒擾の死傷者は二万人余に達し、およそ五万人が検挙された。これらについて国際世論が沸騰し、日本への厳しい目が注がれるようになったため、帝国政府の一部に「弾圧ばかりが能ではない。融和政策を使う方がいい」との意見が出て、それに沿って招聘したのだった。原首相は朝鮮人の主張と意見を聞くつもりで、呂も決意を固めて来日したようだ。

東京に来た呂の人気は大層なもので、秀麗な容貌と堂々たる態度は人々を驚かせ、その一挙手一投足が注目された。そして呂の語った朝鮮独立の抱負が新聞にさかんに載ったのだ。呂は日本の侵略政策を辛辣に批判し、朝鮮の独立を主張した。これは、日本の朝野に大きな波紋を引き起こした。そして総督府は激怒した。

――騒擾は収まっているはずなのに、また不穏なことが起きなければいいけれど。

方子が案じていると、呂が内密に垠に面会を申し込んでいたことが事前に発覚し、橋渡しをした高事務官が憲兵につかまるといった事態が起きた。面会前だったので注意のみで放免されたが、これ以降、垠に対する日本の監視は厳しくなり、方子も些細な行動まで日韓双方の感情にさわらないように気遣うようになった。呂自身は上海臨時政府から勝手な行動を非難されたものの、特になにもなく日本を去ったようだった。方子はこれらのことをいっさい垠と語ることはなかったし、もちろん垠の方から話題にすることもなかった。方子の目に映る垠の態度は、いつも穏やかに安定していた。

暮れからは守正の療養も兼ねて大磯の別荘に行き、家族水入らずの時間を心静かに過ごした。この冬は、ふたたびスペイン風邪が日本でも大流行したので、軽い風邪程度でも気を抜かず、健康に細心の注意を払った。
二月三月と飛ぶように過ぎ、四月となる。これまで男世帯であった鳥居坂の王世子邸には新しく奥の詰め所ができ、日本間や侍女たちの部屋も新築され、万端ととのった。婚儀に先立ち、侍女や女中をとりしきる女中頭の老女中山貞子(なかやまさだこ)ほか二名が梨本宮邸から王世子邸に移り住み、荷物も送り届けてあとは当日を待つばかりだ。垠は陸軍歩兵中尉に進級して大勲位菊花大綬章、方子は勲二等宝冠章を授かっていた。

結婚の儀前日となる。

――いよいよ、明日は殿下のもとに嫁ぐ。四年前の八月に新聞で報じられてから、本当に長くたいへんな道のりだった。けれども、ご両親さまや家のものに守られてきた。これからは、殿下とともに手を取り合って苦難に立ち向かっていくのだ。

――これまで育ててもらった長い年月を顧みると、ご両親さまの情け深さをあらためて思い知るばかりだ。

方子は、梨本宮家の女王として過ごす最後の夜を、寝付かれぬまま明かしたのだった。

明けて、大正九年四月二十八日。

朝から晴れ渡り、庭木の若葉がすがすがしく美しい。方子は、早くより入浴し身を浄(きよ)め、敷地内の西南隅にある社に詣(もう)で、つつがなく晴れの儀式が終わるようにと祈った。

方子は、シルクに刺繍を施した英国風宮廷大礼服、ローブ・デコルテ・ド・トレーンに、勲二等宝冠章を左の胸元に着けた。

皇族の結婚では十二単である五ツ衣唐衣裳(いつぎぬからぎぬも)の式服を着用するのが皇室法の規定だったが、方子は例外として特別に洋装が準備された。垠は陸軍中尉の礼装で、儀式自体は民間同様に小笠原流古来の礼法にのっとり、三々九度の盃をかわすという日本式で行われる予定だ。

皇后からもらったダチョウの羽根を飾ったチュールを頭に着けた上から、伊都子が特別に御木本真珠店で誂えたダイアモンドをちりばめた王冠(ティアラ)をのせた。その瞬間、方子は王冠の重みに身が引き締まると同時に、朝鮮王妃としての責任がのしかかってくるのを感じた。

――やはり、この結婚は日本と朝鮮がかたく結ばれあうためのくさびなのだ。

万感の思いを抱えて両親に別れの挨拶をしようとしたが言葉にならず、我慢していた涙があふれだした。目の前の守正は、方子に向かってただ深くうなずく。伊都子は潤んだ目で、いいですか、と方子の手を握った。

「あなたの重い使命を決してお忘れにならぬよう。また、梨本宮家の名を汚さぬように努めて立派な妃殿下になってくださいさい。苦しいことも多いでしょうが、お幸せに」

午前九時、方子と櫻井御用取扱を乗せた宮内省さしまわしの二頭立ての儀装馬車は、皇族の行列として、高義敬李王職事務官を先導に司令以下二十九名の近衛儀仗騎兵と警部四騎の警護の下に、青山北町を出発した。

梨本宮方子は、多数の見送り人と、日の丸の旗を振る見物人のなか、いつも垠を見送ったその道を今日は自分自身が進んでいく。白く清められた道々は警護の巡査が直立して敬礼しており、背後の並木は新芽を吹き、生命の息吹をこれでもかと放つ。歩道には奉迎のひとびとがひしめいている。

馬車は青山御所前を右に曲がり、電車線路に沿い亡き乃木希典邸を経て六本木を右へ折れ、鳥居坂の李垠王世子邸に向かっていく。

第二章 ❀ 独立運動と爆弾――マサ

マサは、日の丸の旗を手にしたひとびとの間に、からだをねじ込み割り込んだ。すると、着飾った中年女がよろめいてこちらを睨みつけてきた。

「あんた、なんなの。薄汚い格好で……」中年女は身なりのわりにはすっぱな話し方だ。

ひづめの音が近づき、ひとびとの歓声があがり、言葉はそこで途切れた。中年女が坂下へ視線をやる。マサもそちらに目を向けた。

先頭の騎兵がゆっくりと坂を上ってくる。道の両側で微動だにせず立ちすくむ警官たちの顔が、こわばっている。

――もうすぐ方子さまの晴れ姿を見られる。これで思い残すことはない。

目の前を騎兵の隊列が通り過ぎてゆき、ざわめきも高まってくる。

いかにも毛並みの良さそうな二頭の馬が馬車を引いてくる。黒い礼服を着た御者はきりりとした面持ちで李王世子(りおうせいし)邸を目前にし、手綱をしっかりと握りなおした。

いよいよ、近づいてくる。海老茶色の車体に金の紋章が輝き、頭に羽根をつけた女性がうつむいているのが窓ごしに見える。白っぽい服を身に着けている。顔かたちははっきりとわからないが、梨本宮方子に違いない。

――方子さま、あたしのぶんも幸せになってください。

そのとき、中年女が、マサの頭をぐいっとつかみ、おさえつけた。

「あんたのせいで見えない」

低い姿勢にされたおかげで、マサの背丈ほどある前車輪しか、視界に入らなくなった。

舌打ちをして中年女の手を払いのけようとした瞬間、前車輪めがけて握り飯大の黒くて丸い物がころころと転がっていくのが見えた。

「あれは？」

思わず出た声は、群衆の歓声と旗を振る音にかき消される。気づいているものはほとんどいないようだ。

　突然腕が強く後ろに引っ張られた。驚いて振り向くと、腕をつかんでいるのは、見覚えのある男だった。痩せているが骨太で背が高く、切れ長の目に鼻筋が通り、顔立ちはすっきりとしている。着物は古びているが、清潔そうだ。マサよりもいくつか年上だろう。

「なに?」と訊いても真剣な面持ちのまま黙して応えない。さらに男は力を込めて腕をつかみ、マサを伴って人混みから離れていく。気づくと走らされていた。あまりに速くて、マサの草履が片方脱げてしまう。わけがわからずひたすら恐怖に包まれる。

　ひとだかりからすっかり遠のき、ひとけのない狭い路地に入ってやっと男は歩調を緩めた。

「あ、あんた、店に来る、ちょ、ちょ、うせんじんの」荒い息遣いでようやく言った。

　マサはこの男に、おかみさんからののしられているところを見られたことがある。それ以来気になっていたので顔をよく覚えている。何度か目が合っては即座にそらした。

　男は、じっと見つめてくるだけで、なにもしゃべらない。なにかされるのかと恐かったが、男にその素振りはない。マサは、つかまれた腕を振りほどき、足を止めた。男も立ち止まる。息を整えて落ち着くと、腹が立ってきた。

「どういうつもり?」睨みつけて言った。

「せっかく方子さまの晴れ姿が見られるところだったのに。なぜ邪魔するのさ?」

「あそこにいたら死んでいた」男は低い声でぼそっと言った。

　マサは、黒い球状の塊が車輪に向かって転がっていく様子を思い出す。

「あれは……まさか……爆弾?」あまりのことに声が震えた。

　男はうなずく。

「爆発の音が聞こえなかったから、失敗したのかもしれない」

　そう言うと、走ってきた方を見やる。

　マサは周りを見回し、誰もいないのを確かめて、つまり、と声をひそめた。

「あんたたち朝鮮人が、馬車に爆弾を?」

　男は無表情で答えない。マサは、梨本宮邸の外壁に脅迫めいたいたずら書きや貼り紙がされていたことを思い出した。日本語だけでなく、朝鮮の文字もあった。

「どうしてそんなひどいことを……」

「俺自身は、テロルには反対だ。梨本宮の娘には何の恨みもない。王世子もむしろ気の毒なくらいだ。日本のふつうの人たちが憎いわけでもない。だけど、朝鮮独立のために、政府や総督府への見せしめが必要だと思うものたちを止められなかった。だから気になって見に来たんだ」

男は、落ち着いた調子で言った。日本語はかなり達者である。

――朝鮮の独立？　見せしめ？　何を言っているのだろう。

「あたしに爆弾のことばらしていいの？　あんたの仲間がやったって、警察に告げ口してやる」

「命を助けてやったんだから、告げ口はしないでほしい」

「恩着せがましい。助けてくれなんて頼んでないのに」

「顔を知っている君を見殺しにはできなかった。それに、君は警察に行かない。あの蕎麦屋から逃げたんだろう？」

「なぜそれを」うろたえて、声がうわずる。

「昨日蕎麦屋に行ったらおかみさんが大きな声で、『マサがいなくなった』って怒っていた。警官に話したら、君は身元を訊かれて、あそこに連れ戻される」

マサは唇を強くかんだ。

渋谷にある蕎麦屋の夫婦は二階を連れ込み宿として貸しており、マサに客を取らせて小銭を稼ごうとした。だからマサは住み込みで働いていた蕎麦屋から着の身着のままで逃げた。昨晩は人の家の庭先に隠れていた。生きていてもどうせいいことなどない、と命を絶つ覚悟で、最後に方子を一目見ようと、鳥居坂の王世子邸前で馬車を待っていたのだ。

「あたしなんかを助けなくてもよかったのに。いっそのこと爆弾で死んだ方がよかった」

「命を粗末にしてはいけない」男は、射るような眼でマサをみつめる。

「だって、生きていたって、なにもいいことなんかありゃしない。行くあてだってないんだ。方子さまと一緒に死ねるならしあわせさ」

つっかかるように言うと、男は、大きなため息を吐く。

「君みたいな人が、なぜいい暮らしをしている皇族の娘をそこまであがめるんだ？　俺は朝鮮の王族が無能なせいで貧しいものがより貧しくなり、日本に国を奪われたと思っている。李堈みたいに気概を見せて独立運動に加わろうとしたものもなかにはいるが、王族の連中は、自分たちの保身しか考えていない。だから、彼らを尊敬する気にはなれない。長く続いた、王を頂点とした身分制度も災いして併合された。そもそも、人間は平等でなければいけない」

「ふんっ、こんなとこで一席ぶたれてもね。ひょっとして、あんたシュギ者なの？　あたしが方子さまを好きなことは、あんたに関係ないでしょ」

言い放つと、男が、しっ、と人差し指を自分の唇に当て、マサに目くばせをした。路地の奥に人影が見える。

「とにかくここから離れよう」

男はマサの腕をふたたびつかみ、歩き出したが、マサが片方裸足なのに気づき、自分の履いていた下駄を脱いだ。

「これを履いたらいい」

マサは頭一つ分背丈の高い男を見上げるようにして、あんたは？　と尋ねる。

「俺は裸足で平気だ」

男は目を細めて表情を緩め、顎をくいっとあげて促している。一瞬ためらったが、草履の脱げた左足のかかとがじんじんと痛んでいる。マサは残っていたほうの草履を素直に脱ぐと、ふたまわりは大きい下駄に足を入れた。下駄に残る男のぬくもりに、マサのかたくなな心の端が解けていく。

「あんた、名前は？」

「金……南漢。キム、ナム、ハンだ」

マサは、キムナムハン、キムナムハンと胸のうちでくりかえした。

「さ、行くぞ」

「どこにいくつもり？　なんであたしを？」

「行くあてがないんだろう？」

南漢は、マサの手首をしっかりと握り、速足で歩き出した。胸の鼓動がやけに速くなり、戸惑う。南漢の横顔を眺めていると、不安も湧いてくる。

――あたしはいったいなにをしているのだろう。この朝鮮人の男について行ってどうなるというのか。

ふと目が合うと南漢は、大丈夫か？　と訊いてきた。見つめていたことに気づかれたのがどうにもばつが悪く、小さくうなずいて、彼の足元に視線を移した。裸足で砂利を踏んでいる。

——どうせ捨てようと思った人生だ。この先どうなってもいい。とりあえずいまはこの男についていこう。悪い男ではなさそうだ。それに、これまでよりも悪いことなんて、この世にありゃしない。

　ほとんど一文無しのマサには、渡りに船、でもある。マサは下駄の音を響かせながら、南漢に従った。


　小一時間ほどして着いたのは、麹町の民家だった。

　麹町には来たことがある。昨年静岡から出てきたその足で母のきくから聞いていた麹町の梨本宮邸を探したが、梨本宮家は渋谷に移転していた。それから渋谷に千代浦を訪ねたが、すでに亡くなっていて、けんもほろろに取り合ってもらえなかった。そのとき、屋敷の壁に脅迫めいた落書きや張り紙があるのを見たのだった。マサは方子が心配でたまらなく、なるべく方子の家の近くにいたいと思い、渋谷で働き口を探したのだった。

　南漢は平屋建ての家の玄関を入ると、両足裏に付いた泥を着物の裾で拭き払い、あがっていく。マサも下駄を脱いで南漢のあとに続く。いくつか部屋があり、廊下をすすんでふすまを開けると、畳敷きの部屋に女がいて、嬉しそうに南漢を迎えたので、マサは少なからず驚いた。

——この男の恋人なのか。

　胸がざわつくのが、抑えられない。

　女は、マサの存在に気づき、顔をしばらく見つめてきたあと、首を傾げて南漢を見やり、朝鮮語で矢継ぎ早に言葉を放った。何を言っているかはまったくわからないが、女が南漢を責めているのは伝わってくる。

　マサは部屋のなかを見回した。畳の上に書籍がたくさん積んである。難解そうな専門書のようだ。

——南漢の本だろうか。つまり、ふたりは一緒に暮らしているということか。

　文机の上には、書き散らした紙が載っていて、小さな十字架も置いてある。

　聞こえてくる二人の会話は、おだやかな調子になっていき、やがて静かに終わる。途中、マサ、と、方子、という単語が混じっていた。

　女がマサの方を向いて、微笑む。柔らかくて上品な面立ちをしている。

「私は、金恵郷（キムヘヒャン）。あなたは、マサ、でしょう。どうぞ、ここにいなさい。南漢兄さんの頼みだから断れない」

　恵郷の日本語もなかなか上手だ。

――兄さん、と呼んでいるが、ふたりはどういう関係なのだろう。兄妹にしてはまったく似ていない。かなり親しげだから、やはり恋人同士なのでは。年齢も近そうだ。

「そこまでしてもらう義理もない。あんたたちの邪魔にもなりたくない」

　マサは恵郷と南漢を交互に見やる。

「兄さんとはいとこ同士。あなたのことも、前に兄さんに聞いたことがあるから、初めて会った気がしない。遠慮しなくていい」

「前にって」

　南漢の方を見ると、彼は、うん、とでも言うように瞬きをひとつした。

「君のいないときに、蕎麦屋のおかみさんがいろいろ言っているのを聞いた。静岡から出てきて行くところがないって言うから置いてやっている、って。殴られてひどい顔をしていたのに雇ってやった、情けをかけてやったって。前貸しもしているって」

「そんなことを……」

　おかみさんのきつい顔を思い浮かべると、胸くそが悪くなる。罵倒され、安い賃金でとことんこき使われた。

「とにかく、俺の住まいは渋谷だから、蕎麦屋のすぐ近くだ。まさかそこにかくまうわけにもいかないだろう。それに、朝鮮の男たちと一緒に住んでいるから、ここの方がいい」

　南漢はそう言うと、また朝鮮語に戻って恵郷に短く何かを言って、部屋を去った。

「心配しないで大丈夫。朝鮮からの留学生は些細なことで連行されるけれど、ここは安全。私のほかは日本人の女学生ばかりだから。今日は休みでみんな出かけているけれど」

「へっ」

　驚きのあまり素っ頓狂な声が出てしまう。

「あんたは留学生なの？」

――朝鮮人の女が？

「そう、私は、東京女子医学専門学校の学生」

　恵郷は畳に積んである書籍を指さした。なるほどよく見ると、医学、の文字がある。

「女なのにって思う？　私の家はちょっと変わって

るの。父は、ほかの朝鮮人とは違う考えがある」

――恵郷は医者になるのか。恵まれていてうらやましい。あたしだってもっと勉強がしたかった。

「あの人も留学生？」

「兄さんは、青山学院に通っている」

――朝鮮人だろうが、日本人だろうが、恵まれているものは恵まれ、そうでないものはずっと貧しかったり虐げられたりし、いろんなことをあきらめなければいけない。生まれつき決まっているのだ。ほとんど同じころに生まれた方子さまとあたしがまったく違うように。

「マサ、着替えなさい。井戸で水を汲んで、沸かして持ってくるから、それで身体を拭くといい」

恵郷は、押し入れを開け、行李から清潔な着物を出して差し出すと、部屋を出ていった。

マサは、急に力が抜けて、その場に座りこんだ。南漢の顔が思い浮かぶ。

――人間は平等でなければいけない、と言ったって、結局は、あたしなんかとは違うんだ。

自分の来し方がよみがえってくる。

マサにとって一番古い記憶は、母のきくの背中におぶさっている光景だ。きくはいつも働いていた。だれかに頭をさげていた。

マサは、血のつながった父親の顔を知らない。ものごころついてからずっと母娘二人で生きてきた。父親のことに一言も触れないきくに、父が誰かと尋ねることもできなかった。きくは梨本宮家で千代浦の女中をしていたことが誇りで、そのことばかりを雄弁に語った。千代浦はとてもよくしてくれたという。病床で「よっぽど困ったら、千代浦さまを訪ねるんだよ。きっと助けてくれる」という言葉も残した。その遺言があって、マサは千代浦を訪ねていったのだ。

また、きくは方子が誕生したとき、梨本宮家にまだいて、顔を直接見たそうだ。

「輝くような美しい姫さまだった」

方子の名前を口にするときのきくは幸せそうな顔になる。方子よりも半年遅く生まれたマサの名前も、方子にちなんでつけたという。きくはいつも方子のことを気にかけており、新聞や雑誌で方子の記事や写真を見つけると、大騒ぎをしてマサに見せた。

きくはマサを身ごもり、千代浦付きの女中をやめると、こんどは商家の女中となった。そこで五年ばかり働き、その後もさまざまな家を転々として下働きをした。そして、マサが満十歳になったとき、静岡で商売と金貸しをする実業家の後妻に入ったのだ。

　マサにできた初めての戸籍上の父親は、きくよりも二十も年かさの男だった。男には亡くなった先妻とのあいだに十三になる息子と、娘が一人いた。娘はマサと同じ歳だったが、三か月ばかりマサが早く生まれているので、妹ということになる。

　マサの方は生まれて初めて父親ができたことが嬉しかったが、義父はマサに冷たく、不憫だと言っては実の娘を溺愛し、きくにも娘を大事に扱うように命じた。それでもマサは、義父がマサを学校に通わせてくれたことがありがたかった。マサはそれまで学校に通ったことがなかったのだ。

　母が亡くなるまでは、それほど辛い思いをしたわけではない。義理の妹も意地悪でわがままだったが、それぐらいの扱いはこれまで転々とした家々で女中の娘として受けた待遇に比べれば、ずっとましだった。義理の兄もマサには関心がなく、他人のように接してきて、それはかえって気が楽だった。兄や妹に比べれば贅沢をさせてはくれなかったが、それでもそれまでとは天と地の差があるぐらいいい暮らしができた。三食ちゃんと食べられて、清潔な着物を着て、学校に行き、友達もできた。マサは勉強が好きだった。学べることが嬉しくてたまらなかったのだ。

　けれどもそんな日々は続かなかった。きくは後妻であるにもかかわらず、大切に扱われることなく女中なみにこき使われた。子どもを身ごもっては流産するのを繰り返し、マサが十五になった春に、ようやく臨月まで持ちこたえたが、死産となり、きく自身も産後数日で命を落としたのだった。

——母さんは、方子さまと王世子さまとの御成婚を誰よりも喜んでいたのに。

　母が亡くなった日のことを想うと、やりきれない気持ちに襲われる。春の訪れを告げる菜の花が一面に咲く野原で富士山を見やり、あふれて止まらない涙を飲みこんだ。その塩辛い味がよみがえり、唾を呑む。

　意識がもうろうとしてきた。マサは身体を横たえて、つかの間の眠りをむさぼった。

　恵郷によると、ここに住んでいるのはみな、東京女子医学専門学校の学生だそうだ。彼女たちに怪しまれないように、恵郷とマサはもともと知り合いで、マサは職を探しているということで口裏を合わせることにした。

夕方になって、女学生たち三人が連れだって戻ってきた。ちょうど恵郷が土間で炊いてくれた飯を白湯とともに居間で食べていたところだった。彼女たちは、マサの姿を認めて、怪訝な顔になったり、じっと見つめてきたりする。三人のうち、赤い着物のひとりが、マサの傍らにいた恵郷を、お恵さん、と呼んだ。

「その方はどなた？　朝鮮の方？」

恵郷は、顔をこわばらせ、いえ、日本人です、知り合いです、と丁寧に答えた。

「あー、良かったわ。朝鮮人が増えたら困るから」

そう言ったあと、くくくく、と笑った。もうひとりの、洋装の女学生も、くすっと嘲けるように笑った。

胃がつっかえてくるのは、飯つぶをかきこんだからではなさそうだ。

だが、灰色っぽい縦じまの着物に身を包んだ女学生だけは、黙って表情を曇らせている。

「あー、疲れた。お恵さん、わたくしにもお白湯をちょうだいな。新しく汲んであたためてね。ていさんと喜代さんの分もね」

赤い着物が言うと、恵郷は「はい、しげさん」と、さっと立ち上がった。

――同じ女学生のはずなのに、まるで小間使いみたいじゃないか。

もやもやとして箸が止まる。赤い着物と洋装が近づいてきたので、マサはどんぶり茶碗を置き、あとずさりしてちゃぶ台から離れた。

「喜代さんも座ったら」

しげに言われ、喜代は遠慮がちに腰を下ろした。

「それにしても方子さま、お綺麗だったけれど、わたくし、切なかったわ。朝鮮の王世子に嫁ぐなんて、なんだかとってもお気の毒で。一時は皇太子さまのお妃候補だったお方なのにね」しげが頭を振る。

「お金じゃないかしら。李王家の財産は莫大らしいから」ていは、訳知り顔で答える。

「それにしたってねえ。いくら財産があってもわたくし、朝鮮人とはいやだわ」

「わたくしだって」

「ほら、方子さまは、その、ね？」二人は、声をひそめて顔を寄せるが、声は漏れ聞こえてくる。

「あれ、よ、あれ。あれ、だから、朝鮮の方に嫁いだのよ」

「ああ、石女（うまずめ）だって噂（うわさ）？」

「そうそう」

「朝鮮の王室も、総督府もそれで納得したらしいじゃない」

　喜代は、会話に加わることなく終始うつむいていた。マサはこみあげてくる怒りをぐっとこらえて、ふう、と息を吸い込む。

「ねえ」

　呼びかけると、三人が一斉にマサを見た。

「あんたたち、方子さまの馬車を見に行ったの？」

「ええ、乃木将軍さまの邸宅あたりで見たわ」ていが答える。

――そこでは爆弾がどうなったかわからないかもしれない。いや、でも、なにかあったら、近いからすぐに伝わるはずだ。いまだに号外も出ていないようだし、きっと無事だったのだ。

　軽く胸をなでおろしていると、ところであなたは、とていが訊いてきた。

「見たところ、女学生ではないわね。お恵さんのところに泊まるの？　ここは木賃宿とは違うのよ。得体の知れない人がいるのは、わたくしたちも困るわ」

　癇に障ったが、奥歯をかみしめて堪（こら）えた。

「すこしのあいだ、いさせてくれない？」

「さあ、どうかしら。朝鮮の留学生は、シュギ者やアナキストとも通じているものが多いっていうから、あなたも怪しいんじゃないかしら。あの、たまに来るお恵さんのいとこも胡散臭いわよね。朝鮮の留学生が、去年は独立宣言とやらをして、たくさん捕まったじゃない。あのときは、この近くにある朝鮮人留学生の宿舎に警察が来て大騒ぎだったわよ」

「あたしは、そんなのと何の関係もない。ただ知り合いなだけだから。母親が死んで、身寄りがなくて、頼ってきただけだから」

「あなた、朝鮮人に頼らなきゃならないなんて、かわいそうな人ね」ていも口を挟む。

「ずっといるつもりなの？」しげが訊いてくる。

「仕事が見つかるまでは」なんとか平静を保って答える。

「じゃあ、お恵さんはあなたの分も余分に賃料を大家さんに払わないといけないわね」

絶句すると、しげはにやりと笑った。その意地悪そうな目は、義理の妹にそっくりだった。

——こんなひとたちが、医者という立派な職業に就くのだろうか。

ひととき沈黙が流れ、しげが、それが困るなら、と口を開いた。

「大家さんには黙っておいてあげる。その代わり、わたくしたちの世話をしてちょうだいな。洗濯とか、掃除とか。飯炊き、お使い、なんかをね。わたくしたち、勉強が忙しくて、なかなか手が回らないのよ」しげの口調は、いやらしいほど柔らかい。

マサは爪を畳に立てつつも、わかった、と答えた。するとしげはてぃと顔を見合わせて、くくく、と笑った。喜代はしきりに目をしばたたいていた。

恵郷は敷き布団をマサにくれて、自分には薄い掛布団を敷いた。

「さあ、疲れたでしょう。寝ましょうか。かけるものがないけれど、この季節だし、服を着たままなら寒くないでしょう」

マサが厚い布団を手に躊躇(ちゅうちょ)していると、恵郷は、だいじょうぶ、とささやいた。

「朝鮮では薄い布団だから、私はこっちの方がかえって楽なの」

そう言って、掛布団の上に横たわる。マサも恵郷の隣に布団を敷き、その上で身体を伸ばした。

しばらく仰向けのまま目をつむっていても、眠気はなかなかやってこない。幾度か右に左に寝返りをうっていると、背を向けていた恵郷がこちらを向き、マサ、と、やっと聞こえるほどの声で話しかけてきた。隣の部屋の喜代を気にしているようだ。マサは恵郷に顔を近づけた。

「静岡には何年いたの?」

「七年」

「私は東京に来て三年。故郷は開城(ケソン)。最初は、正則(せいそく)英語学校に通っていたの。南漢兄さんは、朝鮮と日本を行ったり来たりしてもう五年経つ。兄さんも初めは正則だった」

——日本では、学校に通って勉強しているだけなのだろうか。

マサは、思い切って疑問をぶつけることにした。

「ねえ、あんたたち、シュギ者なの? 独立運動をしているの?」

ほとんどささやくように、恵郷の耳元で訊く。恵郷は、少し考えてから、わたしたちは、と話し始める。

「朝鮮の留学生の集まりである学友会に入っているだけ。そこの仲間には、そういう人たちも多くいる。捕まってしまった人もね。私も兄さんも、基督教を信じていて、平等な世の中になってほしいと思っている」

恵郷は、慎重に言葉を選んで言った。

――間違いなく二人とも独立運動にもかかわっているけれど、明言を避けているのだろう。シュギ者やアナキストかどうかもはっきりとはわからない。そもそも、あたしはシュギ者についてよく知らない。けれども、そんな人たちにかかわったら、大変なことになるということだけはわかる。

「平等な世の中、か。こんなふうに生まれついたことを恨むことはあっても、あたしは、平等な世の中なんて考えたことがない。あたしは幸せになんかなれっこないよ。世の中なんて、変えられないんじゃないの？　万歳騒擾事件だってけっきょくは押さえられて、いまも朝鮮は日本のままじゃないか」

マサの言葉に応えることなく、恵郷は黙り込んでしまった。マサが沈黙の重さに、余計なことを言ってしまったと後悔していると、恵郷が、すうっと息を吸い込んだ。

「私たちは、あきらめない」

恵郷は、マサの頰を両手でやさしく包みこんだ。

「平等な世の中を目指す。そうすれば、きっとマサも幸せになれる」

――あたしをいたわってくれる人がいるなんて。

幼い頃、きくが頰を撫でてくれたことが思い出され、思わず涙がこぼれ出た。きくが亡くなって、菜の花の咲く野原でひとり泣いて以来、涙を流すことなどなかった。葬儀の日にまったく泣かず、表情のないマサを義父は、冷たい人間だとののしった。

恵郷は、マサの涙をそっとぬぐってくれた。すると、母が死んでから起きた、忌まわしい出来事が脳裏に蘇ってくる。

義父は、母が死ぬとすぐにマサを戸籍から抜いた。学校にも通わせてもらえなくなり、マサはその家で女中として使われることになった。それから二年間、家族からいじめ抜かれた。義兄と義妹はとくに容赦なく、ごくつぶしとなじったり、なにかとけちをつけては食事を抜いたり、家から追い出したり納屋にとじこめたりした。義父も見て見ぬふりをした。ともに働く使用人たちも、マサには冷たかった。

　ある冬の晩、ぼろ布にくるまり納屋で寝ていたマサがひとの気配で目覚めると、目の前に義兄がいて、ぼろ布をまくり、いまにも着物に手をかけようとしていたところだった。

　声をあげようとしたが、あっという間に口をふさがれた。あらんかぎりの力でもがき暴れると、義兄のみぞおちにマサの膝げりがうまくはまった。マサは素早く身をかわして、うずくまってうめいている義兄から離れる。そして近くにあった手頃な大きさの甕（かめ）を手にし、義兄の背後から頭にたたきつけた。

　後頭部から血を流し、痛い、痛いと叫ぶ義兄の声を聞きつけ、使用人や義父が駆けつけた。

　責められたのはマサだった。マサが誘ってきた、という義兄の弁明を義父はまるごと信じ、マサは気を失うほど殴られた。

　水をかけられて気が付くと、義父が仁王立ちしていた。

「どこかの廓（くるわ）に売ってしまいたいが、一度は娘だったのだから、世間の手前、そうもできない。だが、もう顔も見たくない。この家を出ていけ」

　そう言って頬をもう一度殴った。口の中が切れてかすかに苦い味がする。

　翌々日、ほんのわずかな金をもらい、使用人に連れられ、家を出た。敷地を出て街にさしかかると、こぎれいな着物を身に着けた母娘（おやこ）が歩いていた。子どもは母親を見上げて屈託なく笑っている。きくの顔が思い浮かび、胸が苦しくなる。近くの丘に埋葬されたきくを置いていくのだけが心残りだ。義父に懇願したが、骨どころかきくの形見もなにもわけてくれなかった。母の面影を辿りつつしばらく足を止めて母娘の姿を見ていると、使用人に小突かれた。

　マサは駅まで送ってもらうと、ひとりで鉄道に乗り、東京に向かった。腫れあがった顔を見て、乗客たちはぎょっとして目をそらしたり、逆に目を凝らして見つめてきたりする。だが、話しかけられることはなく、誰にも干渉されなかった。たったひとりの道中は心細かったが、義父や義兄妹のくびきから逃れて、晴れやかな心持ちでもあった。マサをやさしく見送ってくれたのは、車窓から見える壮麗な富士山だけだった。

　マサは、東京駅からまっすぐに麴町、そして渋谷と梨本宮邸を探し歩き、千代浦が亡くなったことを知り、その後蕎麦屋の職をどうにか見つけたのだった。

——そして蕎麦屋でもまた……。

——だけど、あたしは、絶対に身を売りたくはなかった。母さんも、どんなに貧しくてもそれだけはしなかった。あたしにも、ことあるごとに身を大事にするように言い含めた。

——それなのに、身を守ろうとしても、あたしのような人間は、軽んじられるのだ。逃れるのは難しい。

口惜しさと屈辱があいまって、マサの涙は止まらない。すると恵郷は、マサを抱き寄せ、背中をさすってくれた。

——人のぬくもりは、こんなに温かいものなのか。

——母さんに最後に抱かれたのはいつだっただろうか。

そっと身体を放し、恵郷に、ねえ、と呼びかける。

「あんたを何て呼べばいい？」

「そうね。私が年上だし、姉さん、はどう？」

「朝鮮語で姉さんってなんていうの？」

「姉さんは、オンニ」

「オンニ……」

オンニ、オンニ、と小声で繰り返していると、その柔らかい響きが心地よく、マサの冷え切った心に温かなものが流れこんでくるような気がするのだった。

目覚めると、マサの身体に掛布団がかかっており、恵郷は部屋にいなかった。外を見ると日はすでに高く、昼近くになっているようだ。

居間に行くと、恵郷と喜代が楽しそうに話していた。昨晩のことを振り返ると、恵郷に声をかけるのが、なんとなく気恥ずかしかった。オンニ、という言葉も口からすんなり出てこない。ぐずぐずしていると、二人がマサに気づき笑顔を向けた。喜代は素朴で人の好さそうな丸顔で、ふっくらとした頬に赤みがさしている。

「喜代さんに頼んで、これを買ってきてもらったの」

恵郷が、新聞をマサに差し出した。開かれた紙面には、「**気高きお姿**」（**昨日の方子女王**）とあり、方子が馬車に乗っている写真が大きく載っていた。昨日マサが目にした方子の姿だった。

「李王、梨本宮両家の御慶事」の見出しのあとには、昨日の婚儀の様子が記されている。今日はそろって皇居に参内するという。慶事を祝って、朝鮮で国事犯が三千人も恩赦を受けたという記事もあった。爆弾のことはどこにも書いていない。

　マサは食い入るように記事に見入り、読み終えると、深く安堵のため息を吐いた。

――方子さまの身に何も起きなかった。

「マサ、なぜそんなに方子さまが好きなの？」

　恵郷に問われ、答えにとまどう。

――いくら親切にしてくれたからといって、昨日会ったばかりの恵郷さんに、母さんの話をするのはためらわれる。ましてや、いまこの場には喜代さんもいる。

「方子さまに似ているって言われるから」

　これは本当だった。きくは、「あんたは、方子さまに似ている」というのが、口癖だったのだ。

　喜代が、新聞の方子の写真とマサをなんどか見比べる。

「この写真じゃあ、ちょっとわからない」と言い、「ちょっと待っていて」と部屋を出ていった。喜代の言葉には強い訛りがある。静岡の人にも訛りはあったが、それとも違う。

　恵郷も写真を凝視したあと、マサの顔をまっすぐに見つめた。

「似ているかもしれないけれど、マサの方が、魅力がある」

「まさか、そんなわけない」

「私はそう思う」

　恵郷がきっぱりと言ったとき、喜代がばたばたと足音を立てて居間に戻ってきた。手には婦人雑誌を持っている。

「ここに方子さまの写真があるから見てみて」

　喜代は笑みを浮かべて、雑誌を開いた。

　梨本宮伊都子と方子、規子が並んで写った写真を眺める。三人は、洋装の立ち姿だ。顔は新聞よりはっきりとわかる。

「すこし似ているんじゃないの」喜代が微笑む。

　恵郷は、目を閉じて、軽く左右に頭をふった。同意していないようである。マサも、よく見ると自分と方子は、あまり似ていないと思った。しいて言えば、一重まぶたであることぐらいしか、共通点がないように見えた。

照れくさくて恵郷を、オンニ、と呼べず、ねえ、とごまかしているうちに、十日余りが経った。マサは、しげやていの雑事をいやいやこなしながら、近くに働き口がないか歩き回っていたが、まだ適当なものが見つかっていない。しげとていは威張っていたが、恵郷は言うまでもなく、喜代も優しく、居心地は悪くなかった。

日曜日に訪ねてきた南漢は、マサに、やあ、と声をかけてきた。明るい笑顔がまぶしすぎて、目をそらしてしまう。マサに貸してくれた下駄を履いているのを見て、南漢のぬくもりの名残を思い出し、顔がほてってくる。

「出かけてくる」と言って南漢は恵郷と連れ立って出ていった。ひとり残され、胸がざわざわとして落ち着かず、隣の喜代の部屋に行った。

「ねえ、日本ではいとこ同士って結婚するじゃない？　朝鮮ではどうなのかわかる？」

喜代は、ああ、と合点がいったという表情で、あのふたり、と言った。

「わたしもお恵さんに訊いてみたの。『いいひとなの？　結婚するの？』って。そしたら、朝鮮では、同じ祖先の姓のものとは結婚しないって。いとこども当然結婚しないそうよ。それに、お恵さんには想い人がほかにいるみたい」

「そうなの？」

うん、とうなずいて喜代は、どうやら、と声を低めた。

「獄のなかにいるみたい」

えっ、と息を呑んだ。

「お恵さん、小さい頃から幼馴染のいいなずけがいて、相思相愛だったみたい。その人がお恵さんのいとこのあのひとと留学していたんですって。だからその人を追ってお恵さんも留学してきたみたい。はあーっ、素敵よね。朝鮮にいる親からは、たまには顔を見せに帰ってこいと言われているみたいだけど、勉強が忙しいから帰れない、って手紙を書いたって。きっといいなずけがとらわれているから、日本を離れられないんじゃないかしら。それにお恵さん、いまは、朝鮮人の基督教女子青年会っていうのを作るのに忙しいみたい」

たしかに恵郷は学校だけでなく、昼に夜にと出かけていく。それにしても、恵郷は喜代にそうとう心を許しているようだ。いろいろと自分のことを話している。きっと喜代は性格がよいのだろうと思った。たしかに、朝鮮人を見下すようなこともない。

「いいなずけと言えば、王世子さまにも朝鮮の方に幼い頃からのいいなずけがいたって、お恵さんが言ってた」

「え、まさか。そんな……」

「朝鮮では一度王族のいいなずけになると、話がこわれても女は一生ひとり身でいなければならないんですって。お気の毒だわ」

——でも、方子さまは悪くない。

マサはぶるぶると強く頭を振った。


季節は過ぎていき、ふたたび春がめぐってきた。マサは宿舎での手伝いをしつつ、南漢の紹介により神田の印刷所で働いている。南漢は仲間と機関紙を発行しており、それはその印刷所で扱っていた。不穏な雰囲気のある印刷物だったが、マサはあえて読むことはしなかった。ただ南漢と顔を合わせることが多いことのみを励みに働いた。

「元気か？」

「飯はちゃんと食べているか？」

声をかけられるたびに、心臓が跳ね上がりそうになるが、無愛想に、うん、としか答えられない。それなのに南漢の姿がしばらく見えないと、気が気でなくなる。日曜になっても麴町に現れないので、たまらず恵郷に訊くと、朝鮮に戻っているということだった。

喜代が貸してくれる雑誌や買ってきてくれる新聞で、マサは方子の幸せそうな結婚生活を垣間見ることができた。そして、三月の終わりに、方子の慶ばしい記事を見つける。

「**方子妃殿下御着帯**」の大見出しのあとに「**昨日御擧行助産婦決定**」とある。

マサは、居間にひとりでいたが、気づくと意味不明の咆哮(ほうこう)をあげていた。

「ど、どうしたの、いったい」

「なにごと？」

駆けつけたしげとていが、まるでおかしなものでも見るように顔をしかめてマサを見つめる。

「方子さまがご懐妊！」

叫ぶと、しげがマサの手にある新聞を奪い取った。

「まさか……だって……」言いながら記事をじっくりと読む。

「わたくしにも見せて」ていも覗き込む。

マサは、勝ち誇ったように、二人を眺めていた。

夕方に戻った恵郷に、さっそく方子の妊娠を伝えた。

「めでたいけれど、これでまたしばらく李垠殿下と方子さまは朝鮮に行かれない」

「どういうこと？　方子さまは朝鮮に行くの？　ずっと？」

「ずっとということではないでしょうけれど、朝鮮での御婚儀をしないと、朝鮮をないがしろにしている、ってことになって、体裁としてよくないから、行かなければならないはず」

「じゃあ、必ず行くってこと？」

「生まれてから子どもを連れて行くことになるでしょう」

――方子さまが朝鮮に行く。そういう日が遠くない先に来る。

「あたしも朝鮮に行きたい」

マサの言葉に恵郷は驚いたように目を見開く。

「朝鮮に？」

「うん。朝鮮の春にはどんな花が咲くの？」

「うちの庭には山つつじがあるし、野山にはれんぎょうが咲いている」

「その花を見にいきたい」

マサは、南漢とともにつつじやれんぎょうの花を眺めている光景を思い描くと、満たされた気持ちになった。

「マサ、では、いつか私と一緒に朝鮮へ行きましょう。連れて行ってあげる」

――オンニのいいなずけは日本で獄中にいるというのに。

――そうだ、あのひととあたし、オンニとオンニのいいなずけ。いつの日かオンニの恋人が自由になったら、四人で朝鮮に行けばいいんだ。いっそ、あたしは日本に帰って来なくてもいい。

「ねえ……あの、ねえ……」

かすかに首をかしげた恵郷の細い首がこのうえなく優雅だ。

「オンニ」小声になってしまったが、ようやく口に出して言えた。

恵郷の口元に笑みが浮かぶ。

「あたしに朝鮮語を教えて」

続けて言うと、恵郷はマサの手を取って、もちろん、とまなじりを下げた。

第三章 ✿ 初めての胎動——方子

思いがけない量の祝電や手紙に目を通すと、夜更けになっていた。相変わらず心無い誹謗(ひぼう)中傷もあったらしいが、あらかじめ目が通されよけてあったので方子は読んでいない。それでも、心は乱れてどうしようもなかった。からだのために一刻も早く寝なければと思うが、目が冴えてしまっている。

——みな、私が子どもを産めないと思っていたのではないか。きっと根も葉もない噂を信じていたのだ。それゆえにほっとしたり、驚いたりして、これだけたくさん届いたに違いない。

祝電や手紙は親族や皇族の面々、学習院女子部の同級生たちからで、なかには見知らぬ人からのものも混じっている。そのうちの一通は、差出人の住所も名前もなく直接届けられた手紙で、亡くなった千代浦(ちようら)の遠い知り合いだという。便箋数枚にわたり、方子の懐妊がどれだけ自分にとって嬉しいか、方子は自分にとって生きる希望だとまで書いてあった。

電報と手紙の束を前に、方子は腹にそっと両手を重ね置き、そこに宿る小さな命に語りかける。

——どうか、どうか、すこやかに。

すると、方子に応えるかのように、腹の内側が、ぽこっ、ぽこっ、と動き、たしかないのちの息吹が掌に伝わってくる。動いているところが、むずむずとこそばゆい。

——これは、もしかして……。

我が子がまさに自分のなかで生きている、というなまなましい実感に、口元がおのずとほころぶ。

「はじめての胎動!」思わず声が出た。

——殿下にも早くお知らせしなければ。

立ち上がり、垠(ぎん)がやすむ寝室へと向かう。とはいえ、転んだりしたら大変なので走るわけにもいかず、もどかしくもゆっくりと慎重に一歩一歩、廊下を進む。歩きながら腹にふたたび手を当てて確かめると、幸い、胎動はまだ続いている。

いとおしさが「なんて元気な子なのだろう」と、ひとり言となってあふれ出た。

寝室の扉を開けて寝台に近づき、枕元の灯をつけても、垠は目覚めることなく、寝息をたてて深く眠っている。昨年の十二月より陸軍大学校に入学した垠は、このところ連日遅くまで勉強が続いたうえに、今日は垠の腹違いの兄李堈の第一子、学習院初等科に通う甥の李鍵が遊びに来た。ふたりは朝鮮側の職員を交えて遅くまで京城の様子や王公族たちの消息について話し、つい先ほど床に就いたのだった。

――殿下はお疲れなのだ。

傍らに腰かけ、垠に顔を近づける。そのときすでに腹の子はおとなしくなっていた。

――胎動のことは明日の朝お知らせすることにしよう。

垠は、いつもの鎧を脱いで、実に穏やかな表情をしている。

――ご親族と久しぶりに会われて打ち解けられたのでしょう。

方子は灯を消して垠の隣に身体を横たえて目を閉じ、婚儀からこれまでのことを思い返す。

あの日、頭に載せた王冠は、一歩すすむごとに重みを増しているかのようだった。

皇族代表として朝香宮、久邇宮が夫婦で参列し、親戚代表として鍋島侯爵夫妻、李王家からの使者、そのほかにも宮内大臣や朝鮮総督府の関係者など、多数の参列者とともに、結婚の儀は鳥居坂の李王世子邸にて行われた。

かしこまった儀式であったとはいえ、一点の曇りもなく晴れやかな面持ちの参列者は少なかった。自分に注がれる視線がほとんど哀れむかのように感じられたのは、方子の勘違いではないだろう。母の伊都子などは、泣きださんばかりの憂えた顔で必死に感情を押し隠しているようだった。あれほど垠を受け入れているように見えても、やはりいざとなると心は映し出される。いつもは泰然としている父の守正も終始難しい顔に見えた。

皇族の婚儀では習いである十二単姿と異なり、特例としてローブ・デコルテを身にまとい、民間と同様の小笠原流の三々九度を交わした。すべてが異例尽くしのうえ、国家の命運のかかるこの結婚に、どんなに心を強く持とうとしても、方子自身、不安がいっぱいだった。垠個人がたとえ立派で良い人間であろうと、日鮮融和の使命を帯びた結婚が一筋縄ではいかないのは、誰の目にも明らかなのだ。

——ご両親さまをはじめ、まわりのひとびと、そしてどちらの国の民も、この結婚を手放しで祝福してはくれない。

——だからこそ私は、決してこの結婚に失敗してはならない。

隣に並ぶ陸軍中尉の礼装姿の垠を視界の端に捉えながら、懸命に自分に言い聞かせた。

——大丈夫、殿下を信じて、ついていけばいい。私はただ、殿下をお幸せにすればいい。

しかし、ただひとり真っ白い朝鮮服を身にまとった女性に垠が視線を留めているのに気づいて、ひどく狼狽（ろうばい）する。方子もついその姿に目がいってしまうが、遠いので、顔はよく見えず、若いのか歳をとっているのかも判別できない。

——殿下は朝鮮服を見て、いいなずけの方のことを想っていらっしゃるのか。やはり朝鮮の方を娶（めと）りたかったのでは。

——この先、殿下が朝鮮の女性を欲したらどうしよう。

方子は女性から視線を外し、両親の方を見やる。

——おもうさまにはおたあさましかいないし、おふたりは仲睦（なかむつ）まじい。私たちもそうでありたい。殿下が外に女性を作るようなことがないように、誠心誠意お尽くしする。

かたく誓うと、王冠の重みがことさらに増し、肩や背中にまでのしかかってくるかのような気がした。

不意に身体の軸がぶれてぐらつく。すると、垠がそれに気づき、こちらをまっすぐに見つめてきた。

——殿下と心をひとつにしていく。私にはそれしか生きる道はない。殿下も私だけを見てください。

強いまなざしで垠の瞳の奥を探るが、垠の瞳は黒目がちで動きが少なく、そこから感情を読み取るのは難しい。ほんのひとときばかり目が合っただけで、垠のまなざしは方子から離れ、まもなく儀式は終わった。

来賓のひとびとが去り、垠とふたりで居間に落ち着くと、大輪の白牡丹（しろぼたん）が生けられているのが目に入る。方子は、はりつめていた心の置き場を見いだしたかのように、虚心に可憐な花に見とれた。

垠が方子の手をとり、自分の手を重ねてくる。方子のからだに、びりびりと電流が走る。

——はじめて殿下と触れ合った！

血潮がうねるのを感じながら、白牡丹から垠の顔に目を移す。

しばらく見つめあう。切れ長のまなじりは、いまやさしくゆるんでいる。垠の掌は、思ったよりも肉薄でひんやりとしていたが、方子の手のぬくもりでしだいにあたためられていった。

「ありがとう」

ようやく出た垠の短い言葉は、白牡丹の豊潤な香りとともに、方子の心に熱を注いでいった。

翌日は結婚の報告と感謝の意を伝えるため、天皇皇后の静養先の葉山御用邸に出向いた。それから三日ばかり祝宴が続き、ようやく新生活が始まった矢先、方子は、婚儀の当日に李王世子邸と馬車の爆破計画があったことを知った。

独立運動家の朝鮮の留学生が、馬車に爆弾を投擲して関係者の爆殺を狙ったが、爆弾は不発で、犯人の留学生も警察官に検挙されたという。犯人は斎藤実朝鮮総督や日本に親和的な朝鮮貴族李完用なども狙うつもりだったと自供した。

「李王殿下や方子女王に恨みはない。ふたりを強制的に結婚させた日本の行為が許せなかった」とも述べたという。この事件は極秘にされ、関係者以外には知らされず、新聞報道ももちろんなく、方子も御用掛の櫻井柳子から内密の話として聞かされたのだった。

——当然おこるべきことだったのかもしれない。

方子は、刺繍をしながらことの顚末を聴いたが、自分でも不思議なほど動じることなく、針の運びが乱れることはなかった。

「お伝えするかどうか悩みましたが、やはりお耳に入れるべきかと。妃殿下、どうぞ、お気をしっかりと持ってください」

——これからもさまざまな攻撃が向けられるかもしれない。そうだとしても私は、どんなことにもひるまないでいよう。命をかけて殿下に尽くすことが、私自身をも守ることになるはず。

「大丈夫です」

微笑みさえ浮かべて淡々と刺繍を続ける方子に、櫻井は、まあ、と感嘆の声を漏らした。

「妃殿下、ご立派ですが、あまりご無理をなさらずに。おつらければ、いつでもこの櫻井にお気持ちをぶつけてくださいまし」

櫻井の気遣いようは尋常でなく、頻繁に方子の様子を見に来た。女中頭の中山貞子をはじめ、侍女たちも常に方子の顔色をうかがい、神経をとがらせていた。

垠もこの事件のことを耳にしたようだ。書斎の机で作業をしているところに紅茶を持っていくと、婚儀の日の、と言いながら、紅茶に砂糖を二杯入れた。

「馬車のことは……」

それきり黙して、スプーンで紅茶をかきまぜる。ゆっくりとした一定の速度でスプーンを回し、カップの中を見つめている。表情こそ淡泊だが、スプーンを持っていない方の手で、さざれ石を強く握りしめている。

方子もむやみに言葉を返さず、微笑みを保って垠を見守っていたが、しばらくして、「私は大丈夫です」ときっぱりと言った。垠はほっとしたのか、スプーンの動きを止め、さざれ石を握る手もゆるんだ。

かまえていた櫻井や侍女たちも、方子の毅然とした態度に安堵し、しだいにぴりぴりとした雰囲気は薄れていった。方子も朝鮮側の職員と梨本宮から来たものたち、宮内省の職員、各所に目を配った。細かいすれ違いは当然あり、方子の気苦労がまったくないわけではないものの、幸い大きな問題はおきなかった。

結婚してひと月後、鳥居坂に朝鮮からきた留学生たちを招くことになった。方子は朝鮮の留学生と聞いて、爆弾事件の犯人のことが思い出されて賛成しかねたが、決して口にはしなかった。垠はすんなりとなんの疑問も呈さず、留学生を歓迎した。

垠は留学生たちを朝鮮料理でもてなし、朝鮮語で談笑した。すると彼らは恐縮しつつも本当にうれしそうで、垠が幼少時に来日したにもかかわらず母国語を巧みに操るのに驚き、感激して涙するものさえいた。垠もいつもよりくだけて見えた。方子は垠と留学生のやりとりに一抹のさみしさを覚え、その翌日から朝鮮語の勉強を再開した。

方子にとっての一番の気がかりは垠が心を開いてくれている実感を持てないことだった。ふだんの垠は、長い日本での生活でしみついてしまったものなのか、それとも元来そういう気質なのか、諦念を張り付けているかのように表情が乏しい。そしてあまりしゃべらない。方子はどうにも垠の心のうちがわからないことがもどかしかった。かといって、方子も感情をすべて表すことはできない。

互いに不器用にいたわりあいながらも、二十二歳と十八歳の若夫婦のあいだには、薄い膜が張られており、その膜は、やわらかくも頑丈だった。

――これから時間をかけて、殿下のお心に近づけばいいのだ。

方子はけなげに若妻の務めを果たした。垠の出勤後は家内を整理した。そして、垠をもっと理解したいという思いから、高事務官をはじめ朝鮮から来ている李王家の職員たちに、努めて朝鮮の風習を尋ねるように心がけ、朝鮮語の勉強も続けた。

時折垠の前で、かたことの朝鮮語を口にすると、垠は「よく覚えたね」とすこしだけ口元がほころぶのだった。その顔が見たくて、方子はさらに学習に励んだ。

秋晴れのある日、方子は垠の出勤後、みずから垠の書斎を掃除すると告げた。使用人たちに驚かれ、止められたが、梨本宮家では伊都子の方針で幼いころから掃除を手伝っていたので、まったく意に介さなかった。その日は、垠の三歳ほど年上で母方の従兄である厳柱明が訪ねてくるという連絡が入っていた。

――きっと殿下と厳さまは、書斎でお話しになるでしょう。気持ちよくお話しできるように、私がしっかりと掃除してさしあげなければ。

方子ははたきと雑巾を手にし、ひとりで書斎に入った。

厳柱明は垠が満十歳で来日した際に朝鮮より同行し、ともにこちらで過ごしたので、垠とは特別に親しい。垠が高事務官に何度も厳の来訪の日付を確かめてはうなずいているのを方子は目にしていた。

垠の机の上には、方子の手製のテーブルクロスがあり、さざれ石が載っていた。方子は掃除の手を止め、さざれ石を眺める。

――お部屋に置いていかれたのか。

――きっとお仕事のときは、人目もあって、石を握ったりすることはおできにならないのでしょう。それだけ気が張っていらっしゃるということでしょう。帰宅されて、ひとりでお心を解かれたときに、石を握りしめていらっしゃるのだ。お辛いことを思い出し、故郷に想いを馳せて……。

――殿下がこの石を握りしめることが減りますよう

に。いまここでの生活がお幸せであると感じられますように。

——そのために私が頑張らないと。

雑巾がけのために、さざれ石を端に寄せ、机の上に散らばっている本やペンを片付けていると、一枚の薄い紙が本の間に挟まっているのに気づく。取り出してみると、便箋程度の大きさで、そこには、朝鮮服を着た女性の絵がペンで描かれていた。女性はひっつめた頭にかんざしのような装飾品をつけている。顔に目鼻はなく、紺色のインクでスケッチのように描かれていた。

——これは、殿下のお手によるものなのだろうか。いつも使っているペンのインクと同じようだ。

指に力が入ってしまい、慌てて力を抜く。気を付けないと、よれたり破れたりしてしまう。

絵を本に挟んで元に戻し、ふたたび雑巾を手にするが、目にしたばかりの絵が頭から離れない。

——殿下がお描きになったのだとしたら、いつ描いたのだろうか。

——そして、誰を描いたのだろう。

胸がざわついていてもたってもいられず、書斎をうろうろと歩き回る。婚儀の日、垠が白い朝鮮服姿の女性を見つめていた光景が蘇った。

——やはり殿下は朝鮮の女性と結婚なさりたかったのではないか。

——いいなずけの方を忘れてはいらっしゃらないのではないか。

——そしてそのいいなずけの方も、一生独身で殿下を想い続け、私を恨んで生きていくのかもしれない。

机に戻り、さざれ石をつかんで胸元で握りしめる。しっとりと冷たい手触りに浸っていると、方子の心はしだいにしずまっていった。

顔をあげて、さざれ石をテーブルクロスの上に戻す。

——さあ、居間も、ダイニングも掃除しなければ。

方子は使用人を呼びに、書斎を出た。

夕方やってきた厳柱明を方子は居間で出迎えた。

厳柱明は、満面の笑みを向ける。

「妃殿下、遅ればせながらご結婚おめでとうございます。御婚儀には伺えず、失礼しました」

方子と厳柱明とは、初対面だった。厳柱明は、朗らかで声が大きく、親しみやすい人物に見えた。

「殿下がご帰宅なさるまで、私がお相手させていただきます」

「こんなに美しい妃殿下とお話しできるのが光栄であります。では、私の存じている殿下の秘密でも教えてさしあげましょう」

そう言って豪快に笑うと、紅茶に砂糖を五杯も放り込んで素早くかきまぜ、一気に飲み干した。

――厳さまは、どんなことでも気楽に話してくださるかもしれない。

「すこしばかり、私から質問してもいいでしょうか」

方子は小声で言った。室内にはつい先ほどまで中山がいたが、紅茶のおかわりを作るため退室したばかりで、たまたま方子と厳柱明のふたりきりだった。

「なんなりと」口元をほころばして、おどけたように表情を崩す。

「ええと……」

言いよどんでいると、厳柱明が顔を近づけてきて、「だれもいないので、いまのうちですよ」とささやいた。

方子は唾を呑みこんでから、では、と続けた。

「殿下のいいなずけの方をご存知でしょうか」

「ああ」厳柱明は真顔になった。

「閔甲完（ミンカプワン）さまのことですね」

気になって仕方ないのに、漠然とした、いいなずけ、ではなく具体的な、閔甲完、という名前を知ると、実体を持った人間としてたしかにそういう女性が存在することがありありと感じられて、それはそれで心がかき乱される。

「私は会ったことがありません。殿下も、幼いころに会ったきりで、顔も忘れているのではないですか」

「そう……ですか……」方子は安堵しつつも、釈然としなかった。

「よけいなことをご案じなさらずに。ご結婚されてからの殿下は、明るくなりました。とてもお幸せなのだと思います」

「ええ。でも、実はときどき、殿下の顔からまったく表情が消え、お言葉もますます少なくなることがあって。そういうとき、私はどうしていいかわからないのです」

「こちらに留学してからご一緒しておりますが、殿下は突然ご自分の殻に閉じこもってしまうことがたびたびありました。それはおそらく、母君、つまり私のおばの厳妃(オムビ)さまのことを思い出されていたのでしょう」

「母君さまのことを……」

「殿下は、日本に来て以来、人前で母君のことに触れることはまったくなかったのです。ところがある日、私とふたりで風呂に入ったとき、唐突に、『あなたは母上が恋しくないの？』と朝鮮語でささやかれたのです。日本ではめったに朝鮮語を口にしなかった殿下も私とふたりきりで気が緩んだのでしょう。私も正直に、『母上だけでなく、朝鮮が恋しいです』とお答えすると、殿下は声をあげて泣き始めたのです。私も悲しくてたまらなくなり、殿下と抱き合ってしばらくふたりで泣きじゃくり、風呂場を出ました」

厳柱明は、最後に、「私も幼かったです。まあ、あの頃、夏休みには朝鮮に帰れると言われていたのに、五年経ってもいっこうに帰れなかったものですから」と笑いながら語ったが、方子の胸は張り裂けんばかりに痛んだ。

――そして殿下は、母君が腸チフスでお亡くなりになるまで一度も朝鮮に帰れずに、遺体にもお目にかかれなかった……。

以前、方子が垠からもらった絵葉書を見た高事務官から、厳妃が亡くなってから七年余り、垠が一日も欠かさず、美しい絵葉書を選んで父親の李太王に便りを送っていたと聞いたことがある。

――李太王さまも、もうこの世にはいらっしゃらない。

幼少期を過ごした昌徳宮のさざれ石を握りしめる垠のこぶし、朝鮮の留学生と談笑する垠の横顔、方子のつたない朝鮮語を聞いたときの垠のほころんだ口元が思い出される。

――私はご両親さまと妹、あたたかい使用人たちに囲まれて、愛情をふんだんに受けて育った。おもうさまやおたあさまがお留守のことは多かったが、心からさみしい思いなどしたことはなかった。いまだって、すぐ近くに梨本宮邸はある。こんな私に、殿下の故郷やご両親さまへの想いを真に理解できるはずがない。

――あの絵だってきっと、殿下が母君の厳妃さまを描いたに違いない。

口の中が乾いて仕方なく、方子は冷めた紅茶を口にする。砂糖を入れ忘れて、渋かった。

「妃殿下、これからどんなことがあっても、どうか殿下のおそばにいてさしあげてください。おさみしさをなぐさめてさしあげてください」

厳柱明は先ほどと打って変わって真剣な面持ちで言うと、深く頭を下げた。

翌日、鳥居坂に来て方子は嫁入り道具として持参した朝鮮服に、はじめて袖を通した。胸には李太王からもらった薄緑色の翡翠の飾りを着けた。着付けは朝鮮から来ている職員に教わった。

帰宅した垠を空色の朝鮮服で迎えると、垠は目を見張り、しばらく方子の胸元の飾りをじっと眺めた。そして、小さく息を吸い、「よく似合うね」と目を細めた。それ以上はなにも言わなかったが、何度かまばたきをしたのち、遠くを見つめるようなまなざしになった。

――これからは折あるごとに朝鮮服を着よう。すこしでもおなぐさみになれば。

方子は口にこそしなかったが、垠の顔をうかがいつつ、ひとり誓った。

垠は陸軍大学校へ入学してからというもの、夜更けまで勉強の続く日がたびたびあった。そんな日の方子は書斎のストーブのそばで編み物をしながら、ともに起きていた。英語だけでなくロシア語まで堪能な垠にあらためて感心する。

また、机に向かう垠に熱い紅茶を用意したり、垠が図上戦術の地図を作製しているときなどは、赤や青の色鉛筆が丸くなるたびに、せっせと削り役を務めたりして、つねに垠のそばにいるように心がけた。

垠が戦術の宿題で敵と対陣しながら将棋の駒を動かし、作戦計画を立てているのを傍らで見るのはとくに楽しかった。

――あの歩兵陣地からだと、右に回ってあの山に行くのがよさそう。それともこの場合は左に回った方が……。

方子も勝手に作戦計画を考えて垠に披露した。次の日、宿題の答案が返ってきて、自分の作戦が合っていたりすると、無邪気に声をあげて喜び、鉛筆を削る手もはずんだ。

「方子が男だったら、優秀な参謀長になれるね」垠は、冗談をいうようになっていた。

難解な問題であっても垠はいつも正しく解答を出し、忠実に宿題を提出した。さぼるようなことは決してなかった。

　師走を二十日も過ぎて、こまごまとした年末年始の準備について相談があり久しぶりに梨本宮家に帰ると、伊都子が嬉々として方子に言った。

「王世子殿下の上官にあたる方が、ずいぶんと殿下をほめていらっしゃいましたよ。『陸軍にいらっしゃる皇族方や王公族方の中でも、際立って態度がごりっぱで、すべてがおおらかな、王者の風格を備えられ、軍の上層部のひとたちも殿下の英邁さを讃えており、みなから尊敬されておいでです』と申されていました。とても誇らしく思いましたよ」

　方子は結婚までの紆余曲折、誹謗中傷、そして自分自身の深い葛藤が思い出され、感極まって涙ぐんだ。

　伊都子は、黙ってきれいにアイロンのかかった白いハンケチーフを方子に差し出す。伊都子のおしるし、桂が刺繍され、かすかに白檀の香が宿るハンケチーフで涙をぬぐうと、急に吐き気があがってきた。

「おたあさま、ちょっと失礼いたします」

　方子は立ち上がって廊下を通り、外に駆け出た。

　庭の片隅で新鮮な空気を吸うといくぶんか吐き気は治まった。邸内に戻ると、伊都子が顔をほころばしていた。

「あなた、もしかして？」

「はい、おたあさま。最近体調も悪く、月のものも来ておらず……」はにかんで答える。

「すぐに診てもらいましょう」

　鈴木侍医を呼び、診察を受けると、やはり妊娠していた。

「おめでとう。本当に、おめでとう」

　方子以上に涙する伊都子とかたく抱き合った。方子が石女と言われ、さまざまな噂をされたことに伊都子も苦しんでいたのだ。

　梨本宮家から王世子邸に戻り、方子はすぐに朝鮮服を身に着けた。職員の指導の下、いくども練習したので、すでにひとりで着られるようになっていた。

　陸軍大学校より帰宅した垠は、方子の朝鮮服を見て、あ、となにか言いたげに一瞬顔を曇らせた。

「なにかございましたか？」

　方子は妊娠のことを知らせたくてたまらなかったが、堪えて尋ねた。

「実は京城の兄殿下が、あちらでも朝鮮風の式をあげるようにとおっしゃっている。あなたにも早く会いたいそうだ」

「嬉しうございます。妹君ともお目にかかりたく存じます。私も早くお会いしとうございます」

春より京城の日出(ひので)小学校に通う予定の垠の腹違いの妹は、一族の愛情を一身に集めていると李鍵から聞いていた。李鍵は休日になるとたびたび鳥居坂に遊びに来る。

――妹君は、どんなにかおかわいいことでしょう。

方子は妹の規子と仲の良い姉妹だったし、規子を愛しく思っていた。だから垠の妹にとっても、よき姉となりたかった。親しくなりたかった。

「だがね」垠は声を落とす。

「朝鮮での式へのお許しが、こちらで出ない」

方子は、いずれにせよ、と応えた。

「私がいま朝鮮に行くことは難しいです」

「なぜ?」垠はいぶかしげに方子を見やった。

「体調が……」

「具合でも悪いの?」

「いえ、あの、具合が悪いわけではなく……」

方子は頬を赤らめてうつむいた。「子が宿りました」と消え入るような声でささやくと、垠はそっと方子の手をとった。

「ほんとうかい?」

小さくうなずくと、握る手に力が込められていった。方子が初めて見る、垠の顔がたちまち喜色に満ちていき、垠の感情がそのまま露わになった顔だった。

「からだを大事に」

それきり垠と方子は、ながいこと黙ったままただ手を握り合っていた。


八月半ば、盆も過ぎ、夜は風に涼しさが感じ取れるようになっていた。方子は順調に臨月を迎え、身動きひとつもしんどい。

予定日も近づいていた晩、寝付けずに生まれてくる子どものためにせっせと編んだ毛糸の上衣や、ひとはりひとはり縫った木綿の肌着、伊都子が仕立ててくれたメリンスの友禅の着物などを調えていた。それらすべてに、五弁の花びらで李の花をかたどった李王家の紋章を方子自身の手で刺繍した。

生まれて来る子どものための服を眺めていると、

我が子に会える待ち遠しさに、無事に出産ができるかという不安が交錯してくる。

――白湯でも飲んで落ち着こう。

近くに控える中山を呼ぼうとすると、ぎゅっとしめつけられるような痛みが腹に走った。無意識に声も出ていたようで、中山が駆け寄ってきた。中山は方子を支えながら、大きな声でほかの女中らを呼んだ。

陣痛が始まったとの知らせを受けて方子の様子を見に来た垠は、方子がうずくまっているのを見て青ざめている。

「殿下、ご心配なさらずに」中山が言った。

痛みが引いたときに方子も、大丈夫です、と気丈にふるまう。

――いよいよ、いよいよだ。やっとここまでこられた。

方子は、思っていたよりもずっと落ち着いていていた。

朝鮮王朝に起きた毒殺や暗殺、独立運動家たちのテロル、垠と方子に届いた脅迫状らをふまえて、方子は慎重すぎるほど神経を遣い、この日を迎えるまでかなり気を張って暮らしてきた。垠の子を無事に産むことが日鮮融和のためにも大切な仕事と言われるたびにのしかかる重圧に、気がふさぐこともあった。それらの日々を思えば、陣痛や出産に耐えるのはたやすいことに思えた。

知らせを受けた岩瀬博士、鈴木侍医、小山典医、岩崎助産婦が急ぎやってきて、出産の準備が整えられる。部屋には方子のほかに、医師と助産婦、女中のみが待機した。

真夜中を過ぎ、陣痛の間隔はしだいに短くなっていき、痛みも強くなってくる。腹の中の子が外の世界に飛び出そうと、ものすごい力を放ち始めている。

呼吸で痛みを逃すように言われてもなかなかうまくできず、身もだえる。岩崎助産婦が腰をさすってくれると、ほんのすこしだけ楽になった。

流れ落ちる汗が目に入り、周りが見えなくなる。陣痛の波を越えた後は疲労で頭がぼうっとして、意識が飛びそうになる。

氷水にひたした布で汗を拭われ、我に返る。

――耐えられそうだなんて思ったけれど、こんなに痛いことは生まれて初めてだ。あまりにもつらい。

――だけど、声を出さないように耐えなければ。私は李王世子妃で、梨本宮家の女王なのだから。

「妃殿下、次の陣痛で」

午前二時をまわり、ようやく鈴木侍医から言われた。方子は岩崎助産婦に教えられたとおり、息を吸ったり吐いたりする。

大きな痛みの波がやってくる。方子は言われるがまま、腹に力を入れていきんだ。唇や舌をかまないように手ぬぐいを口にはさみ、女中たちの手をつかんで、長く息を止める。

からだのなかから、大きな塊が動いていく、という感触が、途中で止まった。

――腰が砕けそうだ。からだがばらばらになりそうだ。

――だけど、ちゃんと産まなければ。耐えるのだ。

息を継ぐまでの数十秒が、とてつもなく長く思えた。

ふたたびいきむように言われて、女中の手をとる。岩崎助産婦が腹を押してくる。

激しい痛みで頭が真っ白になりかけたとき、するっと、からだから塊が抜けていくのを感じた。

方子がもうろうとしながら足元に目をやると、岩崎助産婦と鈴木侍医、小山典医があわただしく動いている背中が見えた。

――子は無事だろうか？

ひとときの間があって、部屋中に産声が広がった。

「親王さまですっ」

誰の声ともわからない歓喜の声が、幾重にもこだまする。

――私は子を産んだのだ。

――男児を！

――李王家の跡継ぎである王子が、生まれてきた。

――子どもを産めないと噂された私が、大きなつとめを果たした。

全身の力が抜けて、女中と握っていた手がはなれる。

後産（あとざん）を終えてしばらくすると、すこしうとうとしたようだった。目覚めるといつの間にか枕元に垠がいて、方子の顔を覗き込んでいた。

「ご苦労様。とても元気な子だ。よかった、よかった」

ねぎらいの言葉を聞いて胸が詰まる。方子の頬にひとすじ涙が流れ落ちた。

垠の背後で、伊都子が白い布に包（くる）まれた赤子を抱いている。方子がおたあさま、と声をかけると、伊都子が傍らに来た。

「なんておかわいらしいのでしょう」

そう言って方子に赤子の顔を見せる伊都子は、満面に笑みを浮かべていた。垠も笑み崩れた顔で赤子に目が釘づけだ。

方子の目から涙が次々にあふれ出てきて止まらない。

――いとおしい。いとおしい。いとおしい。

初めて目にする我が子は、しっかりとした鼻筋や厚みのある唇が垠に似ていて、生まれたばかりとは思えないほど、ふくよかで風格があった。

方子は垠と生まれたばかりの我が子をなんども見比べた。


翌日の新聞には、大正十年八月十八日午前二時三十五分に鳥居坂の李王世子邸にて、垠と方子の第一子が誕生したとの記事が大きく載った。

「旧李王朝第二十九代にあたる日鮮融和のシンボル」

「ここに日鮮一体の結実を見よ」

見出しが派手に躍っていた。


李王家にも早速電報が飛び、周囲からも、「これで李王家もご安泰」と祝い讃えられた。天皇は特に詔書を発し、宮内大臣、原敬(はらたかし)首相副署の上、官報号外を発した。李王家の王子の誕生は、一大慶事として日本でも朝鮮でも大騒ぎだった。

しかしそれらも方子にとっては、なにか他人事のようだった。方子はあたたかくやわらかな赤子に乳を与えながら、母になった喜びしか感じなかった。このまま世の常の母である幸せだけでいい、それ以上の望みはない、とさえ思うのだった。

垠は撮影機でさっそく赤子を写し、カメラでしきりに写真を撮る。方子から手渡されて、自分と血が濃く繋がった小さなからだを、いとも大事そうにおそるおそる抱き、その顔を飽くことなく眺めている。

お七夜に晋(しん)と命名した。どのような運命に生きようとも、すこやかに、命長く、明るく幸せに人生を歩んでほしいという祈りを込めた名前だった。

晋はすくすくと成長し、七か月になった。

世話をする侍女や女中たちの笑い声が絶えず、家内は明るさに満ちている。垠の表情もゆたかになり、夫婦ふたりのあいだにあった膜は、ほとんど消えかけていた。

けれどもその膜は、突然現れることがある。

方子は、垠が新聞に「**鮮人**」「**不逞鮮人**」という活字が見出しにある記事を、高事務官とふたりで暗い表情で読み込んでいるのを半分ほど開いていた書斎の扉越しに目撃してしまった。

垠は記事から顔をあげると高事務官に向かって、朝鮮語をまくしたてている。いつもと異なる垠の剣幕にたじろいでいると、高事務官がふと方子に気づき、顔色を変え、ささやき声で垠に注意を促した。しかし垠はこちらを見ようとしない。方子はなにか言わなければと思うものの、言葉も思いつかないし、言ったところで垠に届かないような気がして、その場を静かに立ち去った。

また、ある日方子は、皇族の集いで、垠が現れると同時に会話がぷつんと切れるのを目にした。それはほんの微妙な一瞬で、その後はなごやかにまたひとびとは話し始めたのだが、垠は能面のような顔でほとんど誰とも口をきくことはなかったし、方子とも話さない。挨拶以上に垠へ積極的に話しかけるものもなかった。方子に対しても周囲は社交辞令ていどの会話をしてくるだけで、方子の気持ちも落ち込んだ。

離乳食が始まったばかりだが晋の食欲は旺盛で、方子の乳もよく飲み、乳母の乳も足していた。方子は皇族の慣例を破り、自ら乳を与えている。晋はよく笑い、よく泣き、よく寝る、発育も順調なすこやかな子どもだった。まるまると太り、生命力に満ちあふれ、メリンス友禅の着物も毛糸の上衣もよく似合う。

垠は赤子用の軍服をどこからか手に入れて晋に着せて写真を撮った。現像した軍服姿の写真はいっぱしの姿で、実に愛らしい。この写真を梨本宮家の両親は格別に喜んだ。額に入れて飾っているという。

晋を見ると誰もが心を奪われた。最近は、座ることができるようになって、あー、だとか、うー、だとか、さかんに発語している。

伊都子は毎週のように訪ねてくる。規子も、セルロイドの玩具や兎のぬいぐるみなどを持ってきて、たまについてきた。どうにかして笑わせようと必死になり、晋が声を上げると、はしゃいでいる。父の守正まで孫の顔を見に来ることがあり、いつもの威厳はどこへ、まなじりをさげてすっかり相好を崩す。大事なカイゼル髭を引っ張られても、笑っている。

——幼い子どもがこんなにも、まわりを幸せにするものなのか。

——我が子の笑い声が聞こえるときほど、楽しく美しい瞬間はない。

方子は晋を抱きしめては、そのやわらかな頬に鼻を寄せてほんのり甘い匂いをかぎ、額に口づける。

——あちらの方々にも、晋ちゃまのかわいい姿を見せてさしあげたいけれど。

——それに、あちらで朝鮮風の式もあげないといけない。

李王からは再三、朝鮮に来て謁見するようにとの催促が垠のもとにあったが、日本側の許可はいまだ出ず、方子は気をもみながらも内心ではほっとしていた。

しかしながら、とうとう許しが出て、翌月の四月二十三日に出発することが決まったということを、垠は方子に告げた。李王と尹妃(いんぴ)に結婚の報告をする、いわば朝鮮王朝の結婚式である覲見式(きんけんしき)と、歴代朝鮮王を祀る宗廟への廟見(びょうけん)の儀をこれ以上遅らせるわけにはいかないという判断だそうだ。

「晋もぜひ一緒にと言われてね」

垠は最初から最後まで方子と目を合わさずに言った。かすかに動揺が表れ、視線が泳いでいる。

「やはり晋ちゃまも……」方子はそこで口をつぐむ。

——気候も風土も違う土地で、万が一のことがあったら……。せめて一年を過ぎてからでないと、とても無理だ。

だが、ためらいを口にすることはできなかった。朝鮮にかかわることとなると、夫婦のあいだの距離は急に遠くなる。わだかまりを抱えて互いに口を閉ざし、本心は話せない。

「なんとか晋だけは次の機会に、と申したが」

深いため息とともに、垠は首を左右に振った。

「あちらの王族や民衆のことを思うと、連れて行かないわけにはいかないだろう」

そう言うと、自分の殻に閉じこもるかのように無表情になった。

——晋ちゃまは朝鮮の王室を継ぐ王子なのだ。

方子は心重く、自分の不安と折り合いをつけるしかなかった。

伊都子は、翌日の午前中に、鳥居坂にさっそく駆けつけてきた。伊都子の希望で人払いをし、母と娘、ふたりきりで話した。垠は陸軍大学校へ行ったあとだった。

「あなたがたの朝鮮行き、私は絶対に反対です。八か月の乳飲み子を連れていくなんて。早すぎます。いけません」きつい口調で言った。

「おたあさま、もう決まってしまったことで、私にはどうすることもできません。殿下もお立場上、言えないのです。殿下が何か言って、日鮮のあいだがらに影響を与えてしまったら大変です」

垠が無口なのは、日本に留学して以来いつも監視されている環境のもとで垠の言葉がもたらす影響の大きさが計り知れないからだと、方子はもはや悟っていた。結婚後も、家内には日本側と朝鮮側の人間が混在し、めったなことは言えない。それは、方子も同様だった。晋の誕生でなごやかな空気ではあるものの、微妙な雰囲気になる場面はかならずあった。だが、垠も方子も、触れてはいけないことがあるのを理解しながら、そんなものはないかのようにふるまっている。

「乳母はもちろん、女中や職員を日本から連れて行きますし、医師も同行します。総督府でも万全の注意を払ってくれるでしょう。私もよくよく気を付けます」

方子は、伊都子に答えながら、とてつもない不安にさいなまれる自分自身に言い聞かせていた。

「ほんとうにあなたは……」伊都子は目を潤ませる。

「あなたはさだめを受け入れて、強く生きている。梨本宮家の名に恥じない、りっぱな妃殿下です。あなたを誇りに思います」

方子は心のうちで答える。

――私はそんなにりっぱではありません。誰よりも苦しまれている殿下に添うだけです。

「それでもやはり、晋ちゃまだけは、置いていくことはできないの?」

まるですがるように言った伊都子の前で、方子はただうなだれた。

方子は心の奥に憂いを抱えつづけ、とうとう出発前日には発熱し、床に臥せってしまった。垠も感情を押し殺しているのか、いつにもまして言葉少ない日々が続いていた。

結婚式にあたる覲見式の服装を日本側では洋装と決めていたが、朝鮮貴族と王公族の多くが反対してきた。観見式は李王家の内事なのでやむをえないと日本側が譲歩し、直前に朝鮮服に変わった。このように、晋の同行に限らず、垠と方子が気をもむ事は多かったのだ。

幸い、方子の熱はそれほど高くなく、数時間横になっていると平熱に戻ったが、心のうちをうつすかのように身体はだるかった。心配して見舞いに来た伊都子が「どうにか晋ちゃまを置いていけないの」とこの期に及んで繰り返すので、ますます気が重くなっていく。

伊都子はその日、晋と三時間も遊び、名残惜しそうに帰っていった。

四月二十三日の朝、垠と方子、そして生後八か月の晋は、高事務官、櫻井をはじめとした職員、乳母、侍女と女中たちとともに、宮内省の用意した自動車に乗り込む。一行は朝鮮に向けて鳥居坂の王世子邸をあとにした。

東京駅には守正と伊都子も見送りに来た。伊都子が晋を抱き上げほおずりすると、晋は無邪気にきゃっきゃっと声をあげて笑った。守正はこわばった顔でその様子を見守っていたが、いよいよ汽車に乗り込む時間になって伊都子から乳母に晋が返されるとき、さっと手を出して晋の手をつかみ、すぐに放した。

宮内省の職員や医師、通訳も加わり、一行が乗った特別急行が汽笛を鳴らしてホームを発車する。

――本来は、朝鮮への里帰りは喜ばしいことなのだ。明るく出発しよう。

方子は後ろ髪を引かれる思いを振り切るように、見送りの人々に向けて笑顔を作り、手を振った。

気晴らしに窓から外を眺めていると、やがて富士山が目に入ってきた。その麗しく雄大な姿は、方子をやさしく励ましてくれた。

京都に立ち寄り二泊し、明治天皇の眠る桃山御陵に参拝した。その後また汽車に乗り、下関に着いたのは、二十五日の午前九時頃だった。晋は環境の変化のためか、むずかることが多かったが、乳はよく飲んでいた。

――とうとう、海をわたるのか。

下関港より関釜連絡船新羅(しらぎ)丸に乗り込む。

二千二十一トンの船は、下関から釜山(ふざん)まで、玄界灘(げんかいなだ)を越え、約十五時間かかるという。前日の風雨のあとで波が高く、船はかなり揺れた。一行は誰もが船酔いで苦しく、船室にこもりきりになる。晋は乳もあまり飲まず、不安げにぐずぐずと泣いてばかりだった。方子はうとうととまどろむ程度の睡眠しかとれず、寝苦しい夜を過ごした。

朝の太陽がまぶしく海を照らすなか、新羅丸は汽笛を鳴らし、静かに釜山港に近づいていく。窓辺から、陸が迫ってくるのが見える。赤土の山にまばらな松の緑といった風景は、緑深い日本の山の姿とずいぶん違う。朝鮮の山は、荒涼としていた。

――やはりここは異国なのだ。

おのずと肩に力が入る。

船が接岸すると、出迎えの朝鮮貴族や王公族たちが先を争うように乗船してきた。そのうち李堈はわざわざ垠と方子の船室まで来てくれて、方子に笑いかけた。あまりの見栄えのよさに、方子はうろたえて目をそらす。

――兄上が、さまざまな女性たちと浮名を流しているのがわかる。

李堈や朝鮮貴族たちにいざなわれ、陸海軍の勇ましい儀式のラッパが響くなか、新羅丸から下り、朝鮮の地に第一歩を刻んだ。垠は軍服姿、方子は上着に揃いの長いスカート、つばの小さい帽子をかぶり、駝鳥の羽根のストールを肩にかけている。晋はベビイドレスにレースのケープ姿で乳母に抱かれていた。

数千人とも見える白衣の学生が日の丸の旗を振りかざし、万歳を叫んでいるのを見て、方子は息を呑んだ。

――朝鮮のひとびとが、殿下を、晋ちゃまを、私を、これほど歓迎してくれるとは、正直、思わなかった。

釜山駅から臨時列車に乗り、京城に向かって北上する。停車する駅ごとに、白衣の学生と老若男女で埋め尽くされ、やはりここでも日の丸が波のように揺れ、万歳の嵐が起きた。駅長や面長（村長）たちが車内にまで入り込み、垠に深く礼を捧げて感激に浸る。

秋風嶺（しゅうふうれい）駅では、八十は超えていそうな老人が、朝鮮王朝の古式の礼服を身にまとい、垠を目の前にして、深い皺が刻まれた顔に涙を浮かべている。方子にも朝鮮語で話しかけてきた。

「この方は、昔宮殿で侍従長をされていました。晋さまが長寿であるようにとの祈りを込めて、自分の白髪を切ってきたそうです。遠路はるばる山奥から出てきたと言っています」高事務官が方子に通訳してくれた。

方子は胸を熱くしながら、カムサハムニダ、と朝鮮語で答えた。

汽車はふたたび発車する。やがて、海のように広大な漢江の長い鉄橋を渡り、行く手に龍山の街が見えてきた。高い瓦ぶきの西洋風建築があるのは、ここが日本の軍隊の町で、司令部や官舎が多いからだという。

午後六時過ぎに京城の南大門駅に着いた。方子と垠は弁当を食べており、ちょうど方子が白米を口に入れたところで汽車が駅にすべりこんだ。ホームには日の丸の旗を持ったひとびとがここでもひしめいていた。仕方なく米粒を入れたまま口を閉じ、すました顔で立ち上がって手を振った。垠がこちらを見て、かすかに笑みをもらす。

汽車を降り、斎藤実朝鮮総督はじめ、文武官や外国領事など多数の人たちの出迎えを受ける。改札口を通って外に出ると、こちらは東京よりも日が長く、まだ明るかった。煉瓦作りのりっぱな駅舎は、東京駅に似ている。

一行は二台の儀装馬車と自動車に分かれて乗り、騎兵の案内のもと、徳寿宮大漢門に入る。白衣の老人、赤、黄、青、緑と色とりどりの美しい着付けをした幼児たち、朝鮮服の婦人らが門のまわりを取り巻いていた。

朝鮮式の建物と洋館いくつかを過ぎ、奥の石造殿で馬車を降りる。正面は大円柱六本が立ち並んでいて、すべてが石造殿の文字通り、花崗岩の石造りで重厚だった。円柱六本分の幅いっぱいの大階段を十七段上がると、正面玄関の大扉が開いていた。大扉の上には李王家の紋章の李の花がしっかりと彫ってある。

垠の父親李太王が亡くなって以来三年三か月、この大扉は一度も開かれることがなかったと聞いて、方子は背筋が伸びる思いがした。

円形階段をあがった二階の一室に案内され、垠と晋とともに入ったが、垠はすぐさま昌徳宮まで兄の李王へ挨拶するために部屋を出ていった。

調度品は、漆に貝を埋め込んだ独特のものがあって物珍しく、室内を眺めまわした。木製の大きな寝台が置かれており、そこにも、李の花が刻まれている。

方子は寝台に晋をそっとおろした。長旅で疲れ切ったのか、晋は深く眠っている。方子も急に緊張がほぐれ、そのまま晋の隣に身体を横たえると、まどろみに落ちていく。

　がさごそと物音がして目が覚め、起き上がると、部屋に中山がいて、荷を解いていた。

「騒がしかったでしょうか。申し訳ありません」

　恐縮している中山に、首を振って、いいえかまいませんと答えた。晋はまだ目覚めることなく安らかな寝息をたてている。

「妃殿下、門の前のひとびとは、殿下が出て行かれたあとも、いっこうに帰る様子がなく、いまでもいるそうですよ。よほど嬉しいのですね」

　中山がささやいた。方子は、先ほどの群衆の姿を思い浮かべつつ、晋に顔を近づけてささやく。

――晋ちゃま、あなたの国に来ましたよ。

　愛（いと）しい寝顔を見つめていると、不安と喜びがないまぜとなったものがこみあげて、胸がいっぱいになっていった。

　早朝に目覚めて、垠と一緒にバルコニーに出ると、冷たく乾いた風が心地よかった。空は澄みわたり、はるか遠いはずの山々が、手が届くほど近くに感じられる。松の緑や谷の山肌がくっきりと美しい。遠くの低い家並みに続くのが東大門（トンデムン）、手前にあるのが、昨日降りた駅近くの南大門（ナンデムン）だと垠が指さして教えてくれる。その間に見える高い建物は三越百貨店と和信百貨店だという。

　運ばれてきた朝食を作法もわからぬまま、まごつきつつ摂る。鳥居坂で出た朝鮮式の料理ともまた違い、皿の数がとにかく多い。念のためということで、女中たちがいちいち毒見をするので、時間もかかる。

　食事を終えると、昌徳宮から高位の女官である尚宮（しょうきゅう）ふたりと、その下に就く氏という職の女官、通訳の澄永（すみなが）女史、垠の乳母だったという黄（こう）氏と李氏、合わせて六人が来て、翌日の式典の衣服を準備してくれた。

　まずは金の飾り物がたくさんついて高さのある大（おお）髢（かつら）をつけてみる。ひし形状に肩幅ほど横に広がる髢は、あまりに重くて驚いた。ひとりでは頭を動かすことができず、背の高い女官が後ろから支えてくれる。髢は方子の頭には小さいのか、浮いてしまう。大きさを調整して、こんどは、婚礼衣装を身に着けてみる。

　日本の古来よりの礼服である五ツ衣（いつつぎぬ）の式服に似た

美しい紺色の翟衣で、広袖の袖口と裾は赤地で縁どられ、そこには金箔が捺されている。厚手の紺絹地には、李王家の紋章、李の花と雉の模様が織りなされていた。

「こちらは、殿下がご幼少時から、父君李太王殿下が母君厳妃殿下とともに、飾り物などを清国から取り寄せ、準備されました。李と雉の織物は、見本を京都西陣の職人に出して、同じものを織らせたと聞いています」

説明した黄氏の朝鮮語を、澄永女史が訳してくれた。

――一つ一つ、心のこもった品なのだ。ありがたいことだ。

――だけど……。

方子の頭に、すっかり忘れていた名前が浮かんでくる。

――幼少時からご用意していたなら、いいなずけだった閔甲完さまのためのものだったのかもしれない。

――李太王さまがあと三年余りご長命でいらしたら……李太王さまが私を本当に好ましく思ってくださっていたか、わかったのに。

――はたして、李太王さまは、晋の誕生を喜んでくださっただろうか。

――いずれにせよ、お目にかかれないのが残念でたまらない。

方子の口から小さなため息が漏れた。すると、澄永女史が気遣って、「そろそろお脱ぎあそばしますか」と声をかけてきた。

翟衣を脱ぐと、いくぶん解放された気持ちになった。簡単な洋装に戻って、みなで中山の淹れた紅茶を飲む。中山は、日本から茶葉まで持参する気の配りようだった。

黄氏と李氏がかわるがわる儀式の順序や習慣などを、熱心に聞かせてくれる。女官たちの心配りも細やかで、方子はあたたかい気持ちで満たされていき、閔甲完のことを頭から追いやることができた。

四月二十八日、二年前鳥居坂で三々九度を交わしたその同じ日に、覲見の儀は執り行われる。

さわやかな風も、強く差す太陽も、垠と方子を祝福しているかのごとく素晴らしい天気だ。いよいよ、儀装馬車にて徳寿宮石造殿を出発する。

垠は緋赤の上衣に、胸元と両肩、背中に金糸を飾った竜袍（りゅうほう）を着て、頭には朝鮮王朝の冠を載せている。冠には正面下の方に翡翠の玉が埋め込まれており、上の方には太い金のかんざしがさしてある。

――殿下と結婚してよかった。

朝鮮の王子らしい、垠の気高い姿に見とれてしまう。

方子は昨日一度袖を通した翟衣に裳をつけた。頭にかぶった大鬘には飾り物がびっしりとあり、黄金の後かんざしでとめてある。鬘は本物の毛髪でできていて、油で固まりずっしりと重い。翟衣の重量もかなりあり、歩くときは、女官や女中らが鬘や翟衣を持って方子を手伝った。

「とてもよく似合う」垠が真面目な顔で言った。

晋はといえば、まだ八か月の赤子ながら、桃色の紗に黒で縁どりした大礼服を着て、黒紗の頭巾が実にかわいらしい。張り詰めた空気を察してか、神妙な顔をしているが、そんな晋を見て、誰もが顔をほころばす。垠もまなじりを下げて晋を眺めていた。

徳寿宮大漢門を出ると、昌徳宮までの道は、到着した日にも増して、見渡す限りのひとびとで埋め尽くされ、万歳の歓声がどよめきとなって響き渡っていた。方子はあまりの喧騒に、別の馬車に乗った晋がおびえていないか気になったほどである。

京城の中心街を通り、鍾路（しょうろ）三丁目を左に折れると、やがて正面に昌徳宮の正門が見えてくる。門に近づき、人垣が切れるところに高齢の男性だけが集まっていて、方子の目を引いた。みな、朝鮮の礼服を着て、背の低い鈴懸（すずかけ）の木の陰で、深々と頭をさげている。見事な長髭のものがいて、ふと守正のカイゼル髭を思い出した。

――ご両親さまは気が気でないだろう。でも、私たちは、大丈夫です。こんなに歓迎されています。

胸のうちでつぶやく。

「あれは」声を出した垠の方に視線を走らせると、瞳がかすかに揺れている。

「私の旧臣たちだ」

馬車が敦化門を過ぎて昌徳宮内に入っても、垠はしばらく老人たちの方に目を向けていた。方子は、秋風嶺駅で会った老人といい、彼らの垠への熱い忠誠心と想いの深さに胸をつかれる。

まるで森林のなかを走っているかのように昌徳宮は緑深く、小川まで流れ、みずみずしい空気に覆われていた。

――なんと心地がいいのでしょう。ここが殿下のお育ちになった昌徳宮。さざれ石を拾われたお庭がある、その場所。私にとっても特別な場所になる。

　方子は重い鬘のため頭を動かせなかったが、垠の横顔を視線のみで窺いながら、感慨に浸った。

　昌徳宮は徳寿宮とはくらべものにならないほど広かった。馬車は奥に進み、熙政堂の車寄せに着いた。熙政堂は日本風に近い建物で、前庭には日本式の煙突も見える。王の応接室や会議室として利用されているらしい。

　ここで馬車を降り、さらに奥の、王の住居、大造殿に徒歩で向かう。こちらの建物は朝鮮式のようだ。

　方子は両脇と背後から女官三人に支えられてゆっくりと歩む。観見の儀の式場は、大造殿のなかの、王と王妃の部屋にはさまれた二十畳ほどの部屋だった。床には鉄刀木の小片が寄せて敷き詰められ、東の欄干には十数羽の鳳凰が舞い飛ぶ絵が描かれ、西にもまた十数羽の鶴が真っ白な羽を広げている。南を向いて据えられた一畳を超える大きさの玉座には、竜と鳳凰をかたどった緻密な貝の螺鈿細工が施され、虹色に輝いている。

　古式豊かで荘厳な儀式は、三時間にも及んだ。方子は、李王と尹妃へ、両手据地の礼をしようとしてあやうく大鬘が落ちそうになり、そっと会釈をする程度しかできず苦心した。

　儀式では、垠と方子同様、李王と尹妃がそれぞれ装飾品を着けた冠や鬘をかぶり、壮麗な礼服でかしこまっている。赤紫色の大礼服の李王は、あまり丈夫な身体ではないと聞いていた。たしかに繊細な印象だったが、とても優しそうに見える。しかし、その歯はすべて抜けていた。以前に毒の入った飲み物を服してしまったことで歯を失ったと聞いているが、目の当たりにすると、陰謀の恐ろしさが身に染みる。方子は息を呑んで、李王の口元から視線を外した。

　尹妃は黄金色のチョゴリに赤いチマを身に着けており、子どものように背は低かったが、きりりとした美しさが漂っていた。

　今年十歳になる垠の妹は髪を後ろにまとめて三つに編み、頭頂に豪華な飾りをつけ、黄緑色のチョゴリに赤いチマがよく似合っていて愛らしい。侍従に抱かれた晋はきょろきょろとあたりを見回してときおり不安げに声をあげたが、大泣きすることはなかった。

方子は極度の緊張に大髷と礼服の重みで、儀式の最中はほとんど無心だった。式後に、記念写真撮影を済ませてやっと人心地つく。

　晋を徳寿宮に返すと、垠は軍服、方子は洋服に着替え、各界の要職者と接見した。それから李堈公邸に出向き、堈と夫人に陸軍幼年学校に進んだ李鍵の近況などを知らせて、しばしくつろいだ時間を過ごす。夫人はさばけた性格で方子になにかと話しかけてくれて、王室での行儀作法なども教えてくれる。大勢の幼い甥や姪が、思いがけず日本の唱歌をうたってくれたときは、不覚にも涙ぐんでしまった。

　夜は熙政堂で晩餐会が開かれ、その後、朝鮮王公族だけで内々に談笑した。李王は喜色満面に垠一家の訪朝と覲見の儀が無事終了したことを讃えた。晋の愛くるしさも話題になる。一生懸命しゃべる方子のかたことの朝鮮語が好評で、なごやかな雰囲気での団欒だった。

　ずっと黙っている垠の妹が利発そうな瞳でこちらを見つめているのに気づく。ふっくらとした面立ちが垠と似ていて、きっと李太王の面影なのだろうと思う。方子は彼女にそっと微笑み返した。するとはにかみつつもにっこりと微笑んで、またこちらを見つめる。その瞳に親しみが感じられ、方子は義理の妹がかわいくてしかたなかった。

　垠はもうしばらく李王と話があるようで、方子を先に帰した。昌徳宮から徳寿宮石造殿に自動車で戻り、部屋に入ると、さすがにぐったりしていた。それでも梨本宮家へ電報を打ったかを櫻井に確認するのを忘れなかった。

「今日撮った写真が出来上がったら、それもすぐにお送りして」

――おもうさまもおたあさまも、大礼服に頭巾で人形のようにかわいい晋ちゃまの写真を見たら、さぞお喜びになるだろう。

　撮影機も、写真機も、垠は当然持ってきていた。みずからは撮影できなかったが、同行したものの誰かが、旅の道中や儀式の映像と写真を撮っていた。

　廟見の儀では、代々の王、王妃の御霊のある宗廟を奉拝した。主要な二つの儀式はこれですんだが、こまごまとした行事で垠と方子の予定はびっしりと埋まり、目が回るほど忙しかった。五月に入ると、垠の実母厳妃が創立した、進明、淑明の両女学校を訪ねた。子女の教育に力を注いだ厳妃の志に、方子はいたく感動した。また、女学生たちの様子を見て、学習院女子部での楽しかった日々をなつかしく思い出した。

晋は乳母や中山に預けっぱなしということが多かったが、出発前の杞憂が嘘のように、元気いっぱいだった。離乳も始まった時期で乳が足りずやむなく牛乳を足していたが、とくに問題もなかった。快い歓待ぶりに安心して、いまは方子の食事の毒味もしていない。

京城の初等学校四十九校の児童一万四千人の表敬を昌徳宮でうけた日、晋の待つ控えの間に戻ると、中山が晋を抱いて浮かない顔をしていた。

「なにかあったの？」

「ちょっと気になることがございました」声までもが疲れている。

「実は、晋さまを抱いて廊下に佇んでいたら、女官の方が数人でやってきて、晋さまをいきなり抱き取っていってしまったのです。すぐに追いかけましたが姿が見えなくなってかなり焦りました。言葉もわからず、慌ててしまいました」

「かわいいから抱きたかったのでしょう」

そうは答えても、方子の心は穏やかではいられない。

——晋ちゃまはどこへ行っても人気で、女官の方たちが奪い合うように抱こうとすることはこれまでも幾度かあった。けれども、連れて行ってしまうなんて。

「なかなか帰っていらっしゃらなかったのです。お乳の時間も過ぎていたので、お腹をすかしてお泣きあそばしていないか、心配でたまりませんでした。それで、牡丹の咲く庭先から、奥のほうまで捜し歩きました。誘拐されたのかもしれないと、生きた心地がしなくて……」

——女官たちは、晋ちゃまに殿下の育った場所を見せたかっただけかもしれない。

そう思うと、胸騒ぎは多少おさまる。

「誘拐なんてめったなことを口にするものではありません。大袈裟です」

方子は、機嫌よくなにやら発語している晋の頭を撫でた。

「結局、晋ちゃまはどこにいらしたの？」

「途方にくれて部屋に戻ったら、なんと、女官のひとりが晋さまに自分の乳を吸わせていて、そのまわりを数人が囲んで、がやがやと騒いでいたのです。

腰を抜かしそうになりました」

「そんなことが……」頭がくらくらしてくる。

「すぐに晋さまを奪い返して、女官たちを部屋から追い出しました」

着付けを手伝ってくれた女官たちや垠の乳母たちは気持ちよく世話をしてくれて、とても好人物であった。ほかの女官たちも少なくとも方子の前では感じよく、そんな失礼なことはしなかった。

――きっと、かわいさあまってのことだ。そうに違いない。

方子は晋を中山から受け取り、ぎゅっと抱きしめた。晋は、方子に応えているのか、さっきよりも大きな声で一生懸命言葉を話している。頬を寄せると、晋の吸い付くように湿りけのある肌は弾力があり、あたたかい。方子は晋のしっかりとした鼓動を感じることで、そこはかとない不安を押し殺した。

五日には徳寿宮で園遊会があり、晋も出席した。

「あ、こいのぼり」

頭上を仰ぐと、高々と揚げられた緋鯉(ひごい)と真鯉(まごい)が青空にひるがえっていた。誰かが気を利かせて用意したようだ。おそらく日本から持ってきたのだろう。朝鮮の空に、日本のこいのぼりが力強く泳ぐ姿は、晋の幸多き未来を祝福しているかのように、方子の目には映る。

晋もこいのぼりに気づき、みずから幸福をつかみ取ろうとするかのように、あー、あーと、しきりと両手を空に差し伸べていた。

その日の晩、また中山が不穏なことを言ってきた。

「昼間に、石造殿にいるはずのない白い朝鮮服の女性が、階段の下でぼうっと立っているのを見かけました。顔はよく見えませんでしたが、こちらに気づくと、睨むように見つめてきて、その後音もなくすっと消えていきました。なにかとても不気味でした。女官だったのかもしれませんが、まるで幽霊のようで……」

方子は、中山の見た朝鮮服の女性のことが気になって、寝付くことができなかった。

――三浦梧楼(みうらごろう)に殺された閔妃(びんひ)さまが化けて出たのではないか。

――それとも、いいなずけだった閔甲完さまが？生霊ということもありうる。

そんなことはあるまいと否定すればするほど、頭はそのことで占められていく。垠の部屋にあった朝鮮服の女性の絵が思い出される。——結婚の儀の際に見た女性の朝鮮服もそういえば白かった。

しきりに寝返りをうつと、隣で寝ていた垠が目を覚ましてしまい、半身を起こした。

「疲れて眠れないのかい？」垠の両目が方子の顔に向けられている。

方子は、大丈夫です、と答えようとするが、声は喉の裏にひっかかって消えた。すると垠は方子の肩に手を置き、ぽんぽんとやさしく二度ほど叩いた。

「ほんとうによくやってくれている。ありがとう」

方子はこくりとうなずいて、そのまままきつく目をつむった。


二週間の数々の行事を終え、日本に帰る前日の五月八日、朝鮮総督府を訪問し、その後、昌徳宮に行き、後苑である秘苑に足を踏み入れ、垠とふたりだけで散策した。美しい光景に、方子のおののきは収まっていく。

建物は点在しているが、自然のままの樹木がまるで深山にいるようだ。いろどり豊かに花が咲き乱れ、小川や池がいくつもある。池には鯉、小川にも名の知らぬ魚が泳いでいた。のどかな風景に多忙で疲れた心身が癒やされる。

「ここでは、釣りだけでなく、狩りもする。いろんな動物がいてね」

垠は、こんもりとした林をさして、「あそこには猪も」と言った。

「だけど、私は、釣りも狩りも苦手で」

方子は、垠が虫や植物にやさしいまなざしを注いでいたことを思い出す。

「ここはまるで、もうひとつの世界ですね」

「私は、王宮の外に出ることができなかったからね。ここが私にとって外の世界だった」

——そうだ、殿下は、昌徳宮からほとんどお出になったことがなかったのに、いきなり満十歳で日本にいらしたのだった。

方子は秘苑をぐるりと見まわして、幼かった頃の垠の姿を想像してみるが、どうしても晋の姿に重なってしまう。

垠が軍服のズボンのポケットから、さざれ石を取り出した。

「持っていらしたのですか」

方子が驚いていると、川べりを歩いていた垠はしゃがみこんで、さざれ石をそっと置いた。

「拾ったのはこのあたりだから、戻した」垠は立ち上がる。

「大事にされていたのに、よろしいのですか」

方子が問いかけると、垠は方子に向かって微笑んだ。

「私にはもう、あなたと晋がいるからね」そう言って歩き出す。

方子はこみあげてくる熱いものをこらえながら、垠のあとに続いた。そして美しい秘苑の景色を忘れまいと、しっかりと目に刻みつけた。


その後、昌徳宮仁政殿(じんせいでん)で、王公族や朝鮮貴族との晩餐会が催された。

「離れるのはさみしいですね」

「またお会いしましょう」

「たびたび朝鮮に来てください」

「おすこやかに」

親族が感情豊かに口にする別れの言葉には、ひしひしと愛情がこめられているのが感じられて、方子は名残惜しいほどだった。垠の妹はつぶらな瞳で方子を見つめ「おねえさま、ごきげんよう」と、日本語で言った。覚えたてにしてはきれいな発音であることに彼女の聡明さが垣間見られ、方子はやけにうれしかった。

乾いた夜風を頬に受けて、徳寿宮石造殿へ車で戻る。

――朝鮮でのすべてのつとめがつつがなく終わった。

心地よい疲れとともに大任を果たした喜びに浸っていると、垠が、ご苦労だった、と口を開いた。

「王公族方のあなたへの評判はたいしたものだ。私もどんなにか嬉しく思っているかしれない。女官たちも心からあなたを慕っているようだ」

「殿下がお育ちになった御殿やお庭をこの目で見られて、うれしゅうございます。みなさまもおやさしくて……感謝の気持ちでいっぱいです。この次はいつ、と、いまから考えております」

垠は、満足そうに、軽く笑い声をたてた。

「晋ちゃまが物心ついたら、このたびのことをよくよく話して聞かせます」

「そうだね、あの小さい大礼服は、いい思い出だね。父上、母上にも、晋をお目にかけたかった」

垠はしんみりとつぶやき、それきり黙ってしまった。

「近いうちにまた朝鮮にまいりましょう」

方子が沈黙を破ると、垠は深くうなずいた。

大漢門をくぐり抜け、車はすべるように石造殿へ近づいていく。

まだ停まらないうちに、度を失った櫻井が車の前に飛び出し、車窓にぶつかってきた。

「し、し、晋さまがっ。晋さまのご容態がっ」声がうわずっている。

垠と方子は、すぐさま車を降りた。

「ついいましがたより、ただならぬご様子で……」

櫻井が続けるのを最後までは聞かず、無我夢中で走る。石造殿の石段を駆け上がり、大扉を入った。二手に分かれた左側の円形階段をのぼるものの、階段の数がいつもの倍以上あるようにもどかしい。焦る気持ちに足がついてこない。やっと二階にあがり、晋のいる部屋に駆け込む。

晋は、青白い顔でぐったりと息遣いも苦しく、青緑色のものを吐き続けて乳母に抱かれていた。泣き声もはかなく、いまにも息絶えそうだ。ひと目見て異常な事態だとわかる。

すぐさま日本から随行した小山典医が駆けつけた。続いて、総督府病院からも院長と小児科医長が診察に来た。

「急性消化不良かと思います」

三人の総意で診断が下る。嘔吐だけでなく、下痢も激しく、脱水症状がみられるということで、食塩水の注射などの応急処置がとられた。だが、晋に回復の兆しはなく、一晩中弱々しく泣き続けて、朝を迎えた。むしろ病状は目に見えて悪化する一方で、高熱が出て、いまや泥色のかたまりを吐くようになっている。

垠も方子もなすすべなく、傍らでまんじりともせずことのなりゆきを眺めていることしかできなかった。

病状が芳しくないとの判断で、京城で評判の開業医である池田医師が呼ばれ、晋を診察した。

「原因は牛乳ではないでしょうか」

池田医師の判断に、方子は疑問を持った。

――たしかに前から牛乳は足していたが、こんなにも突然に消化不良になるものなのか？　しかも、京城を発つ前夜に。

――万一の場合を考えての細心の警戒が最後に来て

緩んだのを、まるで狙っていたかのような発病……。これをどう受け止めたらいいのか……。

中山が訴えた、女官たちや朝鮮服の女の不審な行いを聞き流したことが悔やまれてならない。

池田医師は晋の胃を外から氷嚢で冷やすように指示し、さっそく試されたが、まったく良くなる気配はなく、熱も下がらず、むなしく時間だけが過ぎていく。一時間が一日のごとく、辛く長い。晋の部屋にいると、まるで空気が薄いかのように息苦しくなってくる。

夜明けを迎えるが、晋はもはや泣くことすらできないほど弱っており、虫の息だった。池田医師はそんな晋をゆすったり、軽くたたいたりして、小山典医と口論になった。

険悪な空気にたまらず廊下に出ると、宮内省の職員で王世子顧問として日本から同行してきた倉富が妃殿下、と声を落として話しかけてきた。

「念のため、晋殿下の吐瀉物と排泄物を分析してみましょう。それと、日本に急ぎ電話して、東京帝大の三輪博士をお呼びしましょう」

「どうか、どうか、お願いします」

方子は藁にも縋る思いで、倉富の提案を受け入れた。それから櫻井に、「内密に倉富さまに晋ちゃまの排残物を渡すように」と指示した。

大正十一年五月十一日の午後二時、晋は危篤に陥った。ひたすら祈った方子の心がうちくだかれ、堰を切ったようにぼろぼろと涙がこぼれ落ちる。

ついに三時十五分、方子の祈りも涙もむなしく、晋は眠るように逝ってしまった。分析の話も、三輪博士も間に合わなかった。

大きな寝台によこたわる晋のむくろはあまりにも小さい。方子はぴくりとも動かない我が子を抱きしめ、王世子妃の体面もなにもかも忘れ、狂ったように泣いた。

ぬくもりが失われていっても、ながいこと晋の亡骸から離れることができなかった。顔を寄せるといまにも目を覚ましそうで、手を触れて心臓の鼓動をたしかめる。けれども、何も響いてこないというむごい現実が方子を絶望の淵に突き落とす。晋がこの世のものではないことがどうしても受け止めきれず、またとめどなく涙があふれ出る。声はすっかり嗄れても涙は尽きず、すすり泣きになっていく。

——生まれてまだわずかな晋ちゃまが、なぜ死ななければならないのか。なんの罪もないのに。ふつうの家の子どもだったら、死ぬことはなかったのだ。

――私が日本人だからなのだろうか。晋ちゃまに日本人の血が流れているからなのか。それなら、私だけを死なせてほしかった。私は、我が子を死なせるために朝鮮に来てしまった。

――これは、李太王さま毒殺や閔妃さま殺害の仕返しなのか。それとも閔甲完さまの怨念が？

――独立運動家たちが、晋さまに牙を剝いたのか。

――もしかして、日本が李王家の血筋を絶やすためにしたことなのか。私を石女だと思っていたのに、王子を産んだからか？

――日本なのか、朝鮮なのか、いったい誰が晋ちゃまを私たちから奪ったのか。

考えても、考えても、晋が生き返ることはない。

――晋ちゃまが死んでしまったいま、私が生きていてなんの意味があるのだろう。

方子は突然立ち上がってふらふらとバルコニーの方へ行く。悲しみをじっとこらえ、背中をさすったり手を握ったりして、ずっと方子に寄り添っていた垠はすぐさま方子を追う。

バルコニーに出ると、雨が痛いほど顔にたたきつけてきた。こいのぼりが垂れ下がり、濡れそぼっているのが見える。方子は石の手すりに手をかけ、それを乗り越えようと体をのせた。その瞬間、後ろから腕を強く引っ張られた。垠が方子を抱きかかえる格好になる。

京城の街に閃光が走り、激しい雷鳴がとどろいた。晋の死を嘆き悲しみ、咆哮しているかのようだった。

第四章 震災と竹やり——マサ

働いていた神田の印刷所が警察に目を付けられて立ち行かなくなり、二週間前にとうとうつぶれてしまった。マサは、残暑厳しいなか、職を探してほうぼうを歩き回っている。だが、なかなか適当な仕事は見つからない。

恵郷(ヘヒャン)の部屋にもいづらくなっている。父親の具合が悪いとの連絡が入り、恵郷が五月から一時的に朝鮮へ戻っていた。また、掃除や飯炊きをしようにも、今年の初めから大家に雇われたみつが通い始めたため、用がなかった。マサが住み始めたときは、たまたま使用人がいなかっただけらしい。みつは喜代と故郷が近く、喜代とはよく話すようだった。そのおかげで「マサさんは友達だ」とうまく喜代がごまかしてくれてはいる。みつは津軽から出てきた素朴な十五歳の娘で、喜代のことばを疑うことはなかった。

それでも居候しているのが発覚して大家に告げ口されないために、みつが来る時間は麴町(こうじまち)の宿舎に戻らないように気を付けていた。ていやしげがなにか言わないか心配だが、いまのところ黙ってくれている。彼女たちは、意地の悪いところはあるものの、悪意がむきだしというほどではなかった。それに、自分たちの勉強で忙しく、積極的に嫌がらせをしたり、言いつけたりする気はないように見える。加えて、ついこの間まで学校も夏季休暇でみな実家に帰っており、みつもたまに掃除に来るだけで、宿舎にいてもなんとかなった。

しかしながらそろそろ学校も始まるため、彼女たちも実家から宿舎に戻っていた。やはりていやしげと顔を合わせるのは肩身がせまい。喜代はもちろん親切だったが、それでも宿舎にいるのは気が重く、みつがいないときにも不在がちになった。そしてなにより恵郷がそばにいないことが、かなりこたえる。マサはどれだけ恵郷が自分の心のよりどころになっていたか、思い知った。

せめて南漢(ナムハン)の顔でも見られればすこしは明るい心

持ちになれるのだが、しばらく会っていない。会ったところで、ひとことふたこと交わす程度だ。それでも南漢を前にすると、マサは体温が急にあがって、顔がほてってくる。心臓が速く打ち、胸が騒がしくなる。

南漢は朝鮮と行ったり来たりするから、会えないことは以前もあった。しかし、印刷所がつぶれてしまったいま、そこで遭遇することもなければ、教会や会合に出向くため南漢が恵郷を迎えに来ることもない。

南漢と会えない日々が重なるにつれ、マサの南漢への思慕はふくらんでいった。

――これでオンニの父親になにかあったら、オンニももう日本には戻らないだろう。オンニがいなければ、あのひとに会う理由もなくなってしまう。

――あの部屋からも出ないと。またひとりになるのか。

そう思うとマサは気が滅入るばかりだった。食べていくことができるかも不安だ。

――いっそこの身体を……。

マサは激しく頭を振る。

――あたしはなんてことを……。

唇をきつく噛んだ。

「身を売ることだけはしない。あたしは、梨本宮家で働いていたんだ。あんたも、そのことだけは忘れないでおくれ」と母のきくが口癖のように言っていた。マサもその言葉を自分の矜持(きょうじ)として、くじけそうな心を保っていた。それだけはしたくない、という思いで渋谷の蕎麦屋も逃げ出したのだ。

――方子さまは、大事な息子、晋さまを亡くした。しかも、不審な死に方だと言われている。真相もわからず、どんなにか無念なことだろう。それに比べれば、あたしの苦労なんてたかがしれている。

マサは気持ちを奮い立たせ、今日も朝から雇い口がないか飲食店を訪ね歩いた。できれば方子の住む王世子邸の近くに住み込みで働けたらと、鳥居坂近辺の飲食店を訪ねてまわった。だが、どこへ行っても、すげなく断られた。午前中は開いていない店も多かった。

――昼時は店も忙しいだろうから、夕方にまた店を回ろう。飲食店だけでなく、商店にも働き口がないか訊いて歩こう。

ひとまず手持ち無沙汰になったマサは、王世子邸に自然と足が向いた。

晋が亡くなって一年と三か月半が過ぎた。当初、方子は邸宅にこもりがちで、熱心に写経をしていると、喜代から聞いた。

――あちらの風習で方子さまは晋さまの葬儀に立ち会えなかったから、なおさら気持ちの持っていきようがないのかもしれない。

晋が亡くなったことは、まるで身内のことのように悲しく、マサは深く心を痛めた。その年の九月、皇太子裕仁親王が正式に久邇宮良子と婚約し、日本中が浮き立つような空気に覆われていても、ひとり冷めていた。いちどは皇太子妃候補として名のあがっていた方子の悲運を想うと、素直に喜べなかったのだ。

秩父宮の成年式もあり、その年は明るい雰囲気で暮れていったが、やはりマサは世間の空気になじめなかった。そして春うらら、桜の咲く頃に、喜代から方子の噂を耳打ちされた。

「方子さま、お子様が流れてしまったって。医学専で耳にした」

喜代は皇族の動向や噂にさとかった。新聞や雑誌に載る皇室の情報も網羅していて詳しい。

――方子さまは、どんなにかおつらい日々が続いていることか。

通りを隔てて王世子邸前に佇み、思いをはせる。

――方子さまはなにをしているだろうか。すこしでも方子さまの心が癒されているといいのに。日光へ避暑に行ったと喜代さんから聞いたけど、もう帰っていらしただろう。先週あたしが出した手紙は読んでもらえただろうか。

そのとき、坂を上ってきた黒い自動車が、王世子邸に静かに入っていった。遠目ながら一瞬、眼鏡をかけた軍服姿の男性が車内に見えた。李垠王世子に違いない。

――そうだ、方子さまには、王世子さまがいるじゃないか。

そしていまさらながら、自分が立っているのは、李垠と方子の婚儀の日に方子の乗る馬車を眺めた場所であることに気が付く。

――ここは、あのひとと出会った場所でもある。

南漢の顔を思い浮かべると、会いたくてたまらなくなってくる。

――あたしの命を救ってくれたひと。あたしにだって大事なひとがいる。

マサは、駆け出した。

南漢が渋谷で朝鮮の男たちと住んでいるのは知っていたが、詳しい場所がどこかはわからなかった。マサはとりあえず、以前働いていた、渋谷の駅にほど近い蕎麦屋に向かった。

——あたしがいた頃は、たしかあのひとは昼に来ていたはず。あれからもときどき行くと聞いた覚えもある。だから、蕎麦屋の近くで待ち伏せれば、会えるかもしれない。おかみさんに見られたら面倒だけど、見つからないように隠れていたらなんとかなる。

鳥居坂から走って蕎麦屋の近くに着いたときには、息があがっていた。呼吸をととのえ、建物のあいだの細い路地に身を隠す。ここからは、向かいの蕎麦屋に出入りする客の顔がよく見える。

まだ昼食には早いのか、店に入っていく客はまばらだ。じっと目を凝らしていると、店内を動き回るおかみさんがちらちらと目に入り、逃げだしたくなる。

——でもここから離れたら、あのひとに会える機会もなくなる。

マサは自分に言い聞かせ、じっと待った。

どれくらい路地に立っていたか、おそらく十五分かそこらだったが、マサにはとてつもなく長く感じられた。

待ちこがれていたひとが蕎麦屋に向かい、こちらに近づいてくる。マサの頭に血が上り、体温が急に高くなったかのようだ。

——来た。本当に来た。

南漢は上背があり、黒っぽい着物姿でいつものように下駄を鳴らし、堂々と歩いている。

マサは路地から飛び出て、南漢の前に立つ。

「君、なぜここに？」

南漢は蕎麦屋の方を一瞥すると、見つかったらまずい、とささやき、あわててマサの腕をつかんでいま来た方角に戻っていく。

——あのときもこうして腕を引っ張られた。

マサは南漢の横顔から目をそらさずについていく。マサの視線に気づいた南漢は振り返り、蕎麦屋が見えなくなったことを確認すると、足を止めて、マサの腕を放した。

「どうしたっていうんだ。まさか俺に会いに来たのか？　なんか用でもあるのか？」

南漢は不思議そうに眉根を寄せたが、久しぶりだな、元気か？と朗らかに続けた。

　衝動でここまで来て姿を現したマサだったが、どうして会いに来たのかと訊かれることまでは考えていなかった。

「え、あ、うん」

　うろたえて口ごもる。顔を見たかったなんて、面と向かって言えるわけがない。言い訳を一生懸命考えるが、すぐには出てこない。

　黙っていると、南漢が思いついたように、あー、と言った。

「もしかして、恵郷のことか？　まだ戻らないから、心配で俺に訊きに来たのか」

「そ、そう」マサは、大きくうなずいた。

「いつ帰ってくるか、わかるかと思って」

　苦し紛れに言うと、南漢は、心配いらない、と言って、マサの肩をぽんぽんと叩いた。

「父親の具合も良くなって、九月までには戻ると手紙にあった。だから、すでに向こうを出ているはずだ。そろそろ着いているんじゃないかと思って、俺もちょうど今日、麴町に行ってみるつもりだったんだが……まだなんだな」

「本当かい？　帰ってくるんだね」

　思いがけず、恵郷が戻ることを聞いて、マサは心からほっとした。

　そのとき、ドーンという衝撃が足元を襲った。底から突き上げるような響きとともに地面が右に左に、円を描くかのごとく、ぐるりぐるりと強く揺れた。まるで、大地がぐにゃりと柔らかくなってしまったかのようで、立っていられなくなる。

　マサは南漢にしがみついた。南漢はマサを抱えるように、その場にしゃがみこむ。揺れは続き、道沿いの建物が音をたてて崩れていく。ひとびとの悲鳴がそこかしこから聞こえる。

──この世の終わりだろうか。このまま死ぬのだろうか。

　カチカチいう音は、自分の歯と歯がぶつかっているのだった。震えが止まらず、南漢の胸に顔をうずめた。南漢の心臓の音が聞こえる。早鐘のように打っている。

「大丈夫か？」

　耳元に聞こえる声もうわずっていて、南漢も恐怖にすくんでいるのがわかる。それなのに、マサを守ろうと、しっかりと抱きしめてくれている。

──このひとがそばにいてくれてよかった。

南漢の体温を感じていると、このまま南漢の腕の中で死んでもいいとすら思えてくる。

やっと揺れがおさまり、周囲を見回す。まず目に入ってきたのは、倒れかけた建物の前で泣き叫ぶ、五、六歳ぐらいの女の子だった。ほこりを全身にかぶり、顔がすすけて黒い。

南漢がマサを抱く手をゆるめて立ち上がり、女の子に近づこうとしたとき、倒れかけていた建物が崩壊した。南漢はその場にしゃがみ、頭を抱える。マサもうずくまる。

顔をあげると、建物はぺしゃんこになって、がれきの山に変わっていた。

南漢ががれきの山に駆け寄る。マサも立ち上がり、ついていく。がれきのなかに、女の子の足だけが見えた。女の子の足から脱げたであろう草履を拾った南漢が、なにやらつぶやいた。その声はあたりから聞こえる絶叫や怒声でマサの耳までは届かない。

「逃げろ、逃げるんだっ」

半裸の男が大声をあげ、ものすごい形相で走ってきた。後ろに、着の身着のままのひとびとが連なっている。そのなかにおかみさんの姿もあった。着物をはだけたまま、裸足で一心不乱に走り去っていく。

立ち上がって一団の背後を見ると、蕎麦屋のあった方角から、煙がもうもうとあがっていた。

——なにもかも壊れたり、燃えたりしてしまう。人の命も一瞬でなくなる。

マサは、どうにでもなれと、煙を呆然(ぼうぜん)と見つめてそのままそこで棒立ちになっていた。

ぐいっと肩をつかまれ顔を向けると、南漢が険しい表情で怒鳴っていた。朝鮮語だったのでわからず、マサが顔をしかめると、南漢は、はっとした顔になる。

「ここにいたらあぶないっ。すぐに火がまわるぞ」

日本語に戻り、マサの腕をとって走りだした。

「俺が住んでいるところにとりあえず行ってみよう。ここからすぐだ。壊れていないかもしれない」

道すがら目に入るのは、木造の家屋や店舗のほとんどが半壊か全壊している有り様で、道路や庭先はひとびとであふれていた。路面電車ももちろん走っておらず、どこもかしこも逃げ惑うひとたちで混沌としている。

「どうやら大島が爆発したってことらしい」

「津波が来るんじゃないか」

彼らの口から聞こえてくるのは、恐ろしい話ばかりだったが、マサは南漢が一緒なので、どうにか動じずにいられた。南漢も超然としているように見える。

速足ですすんでいると、ふたたび揺れがあって、南漢とマサは地面にはいつくばるようにふせて揺れが収まるのを待った。最初ほどではなかったが、揺れがもう一度起こったことが恐ろしい。

——このまま世の中が終わるのかもしれない。

南漢の顔を見ると、こわばっていた。だが、マサと目が合うと、黙って立ち上がり、動き出した。マサも遅れずに後に続く。

南漢とマサのふたりと同様に道を急ぐものもあれば、頭から血を流しながらふらふらとさまよっているものもいた。荷物を抱えてリヤカーをひいていく親子も見かけた。首をぐったりと垂らした子どもをおぶって歩く母親は、すれ違うひとみなになにかを訊いて回っている。座ったまま、あるいは横たわって動かないひとたちがあまたいた。うめき声をあげて、助けを求めているひとを見ないようにして、歩を進める。

——地獄というのは、こういうところなのかもしれない。

喧騒のなか、南漢が住む桜が丘の下宿にどうにか着いた。木造二階建ての家屋は、かろうじて形を保っているが、建物全体が左にかしいでいる。

「俺が出てきたときも、みんな学校に行ったり、働きに行ったりしていて、誰もいなかったが……とりあえずたしかめてみる」

三分の一ほど開いている戸をさらに開けようとするが、枠がゆがんでいるためそれ以上開かない。

「やー」

「おいー」

南漢が戸口から半身を入れ、声をかけるが、答えるものはなかった。それでも南漢は大声で呼びかけた。マサにはよくわからない朝鮮語やら仲間の名前やらを叫んでいる。

「いないな」

南漢はそう言うと、戸口から身体をねじこもうとする。傍らで南漢を見守っていたマサは驚き、あわてて南漢の袖口をつかんで引っ張った。

「あぶないじゃないか。なんで入ろうとするんだい？　さっきの女の子を見ただろう？」

マサはありったけの怒りをこめて言った。

「とってきたい荷物があったからな」

南漢は悪びれずに言う。

そこでまた突き上げるような衝撃があり、横に揺さぶられた。こんどはかなり大きい。

南漢とともに急ぎ戸口から離れる。目の前の建物がみしみしと音をたててきしみ、みるみるうちに左側に傾き、最後は轟音とともに崩れてしまった。ものすごい粉塵が舞い、二人して、しばらく咳き込んでしまう。

やっと咳が収まった南漢は、見る影もなくおしつぶされた下宿を前に、ふうーっと長いため息を吐くと、マサの方を向いた。

「君のおかげで、死なずにすんだ」

そして、ありがとう、とマサの目を見つめて言った。

マサは、礼なんていいのさ、と小声で答え、目をそらす。心臓が高鳴ってしょうがない。

――あんたには、あたしの方が助けられている。

声には出さず、心のうちだけでつけ加えた。

それからも大小の揺れがやってきて、柿の木がわさわさと音をたててしなったが、マサは幹にしっかりとしがみついてやりすごした。青い実が枝から落ち、その硬い柿の実を拾って手にし、ようやく恵郷の顔が頭に浮かんだ。昨年の秋、恵郷が南漢からもらったという柿をむいて一緒に食べたら、渋くて食べられなかったことを思い出す。

――オンニは麴町に戻っているのだろうか。無事だろうか。

胸が騒いで、いてもたってもいられなくなってくる。

「ねえ、麴町に行くことはできないのかい」

「このままじゃ、ひょっとすると、また揺れるかもしれない。だから、むやみに動かない方がいい。ここには井戸もあるから、水の心配もない。とりあえず、ここで様子を見よう」

マサはしかたなく庭の一角にとどまることにした。日差しも避けられるので柿の木の下に座る。壊れた家屋の木片を持ってきて、尻に敷いた。

暑さにくわえ、ほこりを吸ったマサと南漢の喉はすぐに乾き、井戸のあるところにいてよかったと思う。南漢と並び、ひしゃくでなんども水を飲みながら、通りの様子をうかがった。路地を通るひとびとのなかには、水を求めて近寄ってくるものもいた。

そんなとき南漢はすすんで井戸の水を与えていた。

　南漢の言葉の抑揚を聞き、「鮮人かっ」と、南漢に差し出されたひしゃくを振り払った男もいた。そんなとき南漢は苦笑いを浮かべ、静かにひしゃくを拾った。マサの方が男に食ってかかりたかったが、どうにかこらえた。

　マサと南漢は、火事から逃れてやけどをしたひとの患部に水をかけてあげた。火災はところどころで起き、どんどん広がっているようだった。

「ここまで火は来ていないが、万が一を考えて、すぐに逃げられるように荷物をまとめておこう」

　南漢はがれきの山をかきわけ、衣類や布団を見つけてきた。本も数冊救い出した。朝鮮文字の本もまじっている。十字架が表紙にあるから、聖書のようだ。さらにこまごまとした物も持ってきて、それらすべてを薄い掛布団にくるみ、端をしばって背負えるようにした。

「これを履いたほうがいい。逃げるときに足を怪我するかもしれないからな」

　手渡されたのは、男物の革靴だった。

「あんたのぶんはないの？」

「一足しか見つけられなかった。なに、俺は大丈夫だ。こうしておいたから」

　南漢は、下駄の上から布で何重にも足をくるんでいた。


　日が暮れて暗くなってくると、不安と恐怖は増してきた。揺りかえしはいつやってくるかわからないし、火災が迫ってくるおそれもある。庭に出入りするひとびとの口から聞く話も、悲惨な街の様子ばかりだ。

　水をわけたひとりから、「宮益坂の梨本宮邸に避難できる」と教えてもらい、マサは自分がすっかり方子を忘れていたことに気づく。

――あたしとしたことが。方子さまは大丈夫だろうか。

　マサは午前中に見かけた李垠の姿を思い出した。

――方子さまはひとりじゃない。まわりにたくさんの使用人もいるし、鳥居坂の家は立派なつくりだから、崩れていないのではないか。

――だけど、オンニのことは心配だ。東京に着いていないことを祈るしかない。

　方子や恵郷のことを考えているうちに、夜も更けていく。南漢が布団を譲ってくれたので身体を横たえたが、とうてい眠ることなどできない。

南漢は、少し離れたところに火を熾して座り、一晩中あたりを警戒していた。

――このひとがそばにいてくれることだけが、救いだ。

マサは、焚火に照らし出された南漢の顔をずっと眺めていた。ときおりこちらを向くので、そのときは慌てて視線をあちらこちらに飛ばしたり、目をつむって寝ているように装ったりした。

小さな揺れのあいだにかなり大きな揺れが来て、そのたびに身体が縮こまり、一睡もできなかった。

夜半には警察官がやってきて、南漢に詰問したあと、火の扱いの注意をした。それからマサに向かって、泥棒に警戒しろ、と言い、掛布団にくるんだ荷物を一瞥して去っていった。

太陽が顔をのぞかせて明るくなるやいなや、マサは布団から身体を起こし、革靴を履いた。大きかったが、しっかりと紐を締めたので、歩くのに差しさわりはなかった。

「オンニがいるかもしれないから麴町に行こう」

マサの言葉に南漢は黙ってうなずき、掛布団でくるんだ荷物を背負った。


渋谷から麴町までの道のりは、たやすくなかった。なにしろ、崩れた建物で道路がふさがれていたり、火事で近寄れないところがあったりして、迂回しなければならない。また、ふだんと景色が異なるため、道にも迷った。南漢がそのたびに太陽の位置で方角をはかり、先導してくれたが、いっこうにたどりつかない。

途中、警察署の板塀の前にひとだかりがあった。南漢とマサはなにごとかと立ち止まる。南漢は荷物を持っていたので、身軽なマサが近づいた。すると、「不逞鮮人」という単語が耳に入ってきた。

背筋がこわばって、脂汗が出てくる。マサはそれでも気力を絞り、板塀に近づいた。ひととひとの隙間から覗いて、板塀を見る。

黒い板塀に、大きな貼り紙がある。白い紙に墨文字が勢いよく書かれている。

目下東京市内の混乱につけこんで不逞鮮人の一派がいたるところで暴動を起こさんとしている
市民は厳重に警戒せよ

そこまで読んで踵を返した。続きを読む勇気がない。胸が苦しい。

マサは、心臓のあたりを掌でたたきながら、南漢のそばに戻った。

「どうした？　なにがあった？」

返す言葉につまる。あ、えっ、とにごして答えつつ、はたして貼り紙の内容を伝えるべきかと迷っていた。だがすぐに、これは南漢に伝えるわけにはいかないと結論付けた。

「貼り紙があったんだけど、人が多くてよく見えなかった」

「警察署にあるってことは、大事なことかもしれない。俺が見てこようか」

南漢が一歩踏み出そうとするのを、ありったけの力で止める。

「それより、はやく麴町に行こう。きっと火事や泥棒に気をつけろ、ってことだよ。昨日も警察官が来たじゃないか」

マサは、ほら、と南漢をうながした。南漢は納得できないという表情だったが、なにも反論せずに歩き出した。

マサは自分に問いかける。

——ほんとうに暴動が起きるのだろうか。

——不逞鮮人って、このひとの仲間のことだろうか。そういえば、このひとの知り合いが、方子さまに爆弾を投げたこともあったじゃないか。

——このひとは、独立がどうのとか、そういう印刷物を作っていたんじゃなかったか。

——まさか、このひとも、暴動を起こそうとしているのか。

——いやいや、そんなわけはない。このひとは、困ったひとに水をあげたり、けが人を助けたりしていたじゃないか。ひとに危害を加えるようなことをするわけがない。

乱れた気持ちを抱えてただただ歩く。なにかしゃべると、自分への抑制が決壊して、南漢を問い詰めてしまいそうな気がしたのだ。

——あたしは、このひとを疑いたくない。

そのためには、黙っているしかなかった。幸い南漢も、めちゃくちゃに壊された街のようすにため息を吐くことはあるものの、言葉を発することはなかった。安易な言葉を奪うほど、地震の爪痕は深かった。不気味な静けさがふたりのあいだに横たわる。

麹町に着いたときには、太陽がすっかり高い位置にあった。

宿舎は半壊状態だった。庭にはけが人がたくさんいて、白い腕章をして喜代がせわしく彼らを手当てしており、みつも同様に腕章をして、手伝っていた。恵郷の姿はない。しげとていも、見当たらない。

マサに気づいた喜代は、「無事だった。よかった」と駆け寄ってきた。

「しげさんとていさんは、救護のために避難所にまだいる。とにかく医者や看護婦が足りなくて、まだ学生のわたしたちまで駆り出されて、日比谷公園とか、明治神宮とか、靖国神社の避難所に行かされるの」

「オンニ……あ、いや、えっと、お恵さんは？」

「え？　お恵さんは、朝鮮からまだ戻っていないけど」

そう言って、マサの傍らの南漢を見る。

「九月までには戻ると、俺への手紙に書いてあったから、今日あたり……」

南漢は考え込むような表情になる。

「え、じゃあ、もう日本に帰ってきているってこと？」

喜代が驚いて訊き返す。南漢は、そうだ、と応えて続ける。

「俺が探しに行ってくる。こっちに来る途中だったのかもしれない。駅かどこかに避難しているってこともある」

「あたしも一緒に行く」

マサが言うと、南漢は首を振った。

「君はここにいたほうがいい。この荷物を預かって待っていてくれ」

背負っていた荷物をそこに置き、またたくまに走って行ってしまった。マサは真っ黒になった布を巻いた南漢の足元が見えなくなるまで、後ろ姿を見送った。

――ほんとうに、探しに行くのだろうか。まさか、暴動を起こしに……。

マサは頭を左右に激しく振って、湧き上がる疑念を打ち消した。

肩をたたかれて振り向くと、喜代が南漢の荷物を持って、微笑んでいた。

「この荷物、医療品があるところに置いておく。大事なものでしょう？」

それからマサは喜代を手伝い、けが人を介抱した。手当てをするひとだとわかるように、喜代やみつとおなじように、腕章をつけた。噂を聞きつけ、次々にひとがなだれこんでくるので大忙しだった。揺り返しは続いたが、ひとびとはその状態になれてきたのか、いちいち騒がなくなっていた。

夕方になるとしげが帰ってきて、マサの顔を見ると、ふん、と鼻を鳴らした。

「なんともなかったね。心配して損した」

言葉はぞんざいだったが、気にかけてくれていたことはたしかなようで、嬉しかった。

しばらくマサは目まぐるしく動きまわって、南漢のことも恵郷のことも考える暇がなかった。だが、日が暮れはじめても南漢は戻らず、不安が募っていく。

そんなときに、血相を変えた女性が庭に走ってきた。

「みんなっ、逃げないと。横浜の方から朝鮮人が暴動を起こして襲撃してくるっ。いま、玉川で兵隊とぶつかっているんだって」

女性は一気に言うと、膝を折って、その場にくずおれた。たちまち、けが人たちがざわめきはじめる。泣き出してしまう女性もいた。

「どこに逃げたらいいんだ」

怒鳴りだす男に、誰も答えられず、その場が静まり返った。女性の嗚咽だけが響く。マサも喜代もしげも、そしてみつも、なすすべがなく、途方にくれた。

――こんなことが起きるなんて。あの貼り紙はほんとうだったのだ。あのひともきっと……。

そう考えると、頭が割れるように痛くなってきた。

そこにまたひとり、竹やりを持った男が駆け込んできた。同じ町内の男で、見かけたことがあった。ふだんはおとなしくて柔和に見えるのに、今日は目が血走り、額に血管が浮き出ている。

「朝鮮人が井戸に毒を入れてまわっている。火をつけてまわっている。気をつけろ。奴らを見つけたら、これで突き殺してやる。朝鮮人は皆殺しだ」

男は鼻息荒くまくしたてると、去って行った。

しげが、素早く井戸にふたをした。それを見て、歩ける程度のけが人が数人井戸の周りを取り囲み、「この井戸を俺たちで守ろう」と言い合った。やけに興奮しているように見えた。

張り詰めた思いでしばらくじっとしていると、こんどは四十代ぐらいの年かさから二十歳前の若い男までで成る五人組が、こん棒や竹やりを手にして庭に入ってきた。出刃包丁を持っている男もいる。

――いよいよ朝鮮人が来たのか？

身体がこわばる。にぎったこぶしは固く、爪が皮膚に食い込んだ。身体の震えも抑えられない。

一番年長と思われる男が、よく聞け、と、どすの利いた声をあげた。

「俺たちは自警団だ。ここに、鮮人の女学生がいると聞いて、探しに来た。そいつは、よく井戸から水をくんでいたそうじゃないか。機会を狙って、毒を入れるつもりだったんだな」

そう言うと、井戸のそばにいたしげに近づいて、「鮮人の女はお前か」とにらんだ。

「ちがいます。私ではありません」

叫ぶように言ったしげは、蒼白い顔になっている。

「本当か？　まあ、言葉はきれいだな。だが、念のため、がぎぐげご、と言ってみろ」

「がー、ぎー、ぐー、げー、ごー」

しげは、顔面がこわばりつつもはっきりとした発音で言った。

「お前じゃないようだな。それなら、鮮人の女はどこにいるんだ？」

「お恵さんなら、朝鮮に帰っていて、ここにはいません」

「まさか、かくまっていないだろうな？」

「本当に、ここにはいません」

しげは、男と正面から対峙して、きっぱりと言った。

「女のくせに生意気な言いようだな。女学生か？　女の分際で医者になろうなんて寝ぼけてやがる。気に食わねえ。やっぱり鮮人を隠してるんじゃないか？」

そう言うと男は、腕章をしているみつに近づき、顔を確かめた。目が合ったみつは、ひいっと声をあげた。

「お前、こわいのか。身に覚えがなければこわくないだろう。あやしいな」

男は竹やりで、みつの足をたたいた。するとみつは、恐怖のあまりか、尿を漏らしてしまった。頬には涙が流れている。

「きたねえな。まったく。粗相しやがって、日本人じゃないな、きっと。お前、十五円五十銭って言ってみろ」

「ず、ず」

みつはしゃくりあげて、それ以上言えない。

「早く言えっ」

竹やりで、地面をたたく。みつはびくっとして、はいっ、と姿勢をただした。

「ず、ずうごえん……ごずっせん」

「なんだとっ。もう一度言えっ」

「ずう、ずうごえん……」

ひくひくと泣き声になり、続かない。

「まともに言えないじゃないか。お前が、不逞鮮人に間違いないな」

男はみつの髪を引っ張って、引きずり回した。

「仲間はどこだ。吐け。この近くに住む鮮人の留学生たちはどこにいった？」

「知りません。知りません。わからない」

みつは、泣きじゃくる。

「待ってください」と、喜代が男にすがりついて、暴行を止めようとする。

「なんだお前」

男は怪訝な表情で喜代を振り払おうとするが、喜代は男から離れない。

「その子は日本人です。わたしと同じ故郷で」

「お前の言葉も怪しいな。日本人じゃないんだろう」

「日本人です。日本人です。津軽の……」

「うるさいっ。そうやって、日本の田舎者だって言ってごまかす鮮人がいるんだ。俺はだまされないぞ」

竹やりで喜代を、ばんばんたたく。喜代はうずくまって、されるがままになっている。すると数発打って気が済んだのか、男は叩くのを止めた。

「わたしは日本人です」

喜代はうずくまったまま、もう一度言った。わたし、がわたす、に近く聞こえる。

男は、それなら、と喜代の顔を竹やりの先で自分の方に向かせた。

「お前も、十五円五十銭、って言ってみろ。がぎぐげごでもいいぞ」

「ずうごえんごずっせん。ずうごえんごずっせん。がぎぐげご。がぎぐげご」

喜代は必死になって言ったが、抑揚は東京の言葉

とえらく違うし、じゅ、が、ずっ、となまってい
た。極限状態でいつもよりもなまってしまったのか
もしれない。
マサは胸がえぐられるような思いで事の成り行き
を見守った。怖くてどうしても助けに入れなかっ
た。
——神様がいるなら、どうか、喜代さんを助けてく
れないか。
ただ、祈ることしかできない。
「ふん、まあ、がぎぐげご、は言えているな」
男はにやりと笑うと、仲間の方を向いた。
「こいつらの持ち物を調べろ」
「はいっ」
四人の男たちが散り散りになって、物色を始め
た。庭にいるものはみな、かたずを飲んで男たちの
様子を眺めている。マサもその場に凍り付いたよう
に、身動きが取れなかった。
「こんなものがありました」
歳がもっとも若そうで、まだ少年とも言える頰の
赤い青年が、南漢の荷物を片手で持ってきた。もう
片方の手には、出刃包丁が握られている。
マサは、絶望で目の前がくらくらする。倒れそう
になるのを耐えて、歯をくいしばった。
「開けてみろ」
言われて、薄い掛布団でしばった荷物を青年がほ
どき、なかにあった十字架と朝鮮文字が表紙に書か
れた本を男の前に差し出した。恵郷も同じものを
持っているので、マサは本が聖書だとわかった。
「やっぱり、お前、不逞鮮人じゃないか」
男は聖書を、喜代に投げつけた。聖書は喜代の顔
にまともに当たって、地面に落ちた。
「それは、わたしの本ではありません」
喜代は、男を見やりながら、なまらないように気
を付けているのか、ゆっくりと話した。
「じゃあ、誰の本だっていうんだ」
喜代は黙ってうつむいたが、すぐに顔をあげた。
マサは喜代がこちらを見たらどうしようと、気が気
でなかった。だが、喜代はふたたび男を見ていて、
マサには視線をよこさない。
「朝鮮に帰っているお恵さんの知り合いの持ちもの
です。わたしが預かりました。ここにはいま、日本
人しかいません」
男は、いい加減にしろ、と喜代をどやした。
「どうしたって、ごまかせるもんか。だいたい、そ

の発音が、おかしい。やい、鮮人の女、仲間はどこだ？」

「私は日本人です」

「しつこいんだよっ」

男は喜代を蹴り上げた。喜代の鼻から血が噴き出る。

「おいっ、こいつら二人を連れて行け」

男たちは二人ずつ分かれ、みつと喜代の腕を両側からつかんで立たせる。

みつは泣き叫び抵抗したため、こん棒でたたかれていた。喜代は諦めたのか、力が抜けていて抵抗することなく、ずるずるとひきずられていた。しかし、マサの横を通りすぎるとき、目を合わせ、助けて、と声に出さずに唇だけで言ったのがわかった。

マサは、男たちが喜代とみつを連れて庭を出ていくのを傍観していたが、意を決し、彼らのあとを追った。見つからないように距離を取って、慎重にあとをつける。

男たちが入っていったのは、宿舎から百歩ほど離れた立派な一軒家で、マサはその家の前をなんども通ったことがある。この家は地震による損壊もあまり目立たない。たしか商売をやっている一家が住んでいたが、避難しているのか、行方不明なのか、どこかで倒れているのか、さっき南漢とここを通ったときも、人の気配はなかった。

門の外から様子をうかがっていると、家のなかから、女の金切り声が聞こえてきた。叫び声もそこに重なり続いたが、そのうち聞こえなくなった。

——喜代さんとみっちゃんは、殺されてしまったのだろうか。

不安が頂点に達し、マサは門から敷地内に入った。庭を通り、忍び足で屋敷に近づく。すると、おい、という男の声が聞こえてきたので、慌てて縁側から床下に潜り込んだ。

「次はお前だ」

喜代を殴っていた男の声と、何人かの笑い声がしっかりと聞こえ、すこしして、振動が伝わってきた。

——地震だろうか。

しかし、地面は揺れていない。振動は頭の上の床からだけで、そのうち、うっ、というめき声とともに振動が止んだ。

——あれは、義父（とう）さんが……あのときに出した声だ。

深夜に厠へ行った後、ふと恋しくなって母のきくのところへ行ったら、義父の声がした。マサはきくの部屋に入らず、廊下から障子に穴を開けて部屋のなかを覗いた。きくは義父に組み敷かれており、マサはその様子を、ことが済むまで見ていたのだった。

マサはいま頭上で起きていることを理解し、床下でじっとしていたが、鳥肌がたち、身体がふるえた。どうにかしないと、と焦るが、隠れているしかすべがない。考えなしにここに来たが、たったひとりで、武器を持った屈強な男たちから喜代とみつを助けることはできない。

——いま出て行っても、自分までもが犯されてしまう。

どれくらい経っただろうか。耳をきつく手でふさいでいたせいか、時間の感覚を失っていたが、ずいぶん長いあいだ、そこでじっとしていたようだ。

ねずみが目の前を通り、声をあげそうになる。とっさに自分の口を自分の手でおさえたため、耳から両手が離れた。

耳を澄ますが、男たちの声は聞こえないし、床からも人のいる気配は感じられなかった。マサは、そっと縁側の下から出る。障子が閉まっていて、庭からは部屋の様子は見えない。しんと静かなので、もう誰もいないのかもしれない。

マサが玄関にまわると、戸は開けっぱなしだった。

靴のまま家のなかに入る。廊下の先に、畳敷きの居間があった。そこが、男たちのいたところに違いない。障子は開け放たれている。

近づくと、部屋のなかに、血にまみれた人が横たわっているのが見えた。

「ひっ」

慌ててそばに行くと、喜代が下半身をあらわにして着物をはだけ、鼻血を出して目を剝き、息絶えていた。首から、胸から、大量の血が流れ出ている。白っぽい着物が真っ赤に染まっている。傍らにはべっとりと血がついた出刃包丁があった。

マサは喜代の着物をただし、下半身を隠した。

——みっちゃんは……。

おそるおそる部屋を見回すと、喜代と対角になる位置に、もうひとりが倒れている。下半身がむき出しになって、腹から相当の血が出ていた。それだけでなく、く、の字に膝を立てた股のあいだにこん棒が突き刺さっていた。赤黒い血が畳にしみこんでいる。

あまりのおぞましさに、目をそらす。みつに違いない女の顔を見ることは不可能だった。

マサは、屋敷を出て、麹町の宿舎に戻った。感情が麻痺して、涙すら出てこなかった。現実としてうけとめることを心が拒んでいた。

「手が血だらけだけど、どういうことなの？」

「何があったの。喜代さんとみっちゃんは、どうなったの？」

しげに問い詰められても、うん、ああ、としか答えられなかった。自分の手についた血を見ると、畳に広がっていた血の海が思い出された。

マサは、地面に落ちている聖書を見つけ、手に取った。朝鮮の文字を見ていると、意識が遠のいていった。


目を開けると、しげとていの顔があった。

「大丈夫？　丸一日意識を失っていた、というか、寝ていたのよ。熱もあったし」

しげはそう言うと、マサの額に手を乗せ、「さがってきた」とつぶやく。

「ここはどこ？」

「靖国神社の避難所。テントの中。安心して」

ていが答えて、額に濡れたてぬぐいを載せてくれた。冷たくて気持ちがいい。

「喜代さんとみっちゃんの遺体も見つかったから」

しげは目を伏せる。喜代とみつの死体がマサの瞼の奥にまざまざと蘇る。赤黒い血に染まった畳が頭に浮かんでくる。

――あたしのせいだ。あたしのせいで、喜代さんとみっちゃんは殺されてしまったんだ。

マサは罪悪感で押しつぶされそうだ。

「喜代さんとみっちゃんも朝鮮人に間違われて殺されたけど、いたるところで朝鮮人が殺されているのを見る。死体もたくさん転がっているし、大けがをしてもほっておかれている」

ていは、かすれた声で言うと、ほんとうにおそろしい、と首を細かく振った。

「みんな我さきに、朝鮮人を見つけてはいたぶったり殺したりしている。五人殺した、十人殺したって自慢して歩いている人も見た。たとえ朝鮮人でも、殺さなくたっていいのに。いったいみんなどうしちゃったんだろう」

——そんな地獄絵図のようなことが起きているなら、いっそみんなが地震で死んでしまったほうがよかったのではないか。世の中が消えてなくなればよかったのではないか。

——それとも、朝鮮人の殺戮は、破滅へ向かう入り口なのか？　あたしも喜代さんやみっちゃんのあとを追って死ねばよかった。

——いいや、これから死ねばいいのだ。あたしはすすんで朝鮮人に殺されてやろう。暴動に巻き込まれてもいい。毒の入った井戸水を飲んでもいい。火事で焼け焦げてもいい。そうすれば、喜代さんやみっちゃんに面目がたつ。

「暴動はどうなったの？　井戸は？　火事は？」

マサは身を起こそうとして、額のてぬぐいを床に落としてしまう。しげが、まあ、落ち着いて、と言いながら、てぬぐいを拾った。

「暴動はいまのところ起きてないし、宿舎の井戸も無事。火はだいたい消えたけど、被害は相当みたい。街がごっそり焼き尽くされたって。どこに行っても朝鮮人の話ばかりが聞こえてくるし、ていさんの言うように、たくさん殺されている。私も電信柱につるされた死体を見た。近所でよく見る飴売りのおじさんだった」

しげは淡々と言った。

マサもそのおじさんのことを知っていた。静かで穏やかそうな人に見えた。

——あんな人まで殺されてしまうなんて。何の罪もないのに、朝鮮人だというだけで……。

南漢と恵郷のことが心配でたまらなくなってくる。だが、あれからふたりが麴町に戻ったかと尋ねるのははばかられた。話に出ないので、戻っていないのだと確信した。

——あのひともオンニも殺されてしまったかもしれない。

そう思うと、ますます生きているのが馬鹿らしくなってくる。

「とにかく、殺気だっていて、戒厳令も出た。それから、今日、警視庁が公告のビラを出したの。手に入れたから、読んでみたら」

しげが折りたたんだ紙片を着物の袖口から取り出して、はい、と渡してくれた。

マサは、横たわったまま紙片を開いて、目を通す。

昨日来、一部不逞鮮人の盲動ありたるも、今や厳密なる警戒に依り、その跡を絶ち、鮮人の大部分は、純良にして、何等凶行を演ずる者これ無きに付、濫りにこれを迫害し、暴行を加うる等これ無きよう、注意せられたし

　紙片をたたんで、しげに返した。

「これって、どういうこと？　朝鮮人は危険じゃないってこと？」

「まあ、そういうことでしょうね。でも、まだ騒ぎは全然収まっていない。みんな朝鮮人を恐れている。私だって、朝鮮人が怖いし、やっぱり厄介な存在だと思う。だって、お恵さんが一緒に住んでいなければ、喜代さんもみっちゃんも、あんなことにはならなかった。死ななくてすんだ」

　そこでしげは黙り込んだ。

――そうだろうか。悪いのは朝鮮人なのだろうか。

――たとえ一部に不逞の輩がいるとしても、それだって虐げられたからではないのか。きっと不逞の輩というのは、独立運動をする人たちのことだ。あたしだって、理不尽なことばかりだったら、恨みたくなる。復讐したくなる。義兄のことはいまでも許せない。

――それに、ほとんどの朝鮮人は近所の飴売りのおじさんのように、おとなしくて無害なのではないか。そんな朝鮮人までも殺してしまう方が、無抵抗の女を朝鮮人だからと疑って犯したり殺したりする方が、悪いのではないか。

　私ね、とまたしげが口を開く。

「お恵さんが戻ってきても、うまくやっていく自信ない。どうしても恨んじゃうと思う。私も、自警団の人に朝鮮人かって訊かれて、すごく怖かった。私が喜代さんみたいな目にあったとしても不思議じゃなかった。そう思うとぞっとする。怖くて眠れない」

　しげは、それから、とさらに続ける。

「あなたは、お恵さんの知り合いでしょう。あの、朝鮮の本のことも、私は忘れられないの。あの本があそこになかったならって思ってしまう。あなたが悪いわけではないけれど、でも、ね。だからマサさんともこれっきりがいいと思う。これからは、どこかで会っても他人のふりをしましょう。あなたはここにいればいい。じゅうぶんじゃないけど、食べ物の配給もあるから生き延びることはできるはず。あの荷物も持ってきてあるから」

言い終えてしげはていを伴って、さよなら、とテントから出ていった。だがていは、なにかを思い出したように立ち止まり、踵を返してひとり戻ってきた。

「きのう麹町にあなた宛ての手紙を持ってきた男のひとがいて、そのひとが倒れたあなたをおぶってここに連れてきたの。青山の学生だって言っていたけど、お恵さんをときどき訪ねてきたあの朝鮮人ではないわよ。朝鮮人がうろうろしてたら、殺されちゃうもの、来るわけない。というより、もう死んでいるかもしれない」

ていは、そう言うと、帯をまさぐった。

「手紙、私が預かっている。たしかここに……」

帯に挟んでいた手紙を引っ張り出し、手渡してきた。封筒には宛名も差出人もない。

「じゃあね。お大事に。いろいろあったから、無理はしないことよ。そして、朝鮮人とはもう付き合わない方がいい。あなたのためよ」

そう言うと、ていもテントを出て行った。

マサは、いちど深呼吸をしてから、手紙の封を開けた。達筆な日本語の文字が並んでいる。

マサ
私はいま、南漢兄さんと一緒に、青山學院の中の寄宿舍にゐます。ここには、子どもたちも含めて八十人近い朝鮮人が逃げてきてをり、學生と院長のはからひで、かくまつてもらつてゐます。在郷軍人が率ゐる武裝した自警團が朝鮮人を引き渡すやうに要求してきても、無辜の朝鮮人を保護するのは人道上當然のことではないか、とはねつけてくれるので、安心です。
私は、東京驛で地震にあひました。南漢兄さんが私を探しに來てくれて、會ふことができました。あのままあそこにゐたら、どうなつてゐたかと思ふと恐ろしいです。兄さんも私も、一歩遲ければ、つかまつて暴力をうけたり、殺されたりしてゐたかもしれません。警察に捕まる可能性もありました。兄さんが青山學院に逃げようと言つてくれて命拾ひをしました。
朝鮮人が暴動を起こす、井戸に毒を入れる、火をつける、泥棒に入る、シユギ者と朝鮮人がはかつてテロを企てるなど、さまざまな噂があります。でも、マサ、信じてください。私も兄さんもさういふことは、いつさい考へてゐません。

無事に生きてゐることを傳へたくて手紙を知人に託しました。文章も書いてもらつてゐます。

あなたの身が無事であることを祈つてゐます。

この騒動が落ち着くかわかりませんが、自由な身になつたら、私と兄さんは朝鮮に歸りたいと思つてゐます。

そのときはマサも私たちと一緒に行きませんか。

その日が早く來ることを願つてゐます。再會できる日を待つてゐます。

恵郷

――生きていた。生きていた！

――あのひともオンニも、不逞鮮人なんかではなかった！

マサはいくども手紙を読み返し、ほとんどそらんじてしまった。肌身離さず持ち歩き、寝るときは、枕の下に置いた。

二日後、すっかり体調が回復したマサは、南漢の置いていった荷物を背負い、革靴の紐をきつく締め、避難所を出た。そして、青山学院に向かって歩き出した。

第五章 ❀ 希望の産声——方子

地震の日から二週間が過ぎた。

あの日、垠と方子が昼食を食べようとしたときに、大きな揺れが来た。スリッパのまますぐに庭に出て、トチの大木の下で垠としっかり手を握りあい、続く揺れをしのいだ。幸い、鳥居坂の住まいは頑丈で、方子も垠も、職員も怪我はなかった。それでも万が一の備えとして、いつでも逃げられるように余震の合間を縫って家に入り、荷造りをしておいた。

翌日に火の手が麻布の坂下まで迫ってきたので、夜なかに青山北町の梨本宮邸にいそぎ自動車で避難した。できる限りの荷物も運んだ。梨本宮邸は大過なく、両親も妹の規子も無事だった。

一晩を梨本宮邸で過ごし、付近が鎮火したと知らせを受け、鳥居坂に戻った。宮内省の職員が皇族や王公族の安否を伝えてくれたが、山階宮佐紀子、東久邇宮師正、閑院宮寛子の三人が家屋の下敷きになって死去したことを知り、悲しみにふさいだ。するとさらに耐えがたい話を聞いた。戒厳令下、朝鮮人の暴動が起きるという話が広まり、それを恐れた市井のひとびとによる朝鮮人虐殺が起きているというのだ。

垠と方子にも危険が及ぶおそれがあるということで、ふたたび鳥居坂を出て、こんどは、宮内省第三控室前にテントを張り、そこで一週間を過ごした。

テント生活の不便さよりもなによりも、朝鮮人虐殺の事実が重く心に沈殿した。方子は、垠にかける言葉が見つからなかった。

——殿下と私は、国や血を超えた愛情と理解で固く結ばれたと思っていた。しかし、それはうつろなものだった。日本と朝鮮のあいだには、埋めることのできない深い溝が横たわっている。

言葉すくなく感情を表すことのあまりない垠が虐殺のことを聞いて、唇を震わせているのを見てからは、方子は垠の前で顔をあげるのがはばかられた。まるで、すべてが日本人である自分のあやまちのような気がした。

　これまでの結婚生活でくりかえされた方子の葛藤が、より鮮明にあぶりだされた。方子は公に朝鮮をかばうようなことも言えず、また、朝鮮の側に、日本をけなすことを言えるわけでもない。このような想いを親しく打ち明ける相手もなく、ただ自分の胸の奥に深くしまっておくしかない。

　不審だった晋(しん)の死は検証されず、排泄物も検査されず、うやむやにされたことに対する憤りを口にすることもできなかった。ひたすら悲しみや無念さを自分で乗り越えるしかなかった。方子は晋の写真を取り出しては、ひとりで眺めた。

　晋が朝鮮で死んだことを考えると、垠と悲しみを分かちあうことはできなかった。垠を苦しめてしまうことになるからだ。衝動的に命を捨てようとした方子は、二度と垠に負担をかけたくなかったのだ。

　垠は自分の感情を押し殺し、黙々と陸軍大学校での勉強に励んでいた。そんななかでも方子にはやさしく接してくれた。春に初めての流産をしたときも、「早く元気に」と滋養にいいという人参(にんじん)を朝鮮から取り寄せてくれた。

　方子は垠にこれ以上心配をかけまい、早く立ち直ろうと、母伊都子の姉にあたる、伯母の前田朗子(さえこ)から勧められた写経をし、垠が演習地に出張で留守のあいだに日光輪王寺(にっこうりんのうじ)に滞在して心を静めるように努めた。

――私の苦しさなど、殿下のお立場に比べれば……。

――早く次の子宝に恵まれて、殿下を喜ばせてさしあげたい。

　だが、兆しはなかった。垠が方子を気遣ってくれるたびに、方子は自分の無力さに打ちひしがれた。

　宮内省のテントから鳥居坂に一週間ぶりに戻った。そのころには朝鮮人の暴動は流言であったことが明らかになっていた。方子は、邸宅の修理や家具の補修の指示、罹災者のための慰問袋作りに追われた。職員の家族にも被災したものがおり、彼らのために古着を仕分けたりして忙しかった。だが、心は終始重く閉ざされていた。地震による死者の多さや焼け野原となった東京の姿に衝撃をうけただけでなく、朝鮮人というだけで殺されたひとびとのことを思うと、気持ちのやり場がなかった。自分と同じ日本人が、垠の大切な民を殺(あや)めたのだ。

――殿下と私の結婚が日鮮融和の礎になるというの

は、あやまりだったのではないか。
——私たちの結婚に意味があったのだろうか。
——しょせん、殿下と私の力では、どうなるものでもないのだ。
——晋ちゃまの死は、単なる悲劇で終わってしまうのか。

方子は、必死に写経した紙の束を手にして、ひとりむせび泣いた。そして無辜の犠牲者たちのために、祈りを捧げた。

この先が暗澹たるものに思えて、眠れぬ夜が続いた。ようやく寝付いても悪夢にうなされた。黒い影の男が現れ、飛び起きると、汗をびっしょりとかいていた。方子は、きっと三浦梧楼の亡霊だと身震いし、伯母にもらった小さな観音像に手を合わせた。

やがて秋風が吹き、焼け跡からは槌音が響き始め、復興はすすんでいった。季節はまたたくまにうつろい、十月、十一月と過ぎ、十二月となる。垠は陸軍大学校を優秀な成績で卒業した。性格も温和で品格が備わっていると、上官たちは垠をほめたたえた。垠の卒業は、心ふさぎがちな方子の慰めになった。

暮れも押し迫った頃、垠と方子は、伊勢神宮と桃山の明治天皇御陵に卒業の報告のため参拝した。そののち、下関より船で釜山へと向かう。

——一年八か月前は、晋ちゃまと一緒だった。

道中はやはり晋のことばかりが思い出される。こんどの訪問は、宗廟はじめ御陵への垠の卒業報告と、李王に新年の挨拶に行くことが目的だった。しかし、方子の心は、晋の眠る崇仁園へとまっすぐに向いていた。

釜山から乗った汽車の車窓の風景もろくに目に入らない。そんな心ここにあらずの方子の様子を心配してか、めったに晋のことを口にしない垠が、「もうすぐあの子に会えるね」と声をかけてきた。方子は、垠の瞳を見つめてうなずき応えた。

方子は、晋を産んでから、垠の心に近づき、しっかりと絆を結ぶことができたと感じていた。それが、晋を失いさらに朝鮮人虐殺の事実を知ると、二人のあいだが隔たったように思っていた。だが、この瞬間、その隔たりはなくなっていた。二人は、日本人でも朝鮮人でもなく、いつくしんだ幼子を亡くした父と母でしかなかった。

京城の寒さは厳しく、凍てつく空気が身に染みた。以前は快晴のもと歓声をあげるひとびとに埋め尽くされ活気あふれて見えた街も、いまは重い雲が垂れこめ、心なしか色あせて見える。吐いた息が白く残り、方子の心を曇らせる。

それでも昌徳宮で李王と尹妃に温かく迎えられると、なつかしさで胸がいっぱいになった。李王は、顔色が悪く体調がすぐれないようだったが、方子の来訪をことのほか喜んでくれた。覲見の儀の際に世話をしてくれた尚宮や垠の乳母たちは、方子の顔を見るとおいおい泣き出した。そして方子もまたひとしきり泣いた。晋を亡くした悲しみはこの地に来てより濃く蘇ってくる。

新年を迎えたのち、宗廟への参拝、高宗の墓である金谷の王陵への墓参、親戚の王公族への挨拶と忙しく過ぎた。垠の妹とはろくに話す暇がなかったが、彼女は方子に会えたのが嬉しいのか、はにかむように微笑んでいた。

三日になってようやく崇仁園へ足を運ぶことができた。こちらのしきたりで、晋の葬儀に方子は参加できず、埋葬にも立ち会っていなかった。だから崇仁園へ行くのも初めてだった。

凍りついた道を慎重に走る車がもどかしく感じるほど方子は気が急いていた。灰色がかった空の下、清凉里の崇仁園に着くと、駆け出さんばかりに松林に囲まれた丘を目指した。丘には黄土色に枯れた芝の覆う土まんじゅうが二つ並んでいる。

大きい方は垠の母親、厳妃の墓の永徽園で、小さい方が晋の墓、崇仁園だった。

まずは厳妃の墓に詣で、つぎに晋の墓の前に立った。

――晋ちゃま、おもうさまとおたあさまが来ましたよ。やっと、やっと、来ましたよ。

心のうちで呼びかけた途端、こらえていた涙がとめどなくあふれた。大礼服を着た晋のあどけない顔が瞼の奥に浮かんでくる。傍らで垠も涙をぬぐっていた。

白いチマとチョゴリを着た老女が近づいて来て、二人を松林の四阿へといざなった。老女はかつて垠を世話した数人の乳母のひとりで、ここに暮らし、墓を守っている。方子がこれまで会ったことのない人だ。

オンドルの部屋に入ると、かじかんだ手足が解けていく。そのぬくもりは、乳母のあたたかな心をうつすかのようである。

「ありがとうございます。父も母もできないことを代わりにしてくださって、嬉しく思います」

方子がつたない朝鮮語で言うと、乳母は感激して涙した。

「それが、この老婆の生きがいです。死ぬまでお守りいたします」

方子は乳母と手を取り合ってむせび泣く。垠は乳母の肩を撫で、何度もありがとうと繰り返した。

四阿を出て、白砂を踏みしめふたたび墓に近づく。

——晋ちゃまは、私たちの足音が聞こえるだろうか。

土まんじゅうを前に首を垂れる。

——さようなら、晋ちゃま。安らかにお眠りなさい。

松林の丘を下りながら、土まんじゅうをなんどもふりかえる。そのたびに手を振る乳母のやさしさに、また涙がこみ上げた。

翌日には京城を発ち、釜山を経由して下関へ向かった。東京で八日に催される陸軍新年観兵式へ垠が出席するため、あわただしい帰路となった。

八日の同日には、垠の腹違いの兄、李堈に大勲位菊花大綬章、李堈妃に勲二等の勲章が授けられた。李堈は少し前から東京に連れてこられており、長男李鍵に続いて次男の李鍝も来日し、学習院に通い始めていた。二人ともいずれは垠と同様、陸軍幼年学校へ進学することになる。

一月二十六日、寒さも厳しい日に、皇太子と久邇宮良子の婚儀が行われ、それから国をあげての祝賀行事が続いた。世間は真冬に春が来たかのように華やいだ空気だった。方子は、通学路が一緒だった従妹の良子と自分をどうしても比べてしまう。自分の運命を憂えてみても仕方ないのに、晋の写真を手にしては、ため息を重ねる毎日だった。そしてその年も妊娠の兆しはなく暮れていった。


翌年、桜のつぼみがほころび、ちらほらと花を咲かせ始めた三月の終わりに、垠の妹徳恵が学習院女子部への入学のために東京に来た。彼女は、九歳で徳恵という名をもらった。それまでは、正式な名が与えられていなかったのだ。

鳥居坂に着いた徳恵は、藤色金紗縮緬の振袖に紫色の大薔薇を浮かした華やかな被布を羽織っていた。そのあでやかな着物姿と対照的に、やつれた顔で瞳が曇っている。

「長い汽車やお船の旅でおつかれになったでしょう」

方子が朝鮮語で話しかけても、徳恵はまつげを伏せたままで何も答えない。あの、愛らしいはにかんだ微笑みはなく、切れ長の瞳には絶望と哀愁が浮かんでいた。満十二歳、もうすぐ十三歳になろうかという多感な少女の胸のうちを思うと、方子の胸は鋭く痛んだ。

徳恵は垠の腹違いの妹で、垠が来日後に生まれている。李太王は晩年にもうけた、たったひとりの娘をたいそうかわいがり、娘のために徳寿宮内に幼稚園を特別に作らせたほどだった。李太王亡き後、李王も尹妃もこの年の離れた妹をいつくしみ、日本への留学には最後まで反対していた。

――徳恵さまの母君、福寧堂様のお嘆きとご心配は、いかばかりのことだろう。

我が子と引き裂かれる母の気持ちは、晋を亡くした方子には、じゅうぶんに推し量れた。

――李王家一族は、いついかなるときも朝鮮総督府の意のままなのだ。

――そして私もその総督府の駒のひとつでしかないのだろうか。心は李王家の人間のつもりなのに。

方子はせめて徳恵が鳥居坂で居心地よくいられるように心を配ろうと思った。

その日の夜、垠は方子と二人だけになると、「なぜあの子まで」と声を詰まらせた。

方子は黙っていることしかできなかったが、垠が眠ったのち、徳恵の様子を窺いに、彼女の寝室に向かった。

徳恵は気が張っているのか、寝付かれずにいた。方子は、中山を呼んで徳恵の隣に布団を敷かせ、そこに横になった。徳恵は方子に背を向けている。

「お好きな食べ物はうかがっていますから、ご心配なさらずに」

「梨本宮邸でテニスをしましょうね」

「学習院できっとお友達ができますよ」

「なにかご心配なことがありましたら、私におっしゃってください」

なるべく朝鮮語で、ときおり日本語をまじえて話しかけると、徳恵は、すこし緊張を緩めて、うん、うん、と顎をかすかに動かした。方子は、徳恵の細い肩を、後ろからそっとさすった。しばらくそうしていると、徳恵の寝息が聞こえてきた。

寝顔を覗くと、徳恵はまだまだあどけなく幼かった。いじらしい顔を眺めながら、方子は、布団をかけなおした。

方子はそれからしばらくのあいだ、徳恵が寝付くまで隣に横たわり見守った。

学習院女子部に通い始めた徳恵は、つねに魔法瓶を持ち歩き、外ではお茶を出されてもけっして飲まなかった。毒を盛られることに神経質になっているようだった。

徳恵がそんな張り詰めた日々を過ごしていたさなか、朝鮮から徳恵についてきた侍女が政府の命で帰らされてしまい、宮内省からあらたな侍女が派遣されてきた。徳恵の落胆は見ていて辛くなるほどで、部屋に閉じこもって出てこない。

帰宅してそれを聞いた垠は、いつになく憤慨し、感情もあらわに顔をゆがめ、「アイゴー」と声を震わせた。周りに職員もいて、みな驚いて垠を見た。垠ははっとしてすぐにいつもの淡々とした表情に戻って居間を去ったが、方子はいたたまれなかった。

垠を追って書斎に入ると、垠は頭をかかえて机に伏せていた。方子は、書斎の扉を閉めて、二人だけになったのをたしかめると、殿下、と声をかけた。


「私にお気持ちをぶつけてください」

垠は顔をあげて、方子を見やり、それから机の上の晋の写真に視線を移した。軍服姿で撮った写真だった。それから、小さく息を吐き、私は、と話し始める。落ち着いた声だった。

「自由にふるまえない。客に会うにも、映画ひとつ見るにも、政治的影響がないか考えなくてはならない。朝鮮のことが話題に出たときの息詰まるような空気もたまらない。私はなにごともなかったようにことさら意識して話をそらす。二重人格者のように行動しなければならないときの息苦しさといったら。これからあの子もそういうものに、ひとりで耐えなければいけない……」

気持ちをめったに口にしない垠の言葉は、方子の心に突き刺さった。

方子は皇族の集まりや、そのほかの会合で、朝鮮の話が出たときの何とも言えない空気を思い出した。垠や方子の存在をないかのようにふるまう人たちがいたり、陰でなにかを言っているような気配を感じたりしたことも蘇る。ときには聞こえよがしに、「朝鮮人」「朝鮮が」と口にするものもいた。

「殿下、申し訳ございません」

方子は思わず口にしていた。

「なぜ、あやまるのですか。あなただってつらいでしょう。あなたが悪いのではありません」

「殿下……」

方子は息を継いでから、ありがとうございます、と続けた。

「私に心のうちをおっしゃってくださって。殿下のお立場は重々承知していたつもりでしたが、至らないことばかりで。それなのに、私をいたわってくださって」

「私は、あなたといると、安らぐことができます。徳恵にとっても、よき姉となって、支えてあげてください」

「はい、大切にお守りします」

方子は自分に誓うように答えた。


徳恵は少しずつ学校や生活になじんできて、友人もできたようだった。それでも、口数は少なく、学校では、魔法瓶を抱えてひとりでいることも多いと、方子は侍女から聞いた。

方子は、多少の気晴らしにでもなるかと、徳恵を連れて梨本宮邸を訪ね、テニスや玉突き、トランプをした。そんなときは、徳恵の表情がわずかにやわらかくなった。方子の母伊都子も、結婚を控えた規子も、徳恵と親しく付き合い、食事もたびたびした。父の守正も徳恵に丁重に接してくれた。徳恵は参内もし、皇太子の誕生日にも招かれ、方子と行動をともにした。そのうちに徳恵は方子にかすかな笑みを漏らすようになった。このまま心を開いてくれればと方子は願った。

十二月に、皇太子の第一皇女、照宮成子内親王が誕生した。東京市内は暮れの賑わいに旗行列の波と祝いの歌が加わり、連日祝賀の雰囲気で沸きたっていた。しかし、方子はこの年も身ごもることができず、むなしさが積み重なっていた。それを埋めるように慈善活動に出向き、刺繍をしたり絵を描いたりし、ときには徳恵を連れて映画や劇場に出かける。だが、そういったことを繰り返しても、かえって空虚な思いが深まるばかりだった。晋を恋しく思い出し、内親王の誕生が羨ましくてたまらない。

そんな折、来年に夫婦で欧州へ旅行に出て第一次世界大戦後の各国の現況を視察するという話が持ち上がった。方子はこの話に胸が躍った。

――まるで籠の鳥のような生活から殿下をひととき

解放してさしあげられる。そして私も憂いを忘れて気持ちが晴れやかになれる。

垠も出発の日を楽しみに、方子と一緒に、欧州に詳しい綿貫哲雄博士を頻繁に招いて講義を受けた。欧州の歴史、経済、文化について学ぶのは楽しく心躍る時間だった。そのうちに出発が三月と決まり、天皇の勅許を待つばかりとなる。

けれども三月に入ったとたん、かねてから衰弱気味だった垠の兄、李王の病状悪化の報が届いて、いそぎ徳恵とともに、京城に向かった。李王は重体だったが、容体がすぐに変化するということでもなさそうだった。

見舞いをすますと、旅行の勅許を受けるため、すぐに帰国することになった。その際、垠は李王の病床に看護婦をおくこと、典医だけでなくほかの医師にも相談すること、また、漢方薬のみならず西洋薬も服用するように指示をした。

徳恵とともに東京に戻り、勅許を受け、下賜金ももらい、伊勢神宮参拝をすましたところ、旅行の延期が通達された。李王の重体が続いているので、様子を見る、とのことだった。

回復を祈りつつ過ごしていると、ふたたび病状悪化の知らせが届き、方子、垠、徳恵の三人は四月十三日、京城に行き、病床に駆け付けた。

李王の意識はまだあって、垠が東京から土産として持参したラジオを枕元に置いて説明すると、興味深そうにラジオを眺めた。また、方子が白羽二重の布で作った小さなクッションを渡して、「お手を乗せたらいくらかお楽かと」と言うと、さっそく手を乗せた。

「ありがとう。ありがとう。これで楽になった」

歯がすっかり抜けてしまった口元をほころばせた。そのやせこけた姿がいたましく、方子は李王を直視できなかった。徳恵はそばに控えて、兄を不安そうな顔で見守っていた。

前回の見舞いの際に垠の指示したことはひとつも実行されておらず、方子は王宮内の古い習慣の改善がいかに難しいかを思い知る。

ならわしやしきたりに阻まれ、垠も方子も徳恵も、一日中つきっきりで看病することはかなわず、もどかしくただ心のうちに祈るばかりだった。

二十五日午前一時に、滞在していた昌徳宮楽善斎で急変の知らせを受けた。すぐに大造殿に駆け付けたが、廊下で高事務官からすでに亡くなったと告げられた。

「兄上は、さみしい一生だった」

垠は肩を落としてそうつぶやいた。

亡くなった李王純宗は、閔妃こと明成皇后を母として生まれ、少年時代には景福宮にて母親が三浦梧楼らの日本人に惨殺された。死後に凌辱された上に焼かれるといったむごい仕打ちだったという噂も方子はこちらに来て知った。そしてその二年後にはあやうく父の李太王、高宗とともに側近に毒殺されかけ、そのために歯が抜け落ちてしまった。生涯病弱で、子どもにも恵まれなかった。王座につくものの、日本に併合され、形だけの王として弟や妹までも人質として日本に奪われた。純宗を苦しめた事件のすべてに日本とのかかわりがある。そう思うと、方子は途方に暮れてしまう。また、母、閔妃の思い出を尹妃にたびたび語っていたと聞き、方子は三浦梧楼の邸宅に住んでいた自分の因縁がますます恐ろしかった。

残された尹妃は、灯を消した西側の部屋で髪をほどき、とりまく女官たちはアイゴーと慟哭する。方子もそこに加わり、ともに涙を流す。その叫び声は静かな王宮内に響き渡った。

翌日に正式に薨去の発表があり、国葬の礼は六月十日と決まった。

尹妃は旧い習慣により、国葬の礼まで灯をおとした部屋にひきこもり一歩も外に出ず、おもゆとおかゆだけを口にし、髪も結わず、顔も洗わないという。閉ざされた王宮に嫁いだ尹妃は、喪が明けても、余生を王宮の奥深くに、さみしく暮らし続けなければならない。

——もし殿下が二十八代の王としてこの王宮内にとどまれば、私もまた閉ざされた生き方となるのだ。

そう思うと、ひやりとしたものが身体を覆っていく。

四月二十六日、王世子である垠が形式的に王位を引き継いだ。宗廟に報告を終え、垠は李王、方子は李王妃となった。昌徳宮内で文武の官僚と謁見を行い、新しい王と王妃として二人は賀礼を受けた。そこには旧臣下や総督府の官吏も出席した。

これらの儀式は、方子の悲しみをいっそうかきたてた。

——すでに国を失い、すべての権利が日本の掌中に収められている。主なき王座のもとに昔の臣下が集い、宮廷の隅で実権のない名目だけの王位を寿がねばならないなんて。
方子は垠の心の痛みを思うと、垠の方をまともに見ることができなかった。

連日のように慣れない行事や儀式が続き、しきたりにしたがって王族や老臣たちと語らう。方子は神経を遣い、疲れ果てたが、持参した観音像に手を合わせ、どうにか心を癒した。垠の乳母たちが気持ちをほぐそうと様子を見に来てくれるのが、心にしみた。

五月が過ぎ、六月を迎え、十日、純宗の亡骸（なきがら）を乗せた大輿は昌徳宮敦化門を出発し、金谷の王陵へ向かった。大輿につづき垠の馬車、李堈の馬車、王族の行列が二里から三里にわたって連なっていく。官公署、学校、商店などは一斉に喪に服し、白傘に白衣をまとった民衆が大輿の道行きに集い、うつぶして泣き崩れていた。

その日、朝鮮総督の斎藤実（さいとうまこと）が朝鮮人青年に襲われる、という事件があったことを、方子は夜になって聞いた。だが、人違いで、死んだのは、京城商工会議所の日本人会長だったそうだ。犯人は成功したと思い、「独立万歳」を叫んだが、すぐに捕らえられた。

翌日以降も不穏な空気は収まらなかった。各地で独立宣言の印刷物がまかれ、独立万歳を叫ぶひとびとが増え、次々に警察に連行されているという。そんななか、純宗の位牌は宣政殿に祀られ、尹妃は王妃として過ごした大造殿から楽善斎にうつった。そして垠と方子は楽善斎から景薫閣（けいくんかく）に移動した。

すべての行事がすむと、疲れがどっと出た。食事も習慣も違うなか、儀式では姿勢を崩すこともできず、さまざまな視線を浴びる。なかには鋭い眼光のものもいた。落ち着かない日々が続き、この二か月あまり満足に眠った日はほとんどなかった。だが、いまも独立を叫ぶ民衆の声に神経をとがらせ、心おだやかではいられなかった。そして、朝鮮の王妃となった重責がのしかかってくる。

――いくら名ばかりとはいえ、殿下が王となったからには、私は王統を継ぐ王子を産む義務がある。

――このまま身ごもれないのでは。

――李王家の血を絶やしてしまうのではないか。

――生まれたとして、また命が奪われるのではないか。

こんどは焦りと不安で眠れなかった。雨季に入り連日降り続く雨が鬱陶しい。秘苑に響く雨音はものがなしく響き、わけもなく涙を誘った。

約二か月半ぶりに東京に帰ると、それまでの緊張がほぐれたのか、方子は二週間あまり高熱に悩まされた。学業のため、母の福寧堂に会うこともかなわず総督府により一足先に戻されていた徳恵がいたく心配して幾度も部屋を訪れた。もうろうとした意識のなかで、徳恵の広い額に純宗の、そのふっくらとした頬に垠の面影を見出すと、方子は、李王家の跡継ぎを残さず死ぬことはできないとあらためて思うのだった。

その年、大正十五年は、悲しみが重なった年だった。十二月十六日、葉山で静養中の天皇が危篤であると宮内省から電話で知らされ、ただちに見舞いに駆け付け、ほかの皇族たちとともに逗子(ずし)ホテルに詰めた。息をつめて病状を見守るなか、二十一日に方子は勲一等宝冠章をうけた。純宗の死により方子が王妃となったことで急な叙勲となったらしく、いそぎ帰京し、皇后より渡された。

――きっと大正の世の最後の受勲に違いない。

方子は感慨深く、天皇や皇后との日々を思いめぐらせた。

逗子に戻った数日後の二十五日の午前一時二十五分、天皇が亡くなった。みな声もなく黙禱をささげるのみだった。この日の午後には践祚(せんそ)が告げられ、皇太子が天皇となり、大正から昭和に改元された。

年は暗く明け、しずかな正月だった。二月七日、厳寒のなか大喪の礼が新宿御苑で夜を徹して行われ、大正天皇は、翌日多摩山稜の墓所に納まった。

四月には純宗の一年祭で京城へ二十日間滞在し、祭事をとどこおりなく終えて帰国した。そして、延期していた欧州旅行の準備にとりかかった。

しかしながら、この旅行を宮内省が反対してきた。理由は、垠の地位が変わっていたからだ。昨年欧州旅行の話が出たときは、朝鮮の王世子であり、日本の王公族の待遇であったが、いまは名目上とはいえ、朝鮮の王となっていた。だから、欧州各国が、垠を「キング・オブ・コリア」と呼び、国王として待遇することを日本は懸念した。つまり、日本の植民地でなく、朝鮮が独立国として扱われ、王室が続いていると認められることを恐れたのだ。

しかし、常日頃から日本に譲歩していた垠も、「この旅行はどうしても行きたい」と強く実現を主張した。方子も同じ気持ちだった。なぜなら、垠と方子を取り巻く状況は切実で、ふたりともお互いを思いやることすら難しくなるほど、すれすれのところまで来ていたからだ。

天皇爆殺を計画したとされるアナキスト朴烈（ぼくれつ）が大地震の二日後に逮捕された。その後、朝鮮独立運動の秘密結社、上海義烈団の団員が拳銃と手榴弾を持って皇居に入る寸前に捕らえられた二重橋爆弾事件が起きた。これは日本の社会に大きな衝撃を与え、犯人は死刑を求刑され、新聞各紙は号外を出し、「**不逞鮮人**」という文字が連日新聞の紙面を埋めた。これらの事件のため、世間の朝鮮人に対する視線は厳しくなる一方だった。

垠の一挙手一投足はそれまで以上に監視された。そして一方、日本の中の朝鮮人であり、朝鮮の中の日本人だった方子は、ちょっとした買い物にも護衛がつき、映画や芝居にも警備がつく。事件があるたびに自由が失われていた。朝鮮では、飲み物一つにも神経をとがらせ、決して気をゆるめることができなかった。

晋の不審死、地震のあと繰り広げられた朝鮮人虐殺、純宗の死と、心が砕けそうなことも次々に起こった。

方子も垠も、息苦しさで切羽詰まっていた。日本の生活から逃れて外国に行き、日本でも朝鮮でもない遠い欧州で、すべてを忘れたかった。方子は、子どもを身ごもらなければという抑圧からも逃れたかった。

垠と方子の強い想いをくんで、高事務官と篠田治策（しのだじさく）李王職が粘り強く宮内省と交渉した。大正天皇の勅許もあり、下賜金まで出ていることを強調した。するとようやく非公式旅行という条件付きで正式許可が下りた。

「私は李王として行くのではなく、李垠という一人の人間として行く。だからどんな待遇でもよい」

垠が割り切れないようなさみしさを瞳にたたえながらそう言うのを方子は黙って聞いていた。最近の方子は、垠の心の揺れを、ちょっとしたしぐさや気配から感じ取ることができるときもあった。

五月晴れの爽やかな日に、垠と方子は、横浜港から箱根丸に乗船した。垠の身分は便宜上伯爵とし、期間は約一年の予定だった。随行したのは、李王職嘱託篠田治策以下七人で、うち二人は侍女、ひとりは医師だった。このほかに特別随行という名目で実質は警備のため、京城の三輪警部もいた。垠は、新しく手に入れたライカのカメラとベル・ハウエルの十六ミリ撮影機を持ち込んでいた。

岸壁の見送りのなかには、梨本宮の両親と徳恵の顔があった。いまは朝鮮に戻った李堈もこのためにわざわざ来日していた。徳恵は、心もとなさそうな顔でテープを握りしめている。だいぶ日本の生活に慣れたとはいえ、一年近く徳恵を置いて離れるのが唯一の気がかりだった。昨晩、話をした際に、「お留守中は勉強いたしますから、どうぞご安心ください」とけなげに言いつつもさみしそうに目を瞬(しばたた)いていたのが思い出される。

ドラの響きとともに船は滑り出すように出発し、見送りのひとびととつながるテープが切れていき、やがて彼らの顔が見えなくなった。

一万トン級の箱根丸は広く、揺れもすくない。船室も豪華で申し分なく、快適だった。方子はさっそくフランやドルを数え、円に換算してみた。皇族だった方子は幼い頃から結婚後にいたるいままで、自分でものを買う、お金を支払う、という経験がなかったが、この旅で初めて現金をもつことを許され、ひそかに興奮していた。

旅程は、上海(シャンハイ)、香港(ホンコン)を通ってインド洋を渡り、エジプトを経てフランスのマルセイユに上陸し、そこから欧州各国を訪問するというものだった。

船はひとまず神戸に立ち寄った。

乗り込んできた韓昌洙李王職長官が神妙な顔で垠と方子に告げた。

「上海の臨時政府が何か企んでいるそうです。独立運動家たちが殿下を拉致(らち)しようとしているとの密告がありました」

垠はじっと黙って話を聞いている。

「総督府の保安課と内務省が上海の領事館警察と連絡を取って厳重な警戒体制をとっています。じゅうぶんにご用心ください」

「わかった」垠は簡潔に答えた。

韓長官が辞したあと、方子が「大丈夫でしょうか」と訊くと、垠は、小さく首を振った。

「こんどの旅は、個人的なものなのに。騒ぎが起きないといいが」

方子の不安も大きくなった。楽しいはずの旅は、始まりからつまずきそうだった。気持ちのふさいだまま箱根丸は出航し、約一週間を経て上海に入港した。

　万一の場合を警戒して上陸せず、垠と方子は予め待機させていた軍艦「八雲（やくも）」に乗り移り、そこに一泊した。八雲では現地の将校から「上海陸上防衛の現況」といった講演を垠や同行した佐藤陸軍中佐や金陸軍大佐とともに聴いた。専門的で方子には難しかった。

　対岸から銃弾がとんでくる恐れがあるというので、沿岸の景色を眺めることもできなかった。囚われたかのように一夜をすごしたが、なにごともなく、ふたたび箱根丸に乗り換え香港へと向かった。

　垠は終始黙っていて、こわばったその表情からは気持ちを推し量ることができなかった。独立運動家たちのことをどう思っているか、決して口にしないし、話題が出ても無表情を貫いた。

――この先もどんなことが起きるかわからない。

　考えれば考えるほど気持ちは沈み、方子は船室にこもりがちになる。

　船室には、日本を発つ前、神戸でドイツ商人ユーハイムがくれたカナリアのつがいがいた。この二羽のカナリアはいくら餌をやっても鳴かなかった。篠田にその話をすると、「カナリアは離れていないと鳴かない鳥です」と言って、別々の籠に移すようにすすめられたが、方子は一緒の籠に入れたままにした。別れて恋しがる声を楽しむことなんてできなかった。つがいはさえずらないがむつまじく寄り添っていて、方子を和ませてくれた。

――もし殿下が上海で臨時政府に拉致されていたら、私はずっと嘆き悲しんでさえずるカナリアになっていたことでしょう。

――たとえ鳴けなくても、籠の中であろうが、ともにいることが幸せなのだ。

　籠の中を覗きながら、方子は、どんなことがあっても垠のそばにいたいと願った。


　香港、シンガポール、マレーシアにて南国の寝苦しい夜を過ごし、インド洋をエジプトに向かう。季節風に海は荒れ、高波に揺れた。船室に閉じこもって毛布に顔をうずめていると、晋を抱いて渡った玄界灘（げんかいなだ）が思い出された。夜になり風もやみ、燐光（りんこう）がきらめくインド洋はこのうえなく美しかった。

　船には外国人の客も多く、垠も方子も気さくに彼らとあいさつを交わし、おしゃべりをして、食事をともにした。デッキゴルフや麻雀なども楽しんだ。

垠はあまり得意ではないと言いつつも、ゴルフが好きで、天皇の皇太子時代によく一緒に新宿御苑でゴルフを楽しんでいた。

　二人は水着姿になりプールで泳ぐこともあった。なかなか日本や朝鮮ではできないことを経験し、気がねのないくつろいだ時間が流れていく。垠がくだけた様子で船室のボーイと話しているのを見て、方子の目頭が熱くなる。「殿下」ではなく「ミスター・リー」と呼ばれるのを面白がっている節もあった。

　エジプトでピラミッドやミイラ、スフィンクスを観て、歴史の重厚さに圧倒された。

――私たちは、歴史のなかで、どう評価されるのだろうか。

　そう考えると不安がまた押し寄せた。

　四十二日間の長い船旅を経てマルセイユに着いたのは七月四日だった。この日はアメリカの独立記念日で、アメリカ領事館の前には星条旗がはためき、祝祭気分で浮き立っていた。

「独立……」

　何気なく口にしたのか、垠はすぐに周りを見回して、方子にしか聞こえなかったことをたしかめてほっとしている。

「きっと、その日がまいります」

　方子は篠田や随行のものに聞かれないように、ささやき声で言った。すると垠は驚いたように方子を見つめた。方子は、垠の瞳を受け止めて、深くうなずいたが、心は引き裂かれていた。

――でもそうなったら、私は殿下と一緒にはいられないでしょう。

　マルセイユでは、がまぐちにフランを入れて、生まれて初めての買い物をした。街の商店で、赤いスカーフを二枚買った。一枚は自分に、一枚は徳恵への土産だ。紙幣を渡すとき、心臓が一瞬高鳴った。

　パリに移動し、ジュネーブの軍縮会議に出席していた斎藤実朝鮮総督にもてなされた。こちらでは李伯爵と伯爵夫人と呼ばれた。国王と名乗れないことを垠は「私的な旅だから」と気にかけていないように見せていたが、心のうちはきっと屈辱だろうと方子は想った。それでも、乗馬やゴルフを気楽に楽しめるということで、どうにか自分で折り合いをつけているようにも見えた。

　大統領を訪問し、その後スイス、英国を訪れる。非公式ではあったが、どの国でも王や元首と会見し、丁重にもてなされた。勲章や高価な土産ももらった。

ロンドンで方子は最古の病院や孤児院を訪ねた。それからベルギーを経て十月末に、オランダに入った。女王礼訪のためにハーグに着くと、垠の表情に明らかな陰りが現れた。方子の気持ちも重くなる。

ハーグは、垠の父親高宗の命で平和会議に密使が送られた場所だった。密使は大韓帝国への日本の侵略行為を訴えようとしたが失敗に終わり、密使のひとりはこの地で憤死している。そして、このことが日本の怒りを買い、高宗は退位させられ、日韓併合に繫がった。

すっきりしない寒空もあいまって、憂鬱な日々が過ぎていった。ハーグ滞在の最終日、滞在するホテルの部屋の外が急に騒がしくなった。

篠田が誰かと口論しているようだった。ドアの外に耳を傾けると、たどたどしいフランス語が聞こえてくる。

「会わせてくれ」

「だめだ」

「なぜだめなのか。ぜひとも会わせてくれ」

荒っぽい、稚拙(ちせつ)なフランス語の会話が続いている。

「とにかくだめだ」

篠田の言葉を最後に、会話が途切れた。

垠と方子は窓の外に目をやった。すると茶褐色の洋服を着た東洋人が、肩を怒らせてホテルから出ていくのが見えた。

いくら待っても、篠田がなにも言ってこないので、垠が篠田を部屋に呼んだ。

「さっきのは、誰？」

「ポーランドに住む朝鮮人で、漢方薬販売の仕事をしているそうです。殿下に朝鮮人参の入った明心丹という薬を差し上げたいというので、預かりました」

篠田次官は薬箱を見せた。

「どんな薬かわかりませんので、服用はおやめになった方がよろしいかと存じます」

そう言って篠田は薬箱をひきとって出て行った。

「あの朝鮮人は、私になにか伝えたいことがあったのだろうか」

垠はひとり言のようにつぶやいた。

「きっと、殿下のお身体を気遣ってくださったのですよ。お元気かどうか、お顔を拝見したかったのでしょう」

方子は慰めるように答えた。

「そう思うことにしよう」

垠は窓の外を遠く見やった。

——もしや、独立運動家が訪ねてきたのではないか。

方子はそこはかとない不安にさいなまれた。

それからデンマーク、ノルウェー、スウェーデンとめぐった。

スウェーデンではグスタフ皇太子の収集した高麗磁器を見せてもらう。皇太子は新羅や高麗の文化にも詳しかった。

「高麗磁器は実に清らかで美しい。このような文化を創造した国の精神を滅亡させることはできません」

皇太子は垠の立場をよく知っていた。彼の言葉は垠にとってなににも勝る激励とうつったようで、隣にいた方子には、垠が黙って答えずとも、感極まっているのが伝わってきた。垠は翌日も皇太子と会う約束をし、方子は垠と分かれて、赤十字病院を視察した。その間、終始心がざわついていた。

ドイツ、ポーランド、オーストリア、チェコスロバキア、そしてイタリアへと行き、フランスに戻った。

ほぼ一年にわたる欧州旅行は終わりに近づいていた。最後は休養に、カンヌにあるアルベール・カーン博物館のオーナーであるカーン氏の別荘に滞在した。

ここではなにも特別な予定はなく、一か月ほどのんびりと過ごした。白い砂の続く浜辺を散歩し、子犬と戯れる。垠みずから、十六ミリ撮影機をまわして、景色を撮った。軍服を脱いだ垠は英国仕立ての背広で、方子はしゃれたジャケットにプリーツスカート、首にはマルセイユで買った赤いスカーフを巻き付けて、カメラに収まる。ブルトン型の帽子とハイヒールはパリで見つけた。

あたたかな気候のもと、海に突き出た別荘のベランダで方子と垠は絵筆をとり、地中海の風景をキャンバスに描いた。日本でも朝鮮でもない自由な土地で、なにも背負うことなく、二人はようやく解放された。

だが、いざマルセイユから帰国の途につくと、この忘れがたい旅のあいだに妊娠の兆しがなかったことにいらだちを覚えた。各国で国賓並みにもてなされたことを思い返しても、世継ぎを早く産まなければという結論に導かれた。方子は、帰国したら、なにか対策を考えねばと焦る気持ちが抑えられない。やはり妊娠のことを忘れることはできなかったのだ。

帰りのインド洋の波は穏やかで、船の旅は往路同様に楽しく快適だった。だが日本に近づくにつれ、方子は、鳴かないカナリアのように、言葉が少なくなっていった。

神戸港に到着したのは、昭和三年四月九日の朝だった。大勢の出迎えの人のなかから、李堈、李鍝、徳恵、守正と伊都子、そして規子、李王家の職員などのなつかしい顔が目に飛び込んできた。方子は徳恵が朗らかに微笑んでいることに胸をなでおろし、顔いっぱいに笑みを広げて、大きく手を振った。

欧州への長旅のあいだ、最も気がかりだったのは徳恵のことだった。けれども、鳥居坂に戻って一週間ほど様子を見た限りでは、彼女は学校に問題なく通っており、心配は杞憂だったようだ。

マルセイユで買ったスカーフの土産も、「妃殿下がみずから買ってくださったのですね」と、徳恵はたいそう喜んで、家のなかでも首に巻いているほどだった。

また、船室から連れ帰ったつがいのカナリアを気に入ったようだったので、方子は徳恵に二羽のカナリアの世話を頼むことにした。すると、徳恵は、自分の部屋にカナリアの籠を置き、毎日かいがいしくえさをやっている。

ある日、部屋をのぞくと、徳恵はカナリアに朝鮮語で熱心に語りかけ、その後、鳥の鳴きまねをしていた。カナリアたちは徳恵の方に顔を向けていて、耳を傾けているかのようにも見えた。その様子が愛らしくて、方子は思わず目を細めた。

「まるで徳恵さまの言葉がわかるみたいですね」

声をかけると、徳恵がこちらに気づいて、恥ずかしそうにまばたきをする。

「ちっともさえずらないので、鳴き方を教えていました」

小さな声で答える。

「カナリアは、つがいが離れ離れにならないと鳴かないそうですよ。船でも鳴きませんでしたから」

「はなればなれ……」

徳恵は大きな瞳を伏せ気味に、カナリアの方にふたたび視線をやった。

「でも、徳恵さまの教え方がお上手ですから、そのうちに、鳴くかもしれませんね」

方子は、励ますように言った。

「上手だなんて」

徳恵がはにかんで、うつむく。

「教えるのは楽しいですね。いつか子どもたちにも教えてみたいです」

そう言ったのち、顔をあげて続ける。

「わたくし、学校の先生になれるでしょうか」

いつになくはつらつとした様子で訊いてきた。

「徳恵さまが先生におなりあそばしたら、素敵でしょうね」

朝鮮の王女である徳恵が教師になることは難しいだろう。だが、そういう夢を持つのは良いことだと方子は思った。

——そういえば、すっかり忘れていたが、私もかつて飛行機の操縦士になりたいと夢見ていた。

方子はもうすぐ十六歳になる徳恵の夢を壊したくなかった。

「ええ、しっかりお勉強をなされば……」

「はい、そういたします」

徳恵は目を輝かせて言った。


この年は、慶事がかさなった。

天皇の弟である秩父宮と方子の母方の従妹(いとこ)、松平勢津子(せつこ)の婚礼の儀や、天皇の即位式があり、それらに参列した。自分の懐妊がないことは方子の心の奥に暗い影を落としていたが、周りに悟られないようにふるまった。

年が明けると、皇后の父であり、方子の伯父の久邇宮邦彦(くによし)が亡くなり、めでたい空気はしぼんでいく。それでも五月に徳恵が満十七歳になり、鳥居坂ではささやかな宴をもうけ、家族や職員とともに祝った。徳恵の表情は明るく、方子はすっかり安堵した。

ところがその五日後、徳恵の生母、福寧堂が乳がんのため亡くなったという一報が飛びこんできた。

知らせを聞いた徳恵は、放心状態になり、立っていることができずに、その場にくずおれた。慌てて侍女がささえたが、身体に力が入らないようである。

方子は徳恵を見ていられず、目をそらしてしまった。そこにいるのもいたたまれず、徳恵から離れて、職員や使用人たちに、徳恵が朝鮮に帰る支度を整えるようにと指示して回った。動き回っていないと、やりきれなかったのだ。

——徳恵さまのお母上、福寧堂さまは三年前から患われていたのに、なかなかお会いになれなかった。兄上の純宗さまが亡くなられて朝鮮にいらっしゃったときも、福寧堂さまが王宮から出てしまわれて遠くにいるからとか、徳恵さまは早く帰って勉学をせねばとか、なにかと難癖をつけ、総督府が会わせなかった。

——母子が会えずに死に別れるなんて。

晋を亡くしている方子は、わがことのように悲しい。

——あのときの私は、命を絶ってしまいたいほど辛かった。

当時のことが鮮明に思い出され、胸が苦しくなってくる。

——朝鮮の王家の一族は、どうしてこうも不幸な運命に見舞われなくてはならないのか。

どこにも問いかけられない問いを方子は自分のなかで持て余すしかなかった。

その日、帰宅して徳恵の母の死を知った垠は、うん、とひとこと言ったきりだった。表情も変えず、ただ、黙り込んでしまう。

——殿下も、母上様とずっと疎遠でいらしたうえに、死に目に会うこともかなわなかった。それゆえきっと、ご自分のことと重ね合わせていらっしゃるのでしょう。

——おふたりとも、無念な思いを口にすることもできない。

寝室での垠はなんども寝返りをうっていた。しまいには起き上がり、部屋の中を歩き回っている。方子が体を起こすと、垠は、「起こしてしまってすまないね」と言い、また寝台に入った。方子もほとんど眠ることができなかった。

——徳恵さまも眠れないでいらっしゃることでしょう。

明け方、方子は寝室を出て徳恵の様子を見に行った。そっと扉を開けて部屋に入ると、徳恵は寝間着姿でカナリアを見つめてたちすくんでいた。方子の気配には気づいていない。

方子は声をかけずに、部屋を静かに出て行った。

その日葬儀のために朝鮮へ発つ徳恵は、生気のない顔で虚ろな目をしていた。

「お心をしっかりおもちあそばして……」

慰めにはならないことを知りつつも声をかけると、徳恵は、やっと聞こえるほどの声で、はい、と答えた。しかし、終始うなだれて、方子の方を見ることはなかった。

車に乗り込む徳恵の小さな肩を見ていると、後ろから抱きしめたい衝動にかられたが、周囲にたくさんの目があるなか、ただ見守ることしかできなかった。そもそも、方子は、そんな自分の感情にまかせた行動をすることなど許されていない。

車が邸宅から出ていくのを見送ると、方子は徳恵の部屋に行き、つがいのカナリアを長いこと見つめていた。

欧州旅行では軽口をたたくほどだった垠はまた口数が少なくなり、寝室では夢を見てなのか、眠れずにいるのか、「アイゴー」と漏らす声をなんどか聞いた。

方子も、連日夢見が悪かった。以前のように、不気味な黒い塊に襲われそうになって目覚めたり、晋の亡くなった日のことを思い出したりした。全身が硬直して金縛りにあったようになったり、汗びっしょりになったりする。

半月後に徳恵が朝鮮から帰ってきた。

想定よりもずっと早かったのでいぶかしんでいると、徳恵は母親の親族として喪に服すことができなかったということだった。葬儀には参列したものの、正式な装いも許されなかった。それだけでなく、早々に帰されたのだ。生母厳妃が亡くなったときの垠は九か月喪に服していたことを考えると、あまりにもひどい仕打ちだ。

これらは、すべて韓国併合後の王族の身分について取り決めた日本の法律に従っていた。王公族ではない身分の福寧堂の喪に、王公族の徳恵が服するわけにはいかない、とのことだった。

——殿下の父君が亡くなった時も、朝鮮のしきたりでは三年の喪を、一年として、日本の慣習に従ったけれど、殿下はきっと相当おつらかったはず。

——私はあのとき殿下と早く結婚できたことを喜んでいたが、考えてみれば、それはとても身勝手なことだったのかもしれない。

——殿下にしてみれば、父君の死を朝鮮の慣習で悼むことができなかったというのに、私はそこに思いがまったく至らなかった。

方子はいまさらながら、自分が幼かったことが恥ずかしい。

——さらに、こんどの徳恵さまは、喪に服することすら許されないなんて。

やつれて、ほとんど言葉を発することもなくなり、自分の殻に閉じこもっていく徳恵を見るにつけ、方子の心は重く沈んでいく。

垠も心を閉ざしていくように見え、夫婦のあいだに、ふたたびうっすらと膜ができ始めているのを感じていた。

——これでは、いけない。なんとかしなければ。

——やはり、子どもを身ごもらないと。

——二人の血を分けた子どもだけが、殿下と私をつなぐものとなる。

晋の死から七年、懐妊を待っているが、いっこうにそのときは訪れない。流産という悲しい目にあっただけだ。

——母になりたい。

——もう一度この手に我が子を抱きたい。

——殿下の手に男子を抱かせてさしあげたい。

切羽詰まった思いは募るばかりだった。

皇室典範では、養子が認められておらず、男子が生まれなければ李王家が廃絶となってしまう。つまり、方子の男子懐妊が、朝鮮王統の存廃につながっているのだ。くわえて朝鮮の親族たちから「まだ子どもができないのか」と責められるのも方子は耐えがたかった。

また、広橋真光(ただみつ)伯爵と結婚した妹の規子が、女児を出産したことも、方子の焦りに拍車をかけていた。あどけなくかわいい乳飲み子を見ると、自分も早く、とたまらない気持ちになった。

秋になって、方子は思い切って東京帝国大学の岩瀬博士の営む産婦人科を訪ね、診てもらった。そこで子宮後屈の手術を勧められ、悩んだ挙句、入院した。案外に簡単な手術で、予後も問題なかった。

「大きな異常はないのですから、お待ちになってみてください」

岩瀬博士の言葉を聞いて、もう駄目なのかもしれない、と諦めかけていた方子は、すこしばかり心が軽くなった。

世界恐慌の余波と続く冷害で、国内は不況の嵐が吹き荒れ、農村は疲弊し、貧富の差は広がり、その日の食にも困る人々がたくさんいたが、方子たちにはあまり関係なかった。李王家の費用は、御親用金として日本政府から李王職を通じて支払われており、このほかにも李王家は土地や株式を有し、それら私有財産からの別途収入もあった。

「いくらぜいたくな暮らしであっても、朝鮮人ではねえ」

方子はそんな言葉を皇族の会合などで聞こえよがしに投げつけられることも多かった。やたらに「朝鮮が」「朝鮮人が」とささやかれるのは、もしかしたら李王家が裕福であることへの嫉妬もあるのかもしれないと、方子はうすうす感じていた。

――けっきょくは、表面しか見ていない。私の苦しみなんて、理解できないのだろう。

方子は気丈に、誇り高く、嫌味な言葉を聞いても毅然としていた。

一方、朝鮮は、日本での李王家の暮らしぶりとはかけはなれた様相を呈していた。

光州で起きた事件をきっかけに、朝鮮半島全土に抗日運動が広がっていた。事件は、日本人中学生が朝鮮人女学生を冷やかして、それが日本人学生と朝鮮人学生の乱闘事件に発展した、というものだった。そして、日本人学生は釈放され、朝鮮人学生が検挙されるという差別的な措置が取られた。これに、日頃の弾圧への不満が爆発し、全国の学生数万が参加した運動となったが、投獄されたり、無期停学になったりした学生が続出し、弾圧もすさまじかった。

垠はそれらの事件を新聞や李王職を通じて知っても、なにもそのことについては触れずにやり過ごし、ただひたすら帝国陸軍の少佐として、歩兵第一連隊附教育主任の職務を忠実に務めていた。

――殿下は、朝鮮での出来事については、心をすっかり閉ざしてしまっていらっしゃる。だけど、無理にこじ開けてはいけない。開けたところで、私にはどうすることもできないのだから。

方子は、なるべく朝鮮の抗日運動を自分と切り離して考えるようにした。ときどきふと恐ろしくなって寒気が走る瞬間がないわけではないが、そういうときは、なにか楽しいことを考えるように努めた。

幸い、心が躍るようなことが方子には待っていた。

鳥居坂の邸宅を宮内省に返還し、あらたに元北白川宮邸であった紀尾井町の土地に、宮内省がイギリス風の邸宅を建ててくれることになったのだ。

方子は新しい住処の設計に夢中になった。不妊のことも、抗日運動のことも、新邸宅のことを考えると、頭から追いやることができる。

垠も完成を心待ちにしているようで、方子の説明を、うん、うん、と聞き、ときには質問をしてきて、「こうしたらいいんじゃない」と案を示すこともあった。

一方、徳恵はますます内にこもっていく。方子が気遣って話しかけるものの、徳恵の反応はにぶく、自分も暮らすことになる新邸宅の設計図を見せても、まったく興味を示さない。

――いまは、そっとしておいてさしあげる方がいいのかもしれない。お心が慰められるには時間がかかるのは晋ちゃまを亡くした私には痛いほどわかる。新しい家に移れば、きっと気分も変わるでしょう。

方子はあまり徳恵に干渉しないことにした。学習院女子部には通っていたし、食は細いものの、食事は摂っていたので、時間が解決するだろうと考えることにした。そんなわけで、表面上は、日々穏やかに過ぎていっている。

そうしたある冬の朝、ピッ、ピピピピー、ピー、ピー、ピューーン、ピーピー、ピューーン、ピーピーとけたたましく鳥のさえずる声がしたので、方子はなにごとかと、慌てて徳恵の部屋に駆け付けた。

徳恵は、窓際で外を向き呆然と立っていた。表情からは感情がわかりかねるほど淡々としている。窓は半分ほど開いていた。

鳥籠に視線をやると、黄色いカナリアが一羽しかおらず、しきりに鳴いている。その声はあまりにも激しく痛々しいほどだ。

「どうしたのですか？　もう一羽のカナリアは？」

傍らにいた侍女に訊くと、困り果てた顔で、それが、と答える。

「姫さまがえさを差し上げたときに、逃げてしまったんです。あっという間でした。窓が開いていたので、そこから飛んでいってしまって……」

方子は徳恵に近づいていき、肩に手を乗せた。

「徳恵さま、お気を落とさずに。またカナリアをもらってきてさしあげましょう」

徳恵は、首を激しく横に振ると、方子の手を振り払い、鳥籠のそばに行った。そして、鳥籠の扉を開けた。

「姫さまっ」

侍女が叫んだと同時に、カナリアは鳥籠から出て、部屋の中を飛び回った。自由に飛べることを喜んでいるかのように、しきりにさえずりながら、あちこちに飛んでいく。

徳恵は、カナリアを目で追っていた。方子はカナリアが部屋から逃げないようにと窓際に行き、そっと窓を閉めようとした。すると徳恵がそれに気づき駆け寄り、方子の腕を押さえて止めた。

方子がその力強さに驚いて手を引っ込めると、徳恵は、半分開いていた窓を全開にした。

「おいで、おいで」

徳恵が朝鮮語でカナリアに話しかけている。

カナリアは、その言葉に応えて窓際に飛んできて止まり、首をかしげるようにして徳恵を見つめた。

「行きなさい」

徳恵が促すと、意味を理解しているかのように、外にはばたいていった。

「徳恵さま、よろしいのですか?」

方子が尋ねても反応はなく、徳恵はカナリアの飛んでいった先を見つめながら、ぶつぶつと小声で朝鮮語をつぶやいている。

「一緒に故郷に飛んでいきなさい。一緒に故郷に飛んでいきなさい。一緒に故郷に飛んでいきなさい。一緒に……」

徳恵は、空を見上げて、呪文のように繰り返していた。

元号が昭和になって五年目、早春のよく晴れた日に、垠と方子、徳恵は、紀尾井町の高台に出来た新築の邸宅に引っ越した。広々とした敷地に建つ豪勢な新居は、閑院宮邸が向かいにあった。

車寄せから玄関の大扉を入ると、重厚で落ち着いた趣のロビィがある。天井には檜の大柱が縦横に通っていた。その下に立つと、檜の清潔な香りがほのかに漂ってくる。ロビィ奥には円形の応接間が控えていた。

部屋数は全部で三十をこえ、別棟に侍女や女中の部屋もある。内階段は六つで一番大きな内階段には朝鮮青磁のレリーフがはめこまれていた。二階は家族の居室だ。

三人は一階の応接室や居間を見た後、それぞれ二階の自分の部屋に行った。方子の部屋は南向きの広い和室で、窓から赤坂の街が見下ろせ、遠くに品川沖の海原が光って見える。

——なんて素敵なのでしょう! 思っていたより

も、ずっと素晴らしい。

方子は軽やかな足取りで自分の部屋を出て、垠の部屋に入った。この洋室には広いベランダがついていて、垠はそこにいた。

「殿下、お気に召しましたか」

「うん。ここからは、海も山も見えるね」

方子も垠の視線の先に目をやる。垠の言うように、東京湾も富士山も一望できた。申し分のない景色だ。

「美しい眺めですね」

垠は、方子の言葉に深くうなずいて、景色を見つめている。そのまなざしは、目の前の海や山よりも、もっと遠くを見ているように、方子には思えた。

――殿下は、徳寿宮の石造殿のベランダから見えた景色を思い出しているのかもしれない。

方子はベランダから飛び降りようとしたことを思い出した。

――私ったら、こんなおめでたい日に、なんてことを。

ほんのわずかに頭を振って、あの日のことを忘れようとする。

「あなたに相談があるのだけれど」

しばらく黙っていた垠が不意に口を開いたので驚いてしまったが、それでも、はい、といつもの調子で答えた。

「あのね、三階の部屋を、使いたいのだけれど」

「三階を、ですか？」

「うん」

垠はそこで周りをうかがい、声を落とした。背後の職員たちに聞こえないようにしているようだ。

「そこで祭祀（さいし）をね、できないだろうか。もちろん、ひそかにやるのだけれど」

「祭祀、ですか？」

――殿下は李王家の跡継ぎとして、歴代王たちの神位を祀（まつ）りたいのだ。京城の宗廟（そうびょう）に頻繁にいらっしゃれないかわりに、ここでなさりたいのだ。

方子は垠の李王家一族への思いに心打たれていた。

「はい。もちろんです。なんとかいたしましょう」

方子は宮内省の職員や総督府の役人に知られずになんとか垠の願いをかなえてあげたかった。

「ありがとう。あなたに相談してよかった」

「なんでも申し付けてください」

垠の心に近づけたようで、方子は胸がいっぱいになってくる。

「私、徳恵さまの様子を見てまいります」

廊下に出てまなじりににじんだ涙をぬぐった。そして目を閉じて心を落ち着かせてから、徳恵の部屋に向かった。

こちらの部屋も洋室で、美しい絹の壁紙が貼りめぐらされている。徳恵は、肘掛け椅子に座って、開け放した窓の外をじっと見つめていた。ここからは、広い庭が見渡せる。

「お部屋はいかがですか？」

方子が話しかけても、徳恵は口をつぐんで外を眺めたままだ。

「風がまだ冷たいでしょうから」

侍女を呼び、窓を閉めさせてから部屋を出たが、徳恵はずっと一点を見つめて、最後まで方子になんの反応も示さなかった。

——カナリアのことがあってから、ときどきあのようなご様子になるけれど、大丈夫なのだろうか。

——でも、学習院にも通っていらっしゃるし、特別に問題があるということも聞いていない。きっと、深くなにかを考えていらっしゃるだけでしょう。

そう自分に言い聞かせた。

口の中が妙に乾いていたので唾を呑み込んだが、方子はなにかが喉にひっかかっているような感覚がぬぐえなかった。


紀尾井町に越して二週間、両親や客人を招くなどで忙しいうえに、こまごまとした雑事も多く、めまぐるしく過ごしていた。

そのうちに方子は、月のものが遅れていることに気づいた。もしやと思い、岩瀬産婦人科を訪ねると懐妊していた。

——やっと、やっとだ。

このうえない嬉しさとともに、大きな不安がこみあげる。

——また流産したらどうしよう。

垠に告げると、珍しく顔をほころばした。

「よかった。よかった。ほんとうに、ほんとうに、ありがとう」

方子の手をかたく握る。

——絶対に大事にして、ちゃんと産まなければ。

母の伊都子にも知らせると、やはり、「こんどこそは」と言われた。方子は、なるべく外出を避け、慎重に慎重を重ねて日々を過ごした。

しかし五か月に入ったばかりで、ふたたび流産してしまった。男の子だった。原因は、羊水過多症というもので、母体にも相当の危険があったと聞かされた。一万人に八人の割合というまれな症状だった。

――また、だめだった。

――なぜ、私がその一万人中の八人に当てはまってしまったのか。

岩瀬産婦人科のベッドで泣き暮れていると、母の伊都子が駆け付けて、黙って方子を抱きしめた。

「殿下に申し訳なくて……」

方子は言葉が続かず、すすり泣いた。

――私には、子を持つ幸せは訪れないのだろうか。

――なぜ私にばかり不幸が襲ってくるのか。

「子どもがあなたの身代わりになってくれたのですよ。たくさん祈ってあげましょう」

伊都子にそう言われると、また悲しみがこみあげ、嗚咽が漏れてしまう。

「いまだけ、疲れるまでお泣きなさい。その代わり、殿下の前ではお泣きなさるな」

方子の背中をさすりながら、伊都子がつぶやいた。その声から、気丈な伊都子が涙をこらえているのがわかった。

流産の落胆はかなりのはずなのに、垠は方子を気遣っているのか、感情を表に出さなかった。そのことがかえって方子を苦しめた。いっそののしってくれた方が楽なくらいで、方子は垠への罪悪感が膨らむばかりだった。

さらに不幸は続くもので、方子の体調が戻ると、こんどは徳恵の様子がおかしくなった。

初夏の夕方だった。徳恵は学習院女子部から友人に付き添ってもらって帰ってきた。侍女が、徳恵のただならぬ様子に自分だけでは不安になり、徳恵と親しいと思われる友人に付き添いを頼んだということだった。

たしかに邸に着いたときの徳恵は、眉間に皺が寄り、唇が小刻みに震えていて、方子は徳恵の尋常ならざる様子に驚いた。

「どうしたのですか」

「私を馬鹿にするんです。朝鮮だからって」

徳恵はいつになく感情を露わにし、激しい口調で言った。

友人によると、どうやら学校でなにげなく言われた言葉を気にしているらしい。

「お気になさらずに」

そう言っても、徳恵の気持ちは収まらないようだ。

翌日は「行きません」と登校を拒み、一日中自室にこもった。その後も学校には行かず、ずっと部屋にいた。食事は喉を通るようだが、それも部屋に持っていってどうにかほんのすこし、という状態だった。食堂に降りてきて、垠や方子と食べる、ということはなかった。

垠も心配して徳恵の部屋の扉を叩くのだが、いつも拒まれた。

「なにがあったのだろう」

心を痛めている垠に、詳しく説明することも、以前から変わった様子の兆しがあったことも、とても言えなかった。

「きっと、すこし学校をお休みになれば大丈夫です。いろいろと気になさるお年頃ですから」

方子はそう言って垠をなぐさめたものの、心のうちでは、自分を責めていた。

——私が、自分の妊娠のことにばかりにかまけていて、徳恵さまに心配りをしなかったから、こういうことになってしまったのではないだろうか。

——これからは、徳恵さまにもっと気を配ってさしあげなければ。

かたく誓うものの、なにをどうしたらいいかはわかりかねた。それでもせめてできる限り傍に寄り添おうと思っていた。

夏休みに入り、方子は徳恵に付き添って伊香保へ避暑に行った。

しかし、徳恵は伊香保でも一日中床についたきりで、食事もろくにしない。気持ちのいい外の空気を吸うことは一度もなく、温泉に入ることも嫌がった。仕方なく毎日侍女が身体を拭いた。

紀尾井町に帰ってきて新学期が始まったが、徳恵はかたくなに学校へ行くのを拒んだ。そして、相変わらず部屋から出てこない。

——どうしたらいいのだろう。殿下もなんとかならないかとおっしゃるが、私にはなすすべがない。

一日一日、空気が張り詰めていて、このままでは方子の神経が持たなくなりそうだった。寝付きも悪くて、やっと寝入ると何度も目が覚めるということが続いている。

その晩はかなり涼しかったのと、昼間の外出で疲れており、方子はこのところでは珍しくぐっすりと眠っていた。

「大変です、妃殿下さまっ」

中山が寝室の外から大声で叫んだ。

方子は飛び起きて、扉を開けた。垠も寝台から出て、こちらを見ている。

「姫さまが……姫さまが……」

中山は、青白い顔になっていた。

「徳恵さまになにかあったの？」

「寝間着でお庭に出て、裸足で歩き回っていらっしゃるんです」

「そんな……」

方子の背後から垠が駆け出し、真っ先に部屋を出て行った。


侍女が制して、なんとか部屋に戻すものの、徳恵の夜の徘徊は続いた。

方子は深夜に廊下で足音が聞こえると、絶望的な気持ちになった。それでも自分を奮い立たせて廊下に出て、徳恵に語りかけて部屋に戻そうとするが、徳恵にはなにも聞こえていないようだった。ある晩などは、気づくと裏門から出て赤坂見附の方へ歩いていることもあった。

垠も夜中に目覚めては、徳恵が寝付くまで見守った。垠の心も満身創痍なはずなのに、方子に「すまないね」といたわりの言葉をかけてくれるのが心苦しくてやりきれない。

徳恵の夜の徘徊は日に日に頻繁になり、昼間はうつろにどこを見るともなく大きな瞳を見開き、ぼうっとしていることが増えた。そういうときは、話しかけても反応がない。

とうとう精神科の医師に来てもらい、診てもらうことになった。

「早発性痴呆症です」

「それは？　どういうものなのでしょうか。治るのですか」方子は医師に尋ねた。

「精神障害ですから、完全に治るのは難しいですが、快方に向かうことはあります。とりあえず、療養して様子を見ましょう」

——精神障害……。

方子は衝撃のあまり、言葉を失ってしまった。

——殿下にお伝えするのが心苦しい。

それでも伝えないわけにはいかず、方子は医師の言葉をそのまま垠に告げた。垠は話をじっと聞いていたが、そう、とひとこと返しただけだった。そして、その後は、徳恵のことについては、いっさい口にしなくなった。

医師の勧めにしたがい、徳恵に看護婦を付け、大磯の別荘で静養させることになった。

――内気で感じやすいご性格ではいらっしゃったけれど、学校の先生になりたいと目を輝かせていらしたこともあったのに。

方子は昌徳宮で徳恵に初めて会った時の利発そうな瞳を思い返すと、胸がしめつけられた。

――日本に来ることさえなければ、こんなことにはならなかったのではないだろうか。

――こちらに来てから、積もりに積もったおつらい気持ちと、福寧堂さまとのお別れが、徳恵さまを壊してしまったに違いない。

いまとなっては、徳恵は、垠のことも、方子のことも見分けられなくなっていた。

「徳恵さま、早く元気におなりあそばして……」

枕元にひざまずいて声高に語りかけても、応答はなかった。その瞳は、なにもうつさず、光を失いただ開いているだけで、まるでそこに大きな穴が開いているようだった。

――私が徳恵さまにしてさしあげられることはないのだろうか。

方子は、途方に暮れる。

徳恵はもちろんのこと、垠が妹の徳恵のために悩む姿は、見ていられなかった。いくら垠が押し殺そうとしても彼の苦悩は伝わってくる。夜中に起き上がりため息をついたり、ふと遠くを見つめたりしている姿を目にすると、方子は刃物で胸を切り刻まれているように、鋭い痛みに襲われるのだった。

朝鮮の王女の受難はさらに続いた。

徳恵が正体を失くしてしまっているというのに、その年の秋、欧州に同行した李王職の韓昌洙長官が京城より来日し、徳恵に対馬(つしま)藩主の家柄である宗武(そうたけ)志(ゆき)伯爵との縁談を持ってきたのだ。対馬藩は朝鮮通信使などを通して朝鮮と関係が深かったから、徳恵の嫁ぎ先としては申し分ないというのが韓の主張だった。

――徳恵さまがご病気と知りながら、なんということを……。

――それに、あれだけ李太王さまがかわいがられた王女の徳恵さまを、一介の伯爵に嫁がせるなんて、失礼きわまりないのではないだろうか。

　頭に血が上ったが、怒りをそのまま口にすることはできなかった。ところがそんな方子よりもさらに腹を立てたのが、徳恵のことには言及しなくなり、ふだんめったに怒りも表さなかった垠だった。

「なにを考えているのだ。結婚なんてさせるわけにはいかない」

　語気も荒く、「しかも日本人と」と続けて、方子の顔を見て、はっとした表情になる。

「殿下、おっしゃる通りです。徳恵さまにご結婚はまだ早(はよ)うございます。学習院にも通えていらっしゃいませんし、なにもかも、ご回復のあとのお話です」

　方子は、日本人と、と言ったことを聞かなかったかのごとく答えた。

「そうだ。まだ早い」

　垠はそう言ったきり、黙り込んでしまった。深い悲しみが慮られ、方子は垠の顔をまともに見られなかった。

――日鮮融和とは、なんなのだろうか。いったい誰が幸せになるのだろうか。

　晋、純宗、徳恵の顔が次々と浮かび、方子は気づいた。

――つまり、日鮮融和とは、日本だけに利があるものなのだ。私は、朝鮮にとっても良いことだと信じていたけれど、それはまったくの誤りだった。

――どうしてそのことに気づかなかったのか。

――いや、私はきっととっくに気づいていたけれど、気づかないふりをしていたのだ。

――そしてこれからも、気づかないふりをし続けなければならない。

「殿下、私、徳恵さまが早く治るように、せいいっぱいお尽くしいたします」

　方子が言うと、垠は目を閉じてかすかにうなずいた。

　一か月ほどすると、大磯での静かな生活が効いたのか、徳恵の症状はいくらか落ち着いた。意識がしっかりとしている日も出てきたので、紀尾井町に帰ってきた。垠や方子と食事をともにすることができる日もあるほどだった。

――医師は完全には治らないと言っていたけれど、このまましばらくすれば、元にお戻りになるのではないか。すっかり元にとまではいかなくても、かなりよくなられるのではないか。

　思っていたよりも早く希望が見えてきた矢先、宮内省の職員から、徳恵と宗武志の見合いの日程を打診してきた。

――なんでそんなに急ぐのだろう。まだ回復の途中でいらっしゃるのに。

　方子だけでなく、垠はより見合いに気が進まなかっただろうが、宮内省に断ることができる立場ではなかった。方子は仕方なく日取りを決めた。垠に伝えると、案の定、「あ、そう」と答えてそれ以上は何も言わなかった。

　十一月初旬の薄曇りの日、方子は洋装に身を包んだ徳恵を紀尾井町から連れ出した。

　見合いの場所は、宗武志伯爵の後見人である九条道実（みちざね）公の屋敷だった。

　その日の徳恵はあまり調子がよくなくて、ぼんやりとしていた。だが、歩き回ったりするわけではなかったので、見合いには支障がなさそうだった。

　見合いといっても当事者が互いに話をするわけでもなく、形式的な顔合わせといった感じだ。この結婚は、すでに決定事項で覆せるものではないことはだれにとっても明らかだった。

　方子が垠に初めて会ったときと同様、女性が相手の顔を正面から見ることははしたないとされていたので、そのことはかえって徳恵には好都合だった。彼女はただそこに座っているだけでよく、実際、徳恵はじっとしたまま席に着いていた。宗武志には徳恵の病気のことを隠しているはずだし、今日の様子から病気だと推し量られることもなさそうだ。

　宗武志は徳恵の方に視線をやることはほとんどなく、宮内省の職員や、李王職、九条公夫妻らと朗らかに会話を交わしていた。彼は、対馬宗家に養子に入っており、学習院を出て東京帝国大学に通っていた。まるで役者のように整った顔立ちで、背丈もあり、人目を引く容姿をしていた。雰囲気も柔らかく知的で、穏やかな人柄に見えた。つまりはたいへん印象の良い若者だった。絵画や俳句もたしなみ、芸術にも造詣（ぞうけい）が深いという。

　見合いをした以上、結婚することは避けられないので、身分は釣り合わないかもしれないが、せめて感じのいい優しそうな相手でよかったと、方子は思った。肝心の宗武志が徳恵をどう思っているかはわかりようがないが、伯爵の宗武志にとって、格上である朝鮮の王女が嫁いでくることは、歓迎するべきことなのだ。

――どうか、徳恵さまを大切にしてくださいますように。

方子は祈るような気持ちで宗武志の横顔を見つめていた。

徳恵にしてみれば、見合いの日の記憶もろくになかったようで、方子はそれがいいのか悪いのか、判断がつきかねた。

――もしはっきりとした意識がおありだったら、見合いはお嫌だったに違いない。そう思うとお気の毒だ。

――とはいえ、いずれにせよ、縁談を避けられないお立場なのだから、わかっていらっしゃらなかったのは幸いなのだろうか。

――とにかく、なにより回復されることが肝要だ。いくらなんでもこのままご結婚というわけにはいかない。

方子はこれまでにも増して、徳恵の世話に心を尽くした。

そうしたかいがあってか、年が明けると、徳恵の病状はだいぶ安定し、人も見分けられるようになった。だんだん食欲も出てきて、会話もすこしずつ増えていた。

三月には女子学習院本科の卒業式にも出席できた。すると、そんな徳恵の様子をうかがっていたかのように、四月に納采、五月八日に結婚の儀との通達が来て、方子は呆れ返った。さすがに「それは早急すぎるのではないか」と意見したが、宮内省はまったく聞く耳を持たなかった。

――やっと小康をえたばかりでいらっしゃるというのに、また具合が悪くなられたらどうするのだろうか。徳恵さまがどうなられようと関係ないということなのか。

――王女の結婚をそんなにさっさと決めるなんて、いかに尊重していないかがよくわかる。まるで、面倒なことは早く済ませてしまいたいとでも言いたげな態度だ。

考えれば考えるほど腹が立つ。

――だが、これが政略結婚の現実なのだ。

方子は嫌というほど身に染みている。

――個人の幸せなど、国家の利益の前ではみじんもない。

とはいえ、あまりのいたわしさに、なかなか徳恵本人に告げることはできなかった。

垠も、「早い、早すぎる」「まだだめだ」と、方子の顔を見るたびに訴えるように口にするのだが、ふたりしてただ嘆くばかりで、日鮮融和に抗うことはできない。結局、怒りや嘆きを自分たちのなかにしまい込むしかない。

急ぎ納采や結婚式の準備をせねばならない方子は、通達が来て二日後、心を決めて徳恵に結婚のことを伝えることにした。

方子が部屋に入ると、徳恵は肘掛け椅子から立ち上がった。桃色のチマと緑色のチョゴリという朝鮮服を着ていて、手には本がある。

——文字を追えるようになられたなんて、だいぶ回復された証拠だ。

「なにをお読みになっているのですか」

方子が訊くと、徳恵は本を差し出した。朝鮮語の本だった。

「殿下が手に入れてくださったんです。詩集です」

徳恵のしゃべり方は元気だった時分と変わらず、方子はほっとした。だが、これから話すことを考えると、気持ちは重くなってくる。

方子は本を徳恵に返しながら、どうぞお座りになって、と言った。

「いえ、このままでけっこうです。妃殿下、なにか御用ですか？」

濁りのない瞳で見つめられると、うろたえてしまう。方子は徳恵の手にある本に視線を落とした。

「申し上げにくいのですが、実は、徳恵さまのご縁談が決まりまして」

「えっ」

息を呑むように言うと、徳恵は「わたくしの？」と訊き返してきた。やはり見合いのことは記憶にないらしい。

方子は顔をあげて、きょとんとして目を見開いている徳恵をまっすぐに見つめた。

「はい、徳恵さまと宗武志伯爵とのご縁談です。つい先日、九条公のところにご一緒に参ったのは記憶にございませんか？　そこでお会いした方が宗伯爵です」

徳恵は持っていた本を床に投げつけ、頭をぶるぶると振り、膝からくずおれる。そして、うーっと獣のように咆哮した。

方子が近寄り、部屋の奥に控えていた侍女も飛んできたが、徳恵は頭を振り続け、意味不明な言葉をつぶやいている。朝鮮語のようだが、方子には聞き取れない。

「徳恵さま、お気を確かに」

方子は徳恵の顔に手を添えて頭を振るのを止めようとするが、簡単に振り払われてしまう。

徳恵のつぶやきは、やがて嗚咽に変わっていく。方子はそばでその震える肩を見つめていることしかできなかった。そして、朝鮮服の鮮やかさが嫌というほど目に焼きついた。

それから徳恵は部屋に閉じこもり、食事も拒んだ。

廊下から様子をうかがうと、部屋からはすすり泣きが聞こえてくる。垠は方子からその様子を聞いては深くため息を吐くばかりで、徳恵の部屋には近寄ろうとしなかった。

――殿下は徳恵さまの悲しみを受け止めきれないでいらっしゃる。そして、ご自身の傷も持て余していらっしゃるのだ。

どれだけ徳恵が抵抗しようと、勅許の出た婚約の決定が覆ることはなく、新聞の記事となり、世間にも知れ渡り、朝鮮をはじめとした各地から祝いの電報が届き始めた。

三日後、観念したかのように、正装した徳恵が部屋から出てきて、夕食の膳の前に座った。

「殿下、このたびはありがとうございます」

「妃殿下、お仕度をよろしくお願いいたします」

かすれた声でそう言って、淡々と食事を始める。腫れあがったまぶたと、くぼんだ眼窩が、どれだけ徳恵が苦しんだかを物語っていた。

めでたい雰囲気というよりは、むしろ悲壮な空気のなか、春は深まっていき、いよいよ婚儀の当日となった。

五月八日の早朝、洋装の徳恵は垠と方子に最後の挨拶をした。

「お世話になりました」

声に張りはなく、目も伏せがちな徳恵は、必死に悲しみをこらえているように見えた。

その後、食事の席に着いた三人は、終始無言だった。

徳恵が朝鮮から来て以来、なんど食事をともにしただろうかと振り返ると、方子は食べ物が喉を通らなかった。観劇に出かけたり、テニスをしたりした思い出が次々に蘇ってくる。

食事を終えた徳恵は、トレーンのついたローブ・デコルテに着替えた。

――すくなくとも、私がローブ・デコルテを着たときは、もっと華やいだ心持ちだった。

――もちろん重圧もあったし、両親のもとを離れる不安もあったが、ここまでの痛みや悲しみは持ちあわせていなかった。

徳恵の細い体に白いドレスが痛々しく、方子はこみあげてくるものを必死にこらえた。

やがて宗伯爵家の使者、松園男爵の迎えが来て、垠と方子が車寄せで見送る中、韓李王職長官、篠田李王職、林事務官、松園男爵、三浦御用取扱らとともに、徳恵は車で紀尾井町を去り、永田町の宗伯爵邸に向かっていった。

方子は緊張が解けたのか、めまいがして、その場でよろめきそうになったがぐっとこらえた。目に入る青空には、小鳥が舞っていた。

――あの二羽のカナリアは出会えたのだろうか。幸せになれたのだろうか。互いにいたわりあっているだろうか。

方子は車のわだちをたどり、永田町の方を見やりながら、つがいの黄色いカナリアの愛らしい姿を思い出していた。

結婚の儀は伯爵邸で、飯田橋大神宮の神官の祝詞(のりと)、九条公の介添えによる神前での三々九度の盃事(さかずきごと)という純日本式で行われることになっていた。そこで李王家の王女は、正式に伯爵夫人となる。

――すべてが日本式で行われる婚儀。そして、王女でなくなる。これは、徳恵さまのお父君や兄上さまが生きていらしたら、どんなにか悲しまれたことでしょう。

徳恵の部屋に入った方子は、肘掛け椅子に座って周りを見回した。主のいなくなった部屋はいかにも寂し気で、しんとしていた。一方、垠は三階にあがり、先祖の神位と対話をしているようだった。

――殿下はきっと、ご先祖様たちに思い切りお気持ちを吐露されていらっしゃるはず。

方子は、どうしても垠と分かちあえないものがあることを受け入れるしかなかった。

晩に華族会館で開かれた披露宴には、李堈、李鍵を交えた五十名余りが招かれ、垠と方子も主賓として参加した。その規模の小ささが方子には切なかった。
――これは、徳恵さまのご病気に配慮してのことなのか。それとも、徳恵さまを軽んじてのことなのか。

大礼服姿の宗武志伯爵と、ローブ・デコルテ姿の徳恵に目をやると、ふたりはまだ幼く見えた。考えてみれば、宗武志も、二か月前に東京帝国大学を卒業したばかりなのだ。

そして寂しく感じるのは、ふたりとも実の両親がそこにいないことだった。宗武志は実父母、養父母のすべてと死別し、宗家に養子に入っている。徳恵も父の高宗、母の福寧堂を亡くしていた。

――ご境遇が似ているなら、うまくいくということもあるのだろうか。
――徳恵さまは、お幸せになれるだろうか。

そう考えて、いやそれより、と思い直す。

――もうしばらくそっとしてさしあげるべきだった。
――そもそもはるばる東京へなどお連れしなくても、徳恵さまはあのまま母上さまのもとで女学校を終えられ、だれか朝鮮貴族の良い方とご結婚された方がお幸せだったのに。

この期におよんで、披露宴の場で考えるようなことではないのに、方子はどうしても素直に祝うことができない。

――つまりは、朝鮮の血をむりやり日本の血の中へ同化させようということなのだ。

気づいてはならない事実をいやというほど、目の前に見せつけられている。

方子はむかむかしてきて、そこに座っているのがやっとだった。

徳恵のいなくなった紀尾井町の邸宅では、静かに時間が流れていった。

方子は披露宴以来、だるくて体調がすぐれず、時には寝込むこともあった。この症状は長引き、七月になっても続いた。徳恵が意外にも宗伯爵のところで穏やかに過ごしていると聞いても、方子の気鬱（きうつ）はなかなか治らなかった。

――徳恵さまのご結婚が、私にこんなにも打撃を与えているなんて。
――私の心は、すでに李王家のものとなっている。

そんな風に解釈していたが、身体の不調は、つわりのせいのようだった。徳恵の結婚のことであわただしく、月のものが遅れていることに気づかなかったが、たぶん間違いない。

　期待と不安の入り混じった気持ちで岩瀬産婦人科を訪ねると、すでに五か月に入っていた。経過はいたって順調だった。

――待ちに待った日が、ついにやってきた。

――祈りがようやく通じた。

　叫びだしたい思いをこらえ、方子は自分の腹に手を当て、ありがとう、と心のうちでささやいた。

　その晩、垠に告げると、彼は、うん、うん、うんと三度うなずいた。

「よかった。よかった。よかった」

「大事に、大事に、大事に」

　また三度言った。眼鏡の奥の瞳が潤んでいるように見えた。

　方子の妊娠は、「**李王妃殿下　御吉兆　十年ぶりで御懐妊**」の見出しで新聞の一面に記事が載った。

「**昨年御流産遊ばされたが十年振りのお目出たき御徴候に李王家、梨本宮家共に殊の外のお喜び**」

　五か月の仮着帯式をすませた数日後、十年ぶりのかすかな胎動を感じた。じんわりとこみあげる喜びに浸りながら、方子は「こんどこそ無事に」と祈らずにはいられなかった。

　満州事変が起きた翌月の十月五日、李鍵と松平誠子(よしこ)との婚儀が東京で行われた。李鍵は垠の甥で、陸軍士官学校を卒業し、騎兵少尉に任官していた。一方、誠子は方子の母方の従妹にあたる。

　日鮮融和の名のもとにまたも行われた縁組に、方子は手放しで喜べない気がしていた。だが、徳恵の結婚が危惧(きぐ)していたわりにはいまのところしっくりといっていることから、こんどの結婚も悪くはないかもしれない、と思いたい気持ちもあった。

――なにより、李王家に嫁いだのが、私ひとりでなくなるのは、心強い。

　そうやって、方子はなるべくものごとを前向きに考えるようになっていた。それは、やはり子どもを身ごもったことが大きい。

　妊娠の経過は滞りなく、師走には九か月の本着帯式を行った。

――とうとうここまでこぎつけることができた。

――それなのに、あと一日、あと一日と坂道を上り詰めていかなければならないのがもどかしい。そして、ささいなことでも不安になってしまう。

――私の妊娠は新聞で報じられ、世の中のみなが知っている。なにがなんでも無事に産まないわけにはいかない。

予定日が近づくにつれ、気持ちの浮き沈みが激しくなっていく。

暮れも押し迫った十二月二十九日、日差しの柔らかい日だった。八時二十二分、紀尾井町の高台の邸宅に、元気な男子の産声が響き渡る。安産だった。

――この日をどんなに待ったことか。

――数えきれないほどの絶望と悲しみが私を襲った。それでも、自分の命を短くしてでもほしかった我が子。その子をようやく胸に抱くことができる。

――ありがとう。ありがとう。ありがとう。ありがとう……。

方子は誰へとなく、感謝の言葉を胸の奥で繰り返していた。

気づくと、垠がすぐそばで方子を覗き込んでいた。

「ご苦労だったね」

垠が方子の掌をやさしく包む。

「これで私の務めも果たされました」

交わしたのはそのやりとりだけで、しばらくふたりで言葉に尽くせぬ思いを噛みしめていた。

――殿下、十年もの間、お待ちくださってありがとうございます。

方子は言葉に出さずにいたが、垠には通じているようで、握った手に力が入るのがわかった。

そのとき、産湯をつかった赤子が運ばれてきた。我が子を傍らに抱き寄せるように寝かせ、その生まれたての赤子と、我が子を見つめる垠の晴れ晴れとした顔をかわるがわる見て誓う。

――積もり積もった十年の悩みも、すっかり晴れた。力強い産声が、どんなに嬉しかったことか。この幸せを二度と失うわけにはいかない。

――もう、どのようなことがあっても、この子が成長するまでは、決して、決して、朝鮮の土を踏ませはしない。

――けれども必ずいつの日か、朝鮮の王の血を受け継いだこの子が、しっかりと父祖の国の大地に立てる日を迎えられるようにしなければならない。

相反する思いを同時に抱いたのだった。

年明けて、七夜に玖(きゅう)と命名した。玖という字は美しい石という意味を持つ。玖はまさに垠と方子にとっての新しいさざれ石だった。

　京城からも祝いの使者が来て、紀尾井町の邸宅は、明るい声が満ちていた。

　玖の誕生は新聞の号外となった。だが、紙面には同時に九月十八日に勃発した満州事変後の状況と為替の暴落も伝えていた。

　そんな世相とは対照的に、垠と方子のもとには十年間の空白を経て、まるで暗闇（くらやみ）に陽光が射したように幸福がやってきた。親子がそろう家庭らしい空気に、赤子の泣き声、笑い声、命のきらめきが輝かしい。

　方子は育児に専念し、また、皇族のならいを気にせずこんども自らの母乳を与えた。公式以外の外出は控え、入浴も夜の授乳も人手を借りずに自分の手でやり抜こうと努力した。慣れぬ夜泣きに方子の方が泣きたくなる日もあったが、玖とはひとときでも離れがたく、苦労が多くとも自分の手で育て上げると決めていた。

　玖はきりりとした眉と切れ長の目が強い印象を与え、芯の強そうな、男の子らしい顔立ちをしており、かわいらしい雰囲気だった晋とはそれほど似ていなかった。

すくすくと成長した玖はからだも丈夫だった。垠は暇さえあれば玖を抱き上げた。玖といるときだけは、警戒を解いてくつろぎ、子を見守る喜びに満ちた父親の顔になった。映写機やカメラで撮るのが実に楽しそうだ。

　玖が床を這（は）うようになった八月に、徳恵は女児を出産し、そのまったく同日に李鍵の妻誠子が男児を産み、喜びが重なった。とくに徳恵が母親になったことが嬉しく、安心した。

　その翌年の年末には、待望の皇太子継宮明仁（つぐのみやあきひと）親王が誕生し、日本中が歓喜に沸いた。方子も、自分が男児出産まで人知れず長くつらい歳月を悩み続けただけに、従妹である皇太子妃の心が察せられ、感慨深かった。

　垠と方子は毎年、宗廟と、高宗、純宗、厳妃の御陵参拝のために、春か秋に二週間ほど朝鮮に行くことを常とし、その滞在中に垠が各地の視察をするのをならわしとしていた。だが、昭和九年の春は、たまたま垠が演習で忙しく、方子は一人で朝鮮に出向いた。

　方子は崇仁園（すうじんえん）に行き、垠の乳母と再会した。乳母はすっかり足腰が弱くなって、歩くのが辛そうだった。それなのにいまだに墓守をしてくれている。方子の来訪をことのほか喜び、玖のことをしきりに聞きたがった。

方子はこの乳母に二歳になった玖の姿を見せたいとは思うものの、やはりまだここに連れてくる勇気はなかった。

崇仁園にはそよ風が吹き、松風の音は晋の泣き声のように悲しくわびしく響いた。

——ごめんね、晋ちゃま。玖ちゃまが大きくなって、自分でここへおまいりに来られるまで待っていてくださいね。

かわいい弟の玖と、この土まんじゅうの下に眠る憐れな兄の晋を会わせてやりたい思いはやまやまだったが、玖に玄界灘を越えさせることはできないという方子の思いに揺らぎはなかった。

宗廟でも祖先に玖の不在を詫び、親族には頭を下げた。玖の不在は、みなにとってはたいそう不満のようだった。なかには直接文句を言ってきて、方子を諭そうとするひともいた。贈り物を積んで、こんなに用意したのに、と落胆しているものもいた。

ただ尹（いん）大妃だけは方子の気持ちを察してくれたのか、なにも文句は言わず、渡した玖の写真を見て、「すこやかに育ててください」とだけ励ましてくれた。

——玖が自分の意思で道を選び、決定できる歳になるまでは、朝鮮のひとびとのどんな好意にも要求にも応じまい。

——決して気を許してはならない。

方子は繰り返し自分に言い聞かせていた。

第六章 ✿ 朝鮮と十字架——マサ

マサは大地震の傷跡がなまなましい東京を離れ朝鮮に渡ってきた。寂しさや後悔はいっさいなく、心機一転、生まれ変わるくらいの心持ちで、ひたすら前向きだった。不遇だった人生がこれから先は開けていく、と信じて疑わなかった。だから、関釜(かんぷ)連絡船に乗り、荒波に揺られて海をわたっていても、不安にさいなまれることはなかった。なにより、優しい恵郷がつねに寄り添っていてくれた。頼もしい南漢が一緒だった。

　東京を出て二週間後、ふたりの故郷に着いた。

開城(ケソン)は、高麗(コリョ)時代の城郭が情緒を醸す古都だ。北に松岳山(ソンアクサン)をのぞみ、丘陵を高く低くめぐる城壁に街が囲まれている。恵郷に案内されて観て回ると、城壁はところどころ崩れかけていたが、いくつかあるうちのひとつの楼門に、迫力のある龍の姿をかたどる青銅の釣鐘が残っていた。

　宮殿の跡は高台にあり、石段や宮殿の礎石が、数百年前に亡びた高麗王朝の栄華の名残をとどめている。地方の田舎町と東京の街の景色しか見慣れていないマサにとって、これらの史跡や宮殿跡から望める風光明媚な景色は、いかにも「よその国に来た」と知らしめるものだった。

——ここで、まったく新しい人生を始めるのだ。

　あらためて心に決めると、開城という街に愛着を持てそうに思えてきた。この土地のひとびととまじわっていくのも楽しみだった。

　穀物取引の中心地で、商業がさかんな開城には頻繁に市場がたち、牛の干し肉から雑貨までさまざまなものが売られていた。豊富な舶来品にくわえ、木靴や陶器、ござといったこの土地の生産品、さらにはごま油を塗った油紙でできた合羽(カッパ)、傘、煙草(タバコ)入れなどは、珍しくて目を引く。朝鮮人参は特産品で、いたるところから独特の匂いが漂ってくる。

　ひとびとが行き交い、活気があり、道行く人たちの身なりも、途中で立ち寄った朝鮮の町や村で見かけたひとびとに比べて、小ぎれいだった。

マサは、恵郷の実家に世話になった。朝鮮式の邸宅は立派で、石と土でできた、人の背丈を超える高さの塀に囲まれている。塀のてっぺんには瓦が並び、いかにも立派なたたずまいだ。

門を入ると、敷地はかなり広かった。敷石の上に三棟の木造瓦葺（かわらぶき）の建物があり、母屋となる男の住まい、女の住まい、使用人の住まい、と分かれている。ほかに貯蔵庫や書庫などいくつかの建物に、四阿まであり、藁葺（わらぶき）も見られる。庭の山つつじは、春に可憐な花が咲くそうだ。

住居の棟のそれぞれの部屋は、韓紙（ハンジ）を貼った障子の窓や扉を有し、あがり口から続く廊下でつながっていた。台所には大きなかまどを二つ備えているが、各住居にもかまどが据えられている。かまどは料理だけでなく、オンドルという暖房に必須だった。その煙が床下を通り、熱気で部屋をあたためるのだ。

この家は、以前は多くの使用人をかかえていたが、いまは老夫婦が残っているのみで、だいぶ懐（ふところ）事情が厳しいという。たしかに崩れた塀が修繕されずに放置されていたり、屋根の瓦が割れたままだったりする。それでも食事は欠かさず出されたし、老女が洗濯してくれる清潔な衣服がそろっていた。それは、マサにとって、信じられないほど優雅な生活に見えた。

父親は政府の中枢で官吏をしてきたが、大韓帝国が日本の保護国になると、みずから職を退いた。それから病を患うまで、書生に学問を教えていた。あご鬚（ひげ）をたっぷりとたくわえ、糊のきいた朝鮮服に身を包み、教養深く、高い身分だと一目でわかる貫禄がある。いかにも懐の大きな人で、日本人であるマサを、嫌な顔ひとつせず、快く受け入れてくれた。周囲から尊敬されており、病から回復して間もないにもかかわらず、父親を訪ねてくる人たちがひっきりなしだった。彼らは、つねになにか相談ごとがあったり、助けを求めたりしていた。

開城の街には西欧人や中国人の姿も見られた。そして、日本からの入植者もいる。ときおり恵郷の家にやってくる日本の警官は態度が大きい。なにか気に入らないことでもあったのか、恵郷の家で下働きをする老夫を「このヨボっ」と怒鳴りつけているのを見たことがある。

そんな様子を見ると、マサは自分がどうしようもなく罪深く思えてくる。からだのなかからふつふつと怒りが湧いてくる。このまま日本人の血が沸騰して、蒸発してしまえばいいのに、と思う。

　朝鮮のひとびとは日本人に対して、すり寄っていくか、ひたすら従う。あるいは、恐れてなるべくかかわらないようにしている。それでも心のうちで、舌打ちしている者が大半だ。たとえば使用人の老夫婦は、マサに対して冷淡だった。それは言葉がよく通じないからではなく、明らかにマサが日本人だからだ。夫婦が自分の方を向いて「ウェノム」と、日本人への蔑称である単語をつぶやいているのを耳にしたから、間違いない。

　一方、物静かで穏やかな恵郷の母親は、どこの馬の骨とも知れないマサに、表面的には親切だったが、その慇懃無礼な態度には、距離を感じた。恵郷の十歳下の弟は、警戒しているのか、ほとんど近づいてくることがなかった。

――あたし自身がどういう人間かということでなく、日本人だということで嫌われる。横暴な奴らと一緒にされるのは、勘弁してほしい。

　とはいえ、恵郷が気にかけてくれるので、嫌な思いをすることはすくなかった。また、恵郷とともに基督教の礼拝に行くと、そこでは南漢に会えた。南漢は、マサに笑いかけ、「調子はどうだ」「飯は口に合うか」などと話しかけてきた。それが楽しみで、マサは教会に行くのが待ち遠しかった。

　礼拝は、民家を改築した教会で、米国人宣教師によって行われた。不思議なもので、毎週礼拝に通ううちに、マサは基督教に興味を持ち始めた。

　恵郷の部屋で寝起きをしていると、彼女が小さな木の十字架を前に朝晩祈りを欠かさず、頻繁に聖書を読んでいるのを目にする。マサも倣って聖書を取り出してみるが、頁を開くのが辛い。朝鮮の文字で書かれたその聖書は南漢がくれたもので、いらないと断ることができず、かといって捨てることもできずに手元にある。だが、これをひとたび手に取ると、表紙に残る血痕がいやがおうにも目に入る。すると喜代やみつの顔が頭に浮かび、からだじゅうに震えが走る。

　ある晩、耐えきれずに、マサは喜代とみつの身に起きたこと、そして自分が彼女たちの惨殺された姿を見たことを恵郷に告げた。マサは彼女に青山学院で再会したとき、喜代とみつは建物の下敷きになって死んだと伝えてあった。もちろん、南漢にもあの出来事は黙っていた。とてもじゃないが、朝鮮人に間違われ、凌辱され殺されたなどとは言えなかった。

　あらためてあの日の光景を記憶の底から掘り起こすと、あたりに染みわたる赤黒い血が目に浮かび、身がすくむ。

　マサは、何度も声が詰まったが、時間をかけて一部始終を話した。恵郷は言葉をはさむことなく、じっと耳を傾けていた。そして、話を聞き終えると、マサのからだをやわらかく抱きしめた。マサは、心の奥に閉じ込めていた感情がたちまちふくらんでくるような、そんな感覚になった。

　あのときのマサは泣くことができなかったのに、涙がぼろぼろと零れ落ちて、止まらない。ずっと誰かに吐露したかった、気持ちをぶつけたかった。

　しばらく恵郷の肩に顔をうずめ、嗚咽していた。やがてマサが落ち着くと、恵郷は、「ふたりのために祈りましょう」と、ひとことだけつぶやいた。

　それからはマサも朝晩、膝を折って祈りを唱え、聖書を読むようになった。恵郷とあの日の悲劇をわかちあうと、漬物石のようにずっしりと心に重しをする、悲しみや憤り、口惜しさ、怒り、罪の意識といったものが、ほんのわずかだけ軽くなる。

　また、聖書のおかげで朝鮮の文字を覚え、礼拝に通い信者たちと接することで、朝鮮語の会話も上達していった。癖の強い朝鮮語を話す米国人宣教師とも話し、基督教の教えをしだいに知るようになった。神のもとで人間は平等である、貧しいものは救われる、というその教えは、マサを強く引き付けた。

　南漢は日本にいた時分と同様、しばしば姿が見えなくなり、礼拝に行っても会えないことがあって、そういうときは気落ちした。恵郷によると、京城をはじめとした朝鮮各地、大陸の上海や満州に行っているということだった。

　おそらく南漢はいまでも独立運動にかかわっているのだろうと思った。恵郷も人目を気にしながら礼拝のあと神妙な顔で南漢と話し込んでいることがあるので、手伝っているのかもしれない。信者のなかにも仲間がいるようである。

　南漢と恵郷は、ふたりともこちらで学業を続けている気配はなかった。朝鮮の事情がよくわからないということもあったし、日本人の自分が詮索するべきではないように思えて、マサは二人がなにをしているかについて話題にすることを控えた。

マサの生活は、日本でのものとがらりと変わった。

——帰る場所はないという覚悟で来たのだから、順応していくしかない。

自分に言い聞かせ、食べ物の味付けや習慣の違いに戸惑いながら、朝鮮での暮らしになじもうと努めた。

教会のほかは出かける場所もあまりなかった。礼拝の帰りに市場や宮殿跡を散歩することもあったが、ほとんどは恵郷の部屋で本を読んだり、恵郷と一緒に刺繡や裁縫をしたり、朝鮮の文字や言葉を学んだりして時間を過ごした。食事も部屋に運ばれ、恵郷とふたりで食べる。

恵郷によると、朝鮮では嫁入り前の娘がむやみに出歩くことは、はしたないと言われるらしい。

「だから、毎週礼拝に行く私は、母さんから叱られる。父さんは、何も言わないけれどね。私が医学を志すことに賛成し、日本に留学もさせてくれた。女でもいろいろなことに挑戦するべきだって応援してくれる」

そう言って苦笑した。

恵郷に借りた朝鮮服を毎日着て、着付けもすぐに覚えた。上下に分かれている朝鮮服は、足さばきが楽で気に入った。たまに外出するときはその上に大きな布を頭からかぶり、顔だけを外に出す。髪の毛も朝鮮式に真ん中でわけて、後ろで結ぶ。そうすると、この国に、まわりのひとびとに、溶け込めそうに思えた。

日本の事情は、恵郷がときおり手に入れてくれる新聞から知った。新年には、李垠と方子が朝鮮に来たことを記事で読んだ。そして、震災以来消息のわからなかった夫妻が、無事に過ごしていることに安堵した。

ここでの暮らしでもっともつらいのは、厳しい冬の寒さで、とうてい慣れそうになかった。オンドルのおかげで室内はどうにかしのげるのだが、一歩建物から出ると、外気に触れる肌がぴりぴりと刺すように痛む。耳がちぎれそうになる。

朝鮮に来て数か月が過ぎ、長い冬がようやく終わりかけたころ、恵郷の父親の具合がふたたび悪くなり、とうとう起き上がれなくなった。病状は重く、意識もなくなってしまっている。そのため、父親が存命のうちにと、恵郷がいそぎ結婚することになった。相手は、かねてからのいいなずけではなく、総督府の役人から紹介された相手だった。

——たしか、オンニのいいなずけは、日本の刑務所に入っていたのではないか。その人はいったいどうなったのだろう。

気がかりで仕方なく、部屋で二人きりになると、思い切って恵郷に尋ねた。

「結婚してしまっていいのかい？　いいなずけがいたんじゃないのかい？　その男を好きなんじゃないのかい？」

恵郷は悲しそうに目を瞬き、マサを見つめた。

「あの人は、震災のときに、獄から逃げたけれど、自警団につかまってしまって、撲殺されたって……」

「なんということ……」

マサはそれ以上、言葉を継げなかった。

「ちょっと前に知ったの」

しばらくの沈黙を、だ、だけど、とマサがやぶる。

「医者になるのも、あきらめるのかい？」

「朝鮮で、女の私が医者になる勉強を続けることはできない。もう一度日本に留学するような余裕もないし、地震のときのことを考えると、恐ろしくて行けない。あの人が死んだ場所だと思うと、とても……辛くて……」

そこで一息ついたが、それに、とまた話し始める。

「早く結婚しろ、って周りからもさんざん言われている」

いつもより頼りない声で、ほんとうは、と恵郷は続ける。

「私の家……土地をずいぶん日本人に取られてしまって……。貯えも底をついて、いよいよ苦しくなってきている。でも、結婚する相手の家は、日本とも関係が深いから裕福で、私の家を助けてくれる。跡継ぎの弟のためにも、私が結婚するしかない」

——そんな……。生きていくために、あたしのために、後妻になった母さんと同じだ。

マサは、恵郷にかける言葉が見つからない。

「父さんは、ずっとこの縁談を、とんでもない、って断ってくれていたけれど、もう、そういうわけにもいかない。ずいぶん悩んだけど、これしか方法がない。このまま父さんが死んでしまったら、一族は生きていけないもの。苦しい中、留学までさせてくれた恩にも報いないと……もう意識がないから、私の結婚で父さんが悲しまずにすむことだけが救い」

「そんなに大変だったのに、あたしが居候して、迷惑だったんじゃないかい？」

　マサが訊くと、恵郷は首を横につよく振った。

「ほんとうは、マサに謝らなきゃいけない」声を落として言った。

「謝るなんて、どうして？」

　問うても、恵郷は黙っている。

「あたしは、ここに連れてきてもらってありがたいよ。感謝してる」

　心からの言葉だった。

　恵郷と南漢の存在により、そして、基督教を知ったことにより、マサの毎日は充(み)たされていた。ときおり隔たりを感じる人はいても、ここでは直接意地悪をされるとか、危害を加えられることは決してない。

――居心地がいいのは、自分が宗主国から来たからだ。日本人だからだ。朝鮮人が日本で暮らすのとは、大違いだ。

　気づいてしまうと、罪悪感にさいなまれた。マサの頭に、大地震のとき、刃物を手に殺気立っていた自警団の人たちの顔が浮かんだ。

「こんなに……良くしてもらって……いいのか、って思う……よ」

　声を絞り出すと、恵郷はマサの手を握ってきた。思いつめたような表情をしている。

「マサ、ごめんなさい。私たち、あなたを利用した」

「利用って？　どういうことだい？」

　マサは、強いまなざしで恵郷を見つめた。すると恵郷はマサの視線を避けるようにうつむいた。そして、小さく息を吸い、ふたたびマサの方を見る。

「こっちに帰るときに、日本人のあなたが一緒なら、私も南漢兄さんも疑われないんじゃないかって思って、マサも誘ったの。地震のあと、シュギ者(社会主義者)がたくさんつかまったでしょ。私たち、抗日独立運動はしていたけれど、シュギ者じゃない。それなのに、仲間のなかにシュギ者じゃないかって怪しまれた人がいたせいで、目を付けられそうで不安だったの。抗日運動のことがばれたら、えらいことになるでしょ。だから、マサがいてくれて、助かった。すんなり、帰って来られた。それだけじゃなくて、この家に日本人を住まわせているってわかれば、役人や警察の目も緩くなるんじゃないかって思った。父も、日本に媚びずに職を退いたし、その後も言いなりにはならないものだから、総督府に睨まれていて……だからしょっちゅう、役人や警察が監視しに来て……」

――そんなこととは知らず、一緒に朝鮮に来ることに舞い上がり、ここで暮らせて幸せだと喜んでいた自分は、愚かだった。

恵郷から目をそらして、うなだれる。

――つまり、あたしが日本人だから連れてきてくれたってことなのか。

預けていた手を、やんわりとほどく。

「許して。でもね……私は、あなたのことを妹みたいに大事に思っている。兄さんも同じ。それは嘘じゃない。私はマサと一緒に暮らせて楽しかったし、嬉しかった」

恵郷がもう一度マサの手を握りなおした。その手はふんわりとあたたかい。

――このぬくもりは、たしかなものだと信じたい。

――あのひととオンニに出会ってからのあたしは、まぎれもなく幸せだった。あたしにこれだけ親切にしてくれた人はいままでいなかった。助けてくれた人はいなかった。

――オンニの言うように、ふたりとも、あたしを大事に思ってくれた気持ちは、偽りじゃないはずだ。あのひとは、あたしを爆弾から守ろうとし、地震のときもかばって一緒に逃げてくれた。自分の下駄や靴をあたしに履かせてくれた。印刷所の仕事だって紹介してくれたじゃないか。オンニだって、寮の自分の部屋に泊めてくれたし、こっちでもあたしにいつも優しい。

手を預けたまま、マサは、いいんだ、ときっぱり言った。

「利用されても、いいんだよ、あたしは」

恵郷は驚いたように目を見開く。

「マサ……」

「あたしみたいな人間でも、役に立つんだったら、本望だよ」

明るい調子で言うと、恵郷はマサを抱き寄せ、くぐもった声で、ごめんなさい、をくりかえす。

「もう謝らなくていいって」

マサは恵郷の耳元でささやく。すると恵郷は、うん、うんとうなずいてから、身体を離し、だけど、と言った。

「マサにいてもらったのに……総督府は、そんなに甘くなかった。結局、勧められた相手と結婚しなければならなくなっちゃった。私が結婚したら、マサはここに居づらくなってしまうでしょう。だから、申し訳なくて……」

　恵郷は、その先を言いよどむ。

「わかった。出て行くよ。きっと開城のどこかで働けるさ。日本人の家で女中をしてもいいし。無理なら、朝鮮のほかの場所を探してみる。それでもだめなら、日本に帰ればいいだけ」

「そうじゃないの。マサ、そうじゃなくて……」

「大丈夫、大丈夫。あたしのことは心配いらないよ。ひとりで生きてきたんだ。もとにもどるだけさ」

　無理に笑ってみるが、うまくいかず、ぎこちなくなってしまう。

　恵郷は、困ったような顔でマサを見つめていたが、瞬きを一度して、実は、と言った。

「南漢兄さんが、家を出て、京城に移ることになった。それで、マサに行く当てがないなら、自分についてこないかって。そう訊いてほしいって、兄さんが」

「え？」

――あたしがあのひとについていく？

「つまり、それは、独立運動の手伝いを、あたしがするってこと？」

　マサがつい大声になって訊き返すと、恵郷はあわてて唇に人差し指を当て、あたりを見回した。そして、やっと聞き取れるほどの声で、そういうことになるかな、とささやく。

「だけど、特別なことをするわけではなくて、ただ、兄さんのそばにいればいいと思う」

――ただ、そばにいる……。

　あまりにも唐突な申し出に混乱し、うまく呑み込めない。言葉が出ずにいると、恵郷は、やっぱり、とため息交じりに言った。

「そんなこと、無理……でしょうね。マサは私たちの国の人間じゃないのに……日本人だものね……。それに、兄さんといたら、日本に帰れなくなるかもしれないのに……ごめんなさい、勝手なことを言って……でも……」

　眉根を寄せて、言葉を濁す。

「でも？」

「マサが兄さんを嫌いじゃないなら……」

「嫌いじゃないよ」マサは即答していた。

「よかった。そうだと思った」

恵郷は一瞬表情をやわらげたが、すぐに真剣なまなざしで続ける。

「兄さんも、マサを好いている。かわいいと思っている。だから、きっと大切にしてくれる。守ってくれる。裏切るようなことは絶対にない」

――好いている！　かわいいと思っている！

マサはその場で思わず踊りだしてしまいそうだった。

「日本に帰れなくたって、ちっともかまわないさ。あたし、ついていくよ」

勢いよく言うと、恵郷の顔がぱっと明るくなった。

「ほんとうに？」

「ほんとうさ」

マサは、恵郷をまっすぐに見て答えた。

「ありがとう。ありがとう」

恵郷は、ふたたびマサを抱きしめた。

思いがけず南漢についていくことが信じられず、マサは恵郷の鼓動を感じながら、目を開けたり閉じたりをくりかえし、夢ではないことをたしかめたのだった。


その翌日、南漢と顔を合わせた。ふたりきりになると南漢は、黙っていきなりマサを引き寄せ、抱きしめた。マサは、幸せで、胸がはじけそうだった。迷いなく、そのがっしりとしたからだに、腕の力強さに、あたたかいぬくもりに、自分を預けた。下駄を、革靴を、履かせてくれたように、きっといつも自分を守ってくれると信じた。

南漢は、恵郷の父親の弟の次男で、実家は商売をしていた。本家でもなく、しかも家督を継ぐ必要のない外腹(ほかばら)の次男でもあったので、比較的自由にさせてもらい、日本への長期の留学もかなったという。

本家の恵郷の父親と南漢の父親の兄弟は折り合いが悪かった。しかしながらいとこ同士の南漢と恵郷が親しくしていたから、マサにはそれが意外だった。南漢によると、彼の父親が商売のつごう上、日本人の役人にへつらって賄賂を渡していることが恵郷の父親にとっては耐えがたく、激しく非難したという。そしてそのことが、関係がこじれたきっかけだった。

もともと南漢の父親は、自分が兄のように学問に秀でておらず、官吏にもなれなかったことに劣等感を持っていた。色好みでもあり、そういった生きざまを批判されると、本家から冷遇されていると思い込んだ。そのうえさらに賄賂について責めたてられ、かなり深く恨みに思ったようだ。そのため金銭の余裕があっても、困窮した兄を、本家を、助けなかった。

父親は「好きにしろ」と、南漢がマサと京城に行くことを特に反対せず、独立運動を続けることも見て見ぬふりだった。だが、内心では快く思っているわけではなかった。日本から戻っても南漢がろくに家業を手伝わないことに呆れており、息子の独立運動が自分の商売に差し障ることを懸念していた。

だから、「好きにしろ」と言ったのは、つまりは事実上勘当に変わりなかった。南漢の方も、日本人に近づいて利を得ようとする父親の心根に反発が強く、縁を切るようなかたちになることに躊躇はなかった。今後、金銭的援助は一切しないと言われても、平然としていた。

開城を去るにあたり、ふたりを見送ってくれたのは、二日後に結婚を控えた恵郷ただひとりだった。

彼女は別れ際、掌におさまるほどの小さな木の十字架をマサに差し出した。

「オンニが大切にしていたものなのに」

「これからは、マサが大切にしてね。そして私を思い出してね」

そう言って、マサの手に十字架を握らせた。

「オンニのこと、忘れるわけ、ないじゃないか。それに、また会えるだろう?」

強い調子で言うと、恵郷は、そうね、とくぐもった声で答えた。

「また、会える。ええ。そう。きっと。だから、その日まで、祈りを欠かさないで。聖書を手放さないで。信仰を棄てないで。神様が守ってくれるから、強く生きてね」

恵郷は、瞳を伏せて言うと、こんどは、南漢の方を向いた。

「兄さん、私の分もがんばって。くじけないで」

涙をにじませた瞳でそれだけ言うと、踵を返して去った。マサは、恵郷の頼りなく細い肩を、姿が見えなくなるまで南漢と並んで見つめていた。

しかしながら、その十字架を持っていても、祈りを欠かさずとも、京城での生活は、はじまりから不穏だった。到着してまもなく、南漢は仲間が起こした事件に連座して警察に捕まってしまったのだ。どうやら独立運動は一枚岩でなく、政争が激しく、裏切りが横行していたようだ。

　マサの蜜月は、ほんのわずかの間だった。警察に連行されたと知らされてから、不安な日々をひとりで過ごした。一日一日が長く苦しく、耐えがたかった。

――このまま、もう二度と会えないのではないだろうか。

――どんな仕打ちを受けているのだろう。まさか殺されたりするようなことは……。

　ほとんど寝られない日が続き、神経が参ってしまう寸前だった。恐怖で硬直し、気づくとおかしな声を出していた。ひとりで家のなかに閉じこもり、ろくに食べないでいたので、げっそりとしてしまった。

　マサは意識がもうろうとし、いよいよ倒れる寸前だった。そんな矢先、南漢はぼろぼろのからだで戻った。捕まって二週間後のことだった。

　南漢は、両手両足二十本の爪すべてがはがされ、小指の先を切断されても、仲間を売るようなことはしなかったので、しぶとく拷問され続けたらしい。からだじゅうに、縛られたり、殴られたり、切り付けられたり、なにかで打たれた傷があった。顔も誰だかわからないほど腫れ上がっていた。

　高熱でうなされる南漢を、マサは懸命に看病した。

　南漢は拷問されて死んだ仲間の名前をうわごとのように、くりかえし呼んだ。

「やめろっ」

「勘弁してくれっ」

　突然叫ぶこともあった。

　数日して熱が下がった南漢は、マサの手を借りてなんとか布団の上に半身を起こして座った。そして、マサの差し出した重湯（おもゆ）を口に入れると、天を仰いだ。

「俺たち民族を、神はなぜ見捨てるのか」

　マサは、南漢の身体を支えていたが、なにも答えることができない。

　南漢はしばらく宙を見つめたのち、続ける。

「神は……いるのだろうか……いるわけがない。いたらこんな日に遭わない。信じていた自分は間違っていた……守ってなんてくれなかった」

絞り出すような声で言い、それきり黙ってしまった。

　その後、傷も癒え、新しい爪も生えた南漢は、独立運動に一切かかわることなく、路上や市場で物売りを始めた。身体は動くようになったが、拷問で性器を痛めつけられたため、夫婦の営みができなくなってしまっていた。

――心が繋がっていれば、それでじゅうぶんじゃないか。

――あたしは、このひとと一緒にいられるだけでいい。生きていてさえくれれば、いい。

　けれども、南漢はまるで抜け殻のようで、覇気（はき）もなく、必要以上のことはほとんどしゃべらなかった。だからマサも、南漢とどう接していいかわからない。心が繋がることなど、とうていできなかった。

　生ける屍（しかばね）のような南漢との日々をやり過ごし、二年ほど経った六月、二か月前に亡くなった純宗（じゅんそう）の葬儀が行われた。

　その日、南漢は朝から草鞋（わらじ）や煙草など雑多なものを売りに自宅近くの鍾路（チョンノ）に出ていたが、小一時間ほどで帰ってきた。

「万歳を叫びながら、檄文のビラをまいていた連中がいたんだっ」

　部屋に入ってくるなり、頬を紅潮させて言った。いつもと違って声も力強く、瞳には光がやどっている。

「あいにく、ビラは手に入らなかったが……」

　南漢は、売り物を下ろすと、また靴を履いて出かけようとした。

「あぶなくないのかい？」

　背中に声をかけると南漢は振り向いて、「ああ。気をつけるよ」と答えた。

「あたしも連れてって」

　そう言って近づくと、南漢はマサの目をじっと見てひととき黙り込んだが、やがて、「そうだな、君も一緒に行こう」とマサの腕をつかんだ。

　路面電車の線路が敷かれた大通りを昌徳宮（チャンドックン）方面に向かうと、すさまじい数の群衆が、葬儀の列を取り囲み、通りを埋め尽くしていた。ふたりは、身動きが取れなくなり、足止めをくらった。そこでは、万歳も聞こえないし、檄文のビラを配る人の姿も見当たらない。ひとびとが追悼のために集まって、純宗の死を嘆き悲しんでいた。

「マンセー(万歳)」

通りの向こうで、白い朝鮮服を着た若い男の集団が突然叫び、なにやら書かれた紙をばらまき始めた。まわりにいた者たちが、そのビラとおぼしき紙を奪い合っている。

その声を機に、万歳の声が人波に広がり呼応しあう。そこかしこでひとびとが叫び、両手を上にかかげている。横にいた南漢も両手を挙げて、「マンセー」と咆哮していた。

マサは、頭がかっと熱くなった。ひとびとがどよめいて、しきりに万歳を叫ぶのに圧倒された。だが、怖い、ということはなく、ただ、わけもなく気持ちが昂ぶった。それは、経験したことのない心の動きだった。隣にいる南漢と、刹那に深いところで通じあえたように思えた。気づくと、マサも、「マンセー」と声に出していた。

パンッ。パンッ。パンッ。

万歳の大合唱の間を縫って銃声が響き、一瞬、あたりが静まりかえった。マサの背筋が凍りつく。続いて靴音が重なって聞こえ、警察官が大挙して押し寄せてきた。警察官たちは、若者の集団を取り囲み、追い詰めていく。

檄文のビラはあっという間に押収された。抵抗する若者たちは、押さえつけられ、殴る蹴るの暴行をうけている。それを見た群衆が叫んだりやじったりで、大混乱に陥った。

慌てて南漢の腕を引っ張ると、彼はこちらを見て、「だいじょうぶだ」とうなずく。そして、マサの肩をしっかりと抱くと、来た道を引き返した。

自宅に戻っても、マサの頭の中で万歳の声がやむことなく聞こえてきた。動悸もなかなかおさまらない。南漢は、膝を抱え、深刻な顔で、長いこと考え込んでいた。


その日を境にふたたび独立運動に身を投じる決意をした南漢は、生き生きしていたかつての南漢に戻り、マサともよく話すようになった。そして、名前をいくつも使い分け、住居を転々とし、積極的に動き回った。すべての情熱を注ぎ、独立運動に邁進(まいしん)していく。

マサもなにか手伝いたいと申し出ると、南漢は遠出する折に同行してほしいと言った。たいしたことができず、自分が役に立つのかと不安だったが、連れが日本人だとすんなりと検問を通ることができた。マサが身元を偽ることも多々あり、ときにはふたりして中国人のふりをした。マサは新義州の国境までは朝鮮服でいても、大陸に入ってからは目立たぬように大陸の服である長衫に着替えた。

南漢は、引き続き小商いをしながら、生計をたてた。商売の名目があると、移動もしやすく、大陸にも出入りしやすかった。

これまでマサは、上海、満州、重慶などについていった。いずれも短期で、たびたび行ったのは上海だ。日本人がむやみに入れないフランス租界のなかに、大韓民国臨時政府があった。しかし、マサが彼らと接することはほとんどなく、南漢と一緒にいないときは宿で留守番をするのみだった。

租界には西欧人も多く、瀟洒な西洋風の建物が並び、街並みは美しい。開城、京城とはもちろん、重慶や満州とも雰囲気が異なっていた。「欧州の街はこんな感じなのか」と想像をかきたてられる、魅力的な異世界だった。

教会から鐘の音が聞こえると、マサは礼拝に行きたくてたまらなくなった。ほかに、茶館、妓館に阿片窟まであり、上海のフランス租界には、華やかさと退廃が混在していた。長衫を着て南漢とつれだって歩き、西洋菓子を買ってもらうのが、ここでのささやかな楽しみで、チョコレイトが美味しかった。一度だけだが、茶館にも行った。酒を飲み、勢いで南漢と腕をとりあって踊りまでして、すごく楽しかった。

鮮明に覚えているのは、初めて上海に行ったときのことだ。垠のいいなずけだったという閔甲完が亡命していると知り、興味本位で「会ってみたい」と言った。すると、南漢の顔色がさっと変わり、険しい表情になった。

「会ってどうするんだ」珍しくきつい調子で問われた。

「ごめんなさい。ちょっと気になったから言ってみただけ」

南漢がこのようにマサに厳しくあたったことはない。それからのマサは、甲完のことを二度と口にしなかった。拷問までされてもふたたび命がけで独立運動に身を投じる南漢を見守り、支えてきたつもりだったのに、自分の心構えの甘さが恥ずかしかった。

純宗の葬儀の翌年に、垠と方子が欧州旅行に向かう途中に立ち寄るのに合わせて上海に行ったこともあった。一瞬でも方子が上陸したら顔が見られると、マサは港で待っていた。だが、垠も方子も船から下りることはなく、えらくがっかりしたことを覚えている。

のちに、南漢の仲間がそのとき垠を拉致しようとしていたと打ち明けられて、いたく驚いた。

「その計画には、閔甲完の叔父も深くかかわっていた」

そう聞いて、マサは、甲完に会いたいと言って南漢の気持ちを損ねてしまったことを思い出した。そのとき同様、南漢との温度差をひしひしと感じた。無邪気に方子の姿をひとめ見たいと心を躍らせていた自分が馬鹿みたいに情けなかった。

南漢はさらに、開城で手に入れた高麗人参を上海の仲間に届けたという。彼らはその人参をもとに「明心丹」という薬を作った。「明心丹」はポーランドに渡り、欧州の仲間がその「明心丹」をハーグに滞在した垠に届けたが、直接手渡すことはできず、取り巻きの日本人に取られてしまった。

実は薬の箱の中には、臨時政府から垠への建白書が入っていたそうだ。

「ハーグは高宗(コジョン)が万国平和会議に密使を派遣し、乙巳(ウルサ)保護条約を無効にしてほしいと訴えようとした場所であることを思い出させたかったんだ。あれが失敗して密使が死に、高宗も退位し、俺たちの国は日本に併合された。建白書には、新聞記者に対して英(ヨン)親王(チンワン)がみずから、『自分は日本の皇族ではなく、大韓帝国の皇太子だ』とはっきり宣言してほしいと書いてあった。英親王を拉致してロシア領や上海に連れて行く計画があったことも正直に伝えた。『気の弱い英親王が日本の軍人に守られて悠長に欧州を旅行している姿を見ているのが、われわれ外地の同胞には嘆かわしい。大義名分を明らかにして、高宗の崇高な志を息子として継いでほしい』と進言した。だがおそらく、英親王の目には触れなかっただろうな。あれが日本の手にわたってしまったのは、痛かった」

建白書の内容は仲間から聞いたそうだ。南漢は、マサにだいぶ詳しく独立運動のことを話してくれるようになっていた。

満州事変後は、危険だからと、南漢ひとりが大陸を行き来し、マサは京城に残った。臨時政府も上海から杭州に移動し、租界にあったときのように、安全ではなさそうだった。

気づくとマサは、野原で満開のれんぎょうの花を見つめていた。黄金色の花びらから想いめぐらすのは、鮮やかな黄色の菜の花に囲まれ、涙をこらえた日本での日々だ。

——義理のきょうだいにひどい目にあわされたあのころに比べれば……。

自分に言い聞かせるが、小さなため息がおのずと漏れてしまう。

顔をあげ、険しい稜線の山々を見るともなく仰ぐと、なだらかな輪郭にかたどられた富士山の麗しい姿が、猛烈に懐かしくなってくる。

——日本を離れるときは、二度と富士を見られなくても構わないと思ったのに。

南漢と恵郷とともに列車に乗り、車窓より富士山に別れを告げた。あれから、十二支はひとめぐりをすぎている。

マサは、肩ほどの高さのれんぎょうの樹に手を伸ばし、四弁にわかれた花びらをそっと撫でる。

——あのひとと一緒になったことに、後悔はない。

——だけど……。

春の訪れを告げるれんぎょうの花が咲くたびに、同じいろどりの菜の花を思い出す。菜の花畑の近くにある墓で眠る、母に会いたくなる。墓からも、富士山がよく見えた。

——こんどこそ、日本に二度と戻れなくなるかもしれないと思うと、富士山が、こんなに恋しくなるなんて。

ふたたび遠くの山々を見やると、日が沈みかけていた。頬に触れる風に冷気を感じ、マサは、現実に引き戻される。

——れんぎょうは、菜の花と形が違うし、色ももっと濃い。あの山も、富士山とは似ても似つかない。

マサは、花びらから手を放し、家路を急いだ。

家に戻ると、南漢がすでに帰っていた。

「でかけていたんだな。荷物はまとめたか」

「うん……ほとんど。ここを発つ前に寄っておきたいところがあったから」

南漢は、どこに行っていたのか、とは訊かなかったが、「ほんとうに、いいのか⁉」と、それまでは、朝鮮語だったのに、あえて日本語でたしかめてきた。

マサは黙ってうなずく。すると南漢が探るようなまなざしでマサを見つめてくる。

「無理をしなくてもいいんだぞ。恵郷のところにいられるように頼んだっていい。あそこなら安全だろう」

――無理も何も、いま離れたら、二度と会えないかもしれないじゃないか。

「いままでだって、何度もついていったから、平気さ」

「しかし……状況が変わってきているからな。これまでよりも危険だ」

　南漢は、顔をしかめる。

「危険は覚悟しているさ。それに、いまさらいきなりオンニのところに行っても……」

「いや、大丈夫だろう。日本人を歓迎してくれる家だし、余裕もある。恵郷だって、喜ぶんじゃないか」

――いくら心配でも、こんなに食い下がるということは、あたしを置いていきたいのだろうか。このひとは、あたしと離れても平気なのか。

――あたしだって、この先が不安でしかたないけれど、このひととはなればなれになるなんて、考えられない。絶対にいやだ。

「あたしがいたら迷惑なのかい？」

「いや、そういうわけじゃないんだ……心配なだけだ」

「ケンチャナヨ（平気だよ）」

　マサが朝鮮語で言うと、南漢は、それ以上何も言わなかった。

　暗くなった部屋にランプの灯を点け、大根の葉の味噌汁と雑穀米という質素な夕食を南漢に出した。それは、廃材で作られ、たった一部屋しかない粗末なこの家の最後の晩餐にふさわしかった。

　開城を出て以来、京城府内を転々としてきたが、この家に住んでからは一年あまりが経っている。ここは、府内を東西に流れる清渓川（チョンゲチョン）の北側で、丘の中腹にある、朝鮮人が暮らす集落の一角だった。叺（かます）や廃材を利用してできたこのあたりの家々に住んでいるのは貧民層だ。電気はおろか、井戸もなく、不潔で、排泄物とごみの臭いが漂い、入り組んでごちゃごちゃしている。ここは、住人の出入りも激しく、近所とのつながりも薄い。したがって、隠れ住むには適していた。

　日本人はおもに川の南側の平地に住居を構えてい

た。そこには日本風の家屋や、朝鮮式と日本式の折衷住宅が並んでいて、整っている。マサは、南漢が不在のときなど、たまに一張羅の着物で日本人の住む地域を散策することがあった。ほとんどが朝鮮服でいるので、着物に袖を通すと、特別な感じがあって、日常から解き放たれた。

京城の中心にある本町とよばれる商店街まで足を延ばし、つい日が暮れるまで歩き回ってしまうこともある。とくにだれかとかかわるようなことはしないように気をつけたが、日本の雑貨や菓子を売る店をひやかし、三越百貨店をのぞいた。店の人とちょっとした言葉を交わすのは、気晴らしになった。本町には電気が通じていて、街灯と店頭の灯が夜道を明るく照らし、遅くまで人出も多く、にぎやかだった。

南漢は日本語を使ってくれることもあるが、会話は朝鮮語がおもだった。そして家から一歩外に出ると、当然ながら周囲は朝鮮語の世界だった。マサの朝鮮語は上達し、ほとんど不便はないのだが、やはり日本語に囲まれるとほっとする。

ここ朝鮮に、日本人が我が物顔で快適に暮らしていることが、まさにそのことが、南漢を独立運動に駆り立てるのに、マサはどうしても郷愁から逃れることができずに、ふらふらと日本人街に行き、ひときの安寧を感じてしまう。野原に行って、富士の面影を探してしまう。罪悪感をすこしのあいだ、脇に寄せてしまう。

――しょせんあたしは、日本人であることからは逃れられないし、朝鮮人になることはできないのかもしれない。

――朝鮮に来てからの方が、自分が日本人であることを意識する。あたしは、大陸に行っても、日本人という意識を捨てられないのだろうか。このひとの、この国への想いに寄り添いたいのに。

マサは明日、南漢に添って南京(ナンキン)に向かう予定だった。

朝鮮全土に日本の統治がいきわたり、言論文化活動に対する統制は加速している。京城では朝鮮式の「洞・路」だった府内の地域名がすべて日本式の「町・通」に変わり、学童のみならず一般の朝鮮人の神社参拝が強要されるようになってきた。警察の目はいたるところで光り、独立運動への弾圧も徹底している。したがって、これ以上独立運動を朝鮮で続けるのは厳しくなっていた。

また、ひとくちに独立運動と言っても、さまざまな政治思想の集団が混在し、しかも互いに反目しあったりしていて、うまく機能しなくなってきていた。南漢は、どうにか警察の目から逃れているが、このところは身の危険を感じ始め、思い切って朝鮮から出ることにしたのだ。これまでのように、行ったり来たりではなく、目的を達するまで帰らないつもりだった。

南漢を見やると、黙々と飯をかき込んでいた。

——このひとは、じゅうぶんあたしを大事にしてくれている。

——だけど、けっきょくあたしたちの関係は、薄氷の上に立っているようなものなのかもしれない。

——せめて子どもがいれば、違ったのだろうか。

総督府は、「内鮮融和」を唱えて朝鮮人と日本人の結婚を奨励していた。婚姻届を出すと表彰してくれるが、南漢とマサは正式な届を出していなかった。当局の目をしのんで生きているのだからしかたない、目立つようなことは禁物だ、正式な夫婦でなくてもいいじゃないか、そんなの形だけのものだ、と、マサは自分を納得させてきたが、今日は気持ちが揺れ動いてしまっている。

マサは、狭い部屋のなかを見回してみる。

雨漏りがし、すきま風が吹き、冬はオンドルもなく猛烈な寒さでしもやけができた。いまとなってはそんなことも懐かしい。ここを離れるのが寂しく思えてくる。

この家では、ひとりで過ごした時間も多い。南漢が長く留守をすると、捕まったのではないかと不安でたまらなく、その気持ちを紛らわそうと、歌を小声で口ずさんだ。自然に出てきたのは、小学校で覚えた日本の唱歌だった。

——いままでと違って、これからは、あたしも、覚悟しなければいけない。子どもがいるわけでもないのに、ぼんやりと日本の唱歌をうたっているわけにはいかない。

——きっと、あたしたちのあいだに、子どもがいなくて、良かったのだ。逃げ隠れしながら大陸に行くのに、子どもがいたら大変だった。

——それに、独立運動をする男が、日本人とのあいだに子をもうけるなんて、良いわけがない。

自分に言い聞かせるが、胸がうずいてどうしようもない。

こぶしを胸に当てて、とんとんと叩く。南漢を見やると、彼は器に残った汁を匙(さじ)で口に運んでいた。

——神様は残酷だ。

マサは、小さく頭を振ると、南漢がこちらを見ていないのをあらためて確認し、部屋の隅に置いておいた木の十字架と聖書を、すばやく明日持ち出す荷物に加えた。

マサはかろうじて基督教を信じている。教会の礼拝には行かなくなっていたが、祈りは続けていたし、聖書をめくる日もある。また会える日まで『祈りを欠かさないで。聖書を手放さないで。信仰を棄てないで』と言った恵郷とつながる証がこの聖書と十字架だったし、喜代とみつのために、祈らないではいられなかった。

——オンニはどうしているだろう。もう二度と会えないのだろうか。

そう思うと、たまらなくなる。

荷物の中には、靖国神社の避難所で受け取った、恵郷からの手紙も入っていた。マサは、手紙を肌身離さず持っている。

恵郷とは、開城を出て以来会っていない。南漢は開城に朝鮮人参を仕入れに単身で行っても、親族とは接することなく、こっそりと事をすましていた。よって恵郷がどうしているかはわからなかったが、四人の子の母親だということは噂で聞いたと教えてくれた。

食事を終えかけている南漢に、ねえ、と話しかける。南漢は、ああ、とこちらを向いた。

「あっちからオンニに手紙を出せるかな」

南漢は、ちょっと間をおいてから、そうだな、と言った。

「手紙を出すのは危険だろうな」

「そう……」

「でも、なんとか方法を、探ってみよう。人づてでできるかもしれない」

ありがとう、とマサは言って、ふたたび荷物を整え始める。

「きみは、食べないのか？」

マサは南漢の方を見ずに首を振った。思い出で腹がふくれているのか、食欲がない。

「そういえば、李垠(イウン)と方子がこっちに来ているらしい」

えっ、とマサが南漢の方を向くと、目が合った。

南漢は、さりげなく目をそらす。

「毎年恒例の宗廟での祭祀と墓参りのようだ」

ひとりごとのように言った。

――こっちに来られるくらいだから、方子さまはお元気なのだろう。

ふた月ほど前の二月終わり、日本で一部の陸軍将校たちの武装蜂起があり、身の危険があるということで方子と息子の玖（きゅう）が宮内省に避難したと南漢から聞いてかなり心配した。反乱軍の一派は、朝鮮人が皇族に準じていることが許せないという思想を持っている国粋主義者だったらしい。

天皇の命を受け、垠が危険を顧みずに鎮圧に出向き反乱軍を包囲したと知り、驚くと同時に、複雑な気持ちになった。南漢はというと、垠の行動にかなり落胆して嘆いた。

「わかってはいたが、李垠は、すっかり日本の軍人なのだな。李堈（イガン）ならともかく、俺はもともと、李垠をたてるのは賛成できなかったが、もしかして、とわずかな望みはあった。しかし、結局、李垠は、日本の、天皇の、操り人形になってしまっている。いまだに李垠に近づこうとしている連中がいるが、無駄に終わるだろうな。李垠をふたたび王や皇帝にたてて独立するなんて、ありえない。李垠だって、そんな気は毛頭ないだろう」

南漢がつぶやいたときの、憂いを帯びた瞳が忘れられない。前は英親王だった呼称が李垠に変わっていた。

以来マサは、南漢の前で自分からは方子のことに触れるのをいっさい止めた。けれども南漢は、マサに垠と方子の様子をこうして知らせてくれる。それはたぶん、方子を大好きな自分への思いやりだと理解すると、マサは切ない気持ちでいたたまれなくなる。南漢の優しさを申し訳なく思う。

マサは、髭がうっすらと伸びた南漢の横顔をしみじみと眺める。首筋に、拷問の際に負った傷の跡がある。

――このひとのそばで、ずっと生きていきたい。

ともに暮らして十年以上が過ぎているのに、あまりのいとおしさに、胸が苦しくなった。

早朝の京城は、静かだった。明けたばかりの春の空はほの暗く、人通りもまばらだ。空気はぴりっとした冷たさを含み、そこかしこに芽吹いた枝葉をひきしめている。すっかり着慣れた木綿の朝鮮服だけでは肌寒く、マサは上衣を一枚はおった。南漢は、白いシャツに黒いズボンと上着、茶色のコートという恰好だった。

　雑然とした集落から出て、藁葺（わらぶき）や茅葺（かやぶき）の家々がひしめく細い道を抜ける。路面電車の線路に沿って朝鮮銀行などの瀟洒で現代的な建物が並ぶ大通りを歩いていると、自分が思っていたよりもずっと強くこの街に愛着を感じていることに気づく。

　支配と従属、発展と荒廃、搾取と抵抗、その混沌がおりなす京城の風景はさまざまないろどりを見せる。日本への未練と朝鮮への順応を行ったり来たりしたマサの、京城での歳月は、ずっと根無し草だった。そもそもマサは、日本にいた時分から、根っこを持っていなかった。それでも、この街は、マサを拒むことなく受け入れてくれた。ここを離れると思うと、喪失の痛みが襲う。富士を二度と見られない寂しさは漠然とした郷愁だが、この痛みはもっとはっきりとしたものだった。ここ、京城には、危ういながらも、南漢とともにはぐくんできた生活が、たしかにあった。

　片手に持てるだけのわずかな荷物を携え、駆けるように道々を通り過ぎながら、目に入るひとつひとつの景色が胸に迫り、それらが甘かったり辛かったりした思い出と重なる。おのずと感傷的になってきて、足取りが遅くなる。

「どうした。荷物を持とうか？」

　マサよりもよほど重い荷を担いでいるのに、そう気遣って南漢は立ち止まる。

「ああ、靴か」

　かがんで、ほどけた革靴の紐を結びなおしてくれる。この靴は、南漢が数日前に新しく買ってきた。身の程に合わないほど立派な代物だ。南漢は、いつもマサに履物を与えてくれる。

「ありがとう」

　マサは、南漢の存在そのものに、感謝していた。南漢こそが、マサの生きる意味なのだ。

「さあ、これでいい」

　南漢は腰をあげると、マサの目を見つめて続ける。

「これから先はなにが起きるかわからない。危険なことも多いだろう。覚悟しておいてくれ」

　マサは、黙ってうなずいた。

――どんなことがあろうとも、しっかりとこのひとと歩いていく。だから、どこに行っても、大丈夫。このひとのいる場所があたしの場所。このひとの行く道があたしの道。あたしは、このひと、金（キム）南漢に根を下ろしたのだ。不安なんて持つ必要はない。

南大門(ナンデムン)の前に来ると、にわかににぎやかになってきた。背負子(チゲ)を背負った男性、頭に荷物を載せた女性が行き交っている。

——朝鮮のひとびとよ、さようなら。

それからマサは、南大門後方の徳寿宮石造殿(トクスグンソッチョジョン)に思いを馳せた。そこには、しばしば垠(ウン)と方子が滞在していた。

——方子さま、お別れです。これからは、方子さまのことを思うのは、やめます。これが、自分なりのけじめです。

胸のうちで誓い、さっぱりとした気持ちで京城駅に向かった。

列車は、まもなく開城にさしかかっていた。

——オンニはどうしているだろうか。最後に一目だけでも会いたかった。

窓際の席から外をぼんやりと眺めて恵郷のことを考えていると、南漢が、マサ、と話しかけてきた。彼は京城からここまで、思いつめたような顔で、終始無言だった。

顔を向けると、南漢はコートのポケットから一枚の紙片を取り出し、マサに手渡した。

「恵郷の家の場所が書いてある。俺になんかあったら、そこに行くんだ」

ささやくように言った。

「なんかあったらって、そんなこと言わないでおくれよ」

責めるように答える。

「万が一、ってことだ」

「その、万が一、が起きても、あたしは、あんたから離れない」

そう言うと、南漢は、頭を横に振った。

「つかまったら、どんなひどい目にあうか、俺はよくわかっている。女は、犯されることもある。ぜったいに、そんなことが起きてはいけない。俺のせいで、マサをそんな目にあわすわけにはいかない。だから、万が一、のときは逃げるんだ」

南漢は、マサの目を見つめて言った。

「万が一は、起きないさ。あの厳しい京城駅の検問だって、通れたんだから」

マサは答えて紙片を懐にしまうと、南漢から目を背けてふたたび窓の外に視線をやった。

開城を過ぎ、平壌(ピョンヤン)に着いた。乗客が入れ替わるたびに警戒し、物売りとのやりとりにもいちいち緊張し、つねに周りをうかがい互いに話すことも控えてきたが、マサと南漢は、ここまでどうにか列車の旅を続けてこられた。

長いこと硬い椅子に座っていたため、尻が痛くなっていたし、疲労もたまっていた。ふたりは、平壌でいったん降り、駅舎内の片隅に座り、夜を明かすことにした。建物内とはいえ、肌寒さはきつく、だいぶ北上してきたことが身に染みてわかる。

「こうしたら、少しはあたたかいだろう」

南漢はマサにぴったりと寄り添って肩を抱き、自分の着ていたコートを毛布がわりにかけてくれる。南漢とこんなに近く、密に接するのは、どれくらいぶりかわからない。息遣いをまぢかで聴き、そのぬくもりを感じると、逃避行だというのに、幸せに胸が高鳴った。一分一秒が貴く、愛しく、ほとんど眠れなかった。

うつらうつらしてきたと思ったらすでに明るくなっていた。目覚めてぎこちなくからだを離したふたりは、また列車に乗って大陸、そして南京を目指した。岩肌の目立つ山々、緑濃い谷、洗濯をするひとびとが集う清らかな川。マサは、車窓から望める朝鮮の地の景色を、いよいよこれが最後と、目に焼き付けた。

国境の新義州に近づき、そろそろ長衫に着替える頃かと構えていた。張り詰めた思いのマサと南漢をよそに、目の前に座った中年の男は、茶色っぽい朝鮮服が着崩れており、荷物を抱えたまま、だいぶ前から居眠りをしている。

南漢と似たような洋服姿の若い男があわただしく車両に入ってきて、早足でこちらに近づいてきた。そして南漢の前に立ち止まって、彼の左手の小指を見つめている。南漢は、そっと拳を握って、さりげなく小指を隠した。南漢の小指の先は、拷問にあって第一関節から先がなかったのだ。

マサの身体がこわばり、脂汗がにじんでくるのがわかる。南漢はあえて窓の外を見て見知らぬ男に応えないようにし、なにごともないように装っていた。だが、動揺しているのは、眉毛がかすかに痙攣（けいれん）していることからうかがい知れた。

その男は、こんどは南漢の首元の傷に視線をとどめた。

「金南漢同志ですね？」

小声で言われ、南漢がゆっくりと男を見あげた。

男はさらに南漢に近づく。南漢は身構えてかがみ込んだ。

「私は、同志です」

そう言うと、男は南漢の耳元になにやらささやいた。仲間同士で使う合言葉を言ったようだ。南漢は、周囲を見回して、向かいあった座席の男が深く眠っているのをたしかめてから、そうだ俺だ、とうなずいた。

男は、また耳元で話す。南漢は、たちまち顔を曇らせ、なんだと、とうなるように言った。

「さ、早く行きましょう」

男が南漢を促す。マサは、思わず南漢の袖口をつかんだ。

「警官が来る。俺を探しているらしい。だから俺は、列車から飛び降りる。君は、このまま乗っていき、新義州で引き返すんだ。君のことは、ばれていないようだから」

南漢はマサにだけ聞こえるように言うと、ポケットから出した数枚の紙幣を握らせた。

「開城に。恵郷のところに。いずれ、迎えに行くから。かならず」

マサが返事をする間もなく、南漢は荷物を持って立ち上がる。マサもついていこうとしたが、南漢は険しい顔で、だめだ、と制した。マサはなすすべもなく、南漢が若い男とともに車両から出て行くのを目で追った。

車窓に視線を転じてすぐ、ふたりの人影が線路わきに倒れているのが目に入った。一瞬のことで、南漢かどうか見分けはつかなかったし、そのふたりが無事かどうかもわからなかった。

——こんなことって、あるだろうか。

マサの胸は、張り裂けそうだった。大声で泣きたいが、それもできない。唇を噛みしめ、拳をかたく握り、ひたすら耐えるしかない。

いびきをかき、マサの面前でよだれを垂らして眠る男の顔を見るにつけ、悲しみは増していく。

たいして経たないうちに、制服を着た警察官がふたり、車両に入ってきて、あたりが騒がしくなった。マサは、恐怖のあまり震えそうになるからだを、必死に抑える。

とうとう警察官たちは、マサのいるところまで来た。鼓動が激しくなり、口を開けたら心臓が飛び出てしまいそうだ。

「おいっ、起きろ」

マサの前の男が、揺り起こされる。男は、もうろうとしつつ、よだれを袖で拭ったが、警察官を見るや否や、ひっ、と声をあげた。

「左手を見せろ、左手をっ」

怒鳴るが、男はおろおろするばかりだ。もうひとりが、男の左手をぐいっと引っ張り、拳を開かせ小指をつまんだ。しかし、すぐに突き離すと、行くぞ、と去っていった。男は、涙ぐんで震えている。

息を詰めていたマサは、深く空気を吸い込んだ。


開城に引き返して列車を降りたが、マサはまっすぐに恵郷のもとを訪ねる気持ちになれなかった。南漢と別れたという事実を自分のなかで消化できず、急き立てられるように、街を歩き回り、高台にある宮殿の跡へ行った。

古都、開城は、離れて十年以上の月日が過ぎても、その情緒が壊されることはなかった。宮殿の跡からの眺めは変わらず美しく、城壁の名残や石殿の崩れた礎石は、哀愁を漂わせている。芸術が花開き、松都（ソンド）とも呼ばれる開城の街を行き交うひとびとは粋で、先進的なものがいち早く目につく京城ともまた違った、洗練の風情があった。

だが、かつて通っていた教会はなくなり、新しくできた神社が、堂々と居座っていた。学校の前を通れば、日本の唱歌が聞こえてきた。じわりじわり、しっかりと、ここ開城にも大日本帝国が根を張っていた。

――こんな強大な日本に抗（あらが）っても、つぶされるだけじゃないのか。

――あのひとが独立運動をしたって、結局は、どうにもならないのではないか。

――ならば、生ける屍のようであっても、独立運動などせずに、あのひとがあたしのそばにいてくれさえしたらよかったのに。

ひとりさまよっていると、南漢の不在が決定的なことが、いやおうなく身に刻まれた。南漢のぬくもりが蘇り、涙がとめどもなくあふれてくる。

――あのひとは生きているのだろうか。

――無事だったとして、どこに行ったのだろう。朝鮮にいるのか、それとも、国境を越えて大陸に逃れたのか。

――南京の臨時政府にたどり着くことができるだろうか。

――かならず迎えに来るという言葉を信じていいの

だろうか。

——そもそも、オンニのところに行って、迷惑じゃないだろうか。

気づくと、商店の立ち並ぶ一角に来ていた。香ばしい匂いにつられ、中国人が営むうどん屋に入り、一杯を頼む。空腹だということを忘れていたが、いざ口にするると、あっという間に平らげた。隣の席にいた朝鮮人の男性三人連れが、目を丸くしてこちらを見ていた。くたびれた様子の女がひとりで物を食べているのが、物珍しいのだろう。

マサは視線から逃れるように店を出た。腹が満たされると、気力が戻り、前向きになれそうだ。

——あきらめずに、あのひとを待ってみよう。

——オンニのところに行ってみよう。

道行く何人かに訊ね、小一時間ほどして恵郷の嫁ぎ先にたどり着いた。そこは、恵郷の実家よりも立派な屋敷だった。夕餉の支度だろうか、塀の外から、煙があがっているのが見える。

施錠された木の門扉は重厚で、叩いても、誰も出てこない。

「すみませんっ」

こんどは大声で叫びながら、力いっぱい叩くと、やっと使用人らしき初老の男性が出てきた。

「金恵郷さんはいますか」

するとその男性は、マサのことを上から下まで眺め、薄汚れた朝鮮服に顔をしかめた。

「だれですか、あなたは？」

「親しい友人です。マサです。日本人です」

使用人は、ああ、と言うと、警戒を解いたような顔になる。

「ちょっと待っていてください」

そう言うと、奥に引っ込んだ。マサは、塀の外から開花した桜の花を眺めて待った。満開に近い花は、暮れかけた空に白く映えている。

——日本の象徴のような桜の花が、よりによってオンニの家の庭に植えてある。以前は、こんな光景はありえなかった。オンニの実家には、山つつじが咲いていた。

京城には、日本人が植えた桜がたくさんあったが、マサはどうしてもそれらを素直に愛でる気持ちにはなれなかった。花に罪はないが、この桜の花も、ありのまま美しいと認めるのには抵抗がある。

——そういえば、麹町（こうじまち）にいた頃、オンニと喜代さんとともに、花見に行ったことがあった。いま思えば、あのときは無邪気で、幸せだった。

喜代のことを思い出すと、その最期の姿が頭に浮かんできて、恐怖と絶望、怒りが蘇る。自責の念でたまらなくなる。マサは、その思いを断ち切ろうと目を閉じて、桜の花を視界から消した。

「マサ」

声に振り向くと、そこにいたのは、恵郷だった。加齢のしるしは顔に現れているが、上品で柔和な佇まいはそのままだった。

「オンニ……」

言葉が続かない。

「まさか、またマサに会えるなんて」

恵郷が涙ぐんで言葉に詰まる。どうしてここに来たか、訊いてもこない。

「会いたかったよ」

マサは、恵郷に抱きついた。恵郷が朝鮮服のふわりと広がったチマを身に着けていたので気づかなかったが、身体を接してみて、彼女が妊娠しているのがわかった。けっこう腹がせり出しているので、出産も遠くないようだ。

「オンニ、赤ちゃんが」

「そう、もう五人目」

ささやくように答える。マサは、羨ましいよ、と心のなかでつぶやいた。そして、歳月が過ぎたことを実感したのだった。

恵郷の夫、申虎鐘（シンホジョン）は、朝鮮総督府の役人だった。実家も裕福で、日本と関係が深いという。虎鐘は京城に勤めており、平日は不在で、休みになると帰ってきた。夫婦のあいだには、十一歳の長男寛求（グァング）を筆頭に、二歳の長女容先（ヨンスン）まで、三男一女がいた。恵郷はマサを置いてくれるように虎鐘に頼んでくれた。日本に留学していた頃からの友人と聞くと、虎鐘は、自分も東京帝国大学に留学していたから親しい友人が日本にたくさんいる、とひとしきり日本にいた頃の話をし、マサをこころよく受け入れてくれた。なぜ朝鮮に来たかということもあまり詳しく訊かれなかった。朝鮮には、さまざまな思惑で植民してくる日本人があまたいたので、深入りしたくなかったようだ。虎鐘自身は、朗らかな人物だった。

マサは恵郷とともに暮らし始めた。恵郷がとりしきる家事を手伝い、子どもの面倒も見た。とくに出産を手伝った末っ子の容緒（ヨンソ）がかわいくてたまらなかった。使用人たちは、マサに敬語を使い、ぞんざいに扱うこともなく、居心地はよい。それでも、南漢のことを思うと、気がふさいでどうしようもなくなる。

恵郷とふたりきりになった折には、南漢と別れたいきさつ、京城での生活を、ぽつりぽつりと話した。そんなとき、恵郷は、ただ黙ってじっと話を聞きながら、マサの手を握る。そして必ず「兄さんは、きっと帰ってくる」と、言ってくれる。そうするとマサも南漢が迎えに来ることを、その瞬間だけ信じることができた。

ベルリンオリンピックが開かれ、日本代表として出場した孫基禎（ソンギジョン）選手がマラソンで優勝し、街じゅうが沸きたった。しかし、朝鮮人により発行された東亜日報が孫選手のゼッケンの日の丸を黒々と塗りつぶした写真を掲載し、大問題となった。孫選手自身が、手でゼッケンを覆い隠したという噂もあった。

「まったくけしからん」

虎鐘は、かなりの剣幕で東亜日報を非難した。

「僕もそう思います」

寛求も、同調する。恵郷は、表情を変えず、ただ黙っていた。

「マサさん、日本人として腹が立ちませんか？　日の丸を冒瀆（ぼうとく）し、陛下を侮辱するのは大罪だ。これだから、朝鮮はだめなんだ」

虎鐘に言われて、マサは、はい、と答えるにとどめ、恵郷の顔をうかがった。彼女は、感情をすっかり失った表情で、どこを見つめるでもない遠い目をしていた。

この家では、家長の虎鐘の方針で、極力日本語を使っている。そして、家族総出で神社に行く。そのたびに、基督教を篤く信じ、かつて独立運動にかかわっていた恵郷はどんな思いで参拝しているのだろうかとマサは苦々しい気持ちになった。

恵郷は、いつもうやうやしく参拝している。ふだんから基督教の信仰を続けているそぶりもいっさいない。

——あたしに信仰を続けるように言ったオンニなのに、自分は棄ててしまったのか。

だが、そういった疑問を恵郷本人に対して口にできる雰囲気ではなかった。したがってマサは、大事にしてきた十字架を恵郷に見せることもなく、聖書もしまったままだった。ここで信仰をほのめかすような真似は、危険だ。胸のうちでひそかに祈りを唱えることしかできない。

外から見れば、恵郷は優しい母であり、良き妻であり、学んだ医学の知識を生かして、女性や子どもの具合が悪くなると診てやったりもして、地域のひとびとから慕われていた。夫婦仲もよく、模範的な家庭のように言われ、敬われてもいる。昔と同じく、立派な人物だ。しかし、変わっていないと思えたのは表面だけで、恵郷の内面は、すっかり別人だった。かつてはしなやかで、はつらつとして強く、精力的に独立運動をし、魂が輝いていた恵郷の心は死んでしまっているように、マサには思えた。

そばで見ていると、恵郷は硬い殻に閉じこもってしまっているようだった。マサがその殻を無遠慮に破ることははばかられる雰囲気がある。それに、ここ朝鮮で快適に過ごしている日本人の自分が、恵郷の心に立ち入るのは、大きな矛盾をはらんでいるように思えて、ためらわれた。

恵郷と気持ちが通じ合えないマサは、孤独だった。だからそれを埋め合わせるように、マサは容緒をかわいがった。幼子の世話は、マサに、その日一日の生きる意味を与えてくれる。自分が一生持てないと思っていた子どもを得られたみたいで、なおさら愛情が湧いた。

翌年、日本と中国との戦争が始まった。

北平(北京)占領に続き、伝えられるのは日本の勇ましい連戦連勝で、それらに虎鐘一家は、興奮した。快勝を祝って食卓の膳が豪華になる。だが、戦争は身近ではなく、遠い大陸の出来事だった。マサの日々の生活は、表向きには穏やかに過ぎて行く。

とはいえ、大陸での戦闘が伝えられるたびにマサの心は落ち着かなくなった。

――もしかしたら、あのひとの身に危険が及んでいるのではないか。

考えると、居ても立ってもいられなくなるが、どうしようもない。悶々と自分の中に憂慮をしまいこむ。こんなとき、恵郷と話せればどれだけ気が晴れて楽になるかと思うが、この家で南漢の話をすることはもうできなかった。恵郷とふたりきりになる機会があっても、互いに南漢の話題を避けるようになってしまっていた。きっと恵郷もマサと同様、南漢が生きていると信じることが難しくなっていたのだ。けれども、それを認めたくない思いが、南漢について触れるのを思いとどまらせているのだろう。

暮れにとうとう南京が陥落した。

開城の街をちょうちん行列が練り歩き、日の丸の旗がそこかしこにあふれ、ひとびとが歓喜の声をあげる。恵郷の子どもたちも、旗を振ってはしゃいでいる。

――あのひとは南京で死んでしまったのだろうか。たとえ生きていたとしても、つかまってしまったのではないか。

耐えきれなくなって、ひとり、十字架を握りしめ、宮殿の跡に行った。ひとびとはみな市街に繰り出しているのか、人の気配はない。

北に望める松岳山を見つめて、さらにその先の国境、新義州、そして大陸にある未知の南京を思う。

――あのひとが狂おしいまでに恋しい。

マサは、しゃがみこみ、声をあげて思い切り泣いた。おさえていたものが爆発したかのように、しばらく嗚咽は続く。そのうち声も涙もかれてようやく立ち上がり、呆然と松岳山を眺める。

「ここにいると思った」

恵郷が近づいてきて、マサの肩にそっと手を置き、それから松岳山を見る。言葉を交わすことなくただふたり並んで北の方角を見つめていたが、恵郷の掌から、その思いは伝わってきた。恵郷と心が通い合えているような気がした。

ひとときののち、恵郷は、いっしょに、と沈黙を破る。

「兄さんの無事を祈りましょう」

そう言うと、十字を切って、両手を合わせた。

――オンニは、信仰を棄てていなかった。独立への思いも、きっとまだ持っている。

胸が熱くなり、ふたたび涙があがってくる。それを堪(こら)えて十字を切り、あふれそうな感情を抑えるように、十字架を自分の胸に当てて、目をつぶった。

祈りを終えると、マサは恵郷に十字架を差し出した。

「これ、オンニに返すよ。これからは、一緒に祈れるから」

恵郷は黙ってうなずくと、十字架を受け取った。

朝鮮でも志願兵制度が敷かれるようになる頃には、戦争は対岸の火事ではなくなってきた。南漢の消息は知る由もなく、戦果の高揚に振り回される日々が過ぎていく。

戦死した、朝鮮で最初の志願兵を英雄として描いた物語がくりかえしラジオから流れ、寛求が目を輝かせて熱心に聴いている姿がしばしば見られた。年少の子どもたちも、学校で覚えた皇国臣民の誓詞や教育勅語をそらんじて披露し、得意気になっている。そして軍歌を口ずさみ、死ね、殺せ、と棒をふりまわして戦争ごっこをする。

　それからまた月日が過ぎてマサがここに来てすぐに生まれた容緒も満三歳となり、かわいい盛りだ。聡（さと）くて愛らしい容緒は、おばさま、おばさま、とよくなつき、甘えてくる。ボール遊びが好きで、飽きずに遊ぶ。

――この子が幸せでいられることだけを考えよう。戦争のことは考えないようにしよう。ここでのささやかな暮らしを守っていこう。

　しかし、時局は朝鮮をほうっておいてはくれない。朝鮮人は日本の氏を作るように強いられた。すると申虎鐘は率先して氏を申から松本と変えた。松都にちなんだということだ。虎鐘は虎雄と変え、家族も日本名となる。恵郷は恵子（けいこ）、で、長男は寛（ひろし）、末娘の容緒は、たまつきが好きだからと、たま、だ。だが、恵郷が子どもたちを日本名で呼ぶことはなく、虎鐘がいるときだけ、言い換えた。マサも、家長の虎鐘の前でだけ、恵郷を恵子姉さん、容緒を、たまちゃん、と言った。

　日本は、真珠湾を撃ち、大東亜戦争が始まった。毎日勝ち戦の知らせが届き、好戦的な空気が蔓延していく。方子が赤十字の奉仕活動に出たことなども新聞に載ったが、その記事を見ても、マサはとくになんの感慨もなかった。心はすっかり方子から離れていた。ひたすら体制という大きな川に流されながら、恵郷にならって感情を閉じ込めて、どうにか息を継いで、その日その日を生きる。

　大人も子どももだれもかれも、ルーズベルトやチャーチルをこき下ろす。ゴムがとれる南方諸地域の戦勝記念として、国民学校の生徒ひとりひとりにゴムボールが与えられ、容緒が兄からそれをもらって喜んでいる。

　しかし、聞こえてくる華々しい戦況とは裏腹に、まもなく米の配給制度が始まり、生活必需品もそれに続いた。ボールが全員に配られたほど豊かにあるはずのゴム製品もしかりで、ゴム靴や運動靴までもが配給となった。

　内鮮一体はますます声高に叫ばれるようになっていく。創氏改名がより厳しく強制されていき、拒んだ家は皇民精神が足りない、非国民と烙印を押され、配給においても不利益をこうむった。子どもらの学校でも、日本名に変えないと、日本人の教師だけでなく、朝鮮人教師からも責め立てられた。殺気立った空気が、いにしえの都、開城にも広がっていた。

　内地が空爆されるようになると、防空演習が増えてきた。朝鮮もいつ戦地になるかと、ひとびとはおびえ始めた。白い朝鮮服は的になるからと着るのを禁じられた。一張羅の白い朝鮮服を着ていたおじいさんが、日本人の警察官に泥水をかけられたという出来事もあった。女性はモンペが義務づけられる。生活は目に見えて変化してきた。白い米にありつけなくなったのは、内地や戦地が優先されたからだ。恵郷の家は夫の縁故で米をどこからか手に入れてきたが、それでもおかずは乏しくなり、真鍮（しんちゅう）の食器を筆頭に、金物は供出させられた。だが、こちらの日本人たちは、大きな影響を受けることなく、暮らし向きが安定しているように見えた。それは日本政府に関わりをもつごく一部の朝鮮人にも言えることで、恵郷の家も暮らし向きはつつましくなっていたが、困窮する、といったほどではなかった。

　けれども、申虎鐘一家に戦争の影響が直接及ぶ事件が起きた。京城帝国大学に進学した寛求が、みずから陸軍に志願して出征したのだ。

「夫はああいう人だから喜んでいるように外には見せているけれど、ずいぶん驚いたし、実は落ち込んでいる。私は、悲しすぎて涙も出ない。大学に行ったのに、わざわざ自分から戦争に行くなんて。日本の軍人になるなんて」

　恵郷は、庭でふたりになったとき、マサにそうこぼした。吐いた深く長いため息が、寒さでくっきりと白く残る。マサは、なんと言って慰めていいかわからず、「無事を祈ろう」としか、言えなかった。

「そうね、祈りましょう。だけど、私たちは、無力ね」

　恵郷は、目を伏せてひとりごとのように言った。

――神様に、祈りは届いているのだろうか。

　マサは顔をあげて、天を仰ぐ。真冬の碧（あお）い空は、果てしなく遠くまで続き、限りがないように思えた。

　さらに、戦争はひたひたと朝鮮に迫る。朝鮮人はかねてからいつ内地や戦地に駆り出されるかわからなかったが、役場の職員や警官がやってきて動員させられることが多くなり、そこかしこで、連れていかれた話を聞くようになってくる。幸い、虎鐘が朝鮮総督府勤務ということで、年齢が規定に達していても、恵郷の息子が徴用されることはなかった。だが、使用人夫婦の親戚の息子は南方に行き、まだ年若い女の子たちが、挺身隊として朝鮮各地や内地、満州の工場に送られた。近隣の家では、娘をとられないようにと、早々に嫁に出したりするようになっている。中学校や女学校も授業が減り、生徒は近隣の工場に駆り出された。

——もしかして、戦争はうまくいっていないのではないか。

疑念は容易に浮かぶが、表立ってそんなことを口にする者はいなかった。

——日本が負けたら、どうなるのだろうか。朝鮮は独立するのだろうか。そうしたら、晴れてあのひとに会えることもあるのだろうか。

——だけど、あのひとが死んでしまっているのなら、日本が負けてもいいことはないのではないか。あたしは、ここにいられなくなるのではないか。

——それどころか、朝鮮も戦地になり、あたしもオンニも、かわいい容緒も死ぬことになるのではないか。

——日本が勝った方がいいのか、負けた方がいいのか。

マサがひとり頭の中でどんなに考えても、答えにはたどりつけない。

桜のつぼみはまだ固いが、春の到来をまぢかに感じるあたたかい日曜日だった。虎鐘の誕生日を祝うため、京城の学校に通っている次男も戻り、正月以来、久しぶりに、寛求をのぞく一家全員が集まった。

恵郷は、厳しい食糧事情のなか、自給自足の野菜などを中心に、なんとか工夫して食卓を飾った。最近は手に入りにくい白い米もどこからか少しばかり手に入れてきて、雑穀と混ぜた。

祝いの宴だというのに、虎鐘の顔色は冴えず、口数もいつもより少ない。酒をやけに飲んでいる。

「お父様、東京や大阪がB-29にひどくやられたというのは本当ですか」

間もなく九歳になる容緒が屈託なく訊いた。虎鐘は、天真爛漫な性格で物おじしないこの末娘を気に入り、多少生意気なことを言っても笑ってやり過ごすのだが、このときばかりは、厳しい表情になった。

「どこでそんなことを聞いたんだ」

「学校でみんなが噂していました」

「空襲はあったが、新聞に書かれていたように、たいしたことはない。そんなことを口にしたら、流言飛語を流したと、罰せられるぞ」

虎鐘は低い声で言い、容緒は、はい、申し訳ありません、とうなだれた。隣にいたマサは、容緒の手を思わず握った。すると容緒は、ぎゅっと握り返してくる。

では、と恵郷が、切羽詰まった面持ちで話に入る。

「寛求は大丈夫ですね?」

「大丈夫に決まっているだろう」

恵郷は、瞳を閉じて首を強く横に振り、その動作を止めて目を開けると、虎鐘を見つめた。

「日本は本当に勝ちますね?」

いつも沈着で静かな恵郷が、珍しく感情的になって、食い下がっている。

「あたりまえだ。そんなことは、口にするなと言っただろうっ」

怒鳴った虎鐘の剣幕に、その場がしんと静まりかえる。

「もう、もう……こんなこと……いつまで……」

恵郷は震える声で言うと立ち上がり、部屋を出て行った。

「なんだ、どうしたっていうんだ、あの態度は」

虎鐘は、そう言って酒をあおった。

容緒が、さらに力を込めて手を握ってくる。そこにいる子どもたちは、視線を泳がせたり、目を閉じたりしている。

「いいか、負けるわけがないんだ」

みずからに念を押すように虎鐘が言った。

――日本は追い詰められているのだ。

マサは確信した。そして、先行きの不透明さに、めまいがしそうだった。

第七章 ✿ 軍靴の響き――方子

方子は窓から桜を眺める。満三歳となり、かわいい盛りの玖も、興味津々で外の景色に見入っている。

満開を過ぎ、散り始めた花びらは、庭先の地面を白い絨毯に変えていく。花吹雪が舞うその様は命のはかなさを想わせ、方子は心もとなくてたまらなくなった。

――桜の花のように、この子の命が短かったらどうしよう。

我が子を引き寄せ抱きしめると、玖は不思議そうな顔で方子を見つめた。

――だいじょうぶ、この子はしっかりと生きている。晋ちゃまが逝ってしまった年齢もとうに超えている。

方子が微笑むと、玖も安心したように笑顔になる。玖のふくよかなからだは、生命力に満ち溢れ、方子の憂いは桜の花びらとともに、春風に運ばれて飛んでいく。

しばらく桜吹雪を見つめていたが、侍女にせかされ、外出の支度を始めた。すると、玖が気配を察して、首を傾げた。

「おたあさま、お出かけですか」

「ええ。玖ちゃま、今日はね、遠いところから大事なお客さまがいらっしゃっているのですよ」

方子は、まだ幼い玖に、きちんと言葉をつくした。理解できようができまいが、いつもそのように心がけている。

玖は不服そうに頰を膨らませていたが、侍女に別室に連れられて行った。いや、いや、とぐずる声が聞こえてきて、方子は心穏やかではいられない。

――私だって、玖ちゃまと、いっときも離れたくはない。だけど、私には、李王家の妃としての務めがある。

――玖ちゃまも、李王家の跡取りとして、しっかりと分別がつくようにしなければ。いくらかけがえのないひとりきりの息子だからと、わがままに育ててはならない。

心を引き締めて、ドレスを身に着け、化粧をした。そして、垠(ぎん)と連れ立って、赤坂離宮に向かった。これから、満州国皇帝、愛新覚羅溥儀(あいしんかくらふぎ)の歓迎の宴が行われるのだ。溥儀が来日し、花電車が出て、大歓迎の浮かれた空気が街を覆っていた。

満州国は、関東軍が大陸進出の足掛かりとして建国した。清国最後の皇帝だった溥儀は皇帝の座に据えられていたが、それは明らかにお飾りでしかなかった。

初めて面前で姿を見た溥儀は、長身で、品格が匂い立っており、方子は溥儀に好感を抱いた。歓迎の厚遇を喜んでかすかに微笑んでいるように見えたが、近く接して挨拶を交わすと、拭い去れない寂しい影が漂っているように、方子には感じられた。表情も乏しく、感情は容易に読み取れないのだが、そこにこそまさに、徹底した諦念が滲みでている。それは、方子がしばしば垠に感じるものと同じだった。垠もあまり変化のない表情のなかに、深い諦念と孤独をたたえている。その感情を垣間見ると、方子も行き所のない哀しみを持て余してしまう。

垠も、溥儀と対面してなにかを感じ取ったようだ。宴のあいだ、終始表情が硬かった。

——玖ちゃまが生まれてからは、ずいぶんと明るくおなりだったのに、今日の殿下は、心を閉じてしまわれた。きっと溥儀皇帝に、ご自分を重ねていらっしゃるのだろう。亡国の長として通じるものを感じ、悲哀が身に染みているのかもしれない。

——こんなとき、日本の皇族として生まれた私は、殿下をお慰めできない。

方子は、垠との心の隔たりと己の無力さをあらためて思い知るのだった。

それからしばらく垠は、邸宅にいても、庭に作った蘭の温室で、ひとり黙しているような場面がしばしば見られた。さらには、娘の正恵(まさえ)を育児中の徳恵(とくえ)に、病気が再発した兆候があることを伝え聞いて、口数がめっきり少なくなってしまった。

方子も徳恵のことはおおいに気にかかったが、すでに宗家(そう)に嫁いでいるのに、出しゃばって訪ねるのもどうかと思い、ただ案じて「お健やかに」と祈ることしかできなかった。

——殿下が私に徳恵さまのことを相談してくだされば、動きようもあるのに、なにもおっしゃらない。

——殿下は、ご自分はなにもできないお立場だと考えていらっしゃるのだ。そして憂いをひとりで抱え込んでいらっしゃるのだ。

――せめて、お心のうちをあらいざらい吐露してくだされればいいのに。私をはけ口にしてくだされればいいのに。

――殿下は私を気遣ってくださっているのか。それとも、しょせん分かり合えないとお考えなのか。

――結婚してずいぶんと月日が経ち、さまざまに辛い出来事をふたりで乗り越えてきて、心が通い合うようになったと思うときもあるが、やはり、どうしても越えられないものが私たちの間には、たちはだかっている。

垠との間にときおり現れる薄い膜は、いまや硬い殻に転じ、方子はその殻を破るすべを持っていない。ただ垠を見守ることしかできない自分がもどかしくてたまらなかった。

唯一、垠の心が和らいでいるように見えるのは、玖と接しているときだけだった。頻繁に玖の部屋に入っては、遊んでいるのをにこやかに眺めたり、ライカのカメラやベル・ハウエルの撮影機で玖の姿を自ら撮ったりした。たまたま玖が方子と庭に出て姿が見えないと、垠は「どちら?」「どちら?」と侍女に訊きまわった。

玖の存在が、方子にとっても、垠にとっても、救いであり、宝であり、よりどころだった。

そんななか、李堈の次男で、垠の甥にあたる李鍝と、朝鮮貴族の娘、朴賛珠が結婚した。

李鍝は、跡とりなく亡くなった、父親とは異なる別の公族李埈を継いで四歳という早々に公族となっていた。満九歳で来日し、学習院初等科、その後陸軍幼年学校、士官学校とすすんでいまは陸軍の立派な軍人である。李鍝の兄の李鍵も同様に陸軍軍人で、すでに方子の母方の従妹にあたる誠子と結婚している。

李王家の親族は、垠、徳恵、李鍵と、みな日本人と政略結婚をさせられていた。李鍝も実は勅命で柳沢伯爵家の娘との結婚が内定していたが、日本人との結婚をかたくなに拒んで、朝鮮人の朴賛珠をめとったのだった。李鍝は、上海亡命政府に加わろうとした父親の李堈に似た反骨の気質があった。

垠がこの結婚について李鍝から相談をうけ、激励していたのを方子は知っていた。そして、垠が甥の思いを叶えてやりたいと強く望んでいたこともわかっていた。だから、宮内省から日本人と結婚するように李鍝を説得してほしいと頼まれても、方子はそれを実行にはうつさず、のらりくらりとかわしていた。

総督府や宮内省の反対にもかかわらず、李鍝は根気強く粘って朴賛珠との婚姻の勅許を得た。とはいえ、朴賛珠は、実家が親日開化派で、貴族院議員朴(パク)泳孝(ヨンヒョ)侯爵の孫娘だった。日本側としても、許容範囲の朝鮮人であったから実現した結婚だった。

ともあれ、たどり着いた朝鮮人同士のこの結婚を、垠はことのほか喜び祝福した。もちろん、方子も、垠の気持ちが明るくなったことや、李鍝が自分の思いを果たせたことを好ましく思っている。

結婚式は渋谷の常盤松町(ときわまつちょう)にある李鍝邸で行われた。式には実父の李堈、李埈公妃、実兄の李鍵、李鍵妃誠子をはじめ、朴賛珠の実母などの親族、総督府や宮内省の役人、皇族、そして垠と方子らが参列した。

李鍝は、女性関係がさかんで見目麗しい父親の李堈に面立ちも似ており、紅顔の美青年だ。朴賛珠は色白で知的な瞳が涼しい。二人とも洋装や朝鮮式の婚礼服がよく似合っていて、思わずため息がでるほどだ。

方子は、朝鮮服の二人の姿を前に、あたたかな気持ちが湧き起こるとともに、心の隅に小さな穴があき、そこにすきま風が吹いて冷たいものが広がって行くのを感じていた。垠が目を細めて二人を見つめているのを目にすると、ますます冷え冷えとした思いが勝っていく。

結婚したばかりの頃、垠の書斎で朝鮮服の女性の絵をみつけたときの思いが蘇った。

——殿下はやはり、ご自分も朝鮮の方と結婚したかったのだ。

あらためて確信して、胸がずきずきと痛んでくる。しばし目を閉じて息を整え、視線を若い新郎新婦に戻すと、晴れ姿の二人は、あまりにも美しく輝かしい。不意に方子の目に涙が滲んできたが、その涙が哀しくて出るのか、嬉しくて出るのか、自分でもよくわからなかった。

それからの日常は穏やかに過ぎていった。垠は朗らかさを取り戻し、軍務に励み、家では明るい表情を見せるようになっていた。

夏を迎え、陸軍大佐に昇進した垠が宇都宮第十四師団歩兵第五十九連隊長となり、一家は宇都宮近郊の西原に移り住んだ。そこで方子は、生まれて初めて、狭い普通の民家に住んだ。といっても新築で、前の通りは桜並木で情緒があり、心地のよい住処だ。

自由な外出もままならない、息の詰まるような紀尾井町での生活とは違い、地方での暮らしは、開放的だった。宮内省の役人の出入りはあるものの、朝鮮総督府の監視の目もゆるく、方子は、李王家の嫁という重荷をいくらかおろすことができた。ここでの方子は、一軍人の妻でしかなく、使用人も少なかったが、毎日をのびのびと、生き生きと過ごしている。

外出も旅行も比較的思い通りにでき、方子はたびたび玖を連れて近所に散歩に出た。侍女とともに農家を訪ねて卵や野菜を買い求め、素朴なひとびとと触れ合うこともある。玖は、鶏をめずらしがって触れ、ふわふわの兎を抱いてははしゃぎ、バッタを追いかけてかけまわる。方子もときに一緒に走り、声を出して笑う。感情を解き放ち、心は軽やかだ。

――私が幼い頃には経験できなかったような体験を玖ちゃまにさせてやれることが嬉しい。そして、自然に親しみながら成長する玖ちゃまを見守るのがなによりの喜びだ。

晋を失い、ようやく生まれた我が子が屈託なく笑っているのを見ていると、胸がいっぱいになってくる。

――こんなに満ち足りた日々が訪れるとは。

方子はしみじみと幸せを噛みしめる。

垠も軍人として誇れる連隊長という仕事にやりがいを感じているようで、表情も明るく、はつらつとして見えた。

「仕事にうちこむのは、愉快だ」

ふと漏らしたこともあるほどだ。

垠は狭い自宅に部下の若い将校たちをかわるがわる招き、方子は彼らに夕食を出した。垠が部下から慕われているのを見ては、はりきってもてなした。さらに方子は将校婦人会の会長も務め、家族同伴でピクニックに出かけるなどの交際をさかんにし、内に外にと、垠を支えた。

偶然にもこの頃、満州国皇帝溥儀の弟、愛新覚羅溥傑と、溥儀の妹の韞穎の夫、潤麒のふたりが五十九連隊の隊附将校として赴任してきた。両名とも日本の陸軍士官学校を卒業している。垠はこの二人を目にかけ、よく家に招いた。東京から離れていることもあってか、溥傑も潤麒も垠に心を許しているようだった。

方子も気持ちよく二人を迎え、ともに食事をして、楽しい時間を過ごした。垠も二人がくつろいでいるのを見るのが嬉しそうだった。溥儀に会ったときと異なり、垠の心が揺れ動く気配はなかった。亡国の皇族同士というよりは、陸軍の上官と部下という関係に徹していて、それが、垠にとっても、溥傑と潤麒にとっても心地よさそうだった。ことに溥傑は、皇族の嵯峨浩と結婚していることもあり、似たような境遇もあって家族ぐるみで付き合った。

──殿下は、ここではご自分が朝鮮の王である重圧から逃れることができ、難しい問題も考えずにすんでお気持ちが楽でいらっしゃるに違いない。

──私も、殿下をお助けし、日々の暮らしを営み、玖ちゃまを健やかに育むだけでいい。なんと、楽しいことか。

垠と方子は、冬にはスキー、夏には登山をした。玖を連れて行くこともある。古い、いまにも崩れそうな山小屋に泊まり、見知らぬ無骨な山男たちと焚火を囲んで話す、そんな経験までした。ふたりには、すべてが新鮮で心弾む出来事だった。

──このまま、幸せな時間が続いてほしい。

方子は心から願った。

しかし、こうして幸福に彩られた生活にも、不穏な影はちらついていた。

東京での皇族親族会に出ると、まわりの、垠と方子へのよそよそしい態度は、以前にも増していた。その背景には、国粋主義の台頭により他民族を排斥しようという空気が世間で強まっていることがあった。

「皇族に朝鮮系がまじっている。追放しよう」と書かれたビラが巷にまかれた、青年将校たちが酒に酔って「朝鮮の王族なんて抹殺してしまえ」と騒いだ、といったことが、方子の耳にまで入ってくる。

朝鮮人がかかわる事件が内外で起こるたびに、眉をひそめて、「すでに広い満州が日本のものなのに、朝鮮などがいまごろ騒いだところで……」と聞こえよがしに話しているのを目にする。いっそ自治をさせたらどうだ、という意見から、李王家の皇族待遇をやめてしまえ、という主張まで、さまざまな声が聞こえてきて、方子はやりきれない。当然、垠にも届いているだろうが、全く動じていないように表面的には見えた。

関東地方全域に大雪が降った二月の終わり、方子が目覚めると、家の外は一面の銀世界だった。

――ああ、またスキーに行きたい。

雪山を恋しく思って窓の外を眺めていると、電話がけたたましく鳴るのが聞こえてきた。

――こんな早くに、なにごとだろう。

電話の呼び出し音で垠も目覚め、身体を起こしている。

すると、寝室の扉の外から、「東京から王殿下にお電話です」という侍女の声がする。

「そう」

垠はガウンを羽織ると、部屋を出た。

なかなか垠が部屋に戻らないので、方子は、なにか重大な事件でも起きたのかと胸騒ぎがして落ち着かなかった。

ようやく寝室に帰ってきた垠は、緊迫した表情を浮かべている。

「殿下、どうなさったのですか」

「うん」

垠は一瞬考え込むようなそぶりを見せてから、方子をまっすぐに見つめる。

「東京に連隊を連れていく。心配しないようにね」

ゆっくりとした口調でそう言うと、ふたたび寝室を出て行った。

――連隊を連れていくなんて、いったいなにがあったのだろう。殿下も平静を保とうとしていらしたけれど、いつもとはご様子が違った。単なる訓練だということはあるまい。

侍女に後から聞いたところによると、垠は出かける前に、玖の寝室を覗いていったらしい。

――なんらかの強い覚悟をお決めになって行かれたのだ。よほどの一大事だろうか。まさか、大陸で本格的な戦争が始まったのだろうか。

方子の不安は膨らむばかりで、胸が押しつぶされそうだった。

方々から事情を知ると、方子の不安は、恐怖に近い感情に変わっていった。

その日明け方に、陸軍皇道派の青年将校たちが千四百人あまりの下士官や兵隊を率いて、武力による政治改革を目指して反乱を起こしていた。そして首相官邸、大蔵大臣邸、内大臣邸、主要な新聞社などを次々に襲い、政治や軍事の中枢である麹町（こうじまち）や永田町一帯を占拠した。

彼らは、この反乱が、軍閥、政界、財界の醜い争いに終止符を打ち、貧乏な農民を救済する昭和維新だと主張し、蛮行に及んでいた。高橋是清大蔵大臣、斎藤実内大臣、内閣総理大臣秘書官、教育総監が殺害され、ほかにも警官や重臣が巻き添えで死亡したり負傷したりした。四年前にも海軍の青年将校らにより当時の首相が殺害される事件が起きたが、今回はもっと大規模だった。

垠の率いる五十九連隊に、鎮圧のため、緊急出動命令が出た。王公族である垠の出動については、身を案じて懸念する声もあったが、垠自身が「連隊主力が出動する以上、連隊長が直接指揮するのが当然」と答えたと高事務官から聞いた。

――殿下は、誰よりも立派な帝国軍人でいらっしゃる。私も、連隊長の妻としてしっかりとしなければ。

方子は新聞の号外を読み、実家の梨本宮家に電話をし、ラジオにかじりついて戒厳令下の東京の様子を探り、高事務官から逐一報告を聞いた。そのうち、迎えが来て、方子と玖は宮内省に避難させられた。世間には、反乱軍の将校たちに共感し、天皇を交代させろ、だの、皇室の中の朝鮮の血を追放しろ、だの言いだす輩が出てきていたので、もしもの事態を想定してのことだった。

――私たちは宮内省にいるからいいものの、殿下は御無事でいらっしゃるだろうか。心配でたまらない。

気丈に構えようと努めても、心はざわついて落ち着かず、方子は眠れぬ夜を過ごした。

事件勃発から三日後の午前九時前、陸軍はラジオで「**兵に告ぐ。勅命が発せられたのである。既に天皇陛下のご命令が発せられたのである**」ではじまる香椎戒厳司令官の勧告文を流した。方子には、勧告文のなかの「**いまからでも遅くない**」という一節が印象深く耳に残った。

「**いまからでも決して遅くはないから　直ちに抵抗をやめて軍旗の下に復帰するようにせよ。　そうしたら今までの罪もゆるされるのである。　お前たちの父兄はもちろんのこと、国民全体もそれを祈っているのである。　速やかに現在の位置を棄てて帰ってこい**」

この呼びかけが功を奏したのか、下士官兵は原隊に帰り、反乱軍の将校たちは逮捕され、事件は収束した。そして方子と玖は無事に西原へ帰ることができた。

垠が勧告文を聴いて、「これを聴いて感じない者は日本人ではない」と漏らしたと聞き、方子は驚いた。そして数日後、西原の家に戻った垠が、鎮圧後に直ちに参内して天皇と感激の対面をしたと、垠にしては珍しく興奮気味に話すのを見て、複雑な気持ちになった。

——殿下の朝鮮への強い思慕は、この私がよく知っている。そして、ご自分が朝鮮人でありその王であることの自負もお持ちだ。それなのに、いったいどうしたのだろう。殿下は、必死に日本人になりきろうと努力なさっている。

——今度の事件をきっかけに、殿下は朝鮮への思いを封印なさろうとしているのかもしれない。朝鮮王公族を追放しろ、などと、殿下や私や玖に危害を及ぼそうとする者たちが少なからずいることを知り、身の危険を感じて、だれよりも日本人らしく振る舞われたのではないだろうか。

——いや、もしかしたら、満十歳で来日し、陸軍幼年学校、陸軍士官学校、陸軍大学校と歩んでいらした殿下のお心の中には、日本人以上に日本人でいらっしゃる部分があるのかもしれない。そうあることが、殿下にとっては、生きやすい道でいらっしゃるのだ。

——どうあれ、私は、ひたすら、殿下のいらっしゃる道に従うだけだ。

方子は、日鮮融和や内鮮一体という言葉を思い浮かべる。まさにそれらが実りつつあることを、垠の振る舞いを通して、まざまざと感じ、うまく息ができなくなるような苦しさを覚えるのだった。

八月に行われた第五十九連隊の軍旗祭を、玖を連れて観に行った。軍旗祭は、将校から兵隊まで部隊全員が、馬術、射撃、相撲などを競い合う行事だ。

開会の儀式では、みなが見守る中、愛馬ロンバルト号にまたがった連隊長の垠が抜刀して入場した。白いテントの下の貴賓席で、つば広の帽子に、リボンを胸元に結んだこげ茶色のワンピースといった姿で控えていた方子は、襟に三本の白線が入った紺のセーラー服の玖とともに起立し、背筋を伸ばして垠を迎えた。

方子の胸は、誇らしさで震えんばかりだった。軍楽隊の奏でる行進曲は荘厳な雰囲気を盛り上げる。これは、垠がわざわざ東京の陸軍戸山学校軍楽隊に特別注文して作曲させたと思うと、感激もひとしおだ。

ここでは、世界の中心が、連隊長の垠、であった。

――なんてごりっぱなお姿でしょう。

感じ入っていると、ラッパが鳴り響き、「軍旗に敬礼」との声が響き渡った。

連隊騎手が捧げ持つ五十九連隊の軍旗は、焼け焦げて四方の房だけが残っている。これは、日清・日露の戦火を潜り抜けた軍旗だった。

方子は、その歴戦の証である軍旗から目が離せない。

――日清・日露戦争で日本が勝ったから、朝鮮は日本に併合された。

――朝鮮が日本に併合されたから、私は殿下と結ばれ、玖ちゃまをさずかった。

――だけど、殿下にとっては、この軍旗は、ご自分の国を失った象徴ではないのか。

しかし、垠の姿には、憂いが微塵も見られない。そこにいるのは、堂々とした帝国陸軍第五十九連隊長でしかなかった。

――これでいいのだ。もう、なにもかも朝鮮と結び付けるのはやめよう。少なくとも、ここにいる間は。殿下自身が、もっぱら日本の軍人として生きていらっしゃるのだから。

方子は自分に言い聞かせ、軍旗から視線を外し、玖の方を見る。玖は垠を尊敬のまなざし、といった風情で熱心に見つめていた。

その後、ベルリンで開催されたオリンピックのマラソン競技で優勝した孫基禎（ソンギジョン）を報じる京城の新聞が孫のゼッケンの日の丸を塗りつぶした写真を掲載して無期停刊処分になった。孫自身も俯いて日の丸を崇めなかった。そのことを知っても垠は淡々としており、話題にもしなかった。したがって方子は、朝鮮のことでいちいちやきもきすることもなくなっていき、西原での生活を楽しむことができた。

軍旗祭の様子は、垠が高事務官にベル・ハウエルの撮影機で撮らせていた。もちろん、ライカのカメラにも収まっている。この日のフィルムや写真は、来客があったときや、部下が集まったときにたびたび披露された。それだけでなく、スキーやピクニックの様子も見せたし、フィルムや写真は家族の内でもよく見た。ここ西原の暮らしでは、カメラのシャッター音が頻繁に聞こえ、豊富な現像写真を眺めては、思い出話が弾んだ。十六ミリを撮影したり鑑賞したりしては、笑い声をあげ、拍手をして、にぎやかだった。

「殿下は、カメラや十六ミリでの撮影がよほどお好きなのですね」

ある日、玖が歌をうたう様子を撮っている垠に、方子が声をかけた。

「うん。自由にできるからね」

ぽつりと垠が答えた言葉に、方子は、はっとする。

——そうだったのか。殿下が、完全に自分の意思で自由気ままにできることは、写真や十六ミリの撮影だけでいらっしゃるのだ。

連隊長としてはつらつと務める垠の心の奥深くには、やはり複雑な思いが閉じ込められていることを察し、どうにもいたたまれなかった。

翌年の三月、垠が陸軍士官学校教授部長に任命され、一家は西原をひきあげ、紀尾井町の邸宅に戻った。東京での暮らしはどうしても王公族としての振る舞いが要求され、息が詰まることも多かった。そのたびに、雪山や田園風景が懐かしく、気楽だった西原での暮らしを思い返し、ため息を呑み込んだ。

とはいえ、翌月から玖が学習院の幼稚園に通い始め、我が子がここまで成長したことは、感慨深く、嬉しいことだった。健康で聡明に育って、ほっとしている。

——私の手元から少しずつ離れていく玖ちゃまは、これから自分で人生を切り開いていくのだろうか。それとも、殿下や私のように、決められた運命にはめこまれていくのだろうか。

——いずれにせよ、険しい人生になるだろう。たくましく育てなければ。

方子は、玖を厳しくしつけた。好き嫌いを許さず、冬場も薄着で通し、乳母や侍女にまかせっきりにせず、方子自身がなるべく子育てにかかわった。

夏にとうとう中国との戦争が始まり、戦局が拡大してくると、傷痍軍人が戦地から多数帰国してくるようになった。すると、皇后の名代として、皇族や王公族の妃が全国の陸軍病院や海軍病院に見舞いとして派遣された。方子は東北地方を担当し、一週間かけて各病院を慰問し、あまたの怪我人を目の当りにした。むごいその姿は、新聞やラジオによって伝えられる連戦連勝の華々しい様子とは裏腹に、相当に激しい戦いが繰り広げられたことを物語っていた。

　防空演習が始まり、世の中がしだいに戦時体制となっていくなか、玖は一年生となった。学習院初等科の制帽制服を身に着けた玖はりりしく、方子は戦争に対する漠然とした不安はありつつも、日本がやがて勝つのは必定と疑わず、純粋に母としての幸せに浸っていた。

　垠は、玖が初等科に上がったのを機に、祭祀のやり方を教え始める。宮内省の職員や総督府の役人の目を盗んでは、歴代王の神位を祀った三階の部屋に玖を連れて行った。また、ことあるごとに玖をつかまえては、自身の曽祖父、祖父、高宗（こうそう）、純宗（じゅんそう）、そして歴代の李王について語り聞かせた。その顔は、厳かで近寄りがたいほどだった。

――殿下は軍人としていつか戦闘に参加することもあるかもしれないと思っていらっしゃる。だから、ご自分になにかあったときのために、幼い玖ちゃまに祖先のことや、祭事について教えておこうと思っていらっしゃるのだ。

　方子は、垠の切実な思いを汲み、邸宅に出入りする総督府の役人や宮内省の職員をふたりから遠ざけるなど、できる限りの協力をした。

　垠は、これまでも自分の部隊に朝鮮人が入隊すれば、自宅に招いて夕食でもてなした。朝鮮語で話し、「心配なことがあったら相談しなさい」と彼らをいたわった。朝鮮人兵士たちは、垠の流暢な朝鮮語に驚くと同時に、心打たれていた。

　だが一方、朝鮮の状況には沈黙を貫いていた。朝鮮教育令改正により朝鮮では正課だった朝鮮語が随意科目になり、日本語が正課となった。そして、国家総動員法により、これまでにもまして多くの朝鮮人が労働力として内地や外地に送られるようになっていた。

――殿下は、うかつに朝鮮のことを語れないお立場なのだ。それでも、直接触れる朝鮮のひとびとには、あたたかいお心をお見せになる。

――おそらくお気持ちが引き裂かれていらっしゃるに違いない。どんなにかおつらいことだろう。

　それでも、垠は苦悩の素振りを一切見せなかった。方子も、気づかないふりを通している。

　その年、昭和十三年の十二月、陸軍少将に任官していた垠に、北平（北京）への出征命令が下った。

　日本陸軍は、満州、上海、南京などを攻め落とし、大陸の各地で蔣介石の国民党軍や毛沢東の八路軍と戦闘を繰り広げていた。国民党軍は軍民一体で抵抗し、八路軍はゲリラ戦術を日本軍に仕掛けてくる。報じられる戦況は日本の勝ち戦ばかりだが、死傷者が増えていることは、たびたび出向いた慰問の様子から感じ取っていた。

――危険な戦地に、殿下を行かせるなんて。

――いくら軍人でも、殿下は朝鮮の王統の後継者なのに。

――もしかしたら、朝鮮の王など、亡くなってもいいとすら思っているのだろうか。

――だめだ。殿下には絶対に生きていていただかなければ。

晋が亡くなったときの絶望的な気持ちが蘇り、陸軍の仕打ちに憤懣やる方なくなる。方子は、なんとか垠が北平に行かずに済む方法はないかと真剣に思いつめた。

――そうだ、陛下にお願いして、命令を取り消していただこう。

思いつくと黙っていられなくなり、垠が自室にひとりきりなのをたしかめて入って行った。垠は、肘掛け椅子に座り、なにやら書類のようなものに目を通していた。

「殿下、北平にはおいでにならないでください。私が陛下に直訴して、この命令を取り下げていただくようお願いしてみます。それがかないませんのでしたら、いっそのこと、ここから逃げてお命をお守りください。私と玖はどこまでもついていきます。親子三人が生きていければ、それだけで幸せです。命あってこそ、です。殿下になにかあったら、私は生きていけません」

一気に言うと、垠が強い視線で方子を見つめてきた。

「私は、人質として囚われの人生を生きるだけです。日本に保護されていると非難する同胞の声も知っています。しかし、私が亡命したら朝鮮の民衆はどうなるでしょう? 王が逃げたのに、お前たちに構っていられるかとばかりに、朝鮮のひとびとは獣のように扱われることでしょう。私が命令通り北平に行けば、少なくともそこにいる朝鮮人兵士だけは守れるのではないかと思っています。王である私が、民を思わないはずはありません」

方子は、打ち明けられた垠の本心が心に鋭く突き刺さった。

――朝鮮の王としての殿下のお苦しみとご覚悟を、心からはわかっていなかった。私は、自分の家族のことしか考えられなかった。なんと浅はかなのだろう。恥ずかしい。

方子がうつむいていると、垠が、方子、と言った。

「玖と、それから、温室の蘭を頼みますよ」

方子が顔をあげると、垠が小さくうなずきながら、目を閉じた。

垠は玖が祭事を覚えたかをたしかめてから、北平へ出発した。方子は身を切るような冷たい風が吹くなか、涙をこらえて玖とともに玄関に立ち、去っていく垠の車をいつまでも見送った。

その日以降、玖は学習院初等科から帰ると、真っ先に垠の写真に敬礼し、無事の帰りを祈った。幸い、なにごともなく翌年に垠は帰還し、こんどは近衛歩兵第二旅団長に栄転した。

国民徴用令が出てから、日常生活に戦争の色が濃くなってきた。物資の不足は明らかで、声高に節約がうたわれるようになる。方子は、墓参で朝鮮に行き、立ち寄った京城でも、戦時下であることを強く感じた。垠とともに訪ねた志願兵訓練所で朝鮮の若者たちが、日本語で、「海行かば水漬く屍、山行かば草むす屍、大君の辺にこそ死なめ……」と直立不動で声を張り上げて歌ったのだ。志願兵とは名ばかりで、実質は徴兵と変わらない強制的なものだということは、方子の耳にも入っていた。

――朝鮮人の兵隊たちは、本心ではどう思っているのか。殿下のように心が引き裂かれているのではないか。

そう思うと、彼らの姿が痛々しく見えてどうにも直視できなかった。もちろん、垠の顔色を窺うのもはばかられた。

あくる年の五月、垠が今度は、大阪の留守第四師団長に転任し、一家でふたたび東京を離れ、師団長官舎に住んだ。官舎の生活も、紀尾井町よりは気楽だったが、西原に比べれば窮屈だった。それはなにより、世間が完全な戦時体制であったことが大きい。方子は西原にいたあの頃がいかに平和で穏やかだったかと思う。

玖は学習院初等科から、偕行社附属小学校に転校した。ここは、陸軍のゲートルに似せたたてじまの柄の靴下と、軍隊の背嚢のようなランドセルを着用させる軍国式小学校で、学習院とはかなり雰囲気が異なった。玖は最初こそ戸惑いがあったようだが、すぐになじんだ。方子は、我が子に順応性があることが意外でもあり、心強く思えた。

この年は、紀元二千六百年に当たり、十一月十日、日本各地で記念の式典が行われた。

朝鮮では、総督府により創氏改名が実施された。創氏改名を嫌って自殺者も出たが、ほとんどのひとびとは、従うしかなかった。垠はさすがに名前を変えることを求められなかったが、かなり心を痛めていたようで、日本名の朝鮮人に出会うと、そっと朝鮮名を尋ねていた。さらに追い打ちをかけるように、総督府系の朝鮮語紙毎日新報以外の朝鮮語の新聞が発行停止となったのを知った時は、深く長いため息を吐いていた。そしてその頃から、垠は寡黙になっていった。方子は垠のそんな様子を見ると、心のうちで悲鳴をあげたくなった。

そこはかとない不安を抱えた日々が続くものの、方子は防空訓練に駆り出されたり、東北の病院に慰問に行ったりと、時勢にあわただしく流されていく。

翌年五月、大阪の天王寺で晋の二十回忌を行った。方子は月日の過ぎる早さをしみじみと感じる。

——晋ちゃまが生きていれば、さぞりりしい若者になっていただろう。そして戦場へ行くような年齢でもあっただろうが、そんな姿は、まったく想像できない。想像したくない。

方子の記憶の中では、晋はいつまでも丸まると太った赤子なのだった。こうした思いを垠と語りたいが、それはかなわない。彼は、自分の奥へ奥へと潜りこみ、心を閉ざしているのだった。

二十回忌の二か月後の七月、垠は次の異動が決まった。宇都宮臨時編成の師団長として任地に赴き、そして八月には部隊を率いて満州の錦州へ向かった。またも大陸への出征に、方子の不安は募るが、できることはただ祈ることしかなかった。

十月、近衛文麿(このえふみまろ)内閣が総辞職し、陸軍大将の東条英機(とうじょうひでき)が総理大臣になり、いよいよ米国との全面戦争かと気が気でなかった。

——殿下が戦地に赴くことがこの先もしばらく続くことになるのだろうか。

憂いたものの、垠はそれから一か月後、教育総監部附に転任し、広東から帰ってきた。

久しぶりに墓参や親族への挨拶のため、十二月に入ってすぐに、垠と方子は朝鮮に向かった。そして数日後の十二月八日、京城の徳寿宮(とくじゅきゅう)で、日本がハワイの真珠湾を攻撃し、米国・英国に対して宣戦布告したことを知った。

届く知らせは戦勝ばかりで、国民は高揚していた。

日本は南方を手中にした。シンガポール陥落のちょうちん行列が皇居前で行われ、二重橋には天皇皇后、皇太子、内親王たちが並び、奉祝の集いが華々しく催された。

——この勢いだったら、アメリカまで占領するのではないか。

早く日本が勝って戦争が終わり、垠の身を案じることがなくなることを心から願っていた方子も、戦果に酔いしれたほどだ。

しかしながら、昭和十七年の春を過ぎると、銃後の生活は日に日に厳しくなっていった。

食糧不足が深刻で、それは紀尾井町の李王家においても例外ではなかった。テニスコートを掘り返して畑を作り、じゃがいもやとうもろこしを植えた。また、土手に生えるヨモギ、ヨメナ、ノビル、アカザなどの野草を摘んで粥の具にした。

昭和十八年四月、海軍の山本五十六(やまもといそろく)大将が南方海上で米軍に撃墜されて戦死し、日本じゅうに衝撃を与えた。国葬の日、垠はひとり部屋にこもった。紀尾井町の邸宅には、半旗が掲げられた。

方子は、皇族、王公族の一員として、多忙を極めた。防空頭巾にモンペといった姿で、ある日は日赤病院や女子学習院同窓会の常磐会に出向いて包帯巻き、救急箱の詰め込み作業、恩賜の煙草の包装などをした。職員たちとバケツリレーの練習や負傷者の応急手当て訓練なども行った。またある日は、陸海軍の傷痍軍人慰問や戦死者慰霊をする。都民の範として防空訓練を率先して行った日のことは、新聞に載った。

玖は皇太子の付き添いとして奉公することがたびたびあり、工場視察などに同行し、小学生なりに自分の務めを果たしていた。

正装は禁止され、垠も通常服に勲章だけの恰好で出勤していく。垠は第一航空軍司令部附となり、毎日飛行機に乗って視察をした。方子は降雨などの天候不良になると、万が一の事態が頭に浮かび、いっときも心が休まらない。

六月十四日から十日間、方子は李鍝公妃賛珠と一緒に、皇后の名代として北海道に派遣された。農村の婦女勤労奉仕隊の視察のためだ。旅先の最後の夜、賛珠としんみりと語り合った。京城への墓参の前だったので、朝鮮への言づけがないかと尋ねると、賛珠は、祈るように言った。

「この戦争がどうなりましょうとも、かならず生き残らなければならないと思います。みなが、ひとりでも多く……そのように、京城のみなさまに、お伝えください」

　若いながらもしっかりとした人柄の賛珠の言葉は、方子の心を揺さぶった。

——李王家の人間として生き残る、それが私たちの使命だ。

　方子はしっかりと心に刻んだ。

　四日後、方子は京城に着いた。今回、垠は軍務で同行していない。

　京城は、東京に比べると、驚くほど平穏に見えた。方子は数日かけて、宗廟への参拝、崇仁園に眠る晋の墓参など、ひととおりを済ませ、垠の亡兄、純宗の妻、尹大妃に別れを告げるため昌徳宮に行った。尹大妃の歓迎を受けるものの、不吉な予感が方子の頭をよぎる。

——こんな戦時では、ひょっとしてこれが大妃様との最後のご対面になってしまうかもしれない。

「どうか、お身体を大切に……」

　尹大妃の手を取ると、自ずと涙がこみあげてくる。

「あなたこそ、戦火の中を帰るのですから。くれぐれもお気をつけて」

　そこまで言うと、尹大妃は、しっかりと方子の手を握り返してきた。

「玖さまは、李王家の跡を継ぐ、かけがえのないお方です。必ず守り抜いてください」

——大妃様は、口にはお出しになられないものの、玖ちゃまをひとめ見たいと切に願っていらっしゃる。

——玖ちゃまを連れてこられず、本当に申し訳なく思います。

　方子は、胸のなかで、なんども詫びの言葉を繰り返した。

　昌徳宮を後にしながら、「またすぐに参ります」と誓うが、確たる自信が持てない。いよいよ京城を後にするときは、崇仁園に晋をひとり残す悲しさと尹大妃へのうしろめたさが方子のなかでいつになく大きく膨らみ、去りがたかった。

七月のある日、朝鮮から垠への来訪者があった。そのとき、ちょうど垠は休日で、方子と食事中だった。

最近の垠は、邸宅にいても、人付き合いを拒み、蘭の温室にひきこもっていることが多かった。しかし、「修学旅行に来た女学生たちが、ご挨拶にまいっております」と高事務官が伝えると、「学校は？」と興味を示した。

「淑明女学校と申しています」

「淑明？」

垠の表情が明るくなった。淑明高等女学校、進明女学校、養正中学校の三校は、垠の母、厳妃が基金を与えて創立した学校で、李王家と縁が深かった。これらの学校の生徒たちが、修学旅行その他で東京を訪れたときは、必ず王家を訪問するのが慣例であった。

「あなたも一緒に会いましょう」

方子に向かって言い、垠が立ち上がる。方子も垠に倣う。

大広間には、五十名あまりの女子学生が、白いチョゴリに黒のチマというかわいらしい姿で行儀よく整列していた。みな、緊張した面持ちで首を垂れている。

「最敬礼」

引率してきた日本人教師が金切り声の号令をかける。女学生は深々と頭を下げる。

「なおれ」

だが、女学生たちは頭を下げた最敬礼の姿勢をしたきりだ。どこからか、すすり泣きの声が聞こえてくる。

泣き声は慟哭に変わりそうなほど、激しくなっていく。誰も、顔をあげようとはしない。

「頭をあげなさいっ」

教師が慌てて叫ぶ。

「なおれっ」「なおれっ」

やたらに大声で号令をかけ続けるが、女学生たちにはまったく届いていなかった。

「皆さん」

垠が朝鮮語で話しかける。すると、泣き声がすこし落ち着いた。

「訪ねてくださってありがとう。こちらが、妻の方子です」

流暢な朝鮮語で続けると、数人が感激して嗚咽を漏らした。みな、ますます深く頭を下げる。

「時局がら、不安で不便な旅であったろうと思います。特に私ども夫婦を訪ねることは、難しかったと思います。この困難な出会いを嬉しく思いますよ」

女学生たちは、涙に濡れた顔をぬぐったり、洟(はな)をすすったりして、うつむいたまま聞いている。

「たとえこの身は日本にあっても、私はけっして祖国を忘れてはいません。皆さんは学生の身です。一生懸命勉強して、立派な妻、賢明な母親になってくださいね」

朝鮮語で切々と話す垠の声はしだいに沈んでいった。方子は涙をこらえることができず、目元を指で拭った。女学生たちのほとんどが、むせび泣いている。垠は、こみあげてくる涙を見せまいとしてか、顔が真っ赤になっていた。

「殿下、そろそろあちらのお部屋に……」

高事務官の言葉をきっかけに、垠と方子は大広間を出た。うなだれ気味の垠の足取りは重かった。

「殿下……」

そっとささやいてみるが、それ以上言葉が続かない。

――果たして私には、泣く資格があったのだろうか。

自問しながらも方子は、垠が自分を女学生に紹介してくれたことが貴く思われた。

それからも垠は、他人との交際を避けていた。総督府や宮内省も、垠が外国人、とくに朝鮮人と接することを警戒していた。垠自身も、とくに朝鮮人とは極力会おうとしなかった。それは、没落した李王家の近親者が、絶えず垠に金の無心をしてくるからでもあった。朝鮮では、一族の中で成功したり、金銭的に豊かだったりする者は、困っている親族を助けるのが当然という倫理観があるのだ。

しかし、その要求をすべて聞き届けていたら、大変なことになる。自分たちの生活費に事欠くことになってしまう。だから、たとえ近親者であっても自然と遠ざけざるを得なくなっていた。垠は面会を断る口実に、政府をちらつかせた。その方が、苦情や恨みが垠に向かずに日本に向くため、便利だったのだ。

そうしたなか、年明けに尹大妃の実兄と名乗る人物が年始の挨拶にやってきた。さすがに、大妃の親族を避けるわけにはいかず、尹は特別に通された。そこには方子も同席した。

尹は挨拶もそこそこに、朝鮮語でまくしたてる。方子は細かいところでは聞き取れない部分もあったが、おおよそは理解できた。

世界情勢から推して、日本の敗戦は既定事実であること、カイロ宣言には、「適当な時期に朝鮮は独立させる」と明記されていることを言い、続けて、「殿下は、日本の皇室の一員ではなく、大韓帝国の皇太子であることを一日も早く言明するべき」と進言した。

これに対して垠は、ひとことも言葉を返さなかった。

尹は、辛抱強く垠を待ったが、しびれを切らし、「殿下、よくお考えください。取り返しがつかないことになる前に心をお決めください」と言い捨てて、応接室を出て行った。

その後、垠はひとりで蘭の温室に長いことこもった。

――黙している殿下の心中には複雑な思いが渦巻いていらっしゃるに違いない。

――誰よりも、大韓帝国の皇太子だと宣言したいのは、殿下ご自身なのを、私は知っている。だけど、殿下は、帝国陸軍軍人として、のっぴきならぬ立場にいらっしゃる。航空軍司令官という高い立場でいらっしゃるけれど、体のいい監視の中にいるような王公族の身分でいらっしゃるのだ。

――「大韓帝国の皇太子」だというような重大発言をなさって、朝鮮の民にとって害にならないか、よくよくお考えなのだ。日本の敗戦が確実であるとして、朝鮮にとって、殿下が言明した方がよい、としても、行動を起こす勇気がおありではないかもしれない。それは、私や玖の存在があるからかもしれない。

――すでに殿下のお心は、日本人に同化していらっしゃる、というか、そうふるまっていらっしゃる。けれども、流れる血は朝鮮人であることは、殿下が一番自覚していらっしゃる。

――殿下は、どうなさるおつもりだろうか。私には、まったくわからない。

垠は、その日から、寡黙に加えて、暗さと厳しさを漂わせるようになった。そして、説明もなく遅い帰宅となることが増えた。邸宅に戻らないこともあるほどだった。

　方子は垠を案じながらも、なにも語らない垠との隔たりが広がっていくのをどうにもできないのだった。

　米国と開戦して四年目の二月、浅香宮家の次男、音羽侯がクェゼリン島で戦死し、とうとう皇族にも戦争の犠牲者が出た。垠と親交のあった軍人も南方などで戦死したとの報が入る。垠の部下だった若い将校の命がそこかしこで散った。戦死者の数が膨れ上がり、食糧も着るものも希望も欠乏し、ひとびとの顔は暗く沈み、ひたすら忍耐の日々が続く。

　中学生となった玖は、小田原に疎開した。方子は玖と生き別れたらどうしようと心が引きちぎられるような思いを殺して玖を見送った。

　やがて玖は毎日電気工場へ勤労奉仕に出るようになった。このように身近にまで戦局の逼迫した影響が出てきて、これまで、どんな情報を耳にしようとも、かろうじて日本の勝利を信じていた、信じようとしていた方子も、その気持ちが揺らいでいた。年末には空襲が日ごとに激しくなり、陸海軍の病院への慰問などを繰り返して傷病兵に会うたびに、敗戦の色が濃いことを肌で感じていた。だが、決して口には出さなかった。

　新年は、空襲警報で迎えた。恒例の新年祝賀の儀も、皇居に作られた防空壕で行われた。学習院の初等科中等科は、男子は日光、女子は塩原へ疎開となり、玖は日光へ向かった。

　前の年から続くB-29の空襲により、東京は焼きつくされた。皇居の警備所が二回も焼失し、皇族たちの住居も例外ではなかった。五月二十五日の山手の大空襲では、大宮御所、北白川宮邸、東久邇宮邸、秩父宮邸が災厄を受けた。幸い、方子の住む邸宅は難を逃れたが、目の前の閑院宮邸は燃え、実家の梨本宮邸も被害にあった。

　翌日、方子は侍女をともなって、紀尾井町から青山北町の梨本宮邸へ、両親を見舞いに出る。

　焼夷弾で焼け落ちた家々の臭いが充満し、道々に黒こげの遺体が転がっている。その地獄絵図は、関東大震災を思い起こさせるが、一面の焼け野原は、大震災以上に悲惨だった。連なる遺体を見慣れてくると、それらが人間だったことすら想像できなくなってくる。そして心が崩壊するのを防御するために、人々の思考が止まっていくのだった。あちこちに虚ろな目でたたずみながら、彷徨(さまよ)う人々がいる。

――大震災から復興して、繁栄し、豊かな国をつくったのに、こんなことになるなんて。

――戦争に負ける、ということは、この風景が日本中に広がるということなのだ。

灰となった梨本宮邸の前では梨本宮守正と伊都子が途方に暮れて防空壕の入り口に立っていた。あの立派で壮麗だった邸宅はあとかたもなく、なくなっている。がれきの山と焼けただれた木々がふたりの背後に残されていた。持ち出せた荷物はほんのわずかで、両親は一晩で老け込んでしまったかのように、覇気がなかった。方子は両親を紀尾井町に連れ帰り、部屋を提供した。のちには、同じく焼け出された妹の規子一家も子ども三人とともに避難してきた。

六月、沖縄の戦闘が続いている。方子は絶望にひきずられないように、考えることを避けた。そして、垠とも、親族とも、戦局について語ることは避けた。親族の世話に心をつくし、日々をあわただしくやりすごすことに専念した。寝て起きて食べる、といった日常を必死に守ることで、自分を保っていた。


B-29の轟音に怯える日々でも、季節だけは平和な時分と変わりなくうつろっていく。梅雨に入り、鬱陶しい雨が続いていた。米軍が上陸した沖縄では司令官の牛島満(うしじまみつる)中将が自決し、いよいよ本土決戦という空気が漂っている。方子が慰問に訪れた先々で出会うひとびとの表情もおしなべて暗く、憂鬱は深まっていく。

焼け出された守正と伊都子は河口湖の別荘に行き、規子一家も避難できる場所を見つけて、使用人と垠(ぎん)、方子夫婦だけの暮らしに戻った。静まりかえる紀尾井町の邸宅にいると、ただでさえ晴れない方子の心は、重く沈むばかりだ。垠が張りつめた顔でひとり蘭の温室にこもって出てこないのを、黙って見守るしかない。いくら気持ちを奮い起こして希望を持とうとしても難しく、虚しさばかりが膨らみ、やりきれなくなる。

とはいえ、ささやかながら、心が和むことがないわけではなかった。七月の半ば、前日の雨模様とうってかわって強い日差しが降り注いだ日に、陸軍少尉として北平満蒙地区に勤務していた垠の甥の李鍝が紀尾井町を訪ねてきたのだ。

親族の内では特に親しみを抱いている李鍝の爽やかな笑顔を前に、垠の表情がほぐれている。その様子を見ていると、方子も穏やかな心持ちになってくる。堂々として立派な青年将校は、たちまち紀尾井町の邸内を明るい雰囲気にしてくれた。

　李鍝は、激しい空襲を避け、さらには不可避の本土決戦を案じて、妻子を朝鮮に帰しており、京城に立ち寄って家族に会ってから東京に来たという。

「京城のものはみな、元気にしております。妻も二人の子も息災に暮らしております。長男の清は九歳、次男の淙は五歳になりました」

　尹大妃も李堈もそして賛珠も健やかでいることに、方子は安堵した。そしてこちらからは、日光に疎開中の玖のことを伝えた。

「王世子殿下は、すっかりたくましくなられましたね」

　かねてから玖をかわいがってくれている李鍝は目を細めて言った。

　それからしばらく、そのほかの朝鮮の親戚の近況や京城の様子を聞いた。皆変わりないこと、京城が落ち着いていることに胸をなでおろす。昔話に花が咲き、楽しい時間はあっという間に過ぎていく。

「それで、転任先は、どちら？」

垠に訊かれて李鍝は、ほんのかすかにため息を吐く。

「第二総軍参謀として広島に参ります」

「しっかり励みなさいね」

「はい、しっかりと務めてまいります。これからも東京の空襲は続くでしょうけれど、どうぞ叔父様、叔母様、くれぐれもお気を付けてください。ご無事をお祈りしています。また、元気にお会いいたしましょう」

　そう言うと、垠と方子を強い視線で交互に見つめた。垠は、うむ、とうなずく。方子も黙ってそれに倣う。殿下、妃殿下と言わず、叔父、叔母という距離の近さを感じる呼称をあえて用いた李鍝の言葉が、心のひだに染みてくる。

――戦時下にあって、互いの身にいつ災いが訪れるかわからない。鍝公ともう二度と会えないかもしれない。

　李鍝も垠も思うところあるのか、しばらく黙っていたが、では、と李鍝が敬礼して去ろうとすると、垠は、ちょっと待って、と引き留めた。

「蘭を見て行ったらどう」

垠が誘い、ふたりは温室に向かった。

——殿下は、数少ないお身内とのお別れが名残惜しくていらっしゃるのでしょう。また、きっと鍝公さまとふたりきりでお話しされたいこともあるのでしょう。私には言えないこともたくさんおありでしょうから。いずれにせよ、お心を解かれているようでよかった。

方子は、李鍝の軍服姿の背中を目で追いながら、胸を熱くしていた。


その日の晩は暑くて寝苦しく、方子は眠りが浅かった。夜半に目覚めると、隣に垠の姿がない。身体を起こして部屋を見回すと、暗がりのなか、垠が窓辺に佇んでいた。方子はそっと寝台から立ち上がる。

「なにか飲み物でも持ってこさせましょうか」

声をかけると、垠は振り向いて、首を振った。

「暑くてたまりませんね」

言いながら近づいて、窓を少しばかり開けた。しかし、風はほとんどなく、涼は取れそうにない。

「あのね。鍝が……」

垠は途中で言いあぐね、黙ってしまった。

「殿下、どうぞ、なんでもおっしゃってください」

垠の目を見つめると、彼の瞳が揺れた。

「うん、そうだね。方子には、話した方がいいね」

方子を見つめ返して、小さくうなずく。

「鍝がね。こっちに来るのをずいぶん嫌がり、子どもたちに下剤を飲ませることまでしたそうだ。鍝自身も調子が悪いと訴えて、京城でしばらく粘ったようだ。それから、せめて朝鮮で……龍山で勤務したいと願ったけれど、聞き入れられなかったと言っていた」

そう言うと垠は首を垂れて、小さく息を吐いた。

——これだけ空襲が激しく、本土決戦も間近と思われるなか、鍝公さまが朝鮮に残りたいとお考えになるのも致し方ない。ご家族とお別れするのが辛いのは、私にも痛いほどよくわかる。

方子は、玖を疎開にやった朝のことを思い出した。とはいえ、李鍝に同情しているなどとは垠に言えるわけがない。

——陛下のために命を賭してこの地で軍務に生きる殿下は、鍝公が帝国陸軍の軍人として情けないと思われたのかもしれない。

そう思うと、どういった言葉を垠に返したらいいか、わかりかねた。

「そうでしたか……」

それしか言葉が出てこない。

「うん」

垠は顔をあげて、ふたたび方子の視線をしっかりととらえると、鍝がね、と声を潜める。

「京城でいろんな人に会って話をし、日本が負ける、と確信したと言うんだ。朝鮮が独立するのは必定だが、米国だけでなく、ソビエトも極東に乗り出して、朝鮮や満州の後始末が国際問題になるとも言っていた。私も、鍝の言う通りだと思う。負ける、ということは、尹も言っていたし、日々、私も感じていることだ。軍事参議官であるこの私が口にするべきではないけれど」

そこで息を継ぐと、だけどね、と声を落としたまま続ける。

「私は、これから先のことが心配でたまらない。私は、朝鮮の王統の後継者であるが、同時に日本の王公族で陸軍の中将だ。この立場は、日本が負ければ、どうなるのか。また、朝鮮人の私と、日本人の、あなた、方子、とは、引き裂かれるのではないか。そして、玖の身は安全でいられるのか。そのことを考えると、まったく眠れない」

方子は、殿下、と言って、目を瞬（しばたた）いた。

「私は、絶対に殿下と離れるつもりはありません。どんな世のなかになろうとも、殿下が苦しいお立場になろうとも、私は玖ちゃまとともに、どこまでもついていきます」

そうは言ったものの、内心は、不安でたまらなかった。しかし、気持ちに偽りは微塵もない。

「方子、ありがとう。私もふたりと離れたくない」

垠は、方子の腕をとって、引き寄せた。垠のぬくもりをじかに感じるのは、何年ぶりだろう。垠の温かい胸に顔をうずめると、しっかりとした鼓動が聞こえてくる。

――私と殿下は、日鮮融和のもとの政略結婚だった。だけどいま私は、朝鮮人だとか、日本人だとかということを超えて、殿下というひとりの人間を、深く、心から愛している。

――だから、誰からも、何によっても、私たちが引き裂かれることなど、受け入れられない。たとえ、朝鮮が日本から離れても、私たち家族はひとつなのだ。

――これから何が起ころうとも、強い気持ちで耐えていこう。一番大事なのは、生き延びることだ。

　規則正しい鼓動とぬくもりは、方子の不安を鎮め、勇気づけてくれた。


　朝から暑さが厳しく、少し動くと汗がにじむ日だった。方子は垠を送り出したあと、赤十字関係の務めに出向き、夕方に戻ってきた。すると、方子を迎えた高事務官が、いつにも増して深刻な面持ちになっていた。

「妃殿下、広島にB - 29がやってきて爆弾を落としたそうです。被害が甚大なようです」

　一気に言うと、唇をきつく結んだ。

「え、広島?」

　方子はすぐに李鍝のことを思い浮かべた。

「はい、いまはまだ公には伏せられているようです。鍝公さまがいらっしゃる広島ということで、内々に連絡がありまして」

「それで、鍝公さまは?」

　おそるおそる訊くと、高事務官は、方子から視線を外した。

「安否はまだわかりかねます」

　それからは、一分が一時間に感じられるほど、もどかしい時を過ごした。宮内省から伝わってくる情報は整理されておらず、李鍝の安否は不明なままだ。どうやら広島ではおびただしい数の死傷者が出ていることは確かなようで、方子は気が遠くなりそうになるのを、かろうじてこらえていた。

　——どれだけ多くの無辜の人々が亡くなったのだろうか。せめて、鍝公さまだけは、無事でいてほしい。

　そう祈るばかりだった。

　いつもより遅く、憔悴しきって垠が帰宅した。垠によると、李鍝の消息は、まだ届いていないという。

　——希望はあるかもしれない。

　不安ながらも、気持ちを持ちなおそうとしたそのとき、廊下の電話が鳴った。方子は思わず垠と目を合わせて、息を止めた。

　侍女の取次で垠が電話に出た。方子もついていく。廊下には垠と方子のふたりきりとなる。

　話を聴きながらみるみるうちに曇った顔になり、最後にはうつむき受話器を置いた垠を見て、方子の緊張の糸がぷつんと切れた。くずおれそうな身体を保って、殿下、と発した声は、喉にひっかかって言葉にならない。

「とうとう、とうとう……日本に殺されたっ」

垠は、朝鮮語でうめくように漏らした。

「え」

思わず声が出て、垠と目が合う。垠は踵を返すと、そのまま蘭の温室に入って、夜更けまで出てこなかった。

方子は明け方になってもまったく眠気が訪れず、呆然と暗闇を見つめていた。隣に横たわる垠は、苦しそうに何度も寝返りをうっている。方子は、垠に目覚めていることを気づかれないように、じっと寝たふりをする。しばらくして、抑えた嗚咽が聞こえてきた。

――殿下は、日本人におなりになろうと努めていらした。けれども、やはり、お心は、ご自分の故郷、朝鮮のものなのだ。

――そして、殿下は、鍝公さまが、アメリカではなく、日本に殺されたと思っていらっしゃるのだ。

方子は身じろぎせず、固く目を閉じた。すると、暗闇が大きな塊になって、方子を襲ってくる。真っ黒な塊に飲み込まれそうになり、息を呑む。全身ににじみ出た脂汗が引いて、寒気が走る。

――いまの黒い塊は、昔よく悩まされたものと同じだ。これは、閔妃さまを殺した三浦梧楼の亡霊だろうか。

我に返ると、垠の嗚咽は続いていた。

――殿下に申し訳ない。この身を、いま、ここで消してしまいたい。

「また、元気にお会いいたしましょう」と李鍝が微笑んでいたのは、ついこの間のことだ。その声は、まだ耳朶にはっきりと残っている。

――賛珠さまや子どもたち、ご両親の堈公ご夫妻のお嘆きを思うと、やりきれない。

北海道慰問の旅で、「ひとりでも多く生き残らねば」と祈るように語っていた李鍝の妻、賛珠の姿が思い出される。

――ご結婚までにあれだけご苦労されて、やっと結ばれたご夫婦なのに。

方子はしくしくとしめつけられるように痛む胸に手を当て、一睡もせずに朝を迎えた。垠も同様に、眠ることができなかったようだ。翌朝は互いに無言で、いつもよりもかなり早く寝台から出た。

後に、詳しい状況がわかった。

李鍝は、宿舎から馬に乗って出勤する途中、新型の爆弾により重傷を負った。ただちに臨時救護所に運ばれたが、すぐに亡くなったという。まだ三十二歳の若さだった。

　李鍝の副官は遺体を手厚く処置し、朝鮮に送った。それから李鍝の後を追い、ピストル自殺をしたという。

――若い人々がなにゆえに死んでゆかなければならないのだろう。彼らになんの罪があるというのか。

　積み重なるあらたな悲しみに、向ける矛先のない憤りが方子のなかで膨れ上がる。また、天皇皇后、皇太后からの勅使が差遣されて常磐松町の李鍝公邸を弔問した。李鍝の戦死は写真入りで新聞に載ったものの、それは多くの報道が錯綜するなかの一つにしかすぎず、特に騒がれることもなかった。

――結局、王公族は、利用されただけなのだ。日本人のみなにとっては、取るに足らない存在。うすうすわかってはいたけれど……。ならば、これまでの王公族や私たち家族の苦しみをどうしてくれよう。

　こうして方子の内なる憤怒は増幅していった。そして、方子以上に憤懣やるかたないであろう垠の胸のうちを思うと、方子の心の奥に根付いた罪悪感がうずき、鋭い痛みが走る。

紀尾井町の邸宅での垠との暮らしは、針の筵に座っているかのようだった。

　邸内と防空壕を行き来する、落ち着かない日々を過ごした。疎開をするという選択肢もあったが、垠と方子だけでなく、王公族の李鍵一家や皇族たちのほとんどは、天皇皇后が避難しないのならば自分たちも覚悟を決めようと、東京にとどまっていた。

　長崎にふたたび新型爆弾が落ち、ソビエトが満州に攻め入ると、いよいよ絶望は深まるばかりだった。どこに行っても重苦しい空気が支配し、そこかしこで「無条件降伏」の噂がささやかれるようになった。

　八月十二日、十三人の皇族男子が召集され、皇居御文庫の地下壕にて会議が行われ、末席には李垠と李鍵も加わった。

――ついに、来るべきときが来た。

――きっとポツダム宣言を受諾し、無条件降伏をするのだ。

　方子は、垠の帰りを待ちながら、負ける、という悲痛な思いと、やっと戦争を終わらせる英断をくだした天皇への感謝の気持ちが入り混じり、複雑な感情がうねっていた。そしてそのうねりがひととおり過ぎると、こんどは、自分たち一家の行く末があまりにも多くの問題を抱えていることに、途方にくれた。

――いったい私たちはどうなってしまうのだろう。どうふるまえばいいのだろう。

そう思うと、頭が真っ白になって、ものごとを深く考えることができなかった。

会議から戻った垠は、感情を押し殺した淡々とした表情だった。

「陛下は、ひどくおやつれのご様子だった……」

そのひとことを発しただけだったが、方子も、それ以上なにも尋ねなかった。その後、守正から話を聞いた伊都子から、会議の様子を教えてもらった。天皇が降伏の意向を説明し、協力を要請したということだった。皇族たちから反対の意見もなく、みな疲れと諦めのなかで黙していたという。

方子は、行く末を案じながらも、垠に動揺する様子を見せないように努めた。ふたりの間で会話が交わされることはほとんどなく、垠は黙りこくっているか、ひとり蘭の温室に入っていた。終始かたい表情で、その感情は推し量れない。

――日本が負ければ、朝鮮は解放される。殿下は、ほんとうのところは、どう思っていらっしゃるのだろう。嬉しくていらっしゃるけれど、私の手前、そのお気持ちを表すことができないのではないだろうか。それとも、ご自身や私と玖ちゃまの処遇へのご不安でいっぱいでいらっしゃるのか。

――前に、私や玖ちゃまと離れたくないというお気持ちを吐露してくださったけれど、いまも、同じ思いでいらっしゃるのだろうか。鍝公さまを失って、お気持ちが変わられたのではないだろうか。

さまざまに思いが行ったり来たりするうちに、三日が過ぎた。気温がぐんぐんと上がった正午、垠と方子は、侍女や職員たちと居間に集まり、床に正座して、天皇によるラジオ放送を聴いた。

方子は、終戦の詔書を読み上げる天皇の一言一句を食い入るようにして聴き、涙が流れるのもそのままに、耳に心に刻み付けた。隣にいる垠は顔をかすかにゆがめて唇を結び、聴き入っている。侍女や職員たちは、押し殺した声で泣いていた。放送が終わってもみなしばらくその場から立ち上がることができないでいた。

垠が最初に腰を上げ、方子、と呼びかけてきた。

「話があるから、蘭の温室に」

誘われてついていくと、外はうだるような暑さで、うるさいくらいに蟬が鳴いていた。温室の中も蒸し暑かったが、白や桃色、色とりどりの花々がかぐわしい香りを放ち、さながら楽園にいるかのようだった。たったいま終戦の詔勅を聞いたという現実と、この温室の華やかな雰囲気は、あまりにもちぐはぐだ。

垠は、しばらく黙って花々を見つめていた。だが、方子は、垠の心のうちを知りたくて、気が急いた。

日本が無条件降伏したことに打ちのめされ、深い悲しみに沈んでいたが、方子には、感傷に浸るいとまはなかった。朝鮮の王統である垠と日本の皇族である方子、そのふたりの血をわけた玖の身にこれからどんなことが待ち受けているのかが気がかりだ。だが、その感情は、いまここでは心の奥底に押し込める。

「殿下、朝鮮が独立いたしますね。本当によろしゅうございましたね」

「うむ」

垠は方子の方を見ることなく応えたが、喜んでいるかどうかははかりかねた。

すこし間をおいて、垠が、いまは非常時だからね、と口を開く。

「とにかく、私たちの身の安全を考えよう。実は、陸軍の内部で、不穏な動きがあったのだ……」

「えっ」

方子は、身がすくんで、それ以上言葉が続かない。

「玖は疎開しているからしばらく安全だと思う。私たちは、すぐに那須に行くことにしたらどうか。結婚したときに爆弾をしかけられそうになったことや、さきの震災でのことがあるからね。青年将校が蜂起したときも危うかった。混乱したら、真っ先に狙われるのは、我々だからね」

——殿下のおっしゃる通りだ。ことあるごとに、私たちは、朝鮮のひとびとからも、日本のひとびとからも、標的にされてきた。そして、晋ちゃまの命が奪われたという厳然たる事実があった。

「わかりました。那須の別邸に参りましょう。すぐに支度をします」

「それからね。朝鮮のことだけど」

はい、と構えて見つめたが、垠は、うつむき気味で方子と目を合わせない。

「できれば、朝鮮に帰れたら、と思うのだけど」

その先の言葉を探すように、垠が目を閉じた。

――きっと、帰国なさりたい殿下にとって、私や玖ちゃまの存在が足かせになってしまうのだろう。

「殿下、私のことでご心痛でございましょう……玖ちゃまも……」

「心配しないで」

垠は、きっぱりとした調子で言い、方子を見つめる。そのまなざしに迷いや戸惑いは感じられなかった。

「あなたは、私の妻、玖は私の息子。一緒に帰る道を探りたい」

それからひときわ大きく可憐な白い胡蝶蘭の花に目を向け、だからね、と視線を方子に戻す。

「趙重九(チョジュング)を那須に呼び寄せる。情勢を見極めながら、私たちの身の振り方も、趙とともに慎重に考えたい」

垠は、先だって歩き出し、方子もついていく。強烈な陽光が、地面にふたりの影をひときわ濃く映し出していた。


とりあえずの荷物をまとめて紀尾井町を車で出発した。幸い歳費は前日に届けられていたので、当面の生活に問題はなさそうだった。

窓の外の景色は悲惨な焼け跡が続き、あらためて敗戦したという事実をつきつけてくる。遠くに歩くひとびとの表情までは見えないが、せめて空襲の恐れから解かれたことに安堵してくれていたら、と方子は願った。

夕日が照らす那須の別邸は、勢いよく伸びた草木に囲まれ、生命の息吹を感じることができた。空気は清涼で、みずみずしい。破壊されつくし、灰燼(かいじん)に帰し、焼夷弾の火薬と焼け焦げた臭いが漂い、死というものが身近となってしまった東京とは別世界だ。かたくなった心もからだもほぐれていく。その晩、方子は、数年ぶりの深い眠りをむさぼった。

翌日、趙重九が、疎開先の新潟から駆け付けた。趙は、垠と姻戚関係にあり、彼の父親は以前、垠の侍従武官長だった。日本と朝鮮に人脈が厚くて情報に明るく、なにかと信頼できる男で、垠はこれまでも趙に意見をこうことがよくあった。

東京と異なり、食糧が豊富に調達できたので、方子は、趙の歓迎の晩餐を用意した。献立は、クリームスープ、雉の丸焼き、マッシュポテト、人参、野菜サラダ。食後は西瓜と紅茶を出した。

趙は、細い目をさらに細くして、美味しい、美味しい、と繰り返し、すべてをたいらげた。

「こんな、本式の西洋食にありついたのは、何年ぶりでしょうか。ごちそうさまでした」

紅茶に入れた砂糖をスプーンでかき混ぜながら感慨深げに言うと、しかし、殿下、と手を止めた。

「朝鮮の民は、飢えております。朝鮮に戻ったら、このような暮らしをしていたことが、問題になるかもしれません。きついことを申すようですが、長いこと日本の恩義を受け、日本人を妃としている殿下を、祖国解放の障害だ、と敵視する声もありますから」

静かに言い、紅茶を一口飲む。

――私たちとて、東京では、テニスコートで栽培した芋を食べていた。今日は特別に用意しただけのことなのに。

――それに、殿下は幼くして、ご自分の意思ではなく、日本に連れてこられた。私と結婚したのだって、総督府の意向でしかない。殿下は抗えるようなお立場ではなかった。


――殿下は、李王という立場でじゅうぶんに苦しんできたのに、報われることはないのか。大きな力に組み込まれた殿下や私の非をあげつらって責めることに、何の意味があるのだろうか。

方子は奥歯を噛みしめる。趙の無神経ぶりに怒りが湧いてくるが、息を整えて堪えた。

「今後の殿下のあり方は、険しいものになるでしょう」

趙の低い声が、ダイニングに響き渡る。

「朝鮮は、日本から離れて独立することになるでしょう。けれども、ふたたび王政に復することはありえないと思われます」

「そう」

垠は、めずらしく眉間に皺を寄せ、感情を露わにした表情になっていた。

「つまり、私は、王ではなくなるのだね?」

「はい。目下朝鮮は、政治状態が混沌として不明なため、殿下は今後、どんな勢力に対しても中立であることが望ましいと、こちらに来る前に東京で総督府や宮内省の方々、朝鮮の各方面の方々と話しました。李王職としては、王公族はできる限り維持存続をはかりたい、とのことですが、それは難しいでしょう。陛下も、殿下と李王家のことをたいそう気にかけておられるようですが、なんとも、ご自身のことも先が見えないといったところです。とにかく、いまの段階では、できるだけ情報を集めて、こちらで情勢を見守るしかありません」

　言い終えた趙は、しんと静まりかえるなか、ずずずっと音をたてて、とっくに冷めているだろう紅茶をすすった。


　那須に滞在し、趙との協議を重ねた。そのあいだ、さまざまな朝鮮人が垠を担ぎ出そうと接触してきた。趙は王政がふたたびおこることはないと言っていたが、まるで競争するかのように、ソビエト側、米国側、両陣営に連なるあまたの団体が、垠を自分たちの最高顧問に推戴しようと要請してきたのだ。相当な誘惑と陰謀があったが、垠は固く断って、中立を貫いた。なかには、李堈を担ぐ団体に対抗して垠を擁立しようと謀るといった、王位継承にからむものまであった。

　垠の心は千々に乱されたのか、寝室では、うなされてうめき声をあげることがよくあった。どうにもできないもどかしさと、不透明な先行きへの懸念を抱え、方子も心が休まることはなかった。ただ自然豊かな環境だけが、安らぎだった。

　十日あまりのち、垠と方子は紀尾井町に帰った。意外にも大きな混乱もない日本に比べ、日々変わりゆく朝鮮の情勢に振り回される日々は続く。ある日、京城の李王職が京城にあった李王家の現金を送金小切手にして持参したが、金銭の移動が違法とされていたため、そっくり没収されるということも起こった。垠と方子は、精神的のみならず、経済的にもしだいに追い詰められていく。

　玉音放送から二週間後、垠と方子は邸宅に来た趙から朝鮮の政界の動向を聞いた。彼は、ラジオニュースで、独立運動家の金九が大統領で、米国に滞在していた李承晩が首相になるかもしれないとの情報を得たという。かつて垠に近づこうとした勢力にいた金九の名を耳にした垠は、「それならば、王政に戻ることもあるのではないか」と趙に尋ねた。

「世界情勢から冷静に見ると、朝鮮では王政復古は、夢物語でしょう。長い間、王室と民衆との接触が断たれており、ことに殿下は、朝鮮の知識人との接触を徹底的に封じられておられた。これが、王室に対する反感となって、現在、朝鮮では、殿下のことはまったく無視されています」
――無視、なんて、いつもながら、趙さまは、きついことをおっしゃる。腹が立つけれど、およそ二週間接してみて、それも、殿下のことを想ってのことだということは間違いないと、私にもやっとわかってきた。うまいことを言って、殿下を利用しようとしてきたひとびととは異なる。殿下が趙さまを信用なさるのも当然なのでしょう。

それでも、ずばずばと言われる垠の気持ちを思うと、方子の胸はえぐられるようだった。これまで、そんな直言を垠に放つような人物はひとりもいなかった。それだけ切羽詰まった非常時だということを嫌というほど思い知らされる。

――殿下は、李王としての誇りを持っていらっしゃる。いつでも朝鮮の民のことを思っていらっしゃる。それが、民の方は、反感すら持っているなんて、あまりにおいたわしい。京城で観見式を行ったときに道々で熱狂していた民は、幻だったのだろうか。

「さらに、京城の視察から帰った米国人宣教師の話では」

趙はそこで息を継ぎ、頭を振る。

「ある団体による、民族反逆者のリストの第一に殿下の名前があったそうです。第二は、殿下のおそばにいる、私、趙重九だったとか」

そう言うと、苦笑した。

「ですから殿下、東京での政治的動きは、絶対に慎まなければならないのはもちろんのこと、さらには、すすんで、政治的野心のないことを、機会あるごとに表明する必要があります」

垠は、うん、わかった、と力なく答えて、居間から去った。蘭の温室に向かうかと思ったら、今日は李王家の位牌を祀った部屋にあがっていった。

その日の晩、寝台に入ってしばらくすると、垠が半身を起こし、方子、寝たかい？　と小声で言った。気持ちの乱れが収まらず、目がさえていた方子は、いいえ、と返事をして、起き上がった。ふたり並んで座る恰好となる。

「趙はああ言っていたけれど、私としては、どんなことをしてでも、たとえ密航してでも朝鮮に帰りたい。だから、玖とともに、ついてきてはくれまいか」

「それは……」

晋の冷たくなったからだを抱きしめたときのこと

が方子の脳裏に浮かんだ。

──私はどうなろうとも、玖ちゃまを危険にさらしたくはない。しかしながら、心を開いて朝鮮への思慕をありのままに伝えてくださる殿下に対して、拒む言葉を口にするのは、どうにもはばかられる。

「朝鮮に戻っても、もう私は王ではない。政治に巻き込まれることなく、自由に生きられたらと思う。平凡な家庭の夫でいたい。ひっそりとどこかで作物をつくって暮らしたっていい。そう、西原にいたときのように、祖国で親子三人、楽しくね」

垠にしては雄弁であることに、帰国への強い情熱が表れている。だが、方子はどうしても、「はい、ついていきます」とは言えなかった。方子はかろうじて、殿下、とかすれた声で言い、深く息を吸うと、勇気を出して話し始める。

「たとえ、どんなことがおこっても、親子三人一緒なら、耐えていけます。三人で乗り越えていくつもりです。けれども……」

方子は、洟をすすってあがってくる涙を押しとどめる。

「お願いです。今はおやめください。大統領がきまりそうだからとはいえ、まだまだ朝鮮の政情は不安定です。もう少し落ち着いてからではだめですか？万が一のことだけは避けたいのです。殿下のことも、玖ちゃまのことも、私は失いたくありません。日本にいる方が、命の危険はないのではないでしょうか」

半ば泣き声になって訴えると、垠は、長く深いため息を吐き、そのまま身体を横たえて、方子に背を向けた。方子は引き裂かれた思いのまま、また眠れぬ夜を過ごした。


連合国軍最高司令官マッカーサーが、神奈川県の厚木飛行場に到着し、東京湾の米国軍艦ミズーリ号上で、日本は降伏文書に調印し、連合国軍最高司令官総司令部、ＧＨＱの統治が始まった。天皇がマッカーサーと並んだ写真を新聞紙面で見た方子は、あまりのいたたまれなさにすぐに新聞を半分に折り、そのへんに雑に放った。

進駐軍がやってきて、めまぐるしく世の中が動いていくなか、宮中では週一回の皇族情報懇談会が開かれ、そこで流動的な情勢に対する正しい情報提供があった。巷では噂や流言が跋扈（ばっこ）していたので、懇談会の存在は助かった。しかしながら、方子の実家の梨本宮家をのぞく皇族たちの垠への態度は戦前と変わらず冷ややかだったようで、垠は懇談会から戻ると、ふさぎこんでしまうことが多かった。

　それでも垠はしばらく王公族として皇族に準ずる活動をこなしていた。垠が天皇に随行して神嘗祭（かんなめさい）や靖国大祭などに参列している頃、朝鮮は独立に向けて本格的に動き出していたが、もはや垠は蚊帳（かや）の外だった。

　祖国への早期帰国をあきらめた垠は、こんどは準備されている新憲法によって李王家の処遇がどうなるかに気をもむようになり、新憲法草案の情報を知る内閣官房長官楢橋渡（ならはしわたる）を邸宅に招き、もてなした。

「私の地位はどうなりますか。どうかこれまで通りの待遇をしてもらえませんか」

　懇願する垠の姿は痛々しく、方子はそっとその場を離れたのだった。

――殿下は、李王としての誇りはお捨てになってしまったのだろうか。だとしたら、そうせざるを得なくしたのは、私が日本にいたいと頼んだからかもしれない。

――私はなんと罪深いのか。玖ちゃまの命を担保にして、殿下をご自分の国、朝鮮から遠ざけてしまった。

――日本にとどまる以上、殿下は大きな力にすがるしかなく、ご自分でなにかをお決めになることもできない。朝鮮が解放されても、殿下は解放されていない。

――ただ生き延びることに必死になるしかないお姿は、おいたわしくて見ていられない。

――命があることが、もっとも大切だと思い、そしてなにより、玖ちゃまのことを慮って、朝鮮に戻ることを拒んだが、果たしてこれでよかったのだろうか。

　方子は、答えを見つけられぬまま、悶々と日々を過ごした。

　そのうち垠は、どこに行くか告げることもなく、たびたび外出することが増えた。むやみに遅くなることもあった。だが、方子は、垠に行き先を問うことがはばかられた。

――せめて、自由にお出かけになることぐらいは……。

　やきもきしても、くりかえし自分に言い聞かせたのだった。

ある日、方子は明け方になっても戻らない垠を案じて起きており、窓から外を見ていた。すると、廊下から足音が聞こえたので、慌てて寝台に入り、扉に背を向け、寝たふりをした。

垠は、寝台に座り、しばらくそのままでいたが、やがて部屋を出て行き、寝室に戻ってくることはなかった。

浅い眠りと覚醒をくりかえしていた方子は、空が明るくなってすぐに身を起こし、垠を捜して邸内を見て回った。玖の部屋にも、祖先の神位が祀ってある部屋にも、蘭の温室にも、垠の姿はない。しまいには、書斎にも入ってみる。

「殿下は早朝にお出かけになりました」

侍女に告げられて、混乱する。数日旅に出るような荷物を抱え、いつもの車ではなく、待たせていたタクシーに乗って行ったという。

書斎は、とくに変わったところはなかった。大事なベル・ハウエルの活動写真機やライカのカメラもある。現像した写真もそのままだ。持ち出してはいない。

――いったい、どこに行かれたのだろう。

方子は、はっと思い当たる。

――殿下は、密航してでも朝鮮に戻りたいとおっしゃっていた。

――もしかして、おひとりで朝鮮にお戻りになるおつもりなのかもしれない。

眩暈(めまい)がして、方子はその場でよろめき、侍女に支えられる。そしてそのまま抱きかかえられて、寝室に入り、寝台に横たわった。

――きっと、そうだ。殿下は私と玖ちゃまを、お捨てになったのだ。

――「ふたりと離れたくない」とおっしゃった言葉は偽りだったのか。

絶望と悲しみで、胸が張り裂けそうで、方子は寝込んでしまった。

――せめてお手紙でも残してくだされば。

――私と過ごした年月は、あっさりと捨てられるものだったのか。

――玖ちゃまと、これほど簡単に別れることができるのか。

――殿下にとって、私や玖ちゃまよりも、なによりもご自分の国が大切だということなのか。

――満十歳で日本にいらして、人生の大半を日本でお過ごしになられても、やはり、朝鮮が恋しいということなのか。帰ったところで、ひっそりとお暮らしになることしかできないというのに。

——それとも、朝鮮のいずれかの勢力に騙されて、担ぎ上げられているのか。

さまざまに思いめぐらすと、心は乱れてどうしようもない。大声で泣きたい気持ちだが、それも周囲の目があってできない。嵐のようにうずまく感情を自分の中で持て余しても、無理やり抑え込むしかない。

伊都子が電話を寄越し、方子の声が暗いのに気づき、なにかあったのかと訊いてきたが、体調が悪いだけだとごまかした。家の者にも、垠の不在を周囲に伏せるように伝えてあった。方子は、伊都子に限らず、誰にも垠の失踪を打ち明けられなかった。なにも冷静に考えられないので、とにかく、ときをやり過ごすしかなかった。

床に臥せって三日目の夕方、感情の昂ぶりは頂点に達し、いまにも爆発しそうだった。

——殿下を捜さなければ。このままではいられない。とにかく、誰かに打ち明けよう。

——まずは、おたあさまに。それから……。

そう考え始めると、涙がこみあげてくる。

——まずは、私自身が、殿下の失踪を受け入れなければならないのだ。

——けれども、受け入れたくない。あまりにも辛い。

枕に顔を押し付けて嗚咽していると、寝室の扉が不意に開いた。顔を向けると、垠が表情なく立っていた。方子は驚いて寝台から飛び起きる。

「殿下……」

それ以上言葉が続かない。目の前に垠の姿があることに、胸が詰まる。涙が頰をつたっているのが自分でもわかったが、ぬぐうこともしなかった。

垠の姿は、妙にこざっぱりとしていて、すぐ近所から帰ってきたかのようだった。

——殿下は、朝鮮に戻れず仕方なくお帰りになったのか。

——やはり私と玖ちゃまを捨てられなかったのか。

——誰かに会いに行って、身の振り方について相談していらしたのか。それは誰なのか。

——あるいは、ただ単におひとりになりたかったのか。

問いたい思いは山々だったが、方子は、口にしなかった。

――殿下は、私のもとに戻ってきてくださった。それだけでじゅうぶんだ。

方子は、目の前に垠がいることがひたすら嬉しかった。

「心配をかけてしまったね……」

伏し目がちに言った垠に駆け寄り、抱きつき、幼子のように号泣した。

「方子、すまなかったね」

垠は、方子を抱擁することなく、棒立ちのまま言った。

方子は、しばらくそのまま垠の胸で泣いていたが、やがて落ち着き、涙が止まった。すると、垠の首筋から、ほんのかすかに、馴染みのない香りを嗅ぎ取った。方子が使ったことのない、甘ったるい香水の残り香かなにかのようだ。

――これは……。

――まさか、そんな。

そっと身体を離して、垠を見つめるが、垠は目をそらしたまま、踵を返した。

「ちょっと用事があって遠くまで出かけていた」

垠は背中を向けたまま言い、部屋を出て行った。

方子は、その場にかたまったまま、立ち尽くしていた。頭に浮かんだのは、結婚したばかりの頃、垠の書斎で見つけた、朝鮮服の女性の絵だ。

足の力が抜けて、くずおれた。漆黒の闇が方子を覆い、意識が遠ざかっていく。

侍女から声をかけられて我に返ったときは、床に座り込んでいた。垠が部屋から去ってどれくらいときが過ぎたか、見当もつかなかった。

瓦礫だらけの焼け野原に吹く秋風は、垠と心が隔たった方子にとって、ことさら寒々しく感じられ、終戦の年の冬は、例年よりも訪れが早いように感じられた。

十一月も終わりかけた、曇天の午後、伊都子が方子を訪ねてきた。方子は、伊都子の顔を見て、思わず垠のことを打ち明けてしまった。自分ひとりで抱えているのは限界だったのだ。

「そうですか」

伊都子は、方子の話を聞き終えると、ゆっくりとカップを手にして、紅茶を一口ふくみ、飲み込んでから、仕方ありませんね、と言った。

「殿方、ましてや、皇族や王族の男子には……、かっては、当たり前に……」

「おたあさま。明治になってからは、そういうこともなくなりましたでしょう」

「そうそう変わらないこともあります」

「けれども、少なくとも、おもうさまには、そういうことがなかったではないですか」

そう言うと、伊都子の視線が、一瞬揺れた。

──もしかして、おもうさまにも、女性の影があったということなのだろうか。

方子は、言葉にはしなかったが、問いを投げかけるように伊都子の瞳を見つめ続けた。すると伊都子は、まばたきをひとつして息を軽く整えると、方子を見据えてくる。

「あなたは、李王家の王妃なのです。そんなことで動じてはいけません。しっかりなさらないと」

「はい、わかってはおります……」

──とはいえ、私にとって、殿下の女性疑惑は、そんなこと、で済まされることではない。朝鮮と日本の両国に振り回された私は、殿下の愛だけを確かなものとして生きてくるしかなかったのに。ましてや、李王家の先行きが不安な時期に、殿下を信じられなくなるなんて。

──もちろん、私が、朝鮮行きを拒んだことで、殿下のお心が離れてしまったということもじゅうぶん自覚している。

「王殿下も、おつらいのですから。皇族懇談会でも、孤独でいらっしゃったと聞いております」

伊都子は、伝え聞いたという、先日の皇族情報懇談会での様子を話し始めた。

ほかの皇族たちは、垠に対していっさい声をかけることがなかったという。まるでそこに垠がいないかのようで、以前よりも冷淡さがいっそう露骨だったそうだ。

──あの日、懇談会から戻った殿下は、蘭の温室にこもり、出ていらっしゃらなかった。夕食どきに侍女が呼びに行くと、そこにはおらず、深夜までお帰りにならなかった。

──殿下のお気持ちは察するに余りあるが、その思いは、私にぶつけてくだされればいいのに。やはり、お血筋にかかわることとなると、私には話せないということなのだろうか。

──それにしても、軍の中で一筋に過ごされてきた殿下には、軍人以外に親しい友人もいらっしゃらないはず。軍人とて、李王である殿下には、一目置いた態度で距離があった。だから、心置きなく話せるといった間柄の人は思い浮かばない。幼なじみでともに日本に来た厳柱明さまもとうの昔に朝鮮に帰られた。

――いったい誰と会っていらっしゃるのか。誰と心を通わせていらっしゃるのか。はたして、朝鮮の方なのだろうか。趙重九であれば、この邸宅で堂々と顔を合わせられるはず。

あの日鼻孔でとらえた甘い香りが蘇り、垠との心の隔たりを突き付けられる。

それからしばらく会話が途切れたが、伊都子が、妃殿下、とあらたまった声で沈黙を破った。

「実は、今日は、私からも、申したいことがあって、こちらに参ったのです」

「なんでしょう。おたあさま」

伊都子は、きりりとした顔で、んっ、と、小さく咳払いをした。

「あなたが、買い物に夢中になっていると、噂を聞きました」

たしかに、方子は、お付きのものもなく自由に外出できるのが嬉しくて、御徒町や横山町の問屋街、デパートの特売場にしょっちゅう出かけていた。値切ることも覚え、自分の財布から支払いをするという行為自体も新鮮だったのだ。だまされて、安物のビニールの鞄などを買ってしまうこともあったが、それさえも、窮屈だった以前には経験しえないことで、楽しかった。そして、買い物をしていると、垠への疑念をひととき忘れられるのだった。さらには、時折、垠も同行したいと言ってくれて、ともに出かけることもある。それがいまの方子にとっては、貴い時間に感じられるのだ。

あえて電車で出かけて、人混みで降りられず駅を乗り過ごしたり、ハンドバッグを剃刀(かみそり)で切られて、気づくと持ち金をごっそりとスリにとられたり、といったことすらも新鮮で、驚きの体験だった。垠も、それまで体験したことのない買い物のやりとりに興味津々で、楽しんでいた。共有したできごとを垠とふりかえって話すと、その瞬間だけは和やかな雰囲気になる。

「おたあさま、買い物は、戦災孤児や欠食児童のために催されるチャリティバザーのために行っています。歳費も減っており、高いものは買っておりません。ですから、少しくらいは……」

「それでも、まだ、戦争が終わってほんの三か月あまり。ほかの妃殿下がたはひっそりとしておられるのだから……お気をつけて。ただでさえ、李王家は、経済的に恵まれていたことをねたまれるような空気が、かつてからあるのですから。殿下が皇族懇談会で無視されたのは、あなたの振る舞いにも原因があるのかもしれませんよ」

「承知しました」

空襲で梨本宮邸が焼け、疎開先の河口湖の別荘から帰ってきた守正と伊都子は侍女たちと土蔵に暮らし、庭に穴を掘ってトタンを立てまわした手洗いを使うような暮らしぶりだった。たびたび泥棒にも入られ、年老いた身でひとかたならぬ苦労を負っている。そんな伊都子に面と向かって注意されると、方子も反省せざるを得なかった。

――解放感が勝り、周りのひとびとの目があることを、それほど気にはしていなかったが、噂になっているとは……。やはり、不自由なことに、変わりはないということか。

――いずれにせよ、皇族方の将来もどうなるかわからず、みなさん、不安のなか、お暮らしになっている。そして私たち李王家はことさら微妙で難しい立場なのだから、気を付けるに越したことはない。

方子は、買い物を控えようと、自分を戒めた。

伊都子が帰るやいなや、方子は、梨本宮家にいる頃から御用掛として仕えてくれている櫻井を自室に呼びつけ、二人だけになった。白髪頭で皺の増えた櫻井を見ると、長い歳月が過ぎたことをあらためて思う。

かつては三十人もいた職員や使用人も、戦後には三分の一にも満たない数となっていた。出入りしていた宮内省の事務官ももういない。高事務官も朝鮮に帰っていた。そしていまや給金を賄(まかな)えず、使用人は数人となった。高齢の中山は辞めたが、櫻井は薄給でも構わないと残ってくれたのだ。ずっと傍らに寄り添ってくれている櫻井は、方子にとって、特別な存在でもあった。

「櫻井に聞きたいことがございます」

「なんでございましょう。私にわかることであれば」

方子は、一瞬ためらったが、ひとつ大きく息を吸って、実は、と切り出した。

「おもうさまに、なんというか、ほかに女性が……いたと聞いたことは？」

櫻井は、息を止めたかのように、かたまってしまっている。明らかに狼狽していた。

「黙ってないで、教えてちょうだい」

「妃殿下、どうしてそのようなことを」

「ちょっと……もしかしたら、と思う節がありましたから」

「あの……いえ……そんなものは……。質の悪い噂でしょう」

声が完全にうわずっている。

「噂？」

「そうでございます」

「では、噂はあったということですね？」

「あ、いえ、あの、その……」

動揺して、櫻井の目が泳いでいる。

「話してちょうだい、その噂の内容を」

「私からくだらない噂話を妃殿下のお耳に入れたくはございません」

櫻井はきっぱりと言った。

「聞いても、私の心のうちだけにとどめておきますから」

方子が、ねえ、お願い、と粘ると、櫻井は、ふぅ、と一息ついて、「私は、ただの、侍女たちのあいだの噂を耳にしただけでございますよ」と念を押してから、しぶしぶといった調子で話し始めた。

「伊都子妃殿下が方子妃殿下をご懐妊された半年後に、急に辞めた女中がおり、その女中が守正王殿下の子を恐れ多くも身ごもっていた、という噂があったそうです。千代浦さまのお付きの女中で、その女は、赤子を産んだあと梨本宮家を訪ねて来て、千代浦さまに赤子を見せたっていう話です。その後、赤子だった娘も千代浦さまを訪ねてきたけれど、千代浦さまはすでに亡くなっていたため、門前払いされたとか」

やれやれとでも言いたげに息を吐き、まったく馬鹿げた話です、と言った。

「外に子がいる、ということですか？」

予想外に衝撃的な話だった。

「なんということ」

図らずも嘆きの声が漏れてしまう。

「妃殿下、あくまでも噂です。それに、守正王殿下が、女中とそのような関係を持つなど、考えられません」

そこで櫻井は顔をしかめて、「その女の頭がおかしかったのですよ、きっと」と吐き捨てるように言った。

――そうは言っても、明治以前は、女官が宮様の子を産む、ということもよくあった。だとしたら侍女や女中に手を出すということもないわけではなかっただろう。それに、今日のおたあさまの様子も、疑わしかった。噂は本当なのではないだろうか。

方子は、うつむいて考え込んでしまう。

「やはり、こんな噂、お話しするべきではありませんでした。申し訳ありません。私の不徳でした。お忘れくださ い」

櫻井は、腰を折って深く頭を垂れ、そのまま部屋を出て行った。

垠を見れば守正のことが頭に浮かび、守正のことを考えると、垠の疑惑に思い悩んでしまう日々が続き、気づくと十二月を迎えていた。

梨本宮家の焼け跡に、茶室をこわした古材で建てた、二間ほどの小さな家が建ったと連絡が入り、方子は両親がこれで少しは楽になるのではと、ほっとした。しかし、その安堵もつかの間、まもなく、GHQの命令により、守正が戦争犯罪容疑者として巣鴨拘置所に収監されることとなった。皇族からはただひとりの逮捕者だった。

方子は、あまりの驚きに、伝えてきた宮内省の役人に、なんども訊き返したほどだ。

――ありえない。たしかにおもうさまは、元帥として軍の長老だったが、開戦前から戦争中にかけて、戦争犯罪に該当するようなことはなにもなさっていないのに。

役人によると、守正が伊勢神宮の祭主であることと、大日本武徳会の総裁という地位にあることが逮捕の理由ではないかとのことだった。大日本武徳会は、単なる剣道の振興団体だが、GHQからは超軍国主義者の団体と思われたらしい。皇族の長老格であった守正が逮捕されたことには、皇族王公族、さらには天皇周辺までもが、相当に衝撃をうけているという。

――祭主も、総裁も、宮様として名目だけのことだったのに。

方子は妹の規子とともに、すぐさま梨本宮家にかけつけた。伊都子は憔悴しきっていたが、守正は毅然としていた。

「皇族の総代ということのためらしいが、調べても何もあるはずがないし、陛下のお身代わりとなって行くと思っているから、心配せぬように」

淡々として伊都子や娘たちを諭した。

――そうはおっしゃっても、皇族というお立場で今日まで生きてこられ、しかもお年を召されてからの辱めは、どんなにかご無念のことでしょう。

方子は、敗戦の惨めさをまざまざと見せつけられる思いだった。

その晩、帰宅した垠に守正の逮捕を告げた。垠は、そう、とだけ呟いたが、その唇は、かすかに震えていた。

――おもうさまがこんな日に遭うのだから、殿下が恐れるのも無理はない。私も、どうしていいかわからない。不安でたまらない。

方子も垠も、ますます黙り込んで、気持ちの重い日々を過ごした。

それから十日後、肌がひりつくほど寒く、そこかしこに霜柱が白くたつ早朝に、守正は風呂敷包みひとつを自ら抱え、MPのジープに乗せられ、新しく建ったばかりのささやかな家を出た。

ジープは家族のやるせない思いに配慮するようなこともいっさいなく、速度をあげて勢いよく去っていく。

――七十一歳のおもうさま。老いの身で、巣鴨での厳寒の夜をどのように過ごされるのだろうか。おいたわしくて、私もやりきれない……。

道路に残されたジープの排煙を見つめながら、方子は、必死に涙をこらえた。並んで見送った伊都子も規子も、侍女も、みな、嗚咽をこらえ、しばらく立ちつくしていた。

GHQは次から次へと戦犯逮捕命令を出し、近衛文麿が連行される前に服毒自殺を図るといったような事件も起きた。国家と神道との分離指令も出て、いよいよ天皇のみならず、皇族の処遇も厳しいものに変わっていくことを、本格的に覚悟せねばならなかった。

――おもうさまはどうなってしまうのだろうか。

拘置所の守正には、家族の面会も差し入れも許されず、人づてに消息を聞くのが精いっぱいだった。

「この歳になって、はじめてしもやけというものを知ったよ」と、面会した外務省の公使に苦笑いをして守正が言ったと知ったときは、方子は、自分のすべすべとした手を眺めて、申し訳なくてたまらない気持ちになった。

──とはいえ、私とて、このままではいられない。

──李王家には、いったいどんな辛いことが待ち受けているのか。私はともかく、玖ちゃまだけは、どうにか救われないだろうか。

切実な問題を前に、方子は、守正や垠の女性問題について、深く考えるいとまを失っていた。


どうにも重苦しい空気で年も暮れようとするころ、玖がようやく疎開先より戻り、満十四歳の誕生日を親子三人そろって迎えられた。方子にとっては、このささやかな幸せだけが心の支えに思えた。戦争が終わっていなければ海軍兵学校に入学するはずだった玖の前途がどうなるかは方子の最大の気がかりだが、いまは、ただただ、健やかな成長を慶びたかった。

──きっと大丈夫。

実は、驚いたことに、マッカーサー元帥よりということで、手に入りにくい砂糖や珈琲などの生活必需品が、紀尾井町に届いていたのだ。GHQには李王家に好意的な人物がほかにもいて、ギルフォイルという軍人が、京城で撮ったスライド写真を見せに訪ねてきたこともあった。垠は故郷の山河を見て、はらはらと涙を流していた。このことも垠の郷愁の想いを強くしたに違いないと方子は思っていた。

──お心遣いはありがたいが、おもうさまを釈放してくださる方が嬉しいのに。

そうひとりごちながらも、砂糖をふんだんに使った菓子を頑張る玖と、その姿を愛おしそうに見つめる垠を見ると、あたたかな気持ちになった。きっとマッカーサーは、GHQは、自分たちをないがしろにはしないのでは、と希望を持てた。

──なんとしてでも、どんな世のなかになろうとも、玖ちゃまを守らなければ。アメリカだろうが、なんだろうが、誰の力を借りてもいい。流れていく時勢のなか、三人で生き延びるのだ。とにかく、私の使命はそれだけだ。

自分にあらためて言い聞かせるのだった。


年が明けると、天皇による人間宣言が行われ、翌月には、金融緊急措置令が出された。措置令によって、新円切り替えによる旧紙幣流通の停止、免税特権の廃止による所有財産に対する多額の税金の賦課、宮内省からの歳費などの停止が決まり、皇族への一層の経済的圧迫がかさなることが示された。

皇族に準ずる王公族の李王家も例外ではなく、垠は途方に暮れていた。総督府もなくなり、ソビエトとアメリカに線を引かれた状態で祖国の政治情勢も定まらず、その動きからも蚊帳の外の垠には、頼るすべがまったくなかった。

そんなときに、方子は、垠の甥の李鍵が、渋谷駅前でよしず張りのしるこ屋を開いたらしいと、伊都子から聞いた。

――まだ殿下の身で、よりによって、闇市に飛び込んでいかれるなんて。

方子は、渋谷駅前にバラックづくりの店が並んでいて、配給で手に入らないものもあまた売られているということを聞き知っていた。さっそく垠に李鍵のことを伝えると、方子同様、かなり驚いているようだった。

「行ってみなければ。行ってみなければ。行って……」

放心したようにくりかえす垠の思いを汲んで、さっそくその日に二人で渋谷駅前に向かった。

寒空の下でも、闇市は活気にあふれ、ありとあらゆるものが売られていた。ひとびとの混雑で、前に進むのもおぼつかない。方子ははぐれないように垠の腕をつかんでいたが、どちらかというと、方子が垠を引っ張っているような感じだった。垠は人混みに戸惑って、しばし足が止まるのだ。

やがて一角に、「桃屋」の看板を見つけた。急ごしらえにしては案外しっかりとした造りだ。中に入ると、それほど広くない店は、七、八畳くらいだろうか、びっしりと客で埋まっていた。人々のあいだを縫うようにして、李鍵と彼の妻の誠子がせわしく立ち働いていて、垠と方子に気づく様子はない。入り口でつっ立っていると、背後から、「邪魔だよ、どいてっ」と若い女性に怒鳴られた。

垠と方子は、李鍵夫婦に声をかけることなく、そのまま店を出たが、前後左右を行き交うひとびとに、あやうく突き飛ばされそうになった。

道の端に逃げて、少し遠くから「桃屋」の看板を垠と並んで見つめる。方子は、王公族としての務めを果たしていた李鍵と誠子、軍人として生きてきた李鍵の姿を思い出していた。誠子は方子の親戚でもあり、幼い頃から見知っていた。かねてから活発だったとはいえ、庶民にまじって働く誠子の姿に驚かされた。

――なんて、たくましくていらっしゃるのだろう。

――鍵公さまも誠子さまも、すっかり一商人に徹しておられ、なみなみならぬお心構えでいらっしゃる。

――お二人のようでなければ、いまの混乱した世の中を切り抜けていけないのだろう。なまはんかな心の持ち方では、だめなのでしょう。

――だけど、私と殿下になにができるというのだろうか。

「結局、われわれは、押し流されていくしかないのだな」

　垠が方子の思いを代弁するように、くぐもった声でつぶやいた。方子は返す言葉もなく、おし黙っていた。

「帰ろう」

　垠に促されて歩を進めるが、二人が闇市の混雑をくぐりぬけることは容易でなく、なんども怒鳴られ、ぶつかり、よろめき、突き飛ばされた。

――まるで、私たちは、世の中に取り残されてしまったようだ。

　膨れ上がる寂寞(せきばく)とした思いを抱えつつ家路を目指す。もみくちゃにされながら、垠と手を取り合い、支え合って、どうにか闇市を抜け、紀尾井町に帰り着いた。

　四月になると、守正が釈放された。拘置所では丁寧に扱われていたようだが、高齢の守正に巣鴨での日々は相当こたえたようで、体力的にも目に見えて弱り、気力も失われてしまった。カイゼル髭も心なしか貧相に見える。

　それからの守正は、宮中の例会に参内する程度しか外出しなくなってしまった。威厳があって、つねに凛としていた守正が、まるでしぼんでしまったかのような姿でいるのを見るのが耐えられず、方子は梨本宮家から足が遠のいてしまう。

――もはや、おもうさまが外に子をなしたかもしれないなどということはどうでもいい。ただ、ひたすらおいたわしい。

　守正のみならず、李鍵のしるこ屋を訪ねてからの垠も外出が減り、蘭の温室や祖先の神位を祀った部屋、自分の書斎に閉じこもってばかりいる。人と会うのは、訪ねてくる趙重九や数人の役人たちぐらいで、夜遅くまで帰って来ないということも、まったくなくなった。

――殿下の女性疑惑など、これからのことを考えたら、些末なことでしかない。

　方子は、守正と垠の女性問題は封印することとし、苦しくなった家計のやりくりに専念した。とはいえ、あまりに慣れないことで、なかなかうまくは運ばなかった。それでも奮闘する方子とは対照的に、ひたすら受け身にその日をやり過ごすといった態度の垠に対し、方子の苛立ちは募っていく。

　追い打ちをかけるように、GHQから皇族も税金を納めるようにとの通達が来た。財産税は、七〇パーセントから八〇パーセントという高額なものだと聞き、各宮家がうけた衝撃は並々ならぬものだった。金策を施さねばという焦りと不安のなか、慌てて資産を手放した際に、詐欺師まがいの輩の口車に乗せられ、高価な資産や財産を安く買いたたかれる宮家も多かった。

　もちろん、方子と垠も、この通達に打ちのめされた。

——マッカーサー元帥も、GHQも、甘くはなかった。

　方子は、気持ちを持ち直さねばと自分を鼓舞したが、垠はますます無気力になるばかりだ。そんな垠を見ていると、しるこ屋で自ら動き回る李鍵のことが思い浮かび、情けなさでこんどは悲しくなってくるのだった。

　李王家は朝鮮の財産とは別に、紀尾井町の邸宅、四つの別荘と牧場を所有しており、それらの評価額に、八割近い税金が課せられた。これを払うため、垠と相談の上、紀尾井町の本邸を、参議院の議長公舎として貸し出すことにした。そして、方子、垠、玖の三人は、使用人とともに、裏にあった侍女の家を改造して移った。

——狭くて不便であっても、邸宅を手放すわけではない。家族もともにいられる。耐えるしかない。

　しかし、家賃の半分を税金に納めても、とうてい足らない状況だった。さらにインフレが激しく、大磯や伊豆今井浜の別荘や美術品、骨とう品などトラック一台分を売却するしかなかった。また、貴金属や宝石、方子のおしるしのついた衣服、李家の家紋のついた家具、いつくしんできた品々を手放すのは、容易ではなかったが、涙をのんで、処分するしかなかった。その際に、垠や方子のところには、さまざまな人物が近づいてきて、ほかの宮家同様、うまい話に乗せられてだまされることもあった。垠の気にいった易者が出入りし、趙重九はこれに激怒して、もう相談に乗ってくれなくなる、といったことまで起きた。

たとえば、こんなこともあった。大磯の別荘を売却することは、方子は最後まで抵抗があったが、内閣書記官長、楢橋渡が政府に譲るように進言してきた。この人物は、憲法の草案を漏れ知らせてくれたりしたことがあり、李王家とは以前から既知の間柄だった。

「明治憲法の草案ゆかりの滄浪閣で、昭和憲法をつくりたいとのことです」

——大磯の別荘は、憲法の草案作成にあたられた伊藤博文公ゆかりの建物。そして、伊藤公から譲られてのち、梨本の家、そして、李王家、と引き継いできた。私の幼いころからの思い出がたくさん詰まっている。殿下との結婚が決まったと新聞で見たのも、あそこだった。殿下とのはかない恋の芽生えもあそこだった。

——断ちがたい愛着も、名残もひとしおだが、そういうことなら、手放すよりすべがない。

しぶしぶではあるが、新しい世の中に貢献できるなら、と方子は承諾した。垠も、「そういうことなら」と了承した。そもそも垠は、自分を日本に連れてきた伊藤博文の所有であった大磯の別荘にあまり行きたがらなかった。つまり執着がまったくなかったのだ。

こうして売却した大磯の別荘は、知らぬ間に持ち主が楢橋自身になってしまっていた。

——だまされて、大切なものが奪われていく。なんとむなしいのだろう。

——いったい誰を信じたらいいのだろうか。

これだけは手放すまいと残した、婚姻のときにもらった、五カラットと十カラットを超えるダイアモンドで李の花びらをかたどった指輪や、朝鮮の儀式で着た大礼服を見つめては、深い溜息を吐いた。

方子は、眠れぬ夜が続く。垠は悪い夢でも見ているのか、しばしばうなされており、その声がさらに方子の睡眠をさまたげた。起きているときは起きているときで、もうろうとしてしまい、紅茶のカップを落として割ってしまう始末だ。

ある晩、先に寝室にいた方子を、垠が「話がある」と、書斎に呼んだ。

——殿下からなにかおっしゃられるなんて、お珍しい。よっぽどのことに違いない。

——もしかして、また、朝鮮に戻りたい、などとおっしゃるのではないだろうか。戦争が終わってからこのかた、たくさんの朝鮮人が祖国に帰っているのをご存知でいらっしゃるはずだから。

──また私は、殿下のお気持ちをくじけさせなければならないのか。だとしたら、気が重くてたまらない。

「なんでございましょう」

おそるおそる答えると、垠は、そのね、とひとと き目をそらしたが、視線を戻して続ける。

「徳恵のことなのだけど」

「え、徳恵さま？」

意外だったので、思わず訊き返していた。

──そういえば、私は、徳恵さまのことをすっかり忘れていた。お心の状態が優れないとだいぶ前に人づてでうかがってはいたのに。うっかりしていた。自分たちのことで精いっぱいだった。

「徳恵さまのご様子をうかがいに、宗家へ櫻井をいかせましょうか」

垠は黙っている。

「では、私がお訪ねして……ご機嫌をうかがってまいりましょうか」

そう訊いても、返事がない。

「徳恵さまに、なにかあったのですか」

うん、と垠はうつむいた。

「徳恵はね、徳恵はね……入院したそうだ」

絞り出すような声で言った。

「入院、でございますか？」

垠は、うなずいた。

「なにか、ご病気にかかられたのでしょうか？　私がお見舞いにうかがいます。どちらの病院にご入院されたのですか？」

垠は、頭を振った。

「精神病院に入ったそうだ」

方子は絶句してしまった。

──なんということ。宗さまは、徳恵さまをお見捨てになったのか。いくらなんでも、李王家の王女が、精神病院に入られたなんて……。

──手に負えないほど、徳恵さまのご病状が深刻ということなのか。

「それで、徳恵の病院の費用を私が持つことにした」

垠はぼそぼそとした声で言うと、方子の返事も待たずに部屋から出て行った。

──家賃の収入から、生活費、税金、さらに病院代を……。

方子は力が抜けて、垠の肘掛け椅子に腰かける。

——それでも、なんとか捻出しなければ。徳恵さまを私たちが見放すわけにはいかない。

方子は、早発性痴呆症を発症した頃の徳恵の姿を思い出した。そして、徳恵がカナリアを鳥籠から逃がしたときのことを思い浮かべる。

——徳恵さまは、病院に閉じ込められてしまうのだ。

——あんなに自由を求めていらしたのに。

——なんとお気の毒なのでしょう。あまりにも、おいたわしい。

——李王家は、どこまで痛めつけられなければならないのでしょう。

高宗の急死、晋の不審死、徳恵の病、李鍝の戦死。方子が垠に嫁いでからを思い返しても、悲劇はくりかえされている。

——だれに、どこに、この悲しみと怒りをぶつけたらいいのか。

方子は、両手の拳を強く握りしめて、しばらく肘掛け椅子に座っていた。

第八章 ✿ 別れと再会――マサ

マサには、放送の内容がよく聞き取れない。

恵郷の部屋でふたりきり、ラジオの前で膝を折って座っている。マサがいくら耳をすませても、雑音がまじり、音は不明瞭で、たとえ聞こえても、その単語は難解だった。

「大事なことを陛下みずからがお話しになる」と、この家の主人の申虎鐘(シンホジョン)から言われていたが、肝心な、大事なこととは、いったいなんのことなのか、マサにはさっぱりわからない。だが、天皇によるありがたい放送は、神妙に拝聴しなければならないし、隣にいる恵郷も眉根を寄せつつ耳を傾けているので、マサもそれに倣って、じっとしていた。

現人神(あらひとがみ)とされている存在が、ほかの人間と変わらぬ肉声を持っていることが不思議で、なんだか現実ではないように思えてくる。

ぼんやりとしているうちにラジオの放送が終わった。すると、恵郷がマサの方を向いた。顔がこわばっている。

「マサ、どういうことか、理解できた？」

頭を振ると、つまりね、と声を落とす。

「日本は……」

「うん……？」

「戦争に負けたのよ」

恵郷は、言葉を噛みしめるように言った。

「やっぱり……そうか」

一大事を聞いても、マサは、不思議なほど冷静だった。

恵郷は、マサの視線をとらえて、ねえ、と続ける。

「日本が負けて、悔しくない？」

「悔しくなんてないさ。むしろ、戦争が終わってほっとしている。だって、日本が負けたってことは、朝鮮が解放されるってことだろう？　オンニたちの望んでいた独立をするってことだろう」

たしかめると、恵郷は、硬い表情のままうなずいた。

――ということは、あのひとが生きていたら、会えるかもしれないってことだ。

かすかな希望に胸が躍り、思わず顔がほころんだ。

「良かったね。オンニ」

「そうだけど」

恵郷は沈痛な面持ちを崩さない。

「もちろん、朝鮮が解放されて、独立できるかもしれないのは嬉しいけれど……。私の息子……寛求(グァングク)……のことを思うと、むなしくて仕方ない。もっと早く降伏していれば……」

そう言って、唇を噛みしめる。

寛求は、陸軍の志願兵として出征し、五月に沖縄で戦死していた。

マサは、恵郷の言う通りだと思った。そして、ほっとしたなどと安易に口にしたことを後悔した。

いくら独立を心のうちで望んでいたとしても、恵郷の払った犠牲は大きく、悲しみは深い。また、身内を亡くしたり、友人知人を亡くしたりした人々にとって、戦争が終わったこと、日本が負けたことは、複雑な思いを抱かせるに違いない。

そういえば、つい先日は、広島に落とされた新型爆弾で李鍝(りぐう)が亡くなったことを新聞で知り、マサは久しぶりに方子のことを思い出したのだった。親族を失った垠と方子もまた、マサには思いも及ばない葛藤の中にあるのだろうか、と思う。

いずれにせよ、自分の浅慮が恥ずかしくなり、うなだれる。

「それに」

恵郷は、マサに顔を寄せて、さらに声を潜めた。

「これから先、私たちはどうなるかわからないから、気を付けないと」

「どういう意味？」

マサは顔をあげて、恵郷を見つめた。

「だって、マサは日本人だし、私の夫は、朝鮮総督府の役人。抑圧していた側の人間。だから、解放されたら、マサも私たち一家も、朝鮮のひとびとにとっては、憎悪の対象になると思う。長いあいだ抑えつけられていたから、反動は大きいはず。ある程度、覚悟しないとならないかもしれない」

「覚悟なんて、そんな……」

――あたしに罪があるわけではないのに。

――それにあたしはすっかり朝鮮人に心を寄せているつもりだった。抑圧していたという自覚もほとんどない。それでも、やはり、日本人、であることからは逃れられないのだ。そして、日本人である以上、朝鮮を併合していた責任は負わなければならないのだろう。

「そりゃあ、日本人のあたしは、恨まれても仕方ない。でも、オンニは……独立運動をしていたこともあったじゃないか。そして、オンニだって、抑圧されていたんじゃないの？」

「そんなことはみんな知らないから……」

「それに、オンニは、いつも治療をしてあげたり、困っている人を助けたりしてきたのに」

恵郷は、首を横に振った。

「私たち一家が、これまで不自由なく暮らせたのは、日本側の立場にくみしていたからだというのは事実だから」

息を継いで、だから、と続ける。

「恨まれるのは、当然なの。だけど……子どもたちだけは、しっかり守りたい。心配だから、容先（ヨンスン）と容緒（ヨンソ）を学校に迎えに行ってくる」

「あたしも行くよ」

「ううん、一番危ないのは、日本人のマサだから、家から一歩でも出たらだめ。この部屋にいて」

そう言って恵郷は、出て行った。

ひとりになると、恐怖がじわじわとマサを襲ってきた。負の感情に呑まれないよう、膝を抱えて縮こまり、目を閉じる。しかし、次から次へと浮かぶ不安な思いからは逃れようがなかった。

――日本人であることで、なにか報復されたりするのだろうか。

――あたしは、どうしたらいいんだろう。日本人のあたしがいることで、オンニはますます苦しい立場になってしまうのではないか。

――ここを出て行った方がいいのだろうか。けれどもいまは、怖くてそんなことはできない。

――それに、ここを出たら、必ず迎えに来ると言っていたあのひとと二度と再会できないのではないか。

――それとも、もうとっくにそんな約束は忘れているのかもしれない。そもそも、生きているかどうかもわからないのだ。

マサが思いめぐらしていると、外が騒がしくなっているのに気づいた。なにごとかと不安になり、部屋の扉をほんの少しだけ開けて、外の様子を覗いてみる。

中庭で、使用人の朴(パク)さん夫婦が、禁止されていた白い朝鮮服を着て、両手をあげ、マンセーと、繰り返し叫んでいた。

万歳(マンセー)の声や朝鮮の歌が、邸宅の外からも、そこらじゅうから折り重なって聞こえ続けており、街中が祖国解放に感極まって、雄叫びをあげていた。

「日本人の校長先生は悲しそうに大泣きしていて、朝鮮人の先生たちは、嬉しそうに万歳をしていた」

家に戻った九歳の容緒は、国民学校でラジオ放送を聴いたのちの様子を話した。だが、マサと同様、大半の子どもたちは、ラジオ放送の内容はよくわからなかったという。大騒ぎをしている子どももいたが、それも、朝鮮人の先生が万歳をしているのに倣っていただけらしい。

恵郷とともに帰る道すがらでは、白い朝鮮服を着たひとびとが万歳を叫んでいたり、そこかしこで着の身着のまま太極旗を振っていたりしたのを見かけた。抱き合い泣いている大人たちもいた。それらを見ても、容緒は、きちんと事態を把握できないでいるようだ。

「お母さま、なにがあったのですか。これは、どういうことなのですか」

容緒が恵郷に訊ねた。

「日本が戦争に負けたというのは、本当ですか」

続けて姉の容先が訊くと、恵郷は、日本がポツダム宣言を受諾し、無条件降伏をしたことをふたりにあらためて説明した。

「朝鮮は、日本の支配から、やっと解放されるの」

恵郷は、最後に、感慨を交えてそう言った。すると、容先が、そうなると、と不安そうな顔になっている。

「私は、日本の……東京女子医学専門学校に留学できなくなるかもしれないのですか？　いつか行きたかったのに」

母親のように医学を学びたいと日頃から言っていた容先は、目に涙を浮かべている。

「朝鮮でも、いつか女性が医学校に行けるようになりますよ、きっと」

恵郷は、諭すように、優しく答える。

「そんなこと、可能でしょうか」

「ええ、朝鮮は独立するのですからね。きっといい国になります。いいえ、いい国に私たちがするのです。立派な国に」

恵郷はきっぱりと答えて、容先を抱きしめた。マサはその様子を見て、胸が熱くなった。

そこに、主人の申虎鐘が帰宅した。家族総出で中庭に出迎えると、虎鐘は顔色が悪く、憔悴しきっていた。

「いまさっき門のところで、朴さん夫婦に会った。この家で働くのを辞めると言って、出て行った。ほかの使用人の姿も見当たらない。いなくなったんだろう」

「そう……ですか」恵郷がため息まじりに答える。

「それから、明日からしばらく私は京城に行く。いろいろと忙しくなる。ついでにあっちの学校にいる子どもたちの様子も見てくるので、留守をたのむ」

「わかりました」感情の乏しい声で恵郷が答える。

「それで、だ」

虎鐘がマサの方を向いた。

「あなたは、一刻も早く日本に帰るのがいいでしょう。船に乗れるように、私の方でなんとかしてみましょう」

「え？　日本に？」

――わたしは、朝鮮に骨をうずめる覚悟で来たのに、帰らなければならないのか。

――朝鮮にこんなに長く暮らして、いまさら日本へ帰ったところで、誰ひとり親しい人もいないというのに。いやそれどころか、知り合いさえいない。それに、震災の日のあの忌わしい思い出がある日本に戻りたくない。

――オンニと離れたくない。容緒と別れたくない。

――それに、ここにいなければ、あのひとに会えないのに。あのひとはここに迎えに来るのだ。

南漢の面影は、もはや茫漠としかけていた。だが、強い想いは胸の奥にしっかりとある。

――いやだ、帰りたくない。あたしは、朝鮮に残りたい。

だが、それを口にはできなかった。思いはあっても、現実は厳しいことを、いまやマサはよく理解していた。

「私が京城から戻ったら、出立すればいい。なにせ、いまは情勢もよく見えない。日本に帰れるのがいつになるかは、わからない。だが、それまでは、申し訳ないが、妻とともに、ここにいてくれたら……」

虎鐘が言い終わらぬうちに、目の前に拳大の石が投げ入れられた。容緒が、わっと飛び上がるように後ずさる。

「日本の手先めっ」

怒鳴り声に続き、また石が飛んでくる。

子どもたちはすくみあがり、震えている。

「早く中へ入るんだ」

虎鐘に言われ、みなが慌てて室内に逃げ込むと、容先と容緒が、しゃくりあげて泣き出した。マサは容緒の肩を抱いてなだめる。恵郷は容先の頬の涙をぬぐっている。

誰も言葉を発することができなかった。子どもたちも、泣き声を出すまいと、必死に耐えている。すると、外から罵声が飛んでくるのがよく聞こえた。

「民族の裏切り者っ」

「許すわけにはいかない！」

「俺たちを搾取しやがって！」

「いい思いをしやがって！」

「日本人がここにいるぞ！」

「日本人は出てきて謝れ！」

「日本の手下も一緒に罰してやる！」

これらの声は、次第に増えていった。邸宅をひとびとが囲んでいるに違いない。

恵郷が容先の耳を手でふさいだ。それを見たマサは、慌てて自分の掌を容緒の耳に当てた。

――やはり、ここにはいられない。日本人のあたしは、解放された朝鮮にはいられない。いるわけにはいかないのだ。

マサは、絶望の淵に落ちていった。


真夜中、邸宅の周囲からひとびとが去って、ようやく静かになった。

いまにも門を突き破って侵入してくるかもしれないという恐怖からはとりあえず逃れられたが、明日もまた同様なことが続くのではないかと、マサは不安でたまらない。恵郷を見ると、鬼気迫る表情で、横たわって眠る容緒の頭をなでていた。その隣では、容先が小さな寝息をたてて、恵郷にもたれかかっている。

虎鐘が、子どもたちを交互に眺めながら、どう考えても、と渋い顔で言う。

「この家に置いていくのは、危ないな。みんなで一緒に京城に行くしかないだろう。すぐに支度して、夜が明ける前に開城(ケソン)を出よう。目立たぬように」

「京城に？　大丈夫なのですか？」恵郷が、首をかしげた。

「ああ、京城ならば、ここよりは安全だろう。あっちにいる子どもたちも一緒に、我々のことをよく知らない連中のあいだで身を隠したらいいんじゃないか。こういう非常時は、なにより、家族みんなが一緒にいることが大事だ」

「マサも一緒に行けますか？」

「そうだな……」

虎鐘は言葉に詰まり、マサをちらりと見てから目をそらした。

「あなた。マサは私の妹のようなものです。家族同様に暮らしてきたではないですか」

恵郷の言葉は、マサの心に染みる。家族に恵まれず、心を通わせた南漢とは生き別れてしまったマサにとって、恵郷は、その家族は、とくに容緒は、かけがえのない存在だった。

だが、虎鐘は、眉根を寄せて、厳しい顔になっていた。

「しかし……」

「あなたのおっしゃるように、京城がここよりも安全ならば、マサだって、朝鮮人のようにふるまえば、危なくないでしょう。言葉も問題ないですし、日本人だとばれないはずです。それに、あなたは、マサの帰国の船を手配すると、おっしゃったではないですか」

恵郷の訴えに、虎鐘は黙して考え込んでしまう。

「すみません」

マサは、虎鐘に向かって頭を下げた。

「これまでもずっとよくしてもらっていましたが、本当に申し訳ないです」

虎鐘は、マサの方を見て、いや、まあ、と視線を泳がせる。

マサは、虎鐘の反応に、心を決めた。一瞬目を閉じて息を吸い、瞳を開く。

「あたしは、ひとりでここから出て行きますから、ご心配なく」

そう言うと、恵郷が、マサっ、と強い声で言った。

容先が目覚めて目をこすった。そして大人たちの深刻な様子に気づき、姿勢をただした。容緒もむっくりと起き上がり、すぐに張り詰めた空気を察し、戸惑った表情を浮かべた。

「なんてことを言うの。ひとりでは危ない」

恵郷はいつになく感情的だ。

「ううん、オンニ。これ以上、オンニたちに迷惑をかけられない。一緒にいるわけにはいかない。あたしは、荷物をまとめて、すぐに出発するよ」

マサは、静かに答えて、立ち上がった。

「おばさま、行かないでっ」

容緒がマサの足にしがみついて、泣き出した。マサはかがんで容緒を抱きしめる。

——出産に立ち会い、おしめをかえ、おんぶして育てた容緒。かわいい容緒。自分の娘のように思ってきた。

「大好きだよ」

マサはささやくと、容緒の腕を振りほどき、ふたたび立ち上がった。そして、容緒が泣き叫ぶ声が響く中、自分の部屋に向かおうとした。

「わかった。わかった」

虎鐘は、容緒の肩をたたいた。

「マサさんも一緒に京城へ行きましょう」

「わっ、お父さま、ありがとうございます」

容緒が、虎鐘の胸に飛び込んで、頬を擦り寄せる。

「あなた。感謝いたします」

恵郷が言うと、虎鐘は、ふう、と大きくため息を吐いて、容緒の頭を撫でた。

「ほんとうに、いいんですか?」

恐縮して訊くと、虎鐘はマサの方を見ることなく、自分の娘を見下ろしたまま、小さくうなずいたのだった。

マサは自室に行き荷物をまとめ始めるが、気持ちが重く、あまりはかどらない。急がなければならないと頭ではわかっているが、心が拒んでいた。

長年暮らした邸宅も、風情のある開城の街も、マサにとって大切な思い出に満ちた場所だった。しかし、別れを惜しむ間もなく、ここを出て行かなくてはならない。そのことが無念でたまらない。そして、南漢と再会する可能性が閉ざされることが、悲しい。悔しい。

——むしろこれで、すっきりしたと思えばいい。生死のわからないあのひとを待つ苦しみから解放されるのだから。

無理やり自分に言い聞かせて、割り切ろうとする。

どうにか自分を励まして、止まった手をまた動かし、荷造りを進める。最低限背負える荷物に仕分け、広げた風呂敷に重ね置いていく。この風呂敷は、列車の中で南漢と別れてここに来たとき以来、使っていなかった。

――あのときも、あたしは、絶望していた。

　南漢からもらった聖書を手にすると、胸がうずいて苦しくなる。

――あたしは、これから、どうやって生きていったらいいのだろう。京城まではオンニたちと一緒に行ったとしても、近いうちにあたしは日本に帰らなければならないのだ。

――結局は、日本人であることからは、逃れられない。

――国って、なんなのだろう。

――心がどうあろうとも、なにじんであるかということに、振り回されなければならないのか。

――神さまの下(もと)では、なにじんだろうと、関係ないというのに。

　マサは聖書をじっと見つめる。黒ずんだ染みは表紙にこびりついたままだ。

――この聖書から朝鮮人だと思われて、喜代さんとみつさんは殺された。なにじんか、ということだけで命を奪われた。そんな因縁があっても、あのひとにもらったものだから、手放すことができなかった。

――だけど、
　聖書を床に置いた。

――この聖書は置いていこう。あのひとにもらった大事な聖書だけど、もうあのひととは二度と会うことはない。忘れるしかないのだ。そして、朝鮮語の聖書は、日本に帰るのに必要がない。この聖書に刻まれた悲しい思い出とともに、朝鮮のことを、あのひとのことを、きっぱりと断ち切ろう。

　マサは聖書を壁際にある棚にしまったのだった。


　家族全員が朝鮮服に身を包み、それぞれが自分の荷物を持った。もちろん、マサもチマとチョゴリというでたちだ。

　虎鐘は、白いチョゴリにパジという恰好で、マサは彼が朝鮮服を着ているのを初めて見た。いつも洋服を着ていたし、日本的なものを好み、朝鮮的なものを避けていたのに、いくら逃げるため、被害に遭わないためとはいえ、そこまで変わり身が早いのかと感心してしまう。必死な姿が切なくも見えた。

――この人は、思想信条ではなく、日本の統治下を生き抜くための処世術で、日本に媚びていたのだろう。そして朝鮮が解放されたいまは、報復されないように、朝鮮人らしくするのだな。
——つまりは、つねに、体制に準ずるということだ。生きるためにはそれも仕方ないのだろうか。
——オンニは、どんな気持ちでこの人と暮らしてきたのだろうか。独立運動に加わったこともあったオンニは、さぞかし辛かっただろう。
——だけど、そんなことは日本人のあたしが偉そうに考えることじゃない。
——ましてや、あたしの存在そのものが、一家の負担になっているのだし。

　虎鐘を見つめていたら目が合い、お互いにきまずくて視線をそらした。

「さ、行こう」

　虎鐘は、先に立って門を出た。

　列車に乗るのは危険だと判断した虎鐘が用意した車に乗り込み、あわただしく、邸宅をあとにする。

　虎鐘によると、運転手の金（キム）は、信用できる人物で、道案内をしてくれるという。金は、中年の男性で、感情を表に出さない寡黙な人だ。

　助手席に虎鐘、後部座席に恵郷とマサが容先をはさんで座り、マサは容緒を、幼児のように膝の上に座らせた。かなり窮屈だったし、満九歳となっていた容緒は最近は子ども扱いを拒んでいたが、切迫した状況を察して、なにも文句を言わなかった。

　ヘッドライトに照らされる街を眺める余裕もまったくなく、みな息を詰めるようにしており、車内で会話が交わされることもない。

　明るいうちは歓喜に沸いていた街も、いまはしんと静まり返り、道々に人影はなかった。車はスピードをあげて、ところどころに太極旗が目につく開城の街を抜けていく。

　揺られているうちに、緊張が解け、睡魔が襲ってくる。マサはうとうとして、眠りに落ちた。どれくらいたっただろうか、気づくと外はすっかり明るくなっており、車は田舎道を走っていた。膝上の容緒は首を垂れて眠っていて、隣の容先は目を閉じていた。前に座る虎鐘は、まっすぐ前を見据えている。

　恵郷と目が合うと、彼女は、口元を軽くゆるめて、起きた？　とささやいた。

「もうすぐ、イムジン河だから、車を降りるみたい」

　そう言ったのち、容先を、「さ、起きなさい」と軽く揺さぶったが、だいぶ深く眠っていてなかなか目覚めない。

「河は舟でわたることになるが、川辺までもかなり歩くから、体力をつかう。ぎりぎりまで寝かしておいてあげなさい」

虎鐘が、前を向いたまま言った。

車を降りて、それぞれが荷物を背負い、草深い道を、金を先頭に歩き始める。足場が悪いのでかなり歩きにくく、なかなか歩を進められなかった。

しばらくすると容先がつまずいて転んでしまった。

「大丈夫?」

恵郷が近寄って顔を窺うと、容先は、もういやだ、とべそをかき始める。

「お母さま、なんで私たちがこんなみじめな思いをしなきゃならないのですか。逃げなきゃならないのですか」

責めるように問うが、恵郷は答えない。

「なんで、日本が負けてしまったのですか」

さらに問うと、やめろっ、と虎鐘が怒鳴った。

「黙るんだっ」

容先は、ひっ、としゃくりあげて、ごめんなさい、ごめんなさい、と言った。

ひっく、ひっく、と容先がなおもしゃくりあげている。マサも容緒も、金も、黙って様子を見守っていた。

恵郷が手を差し伸べて、容先を立たせるが、足をくじいているようで、また座り込んでしまう。

「時勢が変わったんだ。いままでとは違う。いいか、生き延びるんだ。どんな世のなかでも」

虎鐘は冷静さを取り戻した、落ち着いた声で言った。そして自分の荷物を金に預けると、容先の前に行った。

「私がおぶおう」

そう言って容先に背中を向けた。

「乗りなさい」

虎鐘がやわらかい声で言うと、容先は、素直に従った。

それから黙々と道なき道を進むと、急に視界が開け、広い河が見渡せた。だが、河原には人の姿があった。マサたちがいるところからは少し離れていたが、数人が集まって丸くなり、なにか叫んでいる。

「まさか、人がいるとは。ちきしょう、なにをやっているんだ、あいつらは」

虎鐘が、舌打ちをして続ける。

「金さん、肝心の、河を渡してくれる人が見当たらないが、どこだ？　舟は？」

「探してきますから、ちょっと戻って、草むらに隠れていてください。さ、早く」

金は、虎鐘の荷物を恵郷に渡した。

みんなで来た道に戻ろうとすると、あっ、と、集団のうちのひとりが、こちらに気づいた。

「あんたたち、どこから来たんだーい」

男たちのうちのひとりが叫んだら、ほかの連中も、こちらを向いた。

「こっちに来いよー」

「何しに来たんだー」

「河を渡るのかい？」

「なんで、そんな荷物を持っているんだ」

言いながら、最初に声をかけてきた男が近づいてくる。

マサは、恐怖でその場から動けなくなった。恵郷も容緒もかたまってしまっている。虎鐘は、険しい顔になって、男たちを睨んでいる。背中の容先はいまにも泣き出しそうだ。

金が、じり、じりっと、あとずさり、突然脱兎のごとく素早く走り去った。

「おい、おい、逃げたのか？　なんでだ？　あいつはなにか後ろめたいことでもあるのか？」

男が、虎鐘の目の前まで来て訊いた。年齢は虎鐘と変わらなそうだが、痩せていて、身なりもみすぼらしい。髪が乱れ、顔も垢で汚れていた。

――もしかしたら、もの盗りかなにかだろうか。

マサは自分の荷物をきつく持ち直した。

「いや……さあ……どうして逃げたんだろう。……わからないな」

声が震えていて、虎鐘の動揺は隠せていなかった。

「まあ、いい、こっちに来いよ。一緒にいるのは、家族か？」

男は、にやにやとしてマサと一家を見回すと、「お前たちみんな来い、ほら」と言い、虎鐘を先導した。虎鐘に続いて、みながとぼとぼとついていく。

――いったい、なんだというのだろう。

事態がまったく呑み込めないが、恐怖だけが膨れ上がってきていた。

河のごく近くまでいざなわれて行くと、そこには白髪の老人がひとり、正座してうなだれていた。その周りを数人の身なりの悪い男たちが囲んでいる。

　正座している老人の顔は目を開けているかどうかもわからないほど腫れあがり、唇の端が切れて血が滲んでいた。明らかに殴られた痕だ。

「こいつがよ。河を渡して、日本人を逃がしたんだ。あんたならどうする？　え？　許せないだろう？　ずっと日本人の犬だった奴だ」

「年寄りだから、見逃してやったらどうだ？」

　虎鐘は、かすれた声で言った。

「見逃すだと？　さんざん俺たちを踏みにじった日本人に尻尾を振っていた奴を許すってのか？　年寄りだろうが、なんだろうが、関係ねえよ」

　吐き捨てるように言った男の剣幕に気圧されて、虎鐘は黙っている。

「なあ、そういうあんたも、怪しいな。逃げて来たんじゃないか？　もしかして、あんたも日本の犬だったんじゃないのか？」

　男は憎悪に満ちた目で虎鐘を睨みつける。

　マサは、東京の大震災のときに見た自警団の血走った目つきを思い出した。

――あのときは、朝鮮人を探し回っていた。いまこの人たちは日本人やその協力者を必死で見つけようとしている。

　虎鐘は、大げさに手を振って、とんでもない、と応えた。

「日本の犬だったなんて、冗談じゃない。京城に親戚がいるから、家族でそこに行くだけさ。逃げてきたわけじゃない」

「じゃあ」

　下卑た笑いを浮かべた男は、舌を出して下唇を舐める。

「こいつを殴り殺したら、信じてやる。河も俺が渡してやるよ。なに、簡単さ。ほとんど死にかけているから、頭を石で二、三回打てばいい」

　ほら、と男は、落ちていた拳二つほどの大きさの石を拾って、虎鐘に差し出した。

「できないなら、あんたを痛めつけるしかないからな。妻や娘がどうなるかも、わかるよな？」

　その言葉を聞いたマサは、喜代が血にまみれて下半身をあらわにして死んでいた光景が頭に浮かんだ。震えが起きそうになるのを、下唇をぐっと嚙みしめて必死に抑える。

　虎鐘は、少し考えたのち、唾をごくりとのみこむと、容先を背中から降ろして、石を受け取った。

「あなたっ」

恵郷が悲痛な声で叫ぶのと、虎鐘が老人の頭に石を振り下ろすのが、同時だった。

マサは、咄嗟に容緒の目をふさぎ、自分も、顔をそむけた。容先の悲鳴があたりに響きわたった。


「マサ、マサ、起きてちょうだい」

恵郷の声で目覚めると、まだ明け方だった。

「なにかあったのかい？」

「ここを一緒に出ましょう。夫がいないうちに。この機会を逃せない。容先も容緒も起こしたから」

「え？　どういうこと？」

「もう、夫のことが嫌でたまらない。妾のことはまだ許せる。だけど、人を平気で殺せるなんて。あんな無抵抗のおじいさんを、自分たちの身を守るためとはいえ……。耐えられない」

「でも、ああしないとオンニや子どもたちも……」

「それはわかっている。だけど……だけど」

恵郷の目は充血して赤くなっていた。

マサも、ひと月前の出来事が頭から離れないでいる。容先も容緒も父親が人を殺めたことが相当の衝撃だったようで、いまもうなされて眠れないことがよくある。特に容緒は、叫び声をあげて目覚め、マサの布団に入ってくることがしばしばだった。

とはいえ、子どもを抱えて、虎鐘の庇護から外れて生きていけるのだろうかと心配になる。

「だけど、どうやって暮らしていくんだい？」

「なんとかなる。ううん。なんとかする。国が日本から自由になったんだもの。こんどは、私の心の自由がほしい。貧しくなったって、もう、あんな夫に仕えたくない。我慢できない」

強いまなざしで言った。

「わかった。急いで支度をするよ」

「もう、マサも、日本に帰らないで、私とずっと一緒に暮らしましょう」

「うん、うん」と、思わず恵郷に抱き着いた。

「なんだか、子どもみたいだね、あたし。四十も半ばの、いい歳なのにね」

マサが言うと、恵郷は、幼い子どもにするように、マサの背中をぽんぽんと叩いた。その調子が心地よく、マサはずっとそうしていてもらいたいくらいだった。

急ぎ荷物をまとめたが、たいして時間はかからなかった。京城に来てから荷物をほとんど解いていなかったのだ。なぜなら、どうせそのうちに日本に戻ることになるだろうと思っていたからだ。しかし、虎鐘はなかなか船の手配をしてくれず、マサは朝鮮にとどまっていた。

　マサは京城の東側に、恵郷と容先、容緒とともに暮らしていて、虎鐘が時々訪ねてきた。彼は、こんどは米軍の仕事にありついて、またうまく生き延びることができそうだった。さらに、彼には以前から京城の中心地に別の家があり、そこにはいま、京城の学校に通う二人の息子と、虎鐘の妾が住んでいた。

　恵郷は、うすうす妾の存在を知ってはいたが、こんなに堂々と京城で暮らしているとは思わなかったようだ。虎鐘は、当然のように妾とともに家族みんなで暮らすつもりだったようだが、恵郷はかたくなに拒んで、もう一か所、家を用意してもらった。しかし、結局はその家も出て行くことになった。虎鐘と完全に縁を切るためだ。

　マサは、ふたたび荷物を抱えて、恵郷、容緒、容先とともに早朝の京城の街を歩いた。すると、南漢のことが思い出されてたまらない気持ちになった。

「おばさま、泣いているの？」

　容緒が心配して顔を覗き込んでくる。

「うん、嬉しくてね。容緒とこれからもずっと一緒だからね」

「あたしも嬉しいよ」

　容緒はえくぼを見せて笑った。

――この笑顔があればいい。あのひとのことは忘れなければ。

　マサは、空を見上げた。抜けるような青空にうろこ雲が浮かび、気持ちのいい天気だ。

　早朝の静かな京城は、嵐の中の静けさだった。この街は、さまざまな政治勢力が入り乱れ、めまぐるしく日々変化している。

　京城だけでなく、朝鮮は混沌の中にあった。全土から日本人はどんどん引き揚げていった。そして、北緯三十八度線を境に北側はソビエト軍が駐屯し、ソビエトに認められた人民委員会が行政を行った。南側は米国の軍政が敷かれ、直接統治となっており、三十八度線を越えることは困難になっていた。

　したがって、三十八度線の北にある開城に戻ることは、いまや物理的にも不可能だった。

「夫が朝鮮総督府の役人だったからだけでなく、勝手に引かれた線のせいで、もう二度と父の墓にも行けないし、母と弟にも会えない」

恵郷は、そんな思いを信仰に注ぎ込むように、また教会に通い始めていた。民家に信者が集まるようになっていて、マサも、子どもたちも一緒に宣教師によるミサを受けていた。

移った家は、教会の信者仲間が住んでいる龍山（ヨンサン）にある。ここは解放前、日本軍が駐屯していたが、現在はアメリカ軍司令部に変わった。集落には、三十八度線の向こうからこちらに越境してきたひとたちが多く住んでいる。彼らの中には、土地を人民委員会に没収された地主やキリスト教徒などがいた。


解放から二年あまりが過ぎた。日本の統治下、「京城」と呼ばれていた街は、いまは、「ソウル」とあらためられている。

三十八度線以南は、米軍統治による食糧政策が混乱を招き、食糧不足は深刻になり、軍政への反発が激しくなっていた。農民の蜂起や労働者のストライキが相次ぎ、混沌は続いている。

マサはいま、恵郷と容緒との三人暮らしだった。一年前、容先が父親の申虎鐘のもとへ去ってしまったのだ。

「こんなひどい暮らし、我慢できない。学校にだって行きたい」

「お父さまに妾がいても、別にかまわない。お父さまがイムジン河でしたひどいことも、忘れる」

「だから、お父さまのところに住みたい。そこから学校に通って思い切り勉強したい」

そう訴えて涙ぐむ姿を前に、恵郷は、申虎鐘のもとに容先を送り出すしかなかった。

マサたちの住まいは丘の上にひしめく粗末なバラックのひとつで、暮らしぶりはかなり厳しかったが、三人で肩を寄せ合っていると、なんとか耐えることができた。

容緒は、姉の容先と異なり、現在の生活になじむのも早かった。容先がいなくなったことは寂しがっているものの、集落で友達もでき、屈託がない。貧しいことや、学校に通えないことに文句も言わなかった。手に入れた本を頼りに、恵郷に勉強を教えてもらっている。明るい笑い声をあげる容緒は、マサにとっても、恵郷にとっても、まさに、光、ともいえる存在だった。

恵郷は、表面的には、平静を装っているように見えた。けれどもマサは、ある初夏の夜半に、恵郷が身を起こし、布団の上に座っているのに気づいた。暗がりのなか目を凝らすと、恵郷は肌身離さず持っている写真を胸に抱いている。それは、子どもたちがみな写っている家族写真のようだった。しばらくののち、恵郷は写真を懐にしまうと、十字架を手に十字を切って両手を合わせ、声を殺して祈りの言葉を唱え始める。そのはかない肩は小刻みに震えており、マサは声をかけるのがはばかられ、寝たふりを決め込んだ。すると、すすり泣きが聞こえてきた。

恵郷と容緒とともにいられれば、それだけで幸せだと思っていた自分が、なんと身勝手だったのだろうと、恥ずかしくなる。

——オンニ（姉さん）の家族は、ばらばらになってしまったのだ。

——五人も子どもがいたのに、そばにいるのは、容緒だけになってしまった。

恵郷の切ない泣き声は、あらためてその事実をつきつけてくる。開城の邸宅で、大家族で食卓をにぎやかに囲んだ日々がマサの瞼に浮かぶ。

こんどは、河原で申虎鐘が老人に石を振り下ろしたときの光景が蘇る。

——あんなことになるなんて……。解放されたら、朝鮮の民はみな幸せにならなければならないはずなのに。

——いたるところで、朝鮮人同士で、国をどう治めるかでも揉めている。朝鮮人同士で、次々に物騒なことも起きている。戦争が終わったら、平和になるはずではないのか。

——日本がやっといなくなったら、こんどは、ソビエトやアメリカがやってきて勝手に線をひき、大きな顔をしている。

——いつになったら、朝鮮のひとびとは、自分たちの手に国をとり戻すことができるのだろうか。朝鮮人同士が憎み合うようなことがなくなるのだろうか。

——そもそも、あたしの国、日本が、朝鮮をわがものとしたことからこうなっているのだろうか。だとしたら、あたしは日本人であることが嫌になる。

——朝鮮のひとびとのために、なにかできることはないかと思うけど、あたしには、なんの力もない。あたしは、むしろ、オンニや容緒のおかげで、生きていられるのだ。

——せめて、オンニや容緒のそばにいて、少しでも助けになってあげたい。オンニの悲しみを減らしてあげたい。恩を返したい。

　マサは、隣で寝息をたてる容緒の髪にそっと触れて、その頭を撫でた。


　翌朝の恵郷は、前の晩の様子とは打って変わって、明るい表情をつくっていた。

「マサ、出かけてくるね。今日は、ちょっと遠くまで足を延ばしてくる。向こうから来る人たちがどんどん増えているの。だから、多くの人たちとかかわることで、開城の親族の消息や、南漢兄さんの行方も知ることができるかもしれないじゃない」

　気丈にふるまって出かけていく。

　恵郷は、わずかな金で診療を施し、ときには出産の手伝いをして生計をまかなっていた。医師免許があるわけではないのだが、恵郷を必要とする人たちがあまたいたのだ。マサの方は家事をにない、容緒もマサを手伝った。

　マサは言葉に問題はないとはいえ、細心の注意を払い、ここではなるべく口数を少なくしている。三十八度線以北では朝鮮人の日本人妻が連れて行かれているという話を聞いたが、以南にも日本人に恨みを抱く人はどこにでもいるので、用心しているのだ。そのおかげか、周囲に日本人だと知られてはいない。恵郷の従妹（いとこ）だということにして、名前を訊かれた時は、「金恩恵（キムウネ）」と答えた。恩恵は、恵郷への感謝を込めて、自分で考えた名前だ。

「ごめんね。マサ。私は、名前を変えるってことが、どんなに屈辱か、よくわかっているのに」

　偽りの名前を決めたときに、恵郷がつぶやいたが、マサは、頭を大きく振った。

「いいさ。嬉しいくらいだよ」

　梨本宮家に仕えていた母が、先に生まれた方子（まさこ）に似た名前として名付けてくれた、マサ、に執着はない。それはすなわち、いまやマサのなかに、日本への郷愁、方子への思慕が薄れたということだった。富士の景色を懐かしむことも、方子のことを考えることも、もはやまったくと言っていいほどないのだ。

　朝鮮に来てから二十四年が過ぎた。マサの人生は、日本でよりも、朝鮮での方が長くなっていた。根無し草だったマサは、南漢を失ってからは、恵郷と容緒との暮らしに根を張ってきた。

　亡くなった母のことを思うと、墓参りができないことを申し訳ないとは思うが、それも、かすかな胸の痛みほどの微細な感情でしかない。

「嬉しい、の？」

　恵郷が、まっすぐにマサを見つめてくる。

「そうさ。これで、オンニや容緒との結びつきがぐっと強くなった気がするよ。やっと家族になれたんだ、って。それに、あたし、ずっと日本人でいることが、申し訳なかった……。日本の名前でなくなるのは、かえってさっぱりする」

　きっぱりと答えると、恵郷が「マサ」と語気を強めた。

「日本が私たちの国にしたことを、マサみたいな人が負うことはないの。もちろん、責任がある人は、いる。日本という国を動かしてきた人たち、そしてそこに乗っかって、朝鮮を搾取してきた人たちだけど……それは、マサじゃない。マサだって、国に振り回されてきた犠牲者でしょ。マサは、私にとって、大事な人。ただ、それだけ」

――オンニは、慕っていたいいなずけや大事に育てた長男の寛求を、日本や日本人によって失ったというのに。

「どうしてそんな風に考えられるの」

「誰かに憎しみをぶつけるのは簡単なこと。日本という国がしたことの責任を、普通の日本人に負わせれば、そのときだけは気が晴れるかもしれない。だけど、そんなことをしても、虚しいだけ。国と人はまったく同じではないのだから。私だって、解放前は生きていくために親日派（チニルパ）のようにふるまっていたのだし」

「でも、あたしは、やはり朝鮮の人たちに、申し訳ないと思ってしまう。だから、名前ぐらいなくなっても」

　恵郷は、そうじゃない、ときっぱりと言った。

「いまは三十年以上つもりつもった日本の支配への恨みが大きくて、みな殺気立っている。日本人に報復したくなる人も多い。だけど、時間が経って、いつかはマサが私たちの国で日本人のマサと名乗れるようにならなきゃいけないと思う。誰も、大切な自分の名前を奪われてはならないもの」

　恵郷は、マサの手を強く握り、「だけど、いまは、いまはね。しばらく、辛抱してね。生きていくためにね。矛盾したことを言ってごめんね」と続けた。マサは深くうなずいて、恵郷の手を硬く握り返した。

季節がめぐっても、朝鮮はまとまる気配がなかった。三十八度線の南側だけで単独政府樹立のための総選挙が実施されることが決まったが、これに激しく抵抗する勢力も多く、武装蜂起も起きた。しかしながら、米軍政府や警察、それらに協力する人たちなどに鎮圧されていた。

鎮圧の際にかなり暴力的な行為が行われているらしいと人々の口から耳に入ると、恵郷は深く傷ついた表情で考え込み、祈りをささげた。そんな恵郷の様子を見守るマサも心が痛み、一緒に祈ることで、どうにか心を紛らわせた。

解放から丸三年を迎えた日、米国に近い立場の李(イ)承晩(スンマン)が大統領となり、大韓民国政府が成立した。そして翌月には、北側に、朝鮮民主主義人民共和国が、ソビエトの後ろ盾を持つ金日成(キムイルソン)により建国された。

「とうとう、国が二つに分かれてしまった」

恵郷のいつになく暗い表情から絶望がひしひしと伝わってきて、マサは、なにも言葉をかけられなかった。

それからもマサたちは、龍山に暮らし続けていた。週末は、教会のミサに三人で通った。恵郷に聖書を借りて読んだ。信仰に身をゆだねると、不思議と心が穏やかになった。

恵郷は、信者の仲間にも、積極的に親族や南漢の消息を尋ねてまわっていたが、なしのつぶてのまま、時間だけが過ぎていった。

秋も深まり、空気が冷たく鋭さを増してきた。前日の雨が嘘のように良く晴れた昼下がり、野菜を煮込んだ汁を食べ終えて、マサは食器や鍋を外で洗っていた。水が冷たくて、あかぎれの指に刺さるような痛みが走り、動作がのろくなる。ふと手を止めて、薄暗い部屋の中を覗くと、明かりもつけずに、容緒は恵郷に与えられた本に夢中になっている。

満十二歳となった容緒は、子どもらしさが影を潜め、やけに大人びた表情を見せることがあった。本を熱心に読むその顔は恵郷によく似ており、いかにも聡明な美しさをたたえていた。マサは愛おしさに思わず目を細めて容緒を眺める。

――学ぶことに貪欲な容緒は、書物を読むだけでなく、さぞ学校に通いたいだろうに。なにも言わないけれど、きっとそうだ。あたしも遠い昔、学校に通いたくてたまらなかったから、よくわかる。

——しかし、やはり、この状況では学校には行かれないのだろう。容緒が不憫でならない。

ため息を呑み込んで、また洗いものに戻ろうとしたとき、朝から診療に出ていたはずの恵郷があわただしく戻ってきた。走ってきたため、頬がわずかに赤くなっている。

「マサ、マサっ」

恵郷は、息せき切って、マサの腕をつかんだ。マサは、久しぶりに、恩恵、ではなく、マサ、と呼ばれて動揺した。素早く周囲を見回すが、幸い近くに人はいなかった。

「オンニ、どうしたの。忘れ物？」

「見つかったの。兄さんが、南漢兄さんが、見つかったのよ！」興奮した声で、恵郷が叫んだ。

——あのひとが、見つかった？

「いまどこに？」声がかすれてしまっていた。

「そんなに遠くにいるわけではないの！　清涼里(チヨンニヤンニ)にいるの！」

マサは、清涼里という地名に聞き覚えがあった。

——たしか、清涼里には、方子さまのご長男、晋(しん)さまが眠っていらっしゃる崇仁園(スンインウオン)がある。

方子に心酔していた昔は、清涼里の崇仁園まで墓参に行こうと思ったこともあったのだった。清涼里はここ龍山よりも北へ行ったところにあるが、どうにか歩いて行けるはずだ。

——あのひとが、そんな近くにいたなんて。

現実とは思えず、返す言葉が出てこない。

「お母さま、おじさまが見つかったの？」

容緒が外に出てきていた。

「そう。だから、今日、これから会いに行ってくるけど、戻るのは遅くなる。もしかしたら、明日になるかも。容緒、夜、ひとりで大丈夫？　念のため、隣のイムさんにお願いしてはおくけど」

「私なら、大丈夫です。心配しないで行ってきてください」

「これ、私のお弁当。お腹がすいたら夜はこれを食べて」

そう言って手にしていた包みを容緒に渡した。続けて、マサに向かって、「さ、早く支度しましょう」と言った。

マサは、洗いものをそのままにして部屋に戻り、あたふたと着替えはじめた。気持ちが急くのに、心ここにあらずで、なかなかチマやチョゴリの紐をうまく結ぶことができず、見かねた恵郷が手伝ってくれた。
――神様、ありがとう。ほんとうにありがとう。あんたを恨んだこともあったけれど、あのひととやっと会える。あんたを信じて祈ってきてよかった。

　マサは心のうちで唱えていた。

　容緒に留守番を任せ、恵郷とふたりで清凉里に向かう道すがら、消息を知るにいたった経緯を聞いた。恵郷は、ひとづてに頼まれて子どもの湿疹の診療に遠方まで行き、子どもの母親から、消息を聞いたという。その一家は、最近清凉里から越してきたらしい。母親の話では、近くにひとりで住んでいた男性が、金南漢という名前で、彼は解放まで、西大(ソデ)門(ムン)刑務所にいたということだった。

「大勢の独立運動家が投獄された西大門にいたってことは、兄さんに間違いない。話を聞く限り、背格好も似ている」

「あのひとは、あのひとは……元気なのかい？」

　恵郷はかすかに顔を曇らせたが、すぐに口角をあげて、明るく、大丈夫、と言った。

「足が悪い、とは聞いたけど……。市場で煙草やなんかの物売りをしているらしいから、元気なんじゃないかと……」

　そして、自分に言い聞かせるように、うん、きっと大丈夫、大丈夫、とかさねた。

　それからは、マサも恵郷も、口が重くなってしまった。黙ってひたすら歩くふたりの表情は、険しくなってしまっていた。

――あのひとと、新義州に行く列車の中で別れてから、十年以上が経っている。

――もうとっくにあたしのことなどなんとも思っていないのではないか。

――足が悪いと聞いたけれど、どんな姿でいるかわからない。前に捕まったときのように、拷問もされただろうし、刑務所でひどい扱いも受けたのではないか。

――ずっと恋しかったあのひとに会えるのは、嬉しくてたまらない。だけど、同じくらい、会うのが怖い。

　相反する思いを抱きながらも、マサは三時間あまりの道のりを、恵郷とともに、ほぼ休まずに歩きとおした。黄金や紅に美しく色づいた木々の葉を楽しむ余裕もなく、ただひたすら先を急いだ。

　夕日が落ち始める頃にたどり着いたのは、粗末な建物が並ぶ一角だった。板きれを渡した屋根に数軒が連なる長屋や、掘立小屋が並んでいる。

「たしか、このあたりのはず」

恵郷が、長屋のひとつに近づき、家の外から声をかけると、赤子をおぶったおばあさんが出てきた。

「金南漢を捜しているんです。家族なんです」

「ああ、金さん？　あの人は、あっちだよ。案内してあげるから、ついてきなさい」

おばあさんは、思いのほか、しっかりとした足取りで歩き出す。恵郷とマサもついていく。

――いよいよ、あのひとに会えるのか。

マサは、緊張のあまり、一歩一歩がおぼつかず、よろけそうになったが、どうにか体勢を保った。ぬかるんだ土が、やけに柔らかく感じられる。

おばあさんは、小さなバラックの家の前に立ち止まって、扉を叩く。マサは、ごくりと唾を呑み込んだ。

しかし、家の中からの反応がない。

「金さん。あんたを捜しているっていう人が来たよ」

おばあさんがふたたび扉を叩き、声をかけるが、やはり返事はない。すると、恵郷が扉に近寄って行き、兄さん、と大きな声で呼びかけた。

「兄さん、恵郷です」

すると、扉の内側で、物音がした。

――いるのだ。あのひとはここにいる。

マサの心臓がばくばくと音を立てて、うねり始める。

扉を開けて出てきたのは、マサの記憶のなかにある南漢とは似ても似つかなかった。真っ白な髪、眼鏡をかけた皺の深い顔、足を引きずって歩くその姿はかなりの老人と言っても過言ではなく、五十代になったばかりとは思えない。案内してくれたおばあさんの方が若々しく見えるほどだった。だが、左手の小指の先がないので、まぎれもなく南漢である。

「恵郷……。ほんとうにお前か？」

その声は、とても弱々しかった。

「兄さん！　そうです。恵郷です。ずっと探していました」

恵郷は、涙声で言うと、「マサも一緒です」とこちらを振りかえった。

南漢がマサを見つめてくる。その頬はこけ、深い皺に挟まれるように傷跡があり、耳が変形していた。おそらく拷問の跡だ。

マサの頬に、はらはらと涙がつたう。

——あたしと同じ日本人の血が流れる人たちが、この人を痛めつけたのだ。

自分の存在を消したくなるほどの罪悪感が生じるのを止められない。

「日本に帰らなかったのか？」

うん、と深くうなずいて、だって、と続ける。

「か、必ず、迎えに来るって、……言った……じゃないか」

せりあがってくる感情の波をおしとどめて、どうにか答える。

「まさか、また会えるなんて」

言いながら南漢は、足をひきずってマサに近づいてくる。マサも歩み寄り、南漢が両手を伸ばしてきた瞬間に、その胸に顔をうずめた。背中に手をまわすと、彼のからだは、驚くほど痩せており、薄い板きれのようだ。ごつごつとしたあばら骨が服の外からでも感じられるほどだった。マサは、ますます、いたたまれなくなってくる。

マサと恵郷は、南漢の家の中に通された。ひとつきりの部屋に、物売りの商品らしきわらじや布製の靴、手巻き煙草に、生活用品などが散乱していて、布団は敷きっぱなしである。

マサは、南漢の隣に座っていることしかできなかった。本当は聞きたいことがたくさんあるのに、嬉しさ、罪の意識、さまざまな感情が去来して、言葉が出てこないのだ。そんなマサに代わって、恵郷が南漢にこれまでの来し方を尋ねた。

「マサと別れて列車から飛び降りたときに、足をやられてしまったが、そのときはつかまらなかった。五年ほどは、大陸を転々としていたが、漢口（ハンカオ）に向かう途中で……」

——ということは、七年も監獄に入れられていたということなのか。

マサは、南漢の方をそっと見た。白髪頭に、頰の傷、昔からある首筋の傷跡がふたたび目に入ると、一度止まった涙がまたこみあげてくる。

「ところで、そっちは、どうしていたんだ」

南漢は、捕らえられた経緯や西大門刑務所での話にはいっさい触れず、話題を変えた。

恵郷もそれ以上は問わず、自分たちのことを語り始める。マサとともに家族で解放まで開城に暮らしていたこと、そして解放後からいままで起きたことをかいつまんで話した。

「そうか、大変だったな、ふたりとも」

南漢は、マサに視線を寄越し、やわらかく微笑んだ。笑顔の端にやっと以前の面影が見つけられた。

「ありがとう、マサ」

マサの手をとった南漢は、あかぎれの部分を優しく撫でる。マサは、うん、うん、と強くうなずいて、洟をすすった。

――こんな罪深いあたしを、いたわってくれるなんて。

「ずっと待っていてくれたんだな」

マサは手を預けたまま黙ってうなずいた。

それからしばらく沈黙が続いたが、恵郷が、兄さん、と口を開いた。

「西大門を出てからは、どうしていたの」

「それは、だな」

南漢は、マサの手をそっと放すと、自分の欠けた小指をじっとみつめながら続ける。

「まずは、仲間のいる平壌（ピョンヤン）に行こうとしたが、足の悪い俺には、なかなか難しくてね。とりあえず、ここで機会をうかがっていたら、あっちには行けなくなってしまった」

「そうね、行けない……」

恵郷は、しんみりとした調子で言うと、黙り込んだ。マサも言葉を失っていた。

――この人が、開城ではなく、平壌に行こうとしたということは、あたしを迎えに行こうとは思っていなかったってことだ。

確信すると、先ほどとは異なる感情によって、次から次へと涙が湧き出てくるのだった。

第九章 祖国の仕打ち——方子

新しい憲法が施行され、天皇は神ではなく、象徴、という存在となり、世の中がめまぐるしく動いていく。月日は瞬く間に過ぎ、戦争が終わって二年が過ぎた。

秋には、秩父、高松、三笠の三直宮(じきみや)をのぞく十一宮家五十一人の臣籍降下が正式に決まった。朝鮮王公族もこれに倣い、方子と玖は李を姓とする、一民間人となり、外国人登録者となる。

——これで、はっきりと日本から放り出されてしまう。

皇族として生まれ、李王家の王妃として生きてきた方子の喪失感は大きかった。

——日本人でなくなることが、こんなに寂しく、つらいことだなんて。

そう思い沈みながら、はっと気づく。

——殿下をはじめ、朝鮮のひとびとが朝鮮人でなく、日本人とされたこと、朝鮮が日本に組み込まれたこと、その悲しみを理解していたつもりだったけれど、私はあくまで頭で想像していただけだった。

——私は、殿下のお気持ちをわかってはいなかった。

——それに、朝鮮へは、容易に帰れない。帰れなくしてしまったのは、私のせいでもある。

——私は間違っていたのだろうか。

——いや、朝鮮も私たちには冷たい。帰ったところで、惨めなのではないだろうか。

——日本、朝鮮、どちらにも私たちの居場所はないということなのか。

——私たちはどうなるのだろう。少なくとも、ここで暮らすことはなんとかできる。どうにか生きていくしかない。

覚悟を決めても、現実の厳しさに日々打ちのめされた。

臣籍離脱にあたり、各宮家には一時金が支給されたが、李王家にはその一時金もなかった。そして、陸軍軍人だった垠への恩給もなかった。かといって、祖国からの助けも見込めない。莫大な税金も払わなければならない。したがって、身の回りのものをさらに売って食いつなぐ生活をしていくしか、方子たちには道がなかった。

方子は、残っていた那須の別荘のカーテンをはずして、ブラウスに縫い直すなど、これまで経験したことのない、暮らしの厳しさを味わう。だが、垠は変わらず無気力のままで、方子は、やりきれない思いを募らせていた。

けれども、玖は若いだけに時代に順応して、たくましく成長していった。中学三年になると、学習院ボーイスカウトの役員リーダーとしても活動するようになっていた。

玖とは対照的に、垠の憂いは目に見えて深くなっていく。朝鮮民主主義人民共和国と大韓民国といった異なる二つの国に分かれてしまった祖国のありさまを耳にすると、うつろにどこかをじっと見つめて黙り込む。そんな姿を見ているのにも耐えられず、方子は玖と連れ立って外出することが増えた。はつらつとした玖といると、自分までもが元気をもらえるのだ。玖だけが、方子の生きがいだった。新しい時代を生きるしるべでもあった。

玖は高校生になると、ボーイスカウトの活動でGHQのフィッシャーと知り合った。すると、彼の紹介で新橋のロジャース商会で働き、家計を助けてくれた。我が子がたくましく成長したことが方子は誇らしくてたまらなかった。

けれども、息子の成長は、方子にとって、喜ばしいことばかりではなかった。玖は、クラスメートの旧皇族、伏見(ふしみ)博明(ひろあき)とともに将来を語り合ううちに、米国への留学を希望するようになったのだ。玖から初めてそのことを打ち明けられたとき、方子は、ありえない、とまず思った。

――玖ちゃまを手元から放したくない。はなればなれになるなんて、考えるだけで耐えがたい。

――アメリカともまだ国交がないのに、留学なんて。玖ちゃまの身になにか起きたら、私は生きていられない。きっと殿下もそう思っていらっしゃるはず。

「玖ちゃま、それは……」

どう言ったら玖が諦めてくれるだろうかと、言葉を探す。

「留学、いいんじゃないか」

垠が言ったので、方子は耳を疑った。

「殿下は賛成なのですか？　玖ちゃまとはなればなれになってしまうのですよ」

方子は、珍しく、口調がきつくなってしまう。

「おもうさま、ありがとうございます」

玖が満面の笑顔になっている。垠は、行きなさい、と穏やかに言った。

「悔いのないように、自分で探した道を、自分の責任と意志で、存分に進んでみると良い。たとえもし、その道が適当でなかったとしても、また自分の考えでやり直せばよい。私など、この歳、五十も過ぎると、好きなようにせよと言われても、いまさらどうしようもない。悲しいことだが、どうしようもないのだ」

そこで、ひとしきり黙り込む。方子は、垠が拳を強く握っていることに気づいた。

「私は長年、枠の中にはめられて、枠の中でいかに自分を殺して生きるかを叩きこまれてきたために、いざ外に出ようとしても、その意志がひるんでしまう。悔しいがなにもできないのだ」

そこでまた垠はあいだをおいた。握られた拳は、そのままである。やがて、だからね、とふたたび話し始める。

「玖は、この父を乗り越えて、どうか、自由奔放に自分をためしてほしい」

「はい、おもうさま」

玖は、しっかりとした声で答えた。

垠は、愛おしそうに玖を見つめている。方子は、ふだん口数の少ない垠がここまで自分の心のうちを吐露したことに驚いていた。そして、垠の心情を聞いて、胸がしくしくと痛んだ。

――殿下があそこまでおっしゃって留学を許していらっしゃるのに、私が反対することはできない。

――けれども、玖ちゃまとはなれるのは、耐えがたい。

方子が押し黙っていると、垠が、方子、と呼びかけてきた。

「ちょっとこちらに」

垠にいざなわれて、書斎に行った。狭くなったので肘掛け椅子はないが、机は以前と同じものが置かれている。垠は、机の引き出しから漆の箱を取り出すと中に入っていた巻紙を手にして広げた。

そこには、筆文字で、「忍」の一文字が大書してあった。

「私が、こちらに留学するとき、父君が書いてくださった」

「お父君が……」

「なにかあると、この文字を眺めてきた」

方子は、「忍」の文字を見つめる。

「玖には、この文字が必要のない人生を歩んでほしい。だから、方子、あなたも寂しいだろうけれど……玖を留学させてやろう。ね？」

方子は、胸がいっぱいになりながらも、はい、と声を絞り出した。すると垠は安心したように、うん、とうなずき、巻紙を閉じると、元の場所にしまった。

——いつまでも無気力だからと殿下をもどかしく思ってきた私は、どれほどの愚か者だったのだろうか。

　方子は、垠の柔和な顔をしみじみと眺めた。

——これからは、私がもっともっと強くなって、殿下には、そっと静かに、したいように暮らしていただこう。もし、力の弱い私たちを侵そうとするものがあれば、闘うのは私、守るのも私、なのだ。そして、殿下のことを精一杯理解してさしあげたい。心をともにしたい。それが、私のできる贖罪なのだ。

　強く誓うと、何かが吹っ切れたような気がして、勇気と力が湧いてくるのを感じていた。

　玖の米国留学の準備が進み、方子は嬉しさと寂しさの両方を抱えて、残り少ない日々を惜しむように過ごしていた。

　そんな折、大韓民国の李承晩大統領が、建国式に参列した連合国軍最高司令官マッカーサーへの答礼のため、日本を訪れた。そして、マッカーサーのはからいで、垠は、李承晩大統領と会見できることになった。李承晩の先祖は、李王朝の太祖の孫であった。つまり、李承晩は、李王家の血を継いでいるのだ。

「大統領は、全州李氏なので、きっと、私たちに礼を尽くしてくれる。だから、韓国に帰ることができるかもしれない」

　垠は、駐日代表部の申興雨(シンフンウ)からの電話を切ると、期待に満ちた表情で、方子に言った。

——殿下は、やはり帰国なさりたいのだ。玖ちゃまは米国へ行くし、そのような大統領なら、私たちが韓国へ戻っても安全かもしれない。

　そう思いつつも、晋を失ったことは頭から離れない。

――不安は大きいけれども、殿下のお気持ちに添って生きていくしかないのだ。きっと大丈夫。大丈夫だと信じよう。韓国へ帰るのだ。

――それに韓国に行けば、私は、いつでも崇仁園を訪ねることができる。親族の方々ともお会いして、深く付き合うことができる。なにより、祖国に戻れば、殿下が孤独を感じないでいられる。

方子も、李承晩との会見に期待を持とうと気持ちを切り替えた。

数日後、方子と垠はともに朝鮮服を着て、前向きな思いを胸に、駐日代表部に向かった。

会見の部屋に入ると、そこには数人の男性がおり、こちらを値踏みするように見つめていた。奥には光沢のある生成色の朝鮮服を着た白髪の紳士が窓の方を向いて立っている。どうやらその紳士が大統領のようだ。

申が大統領に来訪を告げたが、彼は挨拶どころか、振り向くことすらしなかった。

「帰りたいなら、帰ってきてもいいですよ」

窓を向いたまま、冷え切った声で言ったのはそれだけだった。その投げやりな態度に、垠も言葉が続かず、その後は重い沈黙が続いた。

「会ってくださってありがとう」

そう言って垠は部屋を辞したが、返答はなく、最後まで大統領は背を向けたままだった。そして、垠と方子を部屋の外まで見送ってくれたのは、申のみだった。

帰路の車中、方子はあまりの無礼な扱いに、思わず指の爪を噛んでいた。垠は、目を閉じてしばし考え込んでいたが、方子、とくぐもった声を出した。

「ここで、生きていこう」

方子は、垠の顔を見ることができず、小声で、はい、と応えるのが、精いっぱいだった。そして、頭の中に、垠の書斎で見た「忍」の一文字が浮かんでくるのだった。

祖国の冷たい仕打ちは、さらに続いた。現在参議院議長へ公舎として貸している紀尾井町の邸宅を、駐日代表部に無償で明け渡せとまで言ってきたのだ。賃貸料で生計をたてているので、もちろん突っぱねたが、李承晩の嫌がらせはこれだけでは終わらなかった。

米国留学の渡航時期も高校卒業後の夏と決まり、留学先もケンタッキー州ダンビル市の私立高校センター・カレッジと決まった。玖はロジャース商会での勤務も増やし、渡航費用に充てるといって張り切っていたが、旅券発行において、問題が生じたのだ。

　外国人登録をしている玖の旅券発行申請は、駐日代表部に提出された。垠は念のため、金龍周（キムヨンジュ）公使に直接電話をして、発行を頼んだ。金公使は、申と同様、垠に好意的だったのだ。

　申請書類は即時に大統領官邸の景武台（キョンムデ）に上申されたが、結果は不許可だった。

　金公使は自ら手紙を書き、電報を打ち、再三催促してくれたが、それでも許可が下りなかったので、国際電話で直接大統領に訴えたという。

「『李玖さまはアメリカに行っても、絶対にプリンスの身分で行動しない条件を呑むように。それならば旅券は出すから』と閣下はおっしゃっていましたが、旅券はいまだ届きません」

　金公使は、垠と方子に会いに来て、苦渋に満ちた顔で告げた。

――そんなことってあるのだろうか。あまりにもひどい。冷たすぎる。

　もうすでに、渡米の日、八月三日は刻々と迫っている。焦った方子は、宮内庁に相談した。日本政府発行の旅券で行くより仕方ないと思ったのだ。そのことを書斎にいた垠に告げると、しばらく黙ってしまったが、それしかないのだろうな、とつぶやいた。

「玖が日本人として……」

　そう続けると、方子を残して、部屋を出て行った。

　翌日、この話を聞きつけた金公使が慌てて飛んできた。

「日本の旅券は……それは……まずいです、殿下」

　金公使は自分の個人名義で、非公式に韓国政府の旅券を出してくれるようすぐに手配してくれた。

　旅券を自ら持参してくれた金公使は、ここだけの話ですが、とささやくように言った。

「大統領は、全州李氏の家系を誇りながら、垠殿下を冷遇される。これは、おそらく、殿下が帰国したら、国民の同情が集まり、人気が出て、自分が政治的に不利な立場に陥ると危惧されたのではないでしょうか」

　公使が帰ったのち、垠は、「私にはなんの野心もないというのに」と、ぼそりと言った。

玖との別離までの日を数えては名残惜しさに胸をざわつかせていた六月二十五日、朝鮮半島で動乱が起きたとの報が、あちこちから入ってきた。

方子は呆然として、事態をのみこむことができなかった。続報を逐一聞いては胸を痛めるばかりで、玖の留学準備も手に付かない。垠はふさぎこんで、寝込んでしまうありさまだった。

朝鮮民主主義人民共和国の軍が三十八度線を越えて侵入し、わずか三日後にはソウルが陥落したという報に、尹大妃や親族の安否が気遣われたが、まったく知るすべがなかった。

それでも、時が過ぎていくのは止めようがなく、玖の出発日は近づいてきて、戦況に気をもみながらも、挨拶回りや準備をしないわけにはいかなかった。

八月三日は、風がふきすさび、横なぐりの雨が地面にたたきつけていた。方子は前途多難な先行きの暗示のようで不安にさいなまれたが、当の玖は、すこぶる明るく、はりきっていた。若い情熱を前に、方子も、余計な心配は無用だと励まされた。

方子と垠は横浜港に見送りに行った。玖が乗る予定の豪華なジェネラル・ゴールデン号の船内を見て回るが、心は虚ろで、何を見ても心に残らない。

いよいよ、出発の銅鑼(どら)の音が鳴り響き、玖を残して下船しなければならない。あらためて別れの挨拶をと、腰を深く折る玖を見て、方子は思わず近寄り、幼子にするように、玖の頰に自分の頰を当てた。それから、手をしっかりと握り、「元気でね」と言った。玖はまだあどけなさの残った面立ちで、笑顔にあふれている。方子は玖に背を向けて、涙を見せないようにタラップをおりた。黙って見守っていた垠は、方子に続いて船を降りる。

傘をさして、桟橋からデッキを見上げると、玖が背の高い米国人にまじって、伏見博明と並んで手を振っているのが小さく見える。

愛おしさと切なさで、涙が止まらなくなった。垠は、ただじっとたたずんで、玖を見つめている。その頰には、やはり涙が流れていた。ほとんど目にしたことがなかった垠の涙を見ると、ますます別れの悲しみがこみあげてくる。

いよいよ、船が岸壁から離れていく。

嵐のために、テープを交わすこともできず、いまさら声も届かず、ただ無事を祈って見送った。方子の隣には、博明の母、伏見朝子がいた。朝子は、遠い昔、方子とともに、皇太子の妃候補として名が挙がったことがあった。しかしいまは互いに、ただ子の幸せを願うひとりの母親でしかないことに、運命の数奇を感じる。ふと目が合うと、朝子も泣きはらしている。どちらからともなく、手を取り合った。

傘があっても役立たないほど吹きなぐる風雨にさらされながら、船が遠く港外に出て行くまで、方子、朝子、垠の三人は、港に立ち尽くしていた。

主のいない玖の部屋に写真を飾ってみたものの、かえって寂しさは増し、明るい声が消えた夫婦ふたりきりの生活はわびしかった。

方子と垠のなによりの楽しみは、度々送られてくる玖からの手紙だった。

方子は、玖にはかねてから自分の部屋の掃除や簡単な身の回りのことをさせ、食事の後片付けを手伝わせるなど、厳しくしつけてきた。その甲斐あってか、玖は寄宿舎生活で戸惑うこともほとんどないようだった。手紙には、学生生活は充実していて不自由がないと書かれており、方子の教育への感謝の言葉もしたためられていた。

玖は、夏休みに避暑地のレストランに住み込みで働き、その給料から、垠の誕生日には靴下、方子の誕生日には手袋が、美しいカードとともに届いた。――玖ちゃまが自分で働いたお金で贈ってくれたこの手袋は、どんな金銀財宝にも勝る尊さ。

方子は、その手袋をして出かけると、会う人ごとに、玖からの贈り物だと自慢した。垠は、玖からもらった靴下ばかりを穿きたがった。洗濯が間に合わないと機嫌が悪くなったほどだ。

玖と海を隔ててはなればなれの正月元旦、早朝にけたたましく電話のベルが鳴って方子は目覚めた。

「守正王が、心臓麻痺でご逝去あそばされました」

方子は動揺で気が遠くなりそうになった。しかし、母の伊都子のことを思って「気持ちを強く持たなければ」と自分に言い聞かせ、すぐに着替えて梨本宮邸に向かった。かつては二万坪の敷地に建っていた七百坪あまりの屋敷は空襲で焼け、敷地は税金を払うために切り売りされ、わずか二間九畳の家が残っていた。その六畳の間に目を閉じて眠る守正の横ですすり泣く伊都子の肩を抱き、方子もまた静かに涙した。巣鴨に収監されて以来、すっかり気力を失った父は、驚くほど老け込み、その髭も頭髪も薄くなっていた。葬儀は蔵の前の空き地に方子と規子で祭壇を設け、ささやかに行った。

不幸は続き、五月には大正天皇の后、貞明皇后が六十六歳で狭心症のため亡くなった。朝鮮での動乱も激しく、収まる気配はなく、垠も方子も、心が沈むばかりだった。

さらには、日本国籍を選び桃山虔一と改名していた李鍵が離婚した。誠子も佳子と改名しており、離婚後には姓も松平に戻した。その姿勢は、過去への執着をあっさりと振り払うということで徹底していた。これは、元宮の離婚第一号と新聞で騒がれた。終戦直後に渋谷の闇市でいち早く商売を始めた夫婦は、その後自宅の焼け跡での山羊の乳の販売や、銀座で菓子店を経営するなどしてきたが、いずれもはかばかしくいかず、二人の心も離れていったようで、二十年の結婚生活に終止符がうたれた。

——李鍵さまと佳子さまも、私たちと同じく、日鮮融和の美名のもとに行われた政略結婚だった。そして、松沢病院に送られてしまった徳恵さまも同様だ。李王家の血に日本の血を混ぜることを意図した三つの結婚のうち、二つまでもが壊れてしまった。

——やはり、政略結婚には、無理があったのでしょう。血を混ぜるなんて考えは、受け入れがたいものなのでしょう。私と殿下のように、心が通いあうということはなかなか難しい。私とて、殿下のお心と離れてしまったことがあるくらいなのだから。いや、いまだって、心が通い合っていると断言できるのだろうか……。

——だけど、私たちは、最後まで添い遂げたい。

方子は、玖の写真を眺めている垠の背中を見つめた。

駐日代表部は、何度も何度も、紀尾井町の邸宅を韓国政府に無償で渡すように催促してきた。執拗だったが、垠はそのつど、譲るのは難しい旨を、誠意をもって伝えた。それでも恐喝まがいに迫ってくるので、垠は次のように応じた。

「ここは、たったひとつ残された財産です。戦後、収入もなく暮らしてきたため、払わなければならない借金や税金があるので、無償ではなく買い上げていただきたい」

すると、代表部が破格に安い額で買い取ると申し入れてきた。

祖国の役に立つならば、と、垠はしぶしぶ了承し、参議院議長に邸宅を明け渡してもらった。ところが韓国政府は、まったく入金してくる気配もなく、時間がみるみるうちに過ぎ、賃貸料が入らなくなった垠と方子は生活費にも事欠くようになってしまった。税金も当然納められず、不渡りが出た。借金は雪だるま式に増え、にっちもさっちもいかなくなった。

困り果てた末、紀尾井町の邸宅は、時価の半額にも満たない額で仲介の高利貸に売り払われ、借金の返済に充てられた。数人のブローカーが売却にかかわり、法外なマージンを取った。最終的に時価で買いあげたのは、衆議院議長の堤康次郎（つつみやすじろう）だった。

方子と垠はやむなく、田園調布の駅の近くにこぢんまりとした家を見つけ、翌年の夏に移り住んだ。敷地は狭くなり、蘭の温室は諦めざるを得なかったが、垠はすでに蘭への情熱がなくなってしまっていたので、そのことを嘆くこともなかった。

最後まで売却せずに大切に保管していたダイアモンドの指輪は持っていったが、大礼服の方は収める場所がなく、上野の国立博物館に保管してもらうしかなかった。紺青の絹地に赤と青の雉が刺繍されたその華やかな衣装は、朝鮮での婚礼で身に着けた。方子にとっては思い出深い貴いものであると同時に、晋を失った悲しみを思い起こすものでもあり、距離のあるところに置いておくのは、実のところすこし気楽でもあった。

使用人も減らし、生活の規模を小さくしても、働くすべを知らない夫婦の消費一方の生活は、心細いこと極まりなかった。玖への送金もじゅうぶんとはいえず、玖は、自ら働いて生活費を補っていた。

動乱の行方も読めず、祖国の安定も望めない日々は、垠をどんどん内にこもらせていった。垠は玖の写真を毎日のように眺め、撮影機で撮ったフィルムを繰り返し観ている。

GHQが垠を韓国の国防関係の職に就かせようとしているという話も聞こえてきた。韓国には戦略に秀でた人物が少なく、垠の名があがったという。だが、実際に打診があったわけでもなく、たとえあったとしても、垠にもその気はまったくなかった。政治に、戦争にかかわることをまったく望んでいなかったのだ。そしてその連合国軍のもくろみの噂は、垠が帰国するというあらたな噂を呼び、その結果、いたずらに李承晩の不興を買い、輪をかけて冷淡な彼の仕打ちを誘ったのだった。

　家にいてばかりで運動もほとんどしないので、垠は肥満になっていった。そして、生活不安のための不眠症もわずらっていた。祖国も冷たく、玖は遠く、友人もいない垠は、生きる意欲を失っているように見えた。過去に閉じこもり、悄然（しょうぜん）と自分の椅子やソファに座り続けている。

　すっかり気弱になった垠に代わって、方子は自ら荒波に乗り出す勢いだった。以前と違って、さらに自由に外出できる気楽さもあいまって、方子は毎日のように外に出た。暗く沈む垠の姿に向き合うのを避けたかった、というのもあった。

　垠の食事の用意もそっちのけで帰宅が遅れることも多々あったほど、方子は社交に熱心だった。まだ五十歳で、じゅうぶんに美貌も保っていた元妃殿下の方子は、周囲からほめそやされ、ちやほやされ、まんざらでもなかった。

　やがて方子は、友人たちの勧めで、庭先にささやかな平屋の家を建て、そこで花嫁教室を開いた。アカデミー・ボザールというこの教室では、専門の講師をそろえ、料理、編み物、七宝焼などを教えた。戦後の混乱は一応の落ち着きを見せ、人々は文化的なものを求めていた。加えて朝鮮動乱は日本に特需景気をもたらし、元皇族で元王妃の教室は新興の金持ちの間で評判となり、おおいに繁盛した。

――働くということは、なんと楽しいのでしょう。

――ひとびとと交わっていると、心が浮き立ってくる。

　方子は、五十歳にして初めて青春を味わっているかのように、毎日が彩りあふれ、薔薇色にさえ映るのだった。

　だが、ひとたび垠の沈鬱な顔が目に入ると、冷や水を浴びせられたように、浮き立つ心が冷める。外出の支度をしている時にふと目が合うと、垠に責められているように感じる。

「私の祖国が戦争をしていて、そのおかげで日本が潤っていることに罪悪感はないのか」

「朝鮮の動乱のおかげでにわかに財を得ている人たちに囲まれ、そんな輩から得る金で暮らすことが恥ずかしくないのか」

　垠の瞳の奥から発せられているであろう言葉を、方子はあえて汲み取らないように努める。

――私が教室を営まなければ、どうして暮らしていけるのでしょう。朝鮮のことをいくら想っても、あちらからはだれひとり手を差し伸べてくれるわけではないのに。

口には出さずとも、胸のうちで繰り返し自分に言い聞かせ、垠の顔から眼をそらせるのだった。

第十章 戦禍と離散――マサ

清凉里（チョンニャンニ）で、南漢、恵郷、容緒と暮らし始めて二年後に戦争がはじまり、あっという間にソウルは、朝鮮民主主義人民共和国の側の手に落ちた。その後、マッカーサーの仁川（インチョン）上陸を機に、国連軍と韓国軍は反撃を始めて盛り返し、ソウルを奪回した。しかし膨大な数の中国の人民解放軍の援軍を得た朝鮮人民軍は、ふたたびソウル一帯を占領した。

人民解放軍が進撃してくると、それまで清凉里にとどまっていた四人も、着の身着のまま、南に向かって逃げた。しかし、足の悪い南漢を伴って逃げるのは、なかなか困難だった。南漢は走ることはおろか、歩くのも容易ではなかった。マサと容緒が肩を貸し、死体や行き倒れたひとびとのあいだを、足をひきずりながらも進むが、すぐに立ち止まってしまう。

マサたち一行は、砲弾の音におびえ、死体の腐臭と建物が焦げた臭いに包まれ、舞い散る埃にまみれ、死の恐怖におびえながら、いっときいっときをしのいで逃げた。

厳しい寒さに震えながら町のはずれまで来たが、すぐ背後に戦車が迫っていた。四人は建物の残骸を見つけると、その陰に身を隠して座り、とりあえず一息ついた。

南漢が、「やっぱり無理だ、この足じゃ、みんなの足手まといになる」と険しい顔で言った。

「三人は、俺を置いて行け」

命じられたが、マサは「いやだ」と拒んだ。恵郷と容緒は黙っている。

「こんどこそ、死ぬときはあんたと一緒だよ。もう絶対に、はなれない」

「何を言っているんだ」

南漢は怒声に近い調子で言うと、馬鹿なことを、と眉をひそめた。

「俺といたら、命がない。俺なんかのために死んだって……」

「いいんだ。あたしはいいんだ。あんたと離れることは、死ぬよりもつらいんだよ」

南漢はマサの瞳を見つめて、唇をゆるめ、わかった、と言った。

「それに、あたしたち、死ぬとは限らないよ。あたしがあんたを守って、生き延びるさ。なに、あたしは、運が強いんだ」

「そうだな、そうかもしれない」

南漢は、ふっと息を漏らして、やれやれとでも言うように硬かった表情をゆるめた。そして、こんどは恵郷に顔を向けた。

「じゃあ、せめて、恵郷と容緒だけでも、遠くに行くんだ。生き抜くんだ。こんな戦いで死ぬなんて馬鹿げている。同じ民族同士で血を流しあうなんて、どこにも大義がない」

「でも、兄さん……」恵郷は、険しい顔になった。

「おじさまを置いてはいけない。おばさまと離れるのもいやだ」容緒は、きっぱりと言う。

「そう。ふたりを残してなんて行けない」

恵郷も、はっきりと言い、それに、と続ける。

「人民軍は南に住んでいる北側の出身者をみんな殺しているって話も聞くし」

マサもその噂を聞いたことがあった。

「解放後に帰らなかったから、特に目を付けられてるって……」

容緒も言葉を継ぎ、眉根を寄せた。

「さらに、おばさまが日本人だってわかったら……」

「大丈夫」と、マサは容緒の手を握る。

「どうにかなる。これまでだってなんとかやってきたんだから」

「でも……」

うつむく容緒に向って、南漢が「いいか」と諭すように話し始める。

「二人は、絶対に生きるんだ。どんなことがあっても、生き抜け。永遠に続くのではないかと思われた日帝の支配だって終わったんだ。だから、いつかこの戦争も終わる。それまで、二人とも、命をつなぐんだ」

恵郷は下を向いてしまう。容緒は目に涙をためている。

マサは、こんどは恵郷の手をとった。

「オンニ、容緒と行って」

恵郷は顔をあげて、マサを見つめる。

「あなたを置いてはいけない」

「オンニ、あたしは、いままでオンニと容緒といられて、本当に幸せだった。ひとりぼっちだったあたしと家族になってくれてありがとう。あたしは、もうじゅうぶんだよ。感謝してるよ」

「どうしても残るの？」

うなずくと、恵郷は、目を閉じて、頭を振った。

「きっとまた会えるさ。オンニがこの人を見つけたように、またあたしたちを見つけてくれればいい」

恵郷は目を開け、ふたたびマサを見つめる。

「決意は固いのね」

そう言うと繋いでいた手を放して、チョゴリの胸元から十字架を取り出し、マサに握らせた。

「もう一度会うときまで、これを持っていて」

「わかった。肌身離さず持ち歩くよ」

マサは十字架を親指でそっとさする。

「このオンニの十字架があればきっと大丈夫」

そこで、容緒がひっく、ひっく、としゃくりあげ始めた。マサは手を伸ばして、容緒を抱き包む。

——愛しい容緒。あたしの大切な容緒。

刹那に、容緒が生まれた日のことが思い浮かぶ。

「容緒、かならず生き延びて。あたしたちの分も」

耳元でささやくように言うと、容緒は堰を切ったように声をあげて泣き出した。

「絶対に……おばさま……を……探す……からね」

マサは、うん、うん、と応えながら容緒の背中を優しく数回叩き、身体を離した。

「さ、行って」

容緒は唇を強く噛み締めて、それ以上泣くのを堪えている。恵郷が容緒の肩を押して、行きましょうと促して立ち上がり、マサと南漢に背を向けて歩き始めた。ふたりとも肩を震わせている。

「走るんだ、早く行けっ」

南漢が怒鳴ると、二人は振り向くことなく、手を取り合って駈け出した。マサと南漢は黙って恵郷と容緒の姿が見えなくなるまで見守っていた。


その後、国連軍と韓国軍は再度ソウルを奪還し、開戦から一年半あまりのいまは膠着状態になっていた。

こうして戦時下のソウルで二人が無事でいられるのは、奇跡に近かった。半壊した家を急場しのぎに板切れで補強して修繕し、なんとか生きながらえている。集落のひとびとはほとんどが逃げていた。

「いよいよ危険がおよんだら、きみは俺を置いて逃げるんだぞ」

「戦火を避けて、南へ行くように」

ことあるごとに南漢はそう言ったが、マサはそのたびに、聞き流している。

――はなればなれになるよりはともに命を落とす方がましだ。

マサは、ひとりで生きていくのは、死ぬよりもつらいと思っている。恵郷と容緒と別れたいま、どんなことがあっても南漢と最後まで生死をともにするつもりでいる。

南漢と再会し、彼が自分を探してくれなかったことを知ったときは、悲しくてたまらなかった。独立運動をしていた頃のように、情熱できらめいていた南漢は存在せず、その日をしのぐために生きているだけの、魂が抜けてしまったような南漢に落胆もした。だが、暮らし始めてみると、南漢は優しさに満ちていた。つねにマサを気遣い、笑顔を向けてくれる。

思えば本来、南漢は、優しい人間だった。そして、マサたちと時間を過ごすうちに、少しずつ生気を取り戻していった。戦争が始まるまでの南漢は、物売りの合間に集落の子どもたちに字を教え、夜はマサや恵郷を気遣って肩や足をもんでくれた。容緒には英語をはじめとした勉強を教えた。

マサと南漢は、離れていた日々を埋めるように、毎日視線を交わし合った。言葉には出さなくとも、おそらく南漢は、マサを待たせたことへの償いと、自分を待っていてくれたことへの感謝を、その瞳で伝えてきた。マサは、南漢が生きていたこと、目の前にいることがひたすらに嬉しい想いを、まなざしで返した。

南漢が不在のあいだに膨らんだ思慕は、固い塊となっていた。そしてその塊は、南漢との再会で、やわらかく溶けだし、情愛となってあふれ出てくる。南漢はふたたび、マサにとってかけがえのない存在となっていたのだ。それは、男女の恋慕なのか、家族のような絆なのか、判別はできない。だが、この感情に説明は要らない、とマサは思っていた。ただ、マサは、自分の心を覆う強くて御しがたい南漢への想いに素直に身を任せるのみだった。

死体をそこかしこで目にし、破壊されつくした町にあって、一緒にご飯を食べ、並んで寝るといった南漢とともに過ごす日常の営みは、ともすると恐怖に支配される心を平静に保ってくれた。マサにとって南漢の存在が、生きる意味にも、死ぬ意味にもなっていた。南漢への思慕は、死への恐怖を超えるものでもあったのだ。

どんっ、どんっ、どんっ。

激しく扉を叩く音にマサは息を呑んだ。

「俺が出よう」

たまたま戸の近くにいた南漢が、不自由な足をひきずりながら近寄って行き、開き戸をほんの少し押し開けて外を見た。マサは、息を止めてそれを見守った。

「誰もいないな」

そう言った矢先、こんっ、こんっ、と、こんどは弱々しく戸の下の方を叩く音がした。

南漢がそっと扉を半分ほど開けると、黄土色の軍服を着た男が、外で倒れていた。最後の力を振り絞って叩いたようだ。

「おいっ、大丈夫か?」

南漢が肩をゆすぶるが、男は気を失っていた。

「だいぶ、やられているな」

そう言うと、こちらを向いた。

「中に入れよう。手を貸してくれ」

マサと南漢は、男を引っ張って中に入れ、床の上に寝かせた。男はまだあどけない顔をした少年とも言える若者で、腹が血にまみれていた。

「急いで手当てしないと」

南漢は、男のズボンのベルトを緩め、軍服を脱がし下着姿にした。

マサが恵郷の残していったわずかな医薬品を急いでそろえると、南漢はけがの手当てを始める。南漢は、朝鮮人民軍兵士、国軍兵士、民間人を問わず、これまでもけが人を助けてきた。ついこの間も、倒れていた国軍兵士を助けたばかりだ。だが、それは、通りすがりに外で遭遇した人たちに限られていた。

――戸の前で倒れていたからって、人民軍の兵士を家に入れて、大丈夫なのだろうか。国軍に知られたら……大変だ。

――夕方になってやっと砲弾の音がやんで、今日も生き延びられたと思ったのに。

マサは、不安で落ち着かなかったが、念のために、朝鮮人民軍の軍服を風呂敷に包んで、甕の中に隠した。甕には芋などの食料を保存していたのだが、もうだいぶ前から空っぽだった。

「まったく、同胞同士で戦争なんて……。せっかく日帝から解放されたというのに」

南漢は、兵士の傷口を眺めてつぶやいた。

マサは傍らで男の腹から出る血をてぬぐいで拭いながら、これまで目にした、黒焦げだったり、手足がばらばらになったりしていた死体を思い浮かべた。大震災の東京もすさまじかったが、ここ朝鮮の戦争も凄惨だった。家々は焼かれ、人々の命はたやすく失われた。人々の流した血がそこかしこの土に染みついて、黒く変色していた。硝煙の匂いと死体の臭いが混ざり合い、漂う空気はいやがおうでも死を想わせ、生きながらえた人たちの心を絶望に導く。かろうじて自分たちが生き残り、家屋が残っているのは、たまたま砲弾や機銃掃射、火炎放射がじかに当たらなかっただけのことだ。

――きっと、戦禍にあった日本もひどい状況だったのだろう。母の墓は空襲にあったりしただろうか。

――戦争は、いったい、だれのために、なんのためにするのだろう。こんなに破壊しつくして、人を殺して、なにを得るというのだろう。

気を失っている青白い顔の兵士を眺めながら、「この子だって、学校に行ったり、遊んだりしたいだろうに」と思っていた。

そこに、ふたたび、コンコン、と戸を叩く音がした。

顔を見合わせると、南漢は、極度の緊張でこわばった表情を浮かべている。マサの息はいまにも止まりそうだったが、勇気をふりしぼった。

「こんどはあたしが見に行くよ」

マサは戸に近づき、先ほど南漢がしたのと同じように、戸を少しだけ開けて外を見る。

「なんだ、おばあさんですか」

ほっとした声でそう言うと、外に出た。そして素早く戸を閉めた。目の前にいるのは、ここに初めて来たとき、南漢の家に案内してくれたおばあさんだ。

「戻っていらしたんですね。生きていらしたんですね」

「そうなんだ。あたしだけ生き残っちまった。息子は兵隊にとられたし、嫁も孫も……逃げる途中にアカの奴らにやられちまって」

「そうですか……」

マサは、安易に言葉を継げず、沈黙が流れた。アカの奴ら、という言葉が耳に残っている。その、アカの奴ら、のひとりが、背後の家の中で横たわっているのだ。そう思うと、肌寒いというのに、脇にじっとりとした汗がにじみ出てくる。

「ひとりになっても行くところがなくてね。戻ってきたんだ。家がなんとか残っていてよかったよ。あんたのとこは？　心配していたんだ」

「はい、家族はばらばらになりましたが、どうにか夫と私は……」

「そうか……夫婦で生き延びることができてよかったじゃないか」

「はい……」

マサは、路地をよちよちと歩いていたおばあさんの孫息子のことを思い浮かべた。

――戦争はこうやって家族を引き裂いてしまう。大事なものを奪っていく。

――もしかして、容緒やオンニの身にもなにかあったかもしれない。

いつも考えては、いや大丈夫と打ち消してきた考えが、具体的なおそれとして浮かんでくる。

「実は、なにか食べ物があったらちょっと分けてくれないかと思って」

「えっと、たいしたものはないんですが、なにか缶詰でも……」

「ありがとうね、すまないね」

「じゃあ、いま、取ってきますね。ちょっとここで待っていてください」

「そのあいだ、年寄りを立たせて待たせるのかい？家の中に入れてくれないかね。金さんの顔も見たいしね」

――家の中に？　それは困る。絶対に困る。

「いえ、あの、それは、えっとその……ちょっと人が来ていて」

「お客かね？」

「いえ。親戚が……来ているんです。ですから、すみませんけれど」

――なんとか、繕えそうだ。いくら軍服を隠したとはいえ、人民軍の兵士だと気付かれるかもしれない。

「あら、あたしはかまわないよ。気にしないよ。ちょっと入れてくれるだけでいいから」

「いえ、けがをしていて、熱もあって……もしかして流行り病だったりすると厄介ですし」

――我ながら、なかなかうまい嘘がつけた。

「こんな戦時中じゃあ、流行り病もなにもないよ。

けがをしたり、死にかけたりしている人ばかりだから」

「そうはいっても、病人のいるところにおばあさんを入れるわけにも……。ちょっとだけ待っていてください」

「あたしは平気なのに」

おばあさんは、やけに不満そうだ。

「ここで立って待たせるのも申し訳ないです。食べ物は、すぐにおばあさんの家に届けますので、戻っていらしてください」

「そうかい？　じゃあ、頼むよ」

マサは息をふう、と吐き出した。

おばあさんはそそくさと帰っていった。

――おばあさんがしつこく家の中に入ろうとしたことが、どうも気になる。

胸騒ぎがして、薄闇の中、おばあさんの背中を追っていった。すると、おばあさんが自分の家の前で兵士二人と一緒にいるのが見えた。

おばあさんは、南漢の家の方を指さしたりしながら、その兵士となにやら話している。顔は良く見えないが、帽子の形や軍服で国軍の兵士とわかる。

――もしかして、おばあさんは、人民軍の兵士がこの家に入るのを見たのではないだろうか。

――そして、密告したのでは。

――おばあさんは、自分の家族を殺されて、人民軍を憎んでいるのだ。

――なんということだ。あのひとに知らせなきゃ。逃げないと。

歯がかちかちと音をたてるが、食いしばってこらえ、大急ぎで家に戻った。

「大変だよ、大変なんだ」

マサは南漢のもとに駆け寄り、その腕を引っ張った。南漢は、包帯がわりにぼろ布を兵士の腹に巻いているところだった。

「どうしたんだ」

「国軍がいるんだ。おばあさんの家の前で話していた。もしこっちに来たら……」

言い終える前に気が気でなくなり、慌てて戸の方へ戻る。

「たしかめなきゃ」

戸を開けて外を見ると、誰の姿も見えなかった。

「まだ大丈夫だから、いまのうちに逃げないとっ。その人は置いていこう」

外を見ながらも、必死に訴えた。

「マサ、君だけで逃げるんだ」

南漢の声は妙に落ち着き払っている。

えっ、そんな、とマサは振り向いた。

「俺が逃げるのは無理だ」

「じゃあ、あたしも一緒に残るよ」

南漢の方に一歩寄ろうとするが、来るなっ、と制された。厳しい表情をしている。激しく拒まれ、マサはその場から動けなかった。

「いいからはやく行けっ。はやくっ。つかまったって、一緒にいられるわけじゃないんだ。きみだけでも逃げるんだ。生きるんだ。そうしたら、きっとまた恵郷や容緒と会えるはずだ。動乱が終わって、運がよければ俺ともまた会える」

そう言うと南漢は立ち上がり、いつでも逃げられるように荷物をまとめておいた布包みと上着を手に、足をひきずってきてマサのところに来ると、それらを持たせた。それから戸を開けると、力を込めてマサを外におしやり、戸を乱暴に閉めて鍵をかけた。マサは茫然として抵抗することもできず外に出されたが、はっと我に返る。

「入れてくれよ、入れてくれ!」

戸を激しく叩くが、反応はない。何度も叩いて、「開けて、開けて」と必死に懇願するが、戸は閉じられたままだ。

——どうしよう。どうしよう。

いつおばあさんや国軍兵士が来るかわからないので、とりあえず家の前から離れたが、逃げ去るつもりはなく、少し離れた空き家の陰に身を隠して視線だけを兵士がいた方と家の方の交互にやった。すると、案の定、おばあさんではなく、国軍兵士が二人、南漢の家に向かって歩いてきた。

心臓が破裂しそうなほど、鼓動が大きく、速くなっていくのがわかる。

これから何が起こるのかと考えると、恐ろしくてたまらないのに、逃げることもできず、かといって、出て行くこともできなかった。足がその場に張り付いたかのように動かない。

——助けたい。

——だけど、どうしたらいいのか。

——あたしは、あのひとといることが愛情なのに、あのひとはあたしを逃がすことが愛情だと思っているのだ、きっと。列車で別れたときもそうだった。

——あたしは、同じことはくりかえしたくない。離れるもんか。

――出て行って、あたしもつかまればいい。そうすれば少なくとも、どこにあのひとがいるかはわかるだろう。つかまったって、ひょっとして同じところにいられるかもしれない。

さあ兵士の前に出て行こう、と自分を奮い立たせるが、身体は拒んでいた。足がぴくりとも動かない。

けれども、国軍兵士の一人が南漢の家の戸を叩いた瞬間、耐えきれずに重い足をあげた。だが、マサは兵士の前に行くのではなく、その場から逃げていた。自分の決意以上に、つかまることへの潜在的な恐怖がマサの行動を支配したのだった。

マサは、なんどもふりかえり立ち止まりながら、集落から遠くまで来た。

――ちくしょう。ちくしょう。ちくしょう。

拳を握りしめ、心の中で叫ぶ。

――自分だけ逃げるなんて、あたしは最低だ。

――あのひとはどうなってしまうのだろう。

――ひどい目にあうのだろうか。

――もう二度と会えないのだろうか。

たまらなくなって、足を止め、立ちすくんだ。周りを見回すと、行き倒れた人たちが道に転がっている。生きているのか、死んでいるのかわからない。

そのなかに、男女二人が腕を組んだままうつぶせに倒れているのが目に入る。

――夫婦だろうか。家族だろうか。

――この二人は、最後まで一緒にいられたのだな。

マサは、恵郷と容緒と別れ、南漢と腕を組んで命からがら家に戻ったことを思い出した。

――やはりあのひとと離れるべきじゃなかった。

――いまからでも戻って、あたしもつかまろう。

マサは踵を返して、来たばかりの道を全速力で走って戻る。南漢の家の前にたどり着いたときには、息があがっていた。慎重にあたりの様子をうかがい、家の前に立つが、周囲に人の気配はなかった。

南漢の家の戸は開いていて、中はもぬけの殻だった。ただ、部屋のなかに朝鮮人民軍兵士のものであろう鮮血が残っているだけだ。甕の中に隠したはずの軍服も見当たらない。

マサは、力が抜けて座り込んだ。南漢の顔が思い浮かぶ。出会った頃の朗らかな笑顔、日本の支配に憤る顔、拷問されて戻ったときの生気をなくした顔、再会後の柔和な瞳をたたえた微笑み、そしていまさっきの覚悟を決めた厳しい顔。それらが次々と瞼の奥に現れる。

マサは立ち上がり、おばあさんの家に向かった。南漢がどうなったかを問いたださなければいられない心持ちだったのだ。だが、おばあさんの姿もどこにもなかった。

途方にくれて、ふらふらと集落を出る。

「きみだけでも逃げるんだ。生きるんだ。そうしたら、きっとまた恵郷や容緒と会えるはずだ。戦争が終わって、運がよければ俺ともまた会える」

南漢の言葉が頭の中でこだまする。

気づくと、崇仁園にたどり着いていた。来たことはなかったのに、マサは、ここまでの道のりを知っていたのだ。だから無意識に足が向かっていた。

土まんじゅうの晋の墓のそばにある崩れかけた吹きさらしの四阿（あずまや）で夜を過ごした。周囲の松林は焼け焦げていたが、墓はどうにか残っていた。そして、ここには誰もいない。

――まさか、こんな形で、崇仁園に来ることになるなんて。

初春の野宿は、薄着で飛び出したマサの身には耐えがたかった。マサは手にしていた上着を羽織ったが、身体は芯まで冷え切っていた。

――あたしは、とうとう、ひとりぼっちになってしまった。

――たとえ生きていても、あのひとがいなかったら、意味がない。

――このまま凍え死んでもいい。いっそ死にたいくらいだ。

――だけど、あのひとは、あたしに生きろと言った。そうしたらオンニと容緒に会えるとも。自分とも会えると……。

――あたしは生きなくちゃいけない。あのひとの気持ちに応えなければ。

しだいに空が白んでいき、朝が来た。寒さで体が硬直していたが、太陽が見えてくると、その陽光にひきつけられるように、四阿から出た。マサはふらふらと歩いて晋の眠る土まんじゅうの前まで行き、そこで膝をつく。そして懐から十字架をとり出して握りしめた。

――もはや、神様でも、イエスさまでも、晋さまでも、誰でもいい。

――あのひとが無事でありますようにお守りください。

――そして、またいつかあのひとと会えますように。

――オンニと容緒に会えますように。

マサは、しばらく土まんじゅうの前で祈り続けた。

第十一章 ニューヨークへの旅——方子

方子は、息を整えて、看護婦が鍵を開けるのを見守る。

かちっという音に続き、ぎーっと不快な響きを放ちながら、重そうな扉が開く。

どうぞ、と言われて方子は廊下から部屋の中を覗いた。

小柄で痩せ細り、ほとんどが白くなった髪を後ろで一つに結んだ女性が、ベッドに腰かけている。裸足の脚を浮かせ、虚ろな目をして、鉄格子でふさがれた明かり窓を見上げていた。くすんだ衣は、よどんだ部屋の空気と同様に、女性の存在を心もとなく見せている。元禄袖のその病室着は、方子の長袖を仕立て直して差し入れたものだ。首には、方子がマルセイユで土産として買ってきたスカーフが巻かれている。すっかり色あせて、赤が桃色に近くなっていた。その手には、魔法瓶が大事そうに抱えられており、なにかぶつぶつとつぶやいている。声は小さくて方子のいるところまでは届かず、それが朝鮮語なのか日本語なのかも判別できない。徳恵(とくえ)だとはわからないくらい、すっかり変わり果てていた。

方子は、魔法瓶を抱えているのを目にして、胸が押しつぶされんばかりに苦しくなった。

——徳恵さまは、学習院に通われていたころ、毒を盛られないようにと、魔法瓶を常に持ち歩き、そこに入っていたものしか飲まなかった。

——あの頃に戻られているのだろうか。

「もう結構です」

目をそむけて言うと、看護婦は扉を閉めた。

——なにもかも見分けがつかなくなっていらっしゃる。

「では、手続きを。こちらです」

淡々と言って、看護婦は廊下を進んでいった。方子もついていく。事務室までのたいして長くない廊下が果てしない距離に感じられる。方子は、逃げるような速足で、看護婦の背中を追った。しんとした廊下に響く自分の足音までもが過剰に気になるほど、病棟の沈鬱な空気は方子を責め立てた。

徳恵が松沢病院に入院して九年が過ぎていたが、方子は初めてここに来た。これまでは、見舞いに行かなくては、と思いつつも、自分を完全に失ってしまっている徳恵に会う勇気がなくて、避けてしまっていた。もちろん、垠も来ていない。それどころか、徳恵のことをいっさい口にしない。方子とて、普段は、徳恵のことをあえて考えないようにしていた。

だが、いよいよ宗武志（そうたけゆき）が徳恵を離縁し、戸籍を抜くと伝えてきたので、氏名の登録を変更するため、松沢病院に来ざるを得なくなった。徳恵は、宗徳恵から、母親の姓である梁（りょう）を名乗る、在日韓国人の梁徳恵となった。李王の娘だった徳恵にはもともと苗字がないため、李の姓を得ることも、垠と世帯をともにすることも手続き上難しかったのだ。

――それにしても、宗家は冷たいのではないか。徳恵さまは、まがりなりにも、ひとり娘、正恵の母親なのに、一方的に離縁なんて。

――いや、でも、あのような徳恵さまのご様子ならば、致し方ないのかもしれない。聞くところによると、宗武志さまは、再婚なさるおつもりだとか。

方子は、宗武志の端整な顔立ちを思い浮かべ、ため息を吐いた。

――せめて私は、徳恵さまのために、もっとなにかできたのではなかったか。努力すれば、梁徳恵ではなく、李徳恵にしてさしあげられたのではなかったか。

――結局私は、徳恵さまのためになにもしてこなかった。お守りできなかった。それどころか、忘れてさえいることもあった。いや、努めて忘れようとしていたのかもしれない。

罪悪感で、ますますいたたまれなくなる。

――たったひとりの世帯になられるなんて。

――お母さまもとうに亡くなられ、梁家との縁も切れている。それどころか、祖国に戻るすべもない。

方子は手続き書類に記入しながらも、先ほど見たばかりの徳恵の姿が目に浮かんでしまう。

――徳恵さまは、ここで一生を終えることになるのでしょう。

こんどは、籠の中のカナリアを解き放ったときの徳恵の様子が思い出される。

「一緒に故郷に飛んでいきなさい。一緒に故郷に飛んでいきなさい。一緒に故郷に飛んでいきなさい。

一緒に……」

　あのとき徳恵は、空を見上げて、呪文のように繰り返していた。きっと、自分とカナリアを重ねていたに違いない。

——誰よりも、自由を望まれていたのに。学校の先生になりたいと瞳を輝かせておっしゃっていたこともあったのに。こんな、籠の中のような場所で……。

——あまりにもむごい。いまさらどうしようもないが、私は、日鮮融和という言葉が憎くてたまらない。

——結局、李王家を散々利用して、あげく、無責任に放り出した。

——お国のために、というその言葉にだまされた。お国は李王家の人間を守ってくれなかった。

——いくら戦争に負けたからといって、薄情すぎるではないか。

——お国なんて、もう信じられない。日本だけでなく、韓国も……。どんな国だって。

——しょせん、お国、というのは、実体がよくわからない。それなのに、これまではおそろしく強大なものだと思っていた。そして、その、たいそうな、お国、に対して必死に尽くしてきた。為政者が変われば、なにもかも無に帰するというのに。

——騙されていた。それはわかっている。けれども、誰に騙されたのか、それさえも漠然としていて、怒りのぶつけようもない。

　文字の筆圧が強くなってしまう。おかげで万年筆のインクが用紙に滲み、方子は書類を書き損じてしまったのだった。


　板門店(はんもんてん)で休戦協定が結ばれ、一年が経っていた。垠の祖国は、三十八度線で二つの国にわかれたままにらみ合っている。その事実は垠を苦しめ続けたが、戦闘がないことにはほっとしているようで、気鬱な様子は以前より減ってきているように見えた。隣に住む画家の猪熊弦一郎(いのくまげんいちろう)とも、時折お茶を飲んだりするようになった。また、このごろたびたび訪ねてきて、なにかと世話をやいてくれるソウル新聞東京特派員の金乙漢(きんおつかん)といるときも、やわらかな表情を見せている。

　金乙漢の家系は代々王家に仕え、彼の伯父は、垠の父、高宗の侍従であった。

「実は、陛下から、私の弟を徳恵翁主(トッケオンジュ)の婿にとの話があったのです」

そんな話までする金乙漢に、垠はだいぶ心を許していた。

「そうなればよかった」

垠はしみじみと答えていた。方子も、同じ気持ちだった。

――徳恵さまは朝鮮人の方と結ばれていたら、日本に来なくてすんだし、いまのように心を失うようなことにはなっていなかったのではないか。

考えても仕方のないことなのに、どうしても「……たら」と思ってしまう。方子もふと、「殿下が朝鮮の方と結婚していたら」とか、「私が殿下と結婚していなかったら」と考え、どうしているかも知らないのに、許嫁(いいなずけ)だった閔甲完(ミンカプワン)に想いを馳せたりするが、そのたびに、「玖ちゃまを授かったのだから、これでいいのだ」と自分に言い聞かせてきた。

金乙漢は打ち解けてくると、徳恵の近況を尋ねてきた。垠は徳恵の名前が出ると黙ってしまい、方子が助け舟を出した。だが、方子も本当のことは言えず、「宗家でつつがなく暮らしている」とごまかした。ごく一部の人間以外には、徳恵の病は伏せられていたのだ。そして方子は入院していることを承知の垠にさえ、見舞いに行った際の徳恵の様子を伝えることはできなかったし、誰にも口外していなかった。

金乙漢からは、尹大妃(ユンデビ)が米軍に保護されて逃れた後、李承晩に王宮を接収されて王宮に戻れなくなっていることや、原子爆弾で亡くなった李鍝(りぐう)の妻賛珠(さんじゅ)の無事な様子も知ることができた。尹大妃が女官たちとともに、歩いて釜山まで逃げ延びていたということも後で知った。ほとんど外出もしたことのなかった尹大妃のことを思うと、切なくなる。そして、朝鮮の動乱における辛苦とはかかわらずにいられ、むしろ、動乱のために景気がよくなった日本で花嫁学校などを開いて利を得て、それで生活している自分を罪深く思うのだった。

その後、垠の腹違いの兄で、李鍵(りけん)や李鍝の父親である李堈(りこう)が亡くなったとの知らせが届いた。享年七十八歳だった。

垠は、紀尾井町の邸宅より持ってきた祖先たちの神位を自室に置いており、兄の死を神位の前で悼んでいた。方子は、そんな垠の背中を部屋の外から眺めながら、李堈に初めて会った時の、麗(うるわ)しい顔立ちと、はつらつとして明るい笑顔を思い出していた。

李堈は破天荒な気質として知られていた。

──李堈さまは、気丈にふるまわれていたけれど、自分ではなく、幼い殿下が王世子として立てられたことに始まり、ご不満の多い人生であったでしょう。抗日独立運動にかかわろうとなさったり、異性関係が派手だったりなさったのも、なにかはけ口を求めていらしたのかもしれない。さらには、鍝公さまが原子爆弾でお亡くなりになったことや鍵公さまが日本国籍をとったことを深く嘆かれ、晩年はお身体も壊してしまったうえに、生活苦にさいなまれていたというではないか。

──李王家の者たちの末路は、悲しすぎる。

──殿下だけでも、これ以上辛い思いをせずにすむようにしてさしあげなければ。殿下にとって残ったのは、国ではなく、人間、それも血を分けた家族だけだ。このささやかな家族を、私が死守していくのだ。


方子は、あらためて誓うのだった。


「なんとしても、玖の卒業式に出たい」

垠は、駄々をこねるように、方子に懇願した。

渡米してもうすぐ七年になる玖は、マサチューセッツ州ケンブリッジのマサチューセッツ工科大学に進学し、卒業を控えていた。卒業後は玖が日本に戻り、親子が水入らずで暮らせると、垠も方子も玖の卒業を心待ちにしていた。


だが、玖は、米国の永住権がとれたので卒業後も米国に残り、ニューヨークのマンハッタンにある中国系の建築設計会社、I・M・Peiアンド・アソシエイツに就職すると連絡してきた。韓国政府の協力は相変わらずないため、自分で動きまわり、苦労の末、永住権を手に入れたそうだ。


「これで当分は帰らないのか」

垠の落胆は大きかったが、息子が自立して米国で働こうとしていることについては嬉しそうだった。「そうか、そうか」と思い出しては口元をゆるめている。方子も、寂しい思いはあるものの、玖の成長が誇らしかった。


とはいえ、いざ玖が今後も米国に滞在するとなると、卒業を待っていたこれまでにも増して、玖に会いたい気持ちが膨らんでいった。その思いは、方子以上に垠に強く、「玖に会いたい。なんとか卒業式に行かれるようにしてほしい」と、顔を合わせれば口にするのだった。方子ももちろん玖の晴れ姿を見ることを切望している。

方子は、なんとかして米国に行く方法を模索し始める。まずは、マサチューセッツ工科大学の学長に、自分たち夫婦を卒業式へ招待してもらえるように人づてで依頼した。幸い、快く招待状をもらえたものの、問題は旅券と旅費だった。

案の定、韓国政府は冷たく、駐日代表部は、七年前の玖のときと同様、垠と方子に旅券を発行してくれなかった。金乙漢があの手この手を用いて動いてくれたが、かたくなに拒まれた。

——もう、こうなったら非常手段だ。

——なにじん、であるかということにこだわるよりも、どんな手を使ってでも、アメリカに行き、玖ちゃまに会うことの方が大事だ。

「宮内庁長官に、日本国政府発行の旅券を発行してくれるように直訴しましょう」

方子が垠に持ち掛けた。それはつまり、垠と方子の国籍を一時的に韓国から日本に改めるということだった。

「日本人からやっと朝鮮人に戻ったのだが……また日本人になるのか」

垠は小さく息を漏らし、うつむいてしまった。

「帰ってきたらまた韓国籍に戻せますから。あくまで一時的なものですから。玖ちゃまに会うためです」

「そうしなければ会えないのだからな」

垠は、うつむいたまま、そう言った。

垠の許しを得て、方子は宮内庁にかけあった。最初はあまりはかばかしい返事がもらえなかったが、幾度も懇願し、ようやく宮内庁長官が動いてくれた。長官は外務省に働きかけてくれて、垠と方子の旅券は、無事に手元に届いた。

「パパ、これが旅券です」

日本国発行のパスポートを渡すと、垠はしばらく黙って手にした旅券をみつめていた。方子はいたたまれなくなって、そっとその場を離れた。

方子は、最近になって垠のことを、家では、パパ、と呼ぶようになった。人前では殿下と呼び続けているが、せめてふたりでいるときは、以前の身分を思い起こさせるようなことはしたくなかったのだ。夫であり父である垠として接したかった。幸い、垠もすんなりパパと呼ばれるのを受け入れたし、パパ、と呼びかけると、照れくさそうに顔を向けてくる。

旅券の問題を解決した方子は、旅費と滞在費の工面に走り回ったが、こちらはさらに困難を極めた。わずかなつてでも、恥を忍んで借金を依頼したが、返す見込みのない垠と方子の夫婦に金を貸してくれる人は容易にはみつからない。

「アメリカに？　なんと、ぜいたくなことですね」

嫌味を言われるのがせいぜいだった。

親族に頼ろうにも、実家の梨本宮家も、皇族でなくなった上に父の守正が亡くなって、母の伊都子はつつましく暮らしており、助けてくれる余裕などないことは明白で、旅費を援助してくれなどと頼むことははばかられた。妹の規子にも頼んでみたが、生活に余裕がなくてすまないと、恐縮して謝られてしまった。方子はかえって申し訳ない気持ちになってしまう。

万策が尽きた垠と方子は話し合って、最後まで残っていた那須の別荘を売ることにした。思い出も多い那須の別荘を方子は手放すのが惜しかったが、垠は「玖に会えるのならば」と躊躇がまったくなかった。垠にとっては、過去よりも現在が大事で、玖が最優先なのだ。

こんども売却の際に騙されそうになったり、安く買いたたかれそうになったりと、ずいぶん嫌な思いもしたが、なんとか那須の別荘を売却することで旅費と滞在費は確保できた。

五月の爽やかな日の夕方、羽田の東京国際空港から飛行機に乗り、ニューヨークに旅立った。方子は、飛び立つ前から地に足がついていない状態だったし、垠はまるで別人のように終始微笑みをたたえていた。玖に会えることが決まってからの垠は、感情をかなり表に出すようになっていた。出発するこの日まで、ずっと上機嫌なのがわかるほど、表情が明るかった。玖の手紙だけを待ち、生ける屍のようだった垠はもういない。

――これは、戦後初めてのふたり旅。考えてみれば警護も随行員もない旅行も初めてだ。

身分が異なってしまったことへの一抹の寂しさはありつつも、監視のない圧倒的な自由を方子は満喫した。垠と並んで座席に座った方子には、窓から眺める雲の連なりが、新しい人生の幕開けを演出してくれているかのように思えた。

――こうして、戦争をしていた、敵国だったアメリカに胸をはずませて行くなんて、想像もしなかった。

——人生なんて、まったく予想がつかないものだ。私とパパのこれからもどうなるかわからないけれど、玖ちゃまがこの家族を導いてくれるのかもしれない。いったいどんな未来が待っているのでしょう。

　そう思うと、心がはやった。

「パパ、私たちは、いよいよ、いよいよ、玖ちゃまに会えるのですね」

「そうだね。でも、玖ちゃま、というのはどうかな。もう、玖は立派なおとなだからね」

　垠は嬉しくてたまらないといった様子で、顔をほころばしている。

　ふたりは、玖から届いた何十通にも及ぶ手紙の話をした。ほぼ七年のあいだ、何度も読み返したので、ふたりとも内容を細かく覚えていた。話題を提供するのはおもに方子だったが、垠は家にいるときよりも饒舌で会話はとても弾んだ。ふたりとも機内食が出てきても興奮して喉を通らず、玖がふだん何を食べているかについて語った。眠気も起きず、小声で話し続けた。話題はすべて玖のことだった。会話をしていると、垠との絆がこれまでになく固くなり、ふたりを隔てる膜も、殻も、いまやなにもないように方子には感じられた。

　あと一時間もすればニューヨークに到着するという頃、玖の将来について話が及んでいた。

「就職も決まっているのですから、あとは結婚だけですね」

　方子は、船で旅立ったときの、幼さの残った玖の顔を思い出しながら、早いですね、とつぶやいた。

「そうだね、あっという間だね」

「パパ……」

「ん？」

「私たちは、政略結婚のような形でしたけれども……」

「うむ、そうだね」

　垠の表情は、ほんのかすかにこわばった。

「私はパパと添うことができて幸せです。後悔はありません。ですが、玖ちゃまの結婚については……」

　方子の言葉が途切れると、垠はじっと見つめてきた。方子は、息を継いで、玖ちゃまには……いえ、玖には……と続ける。

「自分で決めた人と結婚してもらいましょうね」

　ずっと心に秘めていた思いを、勇気を出して吐露すると、垠は、うなずきながら、そうだね、と答えた。

「もちろんだ。きっと玖は、すばらしい人を見つけるさ」

垠は、方子の手をぽんぽん、と軽く叩いて握ると、大丈夫だ、とひとりごとのようにつぶやいた。

――パパも同じように考えていてくださったのだ。

方子は、垠のぬくもりに包まれながら、深い安堵を感じていた。

方子と垠は、倒していた座席を乗務員が直すように言ってくるまで、手を握り合っていた。


ニューヨークの空港で垠と方子を出迎えてくれたのは、親代わりさながら玖の世話をしてくれている牧師の上出雅孝（かみでまさたか）だった。上出は、六十代半ばには見えないほど若々しく、朗らかな人物だった。李王家と上出との縁は、終戦直後に慰問品をもらったことで始まっており、垠や方子とは、文通をする仲であった。玖が大学に進学してからは、ことあるごとに助言をうけ、相談してきた。

上出によると、玖は卒業前で忙しく、迎えに来られなかったとのことだ。飛行機を降りれば玖と再会できると思っていた垠は、あからさまに落胆して顔が曇っている。方子も、急に長旅の疲れが押し寄せてきて、進む一歩一歩が重く感じる。

とはいえ、上出のあたたかい歓待はありがたかった。ニューヨーク市内の上出のアパートメントに滞在させてもらい、荷を解き、人心地つく。玖とは電話で話した。

「うん、うん、うん」

垠は、受話器をしっかりと握って、相好を崩してうなずいている。そしてすぐに方子と代わってくれた。

「おたあさま、無事につきましたね」

隔てられた日々があまりにも長く、その声はまるで他人のように感じた。それに、玖の話し方は、おとなびて落ち着いていた。

「明日そちらに参りますので、今晩はゆっくりと休んで、お疲れを癒してください」

労りの言葉まですんなりと出てくることに、玖の成長を実感し、急にこみあげてくるものがあった。しかし、どうにかこらえて、受話器を置いたのだった。

機内でほとんど眠らなかったので、幸いその日は、ふたりとも時差によって生じる睡眠障害はなくよく眠れた。

　翌日はいまかいまかと玖に会うのを待ち焦がれ、上出夫人の用意してくれた食事をとるのもそこそこに、アパートメントの外の様子ばかりをふたりして気にしていた。

　日が陰り始めて、風が冷たくなってきた午後七時過ぎ、窓の下の石畳を踏む音が、かっ、かっ、と響いてきた。

　方子はテーブルから立ち上がった。目頭が熱くなり、胸が高鳴る。垠は待ちきれず、玄関に行き扉を開けた。

　足音がやがて近くなり、黒縁眼鏡をかけた痩せた青年が、方子と垠の前に現れた。

「おもうさま、おたあさま、ごきげんよう！」笑みをたたえて、近寄ってくる。

「玖、おめでとう！」垠も歩み寄る。

「こんなに背が伸びて……」

　方子も傍まで行き、玖を見上げた。

「おたあさまがこんなにお小さかったなんて」

　冗談で返す玖の手をしっかりと握った。垠も手を重ね、三人で手を握り合う。それからは、方子も垠も、ただ「よかった、よかった」と繰り返すばかりだった。

「さあ、お座りになってください。積もるお話もございましょう」

　上出に促されて、三人はソファにこしかけた。そして、顔を寄せ合い、互いに離れていた七年にわたる年月の来し方を語り合った。口数の少ないはずの垠が玖を質問攻めにして戸惑わせたが、玖はしっかりと丁寧に答えた。その横顔は青年の凛々しさをたたえ、横浜港で別れた幼い少年の面影はない。

――異国での生活はどんなにか苦労しただろう。韓国人でもなく、日本人でもなく、母国という後ろ盾を持たない立場で玖は、自力で困難を乗り越えたのだ。なにせ、ひとりで永住権を取るのに駆け回ったくらいだから。なんと頼もしいことか。

　堂々とした青年となった玖の話に聞き入りながら、方子はじわじわとこみあげてくる涙を何度もぬぐった。

　新しい門出を優しく祝福するかのようにやわらかな心地いい風が吹くケンブリッジにて、第九十一回マサチューセッツ工科大学の卒業式が行われ、李垠夫妻は上出とともに式典に参加した。あくまで、一介の卒業生の親として、その他の学生の家族たちに交ざって、息子の晴れ姿を見守る。

卒業生は各科ごとに列を作り、壇上にあがって学長の前に次々と出てゆく。裏地が緋色の黒いマントに、黒の角帽をみながそろって身に着けている。

大勢の背の高い米国人にまじって、小柄な東洋人の青年が、学長から卒業証書を受け取って、階段を降りてくる。玖の晴れ姿を見つけた瞬間、方子の涙腺が崩壊し、ハンカチが濡れた。垠も隣でハンカチを目に当てている。上出もしきりに目を瞬(しばた)いていた。

式典ののち、垠は韓国からの留学生に、朝鮮語で、あの、と声をかけられた。

「垠殿下でいらっしゃいますね。お会いできて光栄です」

留学生は頰を紅潮させている。垠は、一瞬戸惑いを見せたが、すぐさま笑みをうかべた。

「君は、ひとりですか？」

「はい、両親は韓国に」

「そう」

垠は手を伸ばし、握手を求めた。すると留学生は感激した様子ですぐさま両手で垠の掌を包んだ。

「祖国のために、ご両親のために、立派な仕事をされるように」

手を握り合ったまま垠が言うと、留学生は感極まって、ありがとうございます、と深く首を垂れた。

――祖国のために……。その言葉が真っ先に出てくる。パパの心はやはり、いまでも、朝鮮半島に向いている。韓国からあんなに冷たくされているのに……。

方子は、留学生と話し続けている垠の姿をやり切れない思いで見つめていた。

方子と垠は、当初二か月の予定だった滞在を延ばすことにした。玖と離れがたく、とても帰る気持ちにはなれなかった。ふたりはニューヨーク・マンハッタンの上出のアパートメントからホテルに移り、そこで四か月ほど過ごし、十月からはブルックリンのアパートメントで、親子水入らずの生活を始めた。三人で暮らすのが精いっぱいな狭くて古いアパートメントだったが、方子も垠もまったく気にならなかった。むしろ、玖の気配を近くに感じられることが嬉しいくらいだ。

玖の出勤を見送り、アパートの共同洗濯場の二十五セントの洗濯機を回し、アイロンをかけ、玖の帰りを待つ。腕をふるって息子のために食事をつくる。方子は、久しぶりに母親としての喜びを存分に味わった。ここでは、毎日が輝きのなかで過ぎていく。垠も、玖に甘えて、頼りきっていた。自分のものを買うにしても、いちいち玖に尋ねて決めるような始末だ。英語が話せるというのに、玖に通訳してもらったりもしている。玖といることが楽しくてたまらない、というように、穏やかにいつも微笑んでいる。

玖が振る舞う料理を食べることもあった。

「学生時代の自慢料理です」

得意げにつくるのは、サンドイッチだったり、野菜と肉の簡単なスープだったりした。しかしそれは、方子と垠にとって、どんな高級料理よりも価値があった。

「最高よ、玖」

「美味しいな」

垠は「これをまた作ってくれ」とねだるほど喜んだ。

方子は週末に近所のスーパーマーケットに一週間分の食料を買い出しに行き、夜は語学学校で英語を習った。また、ときおり垠と連れ立ちニューヨーク市内の見物や観劇に行った。ニューヨークでの方子と垠は、周囲にわずらわしいこともなく、自分たちの現実を見つめずにいられ、徳恵のことを考えずにすんだ。

――この生活がずっと続いたらいいのに。家族三人が一緒にいられるのは、何にもかえがたい幸せなこと。

――パパのあんなに満ち足りた顔を見たことがない。

上出夫妻に加え、東京の隣人である猪熊弦一郎夫妻もアトリエのあるニューヨークに来ており、方子と垠は彼らと親交をあたためていた。友人にも恵まれ、心置きなく暮らしている。しかし、滞在費は減っていくばかりで、のんびりとした日々をいつまでも続けるわけにはいかなかった。

――それでも、なんとかしてパパにこの幸福な時間を続けさせてあげたい。これまでの苦しかった人生を経て、やっと心から笑うことができているのだから。

とはいえ、旅行者は働くことが禁じられていたので、金銭的な問題を解決することは困難だった。方子はうっすらとした憂いを抱えつつも、玖とともに過ごす日々を目いっぱいいとおしみながらニューヨークで新年を迎えた。

　在米日本人婦人会の人々がわざわざついて持ってきてくれたつやつやとした白い餅、日本食を売っているスーパーマーケットで買ったかまぼこ、探しまわって見つけた鯛を姿焼きにしたもの、時間をかけて火を入れた煮豆など、それなりに整えた正月料理を前に、方子は戦時中を思い出した。あの頃は、テニスコートで育てたさつまいもを食べており、終戦の年の元旦はわびしいものだった。玖が疎開に行き、垠がいつ戦地につかわされるかと気をもみ、日々空襲に怯えていた。銀婚式も、防空壕に出入りしながら行った。

——戦争が終わって干支がひとめぐりすると、敵国だったアメリカで元旦を家族三人で穏やかに過ごすようになっている。

　感慨にふけっていると、玖が、「おもうさま、おたあさま、お話がございます」とかしこまった声で言った。

「なんだい、あらたまって」

　垠が少しからかうように答えると、僕は、と玖がまじめな顔で続ける。

「ぜいたくは望みません。お金の苦労だって、なんとも思いません。一つ一つ、自分の力で築きつつ進む人生を身に着けてゆくつもりです」

　姿勢をただしてきっぱりと言った玖が方子の目にまぶしく映る。

「それはすばらしいことですね」

——私たちのように、お国に翻弄され、流され、自分の意思で決めることがままならなかった人生ではなく……。

　続く言葉は口にせず、胸に収めた。

「もうすでに、玖は自分の力で、歩き始めているよ」

　そう言った垠は、酒のせいか、頬がほんのり赤くなっている。

「それで、おもうさま、おたあさま……。実は、僕には、結婚を考えている人がいるのです」

　静かな声ながら、しっかりとした口調で玖は告白した。

「え、結婚ですって？」

方子は思わず垠の方に顔を向けた。垠は、目を細めて玖を見つめている。

「はい、仕事を通じて知り合いました。彼女といると、心が安らぐのです」

「そう……」

そこで垠が方子と視線を合わせてうなずいた。そのとき方子の頭に「自分で決めた人と結婚してもらいましょうね」「もちろんだ。きっと玖は、すばらしい人を見つけるさ」と交わした飛行機の中での会話が蘇った。

方子は垠にうなずき返し、その後、玖の方に眼差しを向ける。そして息を整えて、わかりました、と話し始めた。

「将来の伴侶として、あなたがいいと思った女性なら、責任をもって始めなさい。あなたが選んだ人を理解して、ふたりの幸せを見守っていきたい……それが、おもうさまと私の気持ちです」

「ありがとうございます。おもうさま、おたあさま」

ようやく玖の表情がほぐれた。

「それで、お相手の方は……どちらのご出身の方？」

――日本人だろうか。それとも……。卒業式に韓国人の学生もいたし、どこかで韓国人に出会ったということもありえるのかもしれない。

玖は、ひと呼吸置いて、「アメリカ人です」と答えた。

方子も垠も驚きのあまり返事ができず、時が一瞬止まったかのようにその場を沈黙が支配した。

「アメリカ人なのか！」

垠がいつもより大きな声で言い、ひとときの沈黙を破った。

「そうです、アメリカ人です」

ゆっくりと明瞭に玖は答える。

「まあ！　アメリカ人！」

方子も、大声で繰り返していた。

――まさか……。日本人か韓国人に違いないと思い込んでいた。いや、私たちは、できれば玖の相手は日本人か韓国人、せめて在日韓国人であってほしいと願っていたのだ。

――けれども、玖が自分で選んだ人だ。玖の気持ちを大事にしてあげたい。

玖が選んだ人は、ジュリア・ミューロックという東欧系のアメリカ人を両親に持つ堅実な中流家庭の女性だという。玖より年上で、美術学校を卒業後、室内装飾の仕事に就いている。

「ジュリアとは性質や趣味での共通点が多く、自然と将来を考えるようになりました」

――アメリカ人ということだけでなく、年上ということにも驚くけれど、玖と共通点が多いということは、きっと素晴らしい女性に違いない。血統や財産ではなく、人柄で選んだのだから。

「さっそく会わなければ。連れてきなさい」

それから垠は、会うのが楽しみだ、とひとり言のように言って、口元を緩めた。方子もジュリアと一刻も早く顔を合わせたかった。

新年最初の日曜日に、ジュリアが訪ねてきた。肩までの栗色の髪にそばかすの多い肌、緑がかった灰色の瞳を持つ女性は、ワイン色のワンピースがよく似合っていた。特別目を引く容姿ではないけれど、清潔感が漂い、笑顔があたたかい。

「おもうさま、おたあさま、はじめまして」

玖に習ったのか、ジュリアは片言ながら日本語で言った。さらに、頭を床につける韓国式の挨拶をしたのだった。そのけなげな態度に、方子も垠もたちまちジュリアに好感を持った。

ジュリアをときどき日曜に食事に招き、会話を交わすうちに、彼女の素直でさっぱりとした性格が伝わってきた。

――どうして玖がジュリアを選んだか、よくわかる。これなら夫婦で働いていい家庭を築いていくでしょうし、玖の仕事のよき理解者でいてくれるでしょう。

垠も方子と思いは同じで、二人の結婚に賛成した。そして、話は進んでいき、五月には正式に婚約し、結婚式は秋にするということが決まった。

米国での滞在がすでに半年を過ぎていた。方子は、東京の家や、運営を人にまかせっきりのアカデミー・ボザールのことが気にかかっていた。また、長居が玖の負担になっていないかと心配にもなり始めている。さすがにそろそろ日本に戻らなければと思うものの、なにせ帰りの旅費が心もとなく、帰るに帰れない状態だった。

そんなときに、猪熊が一時帰国ののち再渡米し訪ねてきて、垠に分厚い封筒を遠慮がちに差し出した。

「これはいったい……」

戸惑った垠は、受け取らずにいる。

「永田雅一氏が殿下に差し上げてほしいというので持ってまいりました」

「永田さん？　あの、大映の？」

垠は首をかしげる。永田雅一は、大映映画の社長で、撮影所の案内係からたたき上げて社長にまでなった有名な人物だった。

「永田さんとは面識もないのに、このような大金をいただけるはずもありません。どうかお返しくださ い」

猪熊は、垠の答えを予期していたのか、動じることなく、封筒を差し出したままでいる。

「永田社長は、豪放な性格なので、他人の苦境を見過ごせない方です。差し出がましいとは思いつつも、殿下が旅費にお困りのことを話すと、あちらから進んで差し上げたいとおっしゃったのです。どうしても負担に思われるのなら、後日お返ししたらいかがでしょうか」

垠はしばらく封筒を見つめていたが、自分を納得させるかのように深くうなずいて、永田の厚意を受け取った。

旅費の心配が消えた方子と垠は、日本への帰国を四月の末と決めて、支度にとりかかった。方子も垠も、親子で暮らす満ち足りた日々を終えなければならない落胆は大きかったが、方子は現実に向き合わねばならないことを了解していた。だが、垠は、玖と離れることがなかなか受け入れられないようで、ため息を吐いたり、思いつめた表情で虚空を見つめたりすることが増えた。

「おもうさま、結婚式のために、またこちらにいらしてください」

玖の言葉にも薄く微笑むだけで返事をしなかった。

――旅券やお金のことを考えたら、結婚式に来るのは難しい……。

方子はじゅうぶんに承知していたし、垠も理解していた。それでも、方子は「そうですよ、またこちらに参りましょう」と口にした。

――私がどうにかするのだ。そうだ、必ず……。

方子は、売らずに残してある宝石や絵画、美術品を思い浮かべていた。

名残惜しい日々はあっという間に過ぎていき、三月も半ばとなった。とうてい春とは呼べないほど寒く、朝から雪が散らついた日、方子と垠は久しぶりにマンハッタンに出て、ニューヨークの街を満喫した。セントラルパークを散策し、レストランでステーキを食べる。最後は、エンパイアステートビルディングの展望台に上り目の前に広がる景色を眺める。黙って寒風にさらされ、白い息を吐きながら、大都市ニューヨークの壮大なビルディングの群れを目に焼き付けた。

　夕食前にはアパートメントに戻った。すっかり体が冷えていたので、方子は、熱い紅茶に砂糖をたっぷりと入れて、垠と玖の座るソファのところに運んでいった。方子は今日の散策の話を玖にし、玖はマンハッタンの建築物に関して説明する、そんな楽しい団らんが続いていた。

　しばらくすると、突然垠がソファからずり落ちて、床に倒れた。

「パパっ」

「おもうさまっ」

　玖が抱き上げるが、垠は顔面蒼白で脂汗をかき、意識が朦朧としている。方子は動転し、ただただうろたえてしまうばかりだ。

「救急車を呼びます」

　てきぱきと玖が動いて、病院に連れて行くことができた。医師の診断は脳血栓で、血圧がかなり高くなっていた。意識のないまま入院治療が始まる。

――幸福の絶頂から、玖と離れて帰国しなければならないということで、不安が高じて血圧があがってしまったのだろうか。

――もう二度と意識が戻らないのではないか。

――こんなことになるなら、パパともっとあれもこれもしたかった。これから楽しいこともまだまだ積み重ねていけたはずなのに、こんな形で意思疎通がかなわなくなるなんて。

――私がもっと気を付けていれば、倒れることはなかったのではないか。

　方子の目の前は真っ暗で、玖に励まされてどうにかその日を生きていた。絶望のどん底の数日から、生きているだけでもいいではないかと考えるにいたった頃、垠の意識が回復した。

――ふたたび言葉を交わせるようになって、ほんとうに嬉しい。パパが私にとっていかに大切であるかがわかった。

　そうは思っても、垠の歩行が困難になってしまっていることが至極気がかりである。方子は片時も離れず垠を看病した。

一時はどうなることかと心配したが、幸い垠は四月末には左足を少しひきずって歩ける程度にまで回復し、ブルックリンのアパートメントに戻った。

病を患った垠は、ますます玖のそばにいたいと思い詰めるようになる。

「帰国せずに、どうにか、ここにとどまれないだろうか」

垠は方子にたびたび言うのだが、ニューヨークという大都市は、働く者が生活していく場所で、大富豪でもない限り、病人や仕事のない人間が途中から来て住めるところではなかった。

五月に玖たちの正式な婚約に立ちあったのち、方子と垠は玖のアパートメントを出て、空港に向かう車に乗った。玖とジュリアは仕事の都合で見送りに来られない。後部座席から見える二人は、ずっと手を振り続けていた。

――結婚式にも出られない、こんどはいつ会えるかわからない……。

寂しさに胸がおしつぶされそうだった。隣の垠は今にも泣きそうな表情で、必死に感情を抑えているのがわかる。

――でも、これでいいのだ。韓国の王系といったことからいっさい離れて、一建築家としての質素な結婚式を希望している玖にとっては、私たちがいない方がかえっていいかもしれない。私たちが列席すれば、素性を秘めるわけにもいかない。

やがて二人の姿は見えなくなった。道沿いに連なる木々に咲く可憐な白い花が、まるで玖とジュリアの代わりに手を振るかのようにそよ風に揺れ、方子たちに別れを告げていた。


東京に戻ると、丸一年間の不在の痛手は大きかった。花嫁教室のアカデミー・ボザールはずさんな経営に加え、講師の人件費がかさみ立ち行かなくなり、閉鎖のやむなきに至ってしまっていた。

収入が断たれ、たちまちその日の生活費にさえ困り始めた方子は、とうとう櫻井を解雇することにした。かなりの高齢となって持病も出てきたにもかかわらず働き続けていたので、いい潮時でもあった。

「妃殿下、お心を強く」

櫻井は、方子の手をこれでもかと強く握って別れを惜しんだ。

「これまでありがとう」

婚前から寄り添ってくれて、方子の人生をずっと見守ってきてくれた櫻井との別れは、まるで体の一部を失うかのような痛みを伴った。

さらに、絵画や美術品を売りに出したが、思うほどの金額には至らず、当面の生活費に充てるしかなく、方子の苦悩は続いた。そんななか、「気持ちだけでも返させてください」と持って行った二千ドルを大映の永田がどうしても受け取らなかったことは、実のところずいぶんと助けになった。

生活の維持のために駆けまわる方子には思い出にふける余裕もないというのに、垠は、ニューヨークでの生活と玖のことばかり考えているようであった。口数の少ないなかで、ぽつりぽつりと漏らす言葉が切なく聞こえてくる。

「玖の作るサンドイッチは美味しかったね」

「セントラルパークでリスをたくさんみかけたね」

「いまごろニューヨークは何時だろうね」

「結婚式のころのニューヨークは、だいぶ寒いのだろうか」

垠が玖を猛烈に恋しがっているとはいえ、結婚式のために再渡米するのはどう考えても無理だった。

季節は秋になり、玖とジュリアの結婚式が行われる十月二十五日を迎えた。垠と方子はやるせない思いを抱きつつ、はるかかなたから、ふたりの幸福を祈った。

現実に向き合うことを拒む垠とは対照的に、今後どうやって生計をたてるかで必死だった方子は、恥も外聞もなく日本の政府に援助を申し出た。しかしすんなりと受け入れられることはなく、薄氷を踏むようなぎりぎりの生活が続いた。粘り強くあらゆる方面からつてを頼り援助を後押ししてもらおうと頭を下げた。皇族として生まれ、王世子妃だった方子は、人に頭を下げられることはあっても、頭を下げることには慣れていなかった。だが、垠や玖のことを思えば、どんなに自尊心が傷つこうとも耐えられた。

方子の奔走のかいがあって、ある宮内庁の役人から吉田茂(よしだしげる)元首相にたどりつくことができた。影響力のある吉田が話を通すと、韓国側が配慮するまで当分日本政府が毎月の生活費を援助してくれることになった。

——これでなんとかささやかに過ごしていける。

ほっとはするものの、自分の力でなにも生み出すことができず、つねにだれかにどこかに頼らざるを得ない人生が恨めしくもある。

——だけど、いまさら、どうしようもない。アカデミー・ボザールもつぶれてしまった。結局は、お国、に頼るしかない。とはいえ、これまで、お国、に尽くしたのだから、これくらいの見返りをいただいても罰(ばち)は当たらないでしょう。

方子はそう考えて自分を納得させた。


垠は、居間のソファに日がな一日座ってテレビジョンを観るといった生活だった。渡米前と同様に、気力が失せてしまっている。足をひきずって歩くのも面倒なようで、外出もほとんどしなくなっていた。ただ、以前とは違って、言葉は少なくとも感情の起伏は素直に表面に出ていて、嘆きや悲しみを訴えるようになっている。テレビジョンに向かって声をあげて笑っていることもあった。方子もときおり垠とともにテレビジョンの番組を楽しむと、時代が新しくなっていることをまざまざと感じることが増えた。

昭和三十四年四月十日の方子と垠は、テレビジョンの前に張り付いて、皇太子と正田美智子(しょうだみちこ)の成婚パレードを食い入るようにして観ていた。

正田美智子は、日清製粉社長正田英三郎(ひでさぶろう)の長女で、皇族でも華族でもない。皇太子と美智子は軽井沢のテニスコートで愛を育んだ。国民はこの世紀の結婚に熱狂し、巷ではミッチーブームといったものが起きていた。

母の伊都子がこの結婚に強く反対していて、方子に会うたびに愚痴をこぼしていた。実は伊都子は、玖とジュリアの婚約を報告した際も、「アメリカ人？」と半ば憤慨して訊き返したのだった。

——おたあさまは、身分違いだと言って、皇太子さまのご成婚にかなりお怒りになっていた。きっと、皇族という身分ゆえに私が政略結婚で嫁いで日鮮融和の犠牲になったことがあって、複雑なお気持ちなのでしょう。そして、ご自分も大名家の姫君として皇族のおもうさまのところに嫁いでいらした。身分や伝統といったものに準じてご苦労されたからこそ、それが崩れるのが許せないのでしょう。ご自分や家族を否定されたように思われるのかもしれない。

——お若いおふたりは、これからご苦労も多く、ことに妃殿下のご心労はたいへんなことだろうとお察しする。私が朝鮮の王室のことを右も左もわからなかったように、皇室に入られて戸惑うことばかりとご推察もする。そして、おたあさまのように妃殿下を快く思わない方々もあまたいらっしゃるはず。

――けれども、ご当人同士のお結びつきこそがなによりも大切なこと。

当人同士の気持ちを無視したための不幸な結末を見てきた方子だからこそ断言できる。

離婚してしまった、李鍵と佳子、宗武志と徳恵の顔が次々と思い出され、方子の気持ちを乱す。特に、松沢病院に見舞ったときの、視点の定まらない徳恵の顔は方子の心を苛む。

――殿下と妃殿下のように、恋しく愛しい思いから始まって結びつかれたご縁は、きっと強い絆を生み出すでしょう。ですから、妃殿下は、批判的なことなどあまりおこだわりにならずに、さらっと受け流しておいでになる方がいいでしょう。

テレビ画面を通して見る正田美智子は、白いドレスに身を包み、輝くように美しく、幸せに満ちている。美智子のこのふっくらとした顔立ちから放たれるたおやかな笑顔ができるだけ曇ることのないようにと方子は心から祈った。


また新たな年が来た。かわりばえのない暮らしが続いていたが、玖と暮らしていたニューヨークでの日々から遠ざかるにつれて、垠は、玖夫婦を訪ねたい気持ちがますます切実になってきた。方子を見ると、潤んだ目で訴えてくる。ときどき訪ねてくる金乙漢にも、どうにかならないか、と相談していた。

――きっと血圧が高いご自分の身体のことも、ご心配なのでしょう。いつまた倒れるかもしれないというご不安がおありになるに違いない。それは、私とて感じていることでもある。多少不自由ではあっても、パパが歩けるいまのうちに、なんとしてももう一度アメリカの玖のところに行く、という希望を叶えてさしあげたい。

方子はまたしても旅費の工面を考える日々だったが、光明はどこにも見いだせずにいた。そしてふたたび旅券の問題にぶつかった。韓国政府は依然として冷ややかで、旅券を発行してくれることは期待できない。では前回同様日本政府に旅券を一時的に発行してもらえるかといえば、大学から招待を受けた前回と違って、この度はかなり困難だった。玖が市民権をとることができれば両親を招くことができるので、精いっぱいの努力をしてくれているが、先の永住権のときと変わらず、米国出先の韓国機関が好意的に動いてはくれないようである。

――いよいよ、残された方法は、一時的でなく、国籍を正式に日本に変えることしかない。乱暴な方法だけれど、帰ってきてまた国籍を取り戻せばよいのだから。

垠に帰化の旨を伝えると、一も二もなく、承諾した。

――倒れたことでパパは、祖国への想い、朝鮮人であることへのこだわりはすっかり消してしまわれたのかもしれない。たとえそうした気持ちが残っていても、玖とジュリアの存在に勝ることはないようでいらっしゃる。

そう信じて方子は後ろめたい気持ちを持つこともなく、淡々と帰化手続きを進めた。そんなさなか、韓国では不正選挙に怒った学生が決起した四・一九革命が起きたことをきっかけに李承晩政権が倒れた。だが、垠は、祖国の動向にあまり関心を持っていないように見えた。

「李承晩大統領が下野したのですから、韓国政府のパパに対する態度も変わるのではないでしょうか」

方子が言っても、「まだどうなるかわからないから」と、垠は頭を振って目をつぶる。

――パパは、振り回されることになるのに、うんざりなさっている。裏切られることになるのが辛いから、期待をしないことにしていらっしゃるのだ。

それからは、方子も韓国の政情に触れることを避けた。

帰化の許可もおりて旅券を手に入れた方子と垠は、六月に入って間もなく、米国に向けて横浜港を出航することができた。

いつもなにかと助けてくれる金乙漢は垠が日本に帰化したことを知ると、かなり驚き落胆もしていた。それでも資金の援助に奔走してくれた。金の尽力でソウルの和信(わしん)百貨店社長朴興植(パクフンシク)につながり、朴が旅費を助けてくれた。

解放前、ソウルがまだ京城だった頃、ほんの半刻ほどの滞在だったが、方子は和信百貨店に立ち寄ったことがあった。三越や丁子屋(ちょうじや)のような日本人経営の百貨店が繁盛する中、規模が小さく設備も貧弱で、経営が朝鮮人の和信百貨店は軽視され、日本人の卸屋は取引さえしてくれなかった。しかし、当時李王妃であった方子が来店したことで信用が急にあがり、その後民族資本の代表的な百貨店として発展し、解放後も生き延びているということだ。

「方子さまにはいつか恩返しをしたかったのです」

そう言って朴は千ドルを提供してくれて、方子たちはそれを帰路の飛行機代としたのだった。それ以外の旅費と滞在費は、方子の宝石類を手放すことによって捻出した。

その中には、婚約の際にもらった、李の花をかたどった指輪もあった。五カラットや十カラットのダイアモンドでできている。これだけは手元に残しておきたかったが、垠を見ていると、過去の栄光や思い出よりも、いまの幸福を大事にするべきと思いきれるのだった。

――ダイアモンドがあったところで、お腹が満たされるわけでも、旅立てるわけでもないのだから。

最後に指にはめてみると、きつくて入らなかった。そして青く光る大粒のダイアモンドは、いまの方子にはまぶしすぎた。

――もう、私にはこの指輪は不要だということだ。

――朝鮮の王室はとっくになくなっている。王家もばらばらとなり、復活することもない。ご親族との繋がりは、ダイアモンドなどなくても心で結びつけばいいのだ。それに、私たちが韓国に戻ることは難しい。

潔く処分したものの、思っていたよりもずっとダイアモンドの値段は低かった。品物は確かなはずなのに、売却を焦っているのを見透かされ、安く買いたたかれたのだ。それは、朝鮮という国、李王家を軽んじられたことと重なり、方子は、虚しさと口惜しさがぬぐえない。その思いを振り切るように、半ばやけになって、まだ残っている絵画や美術品も続けて売り払った。

今回は予算の都合上、往路は時間のかかる船旅となった。方子は航海中、潮風にあたり、濃紺の海原を眺めながら、若かりし頃に垠と豪華な客船で欧州へ航海したことをたびたび思い出した。正式ではないにしろ、各国で朝鮮の王世子、王世子妃として扱われたあの頃から年月は過ぎて、いまはひとり息子が恋しくてたまらない市井の夫婦として米国に向かっている。

――だけど、私はいまの方がよほど幸せだ。あの旅では、李王家の跡継ぎを授からないことが頭から離れなかった。もちろん、楽しい思い出はたくさんあるけれど、軍の監視の目もあり、警護や随行員に囲まれていた。だから、体も心もこれほどの自由はなかった。重荷を背負うことなく、こんなふうに、ひとりの母親として夫とともに愛しい息子夫婦を訪ねることほど嬉しいことはない。

——私は、パパを支えていると自負しているけれど、振り返ってみれば、パパがいたからこそ、ここまでやって来られたのだ。戦争が終わっても、パパは私と玖を見捨てずに、日本に残ってくれたのだった。

——それに……。晋ちゃまを失ったとき、命を断とうとした私を、パパが全力で阻止してくれたのだった。あのとき死んでいたら……、いまのこの穏やかな幸せにはたどり着けなかった。

方子はすっかり白髪に覆われ、肌のたるんだ垠を見つめては、夫婦として垠といまだ添えていることと、垠の存在そのものに、感謝の気持ちが湧いてくるのだった。

二週間あまりでシアトルに到着したふたりは、下船してホテルに一泊し、翌日飛行機でニューヨークへ向かった。空港の到着ゲートを出て玖とジュリアの姿が見えると、垠は堰を切ったように感情を爆発させて、まるで幼児のように喜びを露わにした。

——ああ、よかった。苦労はあっても、来てよかったのだ。

方子は満ち足りた気持ちで車に乗った。しばらくして窓の外を見上げると、エンパイアステートビルディングが黄昏の空に懐かしくそびえている。突き刺さるように空に伸びる塔が涙でかすみ、おぼろげに揺れていた。

約一か月の短い滞在のあいだ、六十二歳というまだそれほどの歳でもないというのに、垠は気力の衰えが著しく、散歩すら億劫がって積極的にはしようとしなかった。王公族の時代は感情を外に表さず、寡黙でありながらも活発であった垠は、いまや心のうちが顔にたやすく表れるものの、自分から動くことの少ない人物となっていた。ただ玖に甘え、方子にすがるばかりだった。そんな垠に方子はそこはかとない不安を感じるようになっていた。

玖夫婦の住むアパートメントの筋向いのホテルに泊まり、朝夕を息子夫婦とともに過ごして食卓を囲むといった楽しい毎日が続いた。一か月は瞬く間に過ぎ、方子と垠は飛行機で東京に戻らねばならなかった。空港まで送ってくれた玖とジュリアとの別れは切なく、四人がみな涙をこらえて言葉を失っていた。ことに垠はこの世の終わりでも来たように顔をくしゃくしゃにして、嗚咽をこらえていた。

　東京に戻ると、韓国の政治がまた動き、あちこちから垠をかつぎだそうという声が聞こえてくるようになる。失脚した李承晩がハワイに亡命後、韓国ではめまぐるしく政権が代わる不安定な国情が続いていた。

「李承晩がいなくなったので、一刻も早く帰国されるように」としきりに韓国の要人から手紙が来てすすめられたり、駐日公使を通じて「駐英大使に」という話を持ち出されたりした。これに対して垠は「健康上の理由」をあげて即座に辞退した。垠は太平洋戦争が終わってからこれまで一貫した態度で政府や軍の要職に就くのを断っていた。

「政治的に利用されるおそれがあるうちは帰らない。すべてが安定しないうちはまだ早い」

　だが、方子に説明するその顔には、苦悩がにじみ出ていた。そこには垠の強い望郷の想いが見て取れた。玖が一番大事であって、祖国は二の次に思えた垠だったが、いざ韓国政府からの要望があると、やはり心が揺らいでいるのは明白だった。

――政治に関係ない分野での役職のお話はないのだろうか。文化芸術にかかわることだとか、スポーツなどのことならば……。そうすれば臆することなくご帰国なさるのに。

　方子はもどかしく思い始めていた。

――お身体の調子も芳しくない。せめて余生だけでも祖国で自由に、そっと平穏に暮らさせてさしあげられないものか……。

――パパが朝鮮で育たれたのは、満十歳までで、それもものの心つかれてからは、せいぜい六年くらいのこと。日本へおいでになってからは、墓参か病気見舞い、なんらかの儀式以外には、祖国に滞在することが許されなかったのですから。

――せめて残りの人生だけは、祖国の風習や人情に親しみ、ふるさとの風や雲に語りかけ、花や鳥にいたわられる朝夕を送っていただきたい。

――もう、そろそろ……お元気なうちに、帰るべきところに根を下ろさせてさしあげたい。

　方子が韓国への帰国について真剣に考え始めていた折、朝鮮戦争で釜山まで逃げ延び、休戦後も李承晩の妨害で王宮に戻れず、ソウル郊外で苦労していた尹大妃が昌徳宮の楽善斎に戻ったという知らせが入った。戦争で王宮を離れて以来十年ぶりだった。

――どんなにかご不自由なことだったでしょう。尹大妃が戻られたということは、ソウル市内もやっと落ち着いたということで、安心なことである。ならば、次は、パパの番だ……。

方子はさっそく金乙漢を呼び寄せ、帰国に向けて動きたいので協力してほしいと伝えた。

「かしこまりました。妃殿下、そのことですが、私から、お伺いしたいことが」

金乙漢はいつもの朗らかな様子とは異なり、硬い表情を見せている。

「なんでしょうか」方子は緊張して答えた。

「まずは、おふたりの国籍のことです。今回米国に行かれるにあたり、日本に正式に帰化なさいましたよね？」

「ええ、でも……。それは……。また韓国籍に戻せばいいことですから、と思って」

「妃殿下、そんな簡単なことではありませんよ。国籍ですよ。朝鮮の王家の血筋の者が、日本人になったということですよ。韓国の民がそれを知ったら、殿下を歓迎しないでしょう。ましてや、もともと日本人の妃殿下はなおさら……」

方子は帰化の件をそれほど大ごとには捉えていなかった。金乙漢に指摘されて初めて、事態の深刻さを悟る。

「韓国政府も、殿下と妃殿下が帰化したことを快く思ってはおりません。これは、帰国に際して大きな障害になります」

「そうですか……」

「それでも、私としては、精いっぱいの努力はいたします」

「どうか、よろしくお願いします」方子は心から言った。

「それから妃殿下、もうひとつお伺いしたいことが」

金乙漢の声が低くなり、また厳しいことを言われるのではないかと不安になってくる。

「はい、なんでしょうか」

方子は小声で顔色を窺うように訊いた。

「徳恵翁主はどこにいらっしゃるのでしょうか」

「えっ」

意外な名前が出てきて驚いた。

「翁主は宗家から離縁されているそうですね。宗武志氏にお会いして伺いました。どこにいるかを尋ねても答えてもらえなかったので、こうして妃殿下にお尋ねしています。なぜ、嘘をつかれたのですか」

「えっと、それは……」

動揺して声が震えてしまう。金乙漢の鋭い瞳は責めるように方子に向けられている。

「どこにいらっしゃるのですか」

「なぜ、お知りになりたいのでしょうか」

消え入りそうな声で答えると、金乙漢は、それは当然、と強い口調で続ける。

「殿下と妃殿下が祖国に帰国なさるなら、当然徳恵翁主もご一緒でしょう。そうでなければなりません」

方子はまるで頭を殴られたように感じた。

——なんということでしょう。私は徳恵さまのことをまったく気にかけていなかった。

——金乙漢の言うように、当然、徳恵さまもお帰りにならなければ……。だけど、あの状態で……。

うつむいて黙っていると、金乙漢がかぶせるように問うてきた。

「長いことご体調がすぐれなかったと宗武志氏がおっしゃっていましたので、もしかしてどこかお悪くてご入院でもなさっているのですか？　重篤でいらっしゃるのですか？」

——もう隠すことはできない。それに、あの病室から徳恵さまを連れ出さなければ。故郷にお戻ししなければ。

方子は顔をあげて金乙漢と視線を合わせ、実は、と息をついだ。

「松沢病院という、精神病院に入院していらっしゃいます。心を失われてしまっているのです」

吐き出すように答えた。

「その、松沢病院はどこにあるのですか？」

金乙漢は方子から病院の場所を聞くと、すぐさま部屋を出て行った。


韓国政府からの冷遇は、李承晩の下野によって一変し、年が明けた三月、政府は李堈の息子李寿吉(りじゅきち)を日本に寄越した。寿吉は、旧皇室財産事務総長として垠たちの帰国準備を担っており、百万ウォン、日本円で七百二十万円あまりを田園調布に持参した。

「叔父上の帰国をみなが心より待ち望んでいます」

垠に向かい、膝を床につけて挨拶する寿吉を方子は感慨深く眺めていた。だが、垠は表情の読み取れない顔でただ黙って挨拶を受け入れているだけだった。

――パパは複雑なお気持ちなのかもしれない。まだ、信用できないのかもしれない。

――でも、やっと、やっとだ。ことが動いている。

韓国政府からお金をいただくのも初めてだ。

――そして、このお金があれば、玖のもとにも行ける。

玖はいま、ハワイ大学東西センターの建築学科の案件で、ハワイに滞在していた。

「ハワイに行って玖に会えば、元気になる」

こらえ性のない子どものように繰り返していた垠の願いをかなえてあげられることがなによりも嬉しかった。そして方子自身も玖に会いたくてたまらなかった。

――ハワイでパパの病状が悪化したらと不安は大きいけれど、きっとパパにとって一番の名医は玖なのだ。お連れしないわけにはいかない。

あわただしく支度を整え、ふたりは、三度目の渡米をした。実は方子は、胸にしこりを発見し医師の診察を受けて、乳がんが発覚していた。

――ハワイがなにより先だ。手術は帰国してからにしよう。私のことなど、あとでいい。

方子は誰にも乳がんのことを告げず、自分の胸にだけ秘めていた。不思議とがんへの恐怖はなかった。悪化したなら、それも運命だと受け止めようと腹をくくっていた。

ハワイでは玖とジュリアと同じホテルの向かいの部屋に泊まり、夫妻と食事も散歩もすべて一緒だった。垠はプールが見えるバルコニーの籐椅子に腰かけ、朝は玖が事務所へ出かけるのを見送り、夕方はまたバルコニーで玖の帰りを待った。穏やかな気候や海の美しさを愛でる観光はまったくせず、島めぐりといった遠出もいっさいせず、ひたすら、玖夫妻との生活をいとおしんでいた。楽しげにほほ笑む垠には、心配していたような病状の悪化もなく、顔色もよかった。また、カトリックの信者であったジュリアから聖書の話を興味深く聞いていた。玖も洗礼を受けていることを知り、関心を持ったようだ。

一か月ほど過ぎて、帰国まで十日ほどとなる。方子と垠は、ホテルのロビーで、車いすに乗った男性を見かけた。脳性麻痺かなにかのようで言葉が明瞭ではなかったが、付き添いがいるものの自らホテルのスタッフとやりとりをしている。

「ずいぶんと自立しているのですね」

方子がなにげなくつぶやくと、垠は、そうだね、と言ったのち、その車いすの男性の様子をじっと見つめていた。

「私も車いすに乗ることになるのだろうか」

ぼそりと言った垠に、方子は、とっさに返す言葉が出てこなかった。

「不自由な身体の人たちは、私の国ではどうしているのだろう。動乱で傷ついた人たちも多いだろうね。あの人のように、生まれつきの者たちは、ここと違って、肩身が狭いだろう」

「そうですね。日本でも、まだまだです……」

「自分の国に帰ることができるなら、政治にかかわるのではなく、ああいう人たちの助けになることをしたい……」

思ってもみなかった垠の考えに、方子はかなり驚いたが、垠の真剣なまなざしに応えて、強くうなずいた。

「ええ、そういうことができたらいいですね」

「民衆は、私から離れていくばかりだけれど、私は、なんらかの形で彼らに寄り添っていたい」

「いつか、かないます」

「そのときは、方子も手伝ってほしい。一緒に、か弱い人たちや生きづらい人、とくに大変な境遇の子どもたちを助けよう」

――パパは、ご自分のお身体がままならなくなって、そのような思いになったのだろうか。もしかして、徳恵さまのことも頭から離れないのかもしれない。いずれにせよ、素晴らしいことだ。私も協力したい。

「もちろんです。私は、つねにパパとともに生きていくのですから」

垠は、方子ありがとう、と言うと、自分の手に視線を落とした。手をもみながら、私は、とつぶやくように言う。

「なんの役にも立たないで、方子の世話になるばかりだが、韓国では、私もきっとできることはあると思うのだよ」

――パパは、ずっともどかしくていらしたのだ。苦しんでいらしたのだ。なにもできないことに。私に頼り切っていることに。

方子は胸がきりきりと痛んできた。無気力だった垠を恨めしく思った自分を叱りつけたいくらいだ。

――韓国に帰れば、新しい人生がまた開ける。なんのために生きているかをパパが実感できるお仕事があるはず。ご希望のように、障害のある子どもを助けるような……。

「私は、このまま踏みとどまれるだろうか。病気が再発しないだろうか」

「パパ、きっと大丈夫です」

「もし、なにかあったら、私に洗礼を受けさせてほしい」

「え、いまなんと？」

「カトリックの洗礼を」

方子はさまざま問い返したい思いがあったが、黙ってうなずいた。

「それとね、最近は、晋のことをよく思い出すのだ。雲か鳥になって晋のそばへ飛んで行ってやりたい。寂しい思いをしていないだろうか」

「そうですね。崇仁園のことは、私もいつも心のうちにあります」

「祖国に帰ることがあるなら、私は自らの力で祖国の地を踏みしめたい。そして、自分の目で祖国の山河を見てみたい。人の助けを借りず、自分で帰りたいものだ。そして崇仁園に行き、晋に会いたい。永徽園に行って母上に会いたい」

「帰りましょう、祖国に」

方子は、あやうく声が震えそうになっていた。

「そろそろ、玖が帰ってくるね。バルコニーで待っていよう」

足をひきずり歩き始めた垠の後に続きながら、方子は帰国への強い意志をあらためて固めたのだった。

日本に戻って一週間ほど過ぎた頃、金乙漢が訪ねてきた。ハワイでの様子などを訊いてきて、方子が楽しかった玖夫妻との日々を語ると、金乙漢は、「それはよかったです」と答えて朗らかに笑った。だが、次の瞬間、ところで、と口にして神妙な顔になった。

「徳恵翁主にお会いしました」

金乙漢の声はいつになく暗かった。

「おいたわしくて、なんとも……」

声を震わせ、苦悩に満ちた顔をしている。

「翁主もかならず祖国に帰れるように私は全身全霊を尽くします」

垠も方子も、答えようがなく、黙ってその言葉を受け止めた。金乙漢が帰ったのち、垠はうつむいて、考え込んでしまっていた。寝室でも、垠は唸るような声を漏らして、眠れないようであった。方子も、徳恵の松沢病院での姿を思い出しては、苦しい気持ちになった。

翌朝、方子が浅い眠りから覚めると、垠はかなり深く眠っていた。やっと睡眠にたどりつくことができたのだろうと方子はそっと寝室から出た。

しばらくのち、朝食の時間になっても垠がダイニングに現れない。方子は不安になって、書斎を覗くが、垠はおらず、寝室に向かった。

垠は、寝台のすぐ横の床に、うつぶせで横たわっていた。

「パパっ、パパっ」

度を失うほどうろたえたが、すぐに傍らに駆け寄った。垠の意識はない。すぐに人を呼び、病院に連れて行くと、脳血栓の再発だった。

やがて退院したものの、話しかけにも応じず、ことの見分けはつかなくなっていた。その様子は、松沢病院の徳恵を彷彿とさせた。

――ごきょうだいで、心を失われてしまうなんて……。あまりにもむごい。なぜこんな仕打ちをうけねばならないのか……。パパが、徳恵さまが、私たちが、なにをしたというのだろうか。

――覚悟はしていたつもりだけど、こんなに早く、突然に倒れてしまわれるなんて。

床に伏せたきりの垠の傍らで、恨みと悲しみをぶつけるあてもない方子は、唇をきつく噛んでばかりで、皮がむけるほどだった。そして、垠のどこを見ているか判然としない瞳を見つめては、「ハワイにお連れしておいてよかった」とあらためて思った。

――他人から見ればやりくりしてまでのハワイ旅行と陰口もたたかれただろうけれど、こうなってみればあの日々は貴重な最後の機会だった。ハワイに行けたことは、せめてもの救いだった。

方子が垠につきっきりで看病しているなか、韓国では五・一六軍事革命が起きていた。このクーデターで朴正熙（ぼくせいき）を議長とする国家再建最高会議による軍事政権となり、アメリカもこれを認めた。

――めまぐるしく政権が変わっていく。これでは国民が本当に気の毒でならない。それに、このような安定しない国情ではいつ帰国できるやら。ましてや、このご病状では……。

帰国への希望を持ち始めていただけに、方子は暗澹たる思いに陥ってしまう。

絶望のうちに二か月が過ぎた頃、駐日韓国代表部から電話が入った。

「朴議長が殿下のご容態をたいへん心配されています」

――まさか気にかけてもらえるとは……。

驚いていると、帰国の準備や生活の援助のために特使を派遣すること、今後垠の療養費と李家の生活費を韓国政府が保証することを伝えてきた。方子は電話を切るとすぐさま宮内庁やかかりつけ医、ハワイの玖に連絡し、韓国政府からの援助があることを話し、相談の上、垠を築地の聖路加病院に入院させることにした。そして、方子は垠の希望していた通り、垠にカトリックの洗礼を受けさせた。

だが、当の垠は、祖国から救いの手が差し伸べられたこともわからないまま、入院前あたりから意識が混濁しはじめていた。なにもつぶやくこともなかった状態から、うわごとを口にするようになっていた。

「船に乗るのだから着替えなければ……」

「まだそれは早すぎるから、あとで……」

――もしかして、船に乗って玖に会いに行ったことを思い浮かべているのだろうか。それとも欧州旅行のことだろうか。

――早すぎる、というのは、帰国のことだろうか。それとも、祖国の要職に就くことについてだろうか。ひょっとして、徳恵さまがご結婚されるときのことを思い出されているのか。

垠の心がどこを彷徨っているのか、方子には知りようがなかった。だが、祖国から背を向けられて長い間疎外感と孤独感に耐えてきたことがようやく報われようとしているのを、どうしても知らせてやりたかった。

「パパ。お国にも、あなたの立場を理解して、同情してくださる方たちもいらっしゃるのですよ。いまにお帰りになることができますよ」

枕元でささやいても、垠の反応はまったくない。

――もう少し韓国政府の対応が早ければ……。お元気なうちに、嬉しい知らせを伝えたかった。

――運命はままならない。本当に残念だ。

方子は、代表部から送られてきた、垠の好きな蘭の花を見つめて虚しさを慰めた。

幸い、動脈硬化による脳血栓および脳軟化症という重篤な病状の診断をうけたにもかかわらず、九月になると垠は小康を得た。朴議長が気にかけて生活の保障をしてくれることを伝えると、垠は言葉なく幾度も幾度もうなずいた。その目にはうっすらと涙が浮かんでいるようにも見えたが、方子の言葉の意味を理解しているかどうかは、わかりかねた。垠はなにを話しかけてもうなずいて、時折涙ぐむことがあるのだ。

垠の病状が安定したので、方子は八月に入院し、右乳房を切除するがんの早期手術をうけた。経過は良好だったが、そこに大きな喜びもなく、かといって、乳房の一部を失ったことを嘆くでもなく、自分のことについては、まったくと言っていいほど感情が動かなかった。心は、垠のことでいっぱいだった。

九月末に垠も方子も退院し、田園調布の自宅に戻った。過ごしやすい季節のおかげか、垠の様子も変わらず小康状態を維持していた。少しでも残っている意識に訴えようと、方子は垠にベル・ハウエルの撮影機で撮ったフィルムや、ライカのカメラで撮った写真を見せたりした。すると、ほんの少しだけ垠の表情が変わる。理解しているかどうかは判然としないが、喜んでいるように見えるので、頻繁に思い出の世界に誘った。方子も懐かしい映像や写真を省みて、垠が健康で活躍していたころの、楽しかったひとときを思い出すのだった。

それからしばらくして、韓国政府から派遣された特使が頻繁に尋ねてくるようになった。特使の二人は、かねてから世話をやいてくれていた金乙漢と、遠い昔垠とともに来日した従兄弟の厳柱明で、二人は、相談役でもあると同時に帰国に向けての準備を担っていた。

厳柱明は、かつて日本の陸軍大尉だったが、父親が校長をしていた進明女子高校を継ぐために帰国し、解放後は韓国軍准将、駐日公使、進明女子校の理事などを歴任していた。

「殿下、こんなお姿に。ああ……なんということ……」

厳柱明が話しかけても、垠は心ここにあらずで、厳柱明が誰だかわからないようだ。

――パパも、意識がしっかりしているときに厳さまにお会いになったら、どれだけ喜ばれただろうか。

垠の手を握ったまま嗚咽をこらえる厳柱明の無念の想いがその震える背中から伝わってくる。幼少のおり、母親への思慕を募らせて浴室でともに泣いたという話を方子は結婚したばかりの頃、厳柱明から聞いていた。

十一月、朴議長が来日し、垠に花かごを送ってくれた。その礼を述べるため、方子は芝の迎賓館に挨拶に出向いた。

多忙ながらも面会を承諾した朴議長はあたたかい笑顔で方子を出迎えてくれた。きりりとした軍服姿で頼もしく見える。垠への心遣いに対し「殿下を入院させてくださり、ありがとうございました」と方子が丁寧に朝鮮語で礼を述べると、とんでもない、と朴議長は日本語で答えた。

「韓国政府がすべき当然のことです」

ひきしまった表情できっぱりと述べる。

「私たちは、殿下と妃殿下をお待ちしています。どうか、安らかなお気持ちでご帰国ください。国籍問題も、経済問題も、すべて解決しています」

これまでの寄る辺のない思いがようやく満たされたように感じた方子は、忙しく立ち去りそうになった朴議長に、「あの、もうひとつだけお願いがございます」と引き留めた。

「徳恵さまのことも、くれぐれもよろしくご配慮ください」

すると朴議長の顔が一瞬曇った。

「徳恵さまとはどなたのことでしょうか」

――まさか、ご存知ないなんて。なんと、徳恵さまは、忘れ去られた存在のようだ。

方子は苦い思いを飲み込みつつ、徳恵さまは、と続けた。

「殿下の妹君です。翁主です。殿下同様、お小さい頃に日本にいらっしゃいました。徳恵さまもいま、お身体の具合が悪くていらっしゃり……」

「そうですか。それは……存じ上げず失礼しました。徳恵翁主のことも、どうぞお任せください。私が帰国をとりはからいましょう」

朴議長は力強くそう言った。

――全州李氏を名乗り、李王家の親戚にあたる李承晩大統領は私たち一家を冷遇し続けた。それなのに、李王家とは親戚でもなんでもない若い軍人が私たちに救いの手を差し伸べてくれるなんて。

――だけど、こんどこそ、信じていいのだろうか。不安な気持ちは、ぬぐえない。朴議長の政権が続くのだろうか。また、政権が変わったり、政情が不安定になったりしたら、帰ったところで、ひどい目に遭うのではないか。休戦が守られず、ふたたび、動乱が起きたら……。

あたたかな気持ちになりながらも、一抹の不安が残るのだった。

しかし、方子の懸念が現実になることはなく、まずは、徳恵の帰国が実現する運びとなった。これは、金乙漢が積極的にとりくんだ。

　年が明けてすぐから、韓国政府、宮内庁、外務省による帰国の手続きが始められ、朴賛珠とその次男、李淙（りそう）が徳恵の引き取り役として来日した。方子は朴賛珠と肩を抱き合って再会を喜んだ。

――これが、李王家の悲劇に終止符が打たれるための最初のきっかけになるはず。

　方子は、韓国陸軍に属するという李淙の姿をまぶしく見つめ、玖のことを思い浮かべた。

――李王家は、これから若いひとたちがひっぱっていってくれる。明るい未来が待っている。韓国という国も、これからきっと新たに発展していくのだ。

　そう信じることができた。

　昭和三十七年一月二十六日の朝、徳恵は羽田空港に待つ特別機の真下まで松沢病院の車両で運ばれた。方子が「お元気で」と声をかけても、徳恵の表情はうつろで、返事はない。松沢病院で見た様子となんら変わりはなく、綺麗な朝鮮服に身を包んでいるにもかかわらず、首にはよれよれの赤いスカーフを巻き、手には魔法瓶をしっかりと抱えていた。学習院時代の学友十数人も花束を手に見送りに来ていたが、みな徳恵の痛ましい姿に衝撃をうけ、黙り込んでしまった。促されて初めて花束を渡す始末だった。

　徳恵の乗った飛行機がかなたへ見えなくなるまで方子は冬の空を見上げていた。ソウルに着けば、ソウル大学の病院に入院し、徳恵を幼い頃育てた乳母が看護する手はずとなっている。

――徳恵さまは、三十七年の歳月を経て、ようやく祖国の山河に抱かれるのだ。

　機影が没するにつれて、長い間抱えていた徳恵への責任、贖罪の想いから、わずかながら解き放たれていくのを方子は感じていた。

　それから約半年後の六月、墓参の名目で方子の韓国への帰国がかなった。公式ではないので、随行も二人という簡素なものだ。とはいえ方子にとっては終戦後初めての訪問で、重大なことだった。そしてこれは垠とともに本格的に帰国する前段階でもある。

　六月十三日、午後零時五十分に羽田を発ってわずか一時間四十分後には、赤白土の山々が眼下に見え、まもなくソウル郊外の金浦(キンポ)空港に到着した。

――こんなに近かったのか。果てしなく遠いように思っていたけれど。

　空港から車に乗って昌徳宮に向かう。

――パパは、どんなにか、ご自分の目でこの景色を見たいことだろう。

　窓の外には、色あせた山々と荒れた土地、そして土埃にまみれた道路が続いていたが、朝鮮服のひとびとを見ると、方子は胸にせりあがってくる感情に抗えず、そっと涙をぬぐった。女性の姿が多いのは、男性は戦争に行き、亡くなった人が多いからだろうかなどと想像し、また悲しくなってくる。

　昌徳宮は変わりなく、垠が愛した美しい庭、秘苑も残っていた。垠がさざれ石をここに戻したことが懐かしく思い出される。

――あれから、私は殿下のさざれ石となることができたのだろうか。

　方子は寝たきりの垠の姿を思い浮かべるが、答えは永遠に知ることができないだろうと思った。

――少なくとも、殿下の支えになるべく、今後も努め続けなければならない。

　誓いもあらたに朝鮮服に着替えた方子は、楽善斎にて、尹大妃に会った。十八年ぶりの再会だった。

「大妃殿下(テビママ)……」

　思わず出た声とともに差し伸べられた手にすがりついた。

「おお、妃殿下(ピチョナー)」

　手と手をかたく握りあい、忘れかけていた朝鮮語を思い出しつつ話しているうちに、二人とも涙で言葉が途絶えていく。傍らにいた朴賛珠ももらい泣きするばかりだった。

　やがて落ち着いてきて、やっと言葉が継げるようになる。

「長い間、お目にかかれず、申し訳ございません……」

「気になさらずに。こうして会えたのですから」

「それにしても、ご血色もよく……」

　尹大妃は、下半身が不自由だったが、七十歳に近い高齢にはとても見えなかった。

　方子は垠の詳しい病状を日本語で述べ、朴賛珠に通訳してもらった。

「この老体でも、殿下に……代われるものなら代わって差し上げたい……」

　そう言うと、尹大妃はまたひとしきり泣くのだった。

「殿下は、故郷へ一日も早くお帰りになりたいと思っていらっしゃいました。大妃殿下はじめ、みなさまにどんなにお会いしたいことか……。殿下は、医者や看護婦に抱きかかえられて帰るのではなく、自分の脚で母国の土をしっかり踏みしめたいとおっしゃっていたのですが……。私といたしましても、申し訳なくてたまりません……」

そこで言葉が詰まった。

「なんということをおっしゃるのですか。ここは、殿下の父の国、母の国ではありませんか。どんなお姿であろうとも、お帰りにならなければなりませんん。私ももうそう長くは生きられないでしょう。私はこの世で垠殿下にお会いしたい。待っていますから、殿下をお連れになりなさい、妃殿下」

尹大妃は、「殿下にお会いしないと死ぬに死ねません」と繰り返した。

「わかりました。必ず近いうちに、殿下とともに、帰国いたします。その日まで、どうかお健やかでお待ちいただけますように。それに、玖も遠からぬうちに帰国させます」

「おお、王世子さまもですか」

「はい、きっと」

方子は、大妃の掌を握った手に力を込めた。

――パパをこの国へ連れて帰り、いまだ母国を知らぬ玖に韓国の土を踏ませ、宗廟ならびにご先祖の御陵に参拝させねばならない。そして大妃さまに玖をお目通りさせるまでは、李王家に嫁いだ私のつとめは終わらないのだ。

方子は忘れかけていた李王家の妃としての責務が、これからまた自分の国となるであろう韓国への愛情が、鮮やかに蘇ってくるのをまざまざと感じていた。

――お国なんて、と思っていたけれど、やはり、こうして韓国に来て親族に会い、昌徳宮を目にすると、愛着は蘇る。

――私たちは、流され続け、めぐりめぐって、ここにまたたどり着いた、ということだろうか。なにより、大妃さまのお心のうちに、私たち夫婦の祖国があるのかもしれない。待っている人がいる、それがことのほか、嬉しい。

方子は昌徳宮を名残惜しく辞すと、徳恵の入院しているソウル大学病院に向かった。

特別室の個室に、乳母と看護婦にみとられながら静養している徳恵は、羽田で見送ったときのやつれた姿とは見違えるほど生気を取り戻し、元気に見えた。魔法瓶を抱えることもなく、スカーフも巻いておらず、薄い黄色の美しい朝鮮服が似合っていた。しかし、心は失われたままのようで、瞳はすみきって、どこにも視線が定まっていなかった。

——徳恵さまは、ここがソウルであること、子守唄をうたってお育てした乳母が日夜おそばにお仕えしていることも、きっとお分かりになられていないのだ。

——早くお目覚めあそばして……。このままでは、あまりにもご一生が悲しすぎます。

松沢病院で見た姿とはまた別のいたわしさを感じて胸が苦しくなった。

——それでも、せめて、魔法瓶とスカーフを手放されているということは、少しは安寧を感じていらっしゃるのかもしれない。祖国に帰られて、何かを察せられたのでは。皆さまの温かさに包まれていることは、わかっていらっしゃるのかもしれない。

——それに……。一人娘の正恵が行方不明になってしまったことを、理解できなくてかえってよかった。

わずかな安心材料を見つけて、いまだ拭い去れない自分の罪悪感を払拭するのだった。

滞在中の日程はあわただしく、空港に到着してからずっと心から離れなかった清涼里の崇仁園と永徽園に行かれたのは三日後だった。

朝鮮戦争の傷痕はどこにも残っていて、前日に訪ねた金谷の王陵にも爆弾の跡がなまなましく、瓦もくずれたままで、昔、輿に乗って通った長く深い松林もすっかり伐りはらわれていた。そしてここ清涼里の様子もいたましかった。松林のあとかたもなく、崇仁園と永徽園は戦火のために荒らされたのか、遠くからでも露わに見える二つの土まんじゅうのすぐ下に、避難民のバラックが建って、昔の面影を見つけるのは難しかった。四阿もなく、墓守の埌の乳母の姿も当然ない。

——墓守だったあの方は、どうされたのだろうか。動乱では無事でいられただろうか。

方子はたまらない気持ちで、晋の土まんじゅうの前に立ちすくんだ。随行の者たちは、すこし離れた場所に控えていた。

しばらくして思い直し、墓前にぬかづくと、鳥の物悲し気な声が聞こえてきた。

――晋ちゃま、おもうさまのお写真もご一緒にいらしてますよ。

方子が垠の写真を手にして心の中で呼びかけている晋は、いまも非業の死を遂げた生後八か月の乳飲み子だった。嬉しそうにこいのぼりに手を伸ばしていた晋、あー、うー、と上機嫌に発語していた晋の姿が思い出される。

鳥の鳴き声が、ふたたび響いてくる。

――あれは、おもうさまの声かもしれませんね。おもうさまは、雲か鳥になって晋のそばに飛んで行ってやりたい、とおっしゃっていたから。ひととき鳥になってはるかここまでいらしたのですね、きっと。

ふと気づくと、方子のまわりに人が集まっていた。そのなかには、晋の土まんじゅうに手を合わせている女性もいる。胸をうたれて、じっと見つめると、その女性は、こちらを見つめ返してきた。方子より年上だろうか。それとも案外同じ歳くらいだろうか。みすぼらしい身なりをしているので、老けて見えるのかもしれない。その瞳の奥に、訴えかけてくるものが読み取れて、目が離せない。

「方子さま、こっちに帰っていらしたのですね」

女性は、視線を方子に定めたまま一歩近寄り、日本語で話しかけてきた。すると、随行の一人である男性が、慌てて駆け寄ってきた。

「大丈夫ですから」

方子は、随行の男性を制したのち、話しかけてきた女性に向き直った。

「私のことをご存知なのですね」

方子は韓国の人々にすっかり忘れ去られていると思っていた。あるいは、日本人であることで快く思われていないのではないかと心配だった。だから、日本語で話しかけられたことが意外だった。

「ええ、もちろんです。よく知っています」

女性の顔に親しさと好意を読み取れる。方子は、「あなたはなぜここに？」と警戒心を解いて会話を続けた。

「あたしは、あそこに住んでいます」

そう言うと、視線をバラックの方に向けた。方子も粗末な家々が並ぶ一角に目を向ける。

「そう」

そこで、互いに沈黙した。女性はなにか言いたいことがあるのに、心にとどめているような気がする。しかし、方子はそれ以上探ることはしなかった。女性には、纏(まと)う雰囲気からしてなみなみならぬ辛苦があっただろうが、踏み込んで訊くには、あまりにも刹那な出会いだった。それに、むしろ方子を気遣ってくれているかのような振る舞いを尊重したい思いが勝った。

「ありがとう、晋のために祈ってくれて」

方子が口を開くと、女性は頭を振った。

「あたしは、自分のためにここで毎日祈っているだけです」

「それでも、ありがとう。私の息子はあなたのおかげで寂しくないでしょう」

「方子さまもまたいらっしゃればいいですよ」

「そうですね。そうします」

女性はほっとしたような顔でうなずき、じゃあ、さようなら、と言って踵を返すと、バラックのひとつに消えていった。方子はその女性を目で追っていたが、また晋の土まんじゅうに視線を戻した。晋が眠る土まんじゅうのまわりも、厳妃の墓の前にも行き来する人がいてにぎやかだ。

――墓守もなく荒れていると情けなく思ったことが悔やまれる。こうして、韓国の人々に囲まれている方が、晋ちゃまも寂しくないだろう。民を大事に思い、教育にも心を傾けた厳妃さまも、きっと、民とともにいられて、ご満足なのではないだろうか。

方子は、ほんの少し心が軽くなった。

――ものごとが見極められなくなってしまっているパパも、韓国の民の元に戻り、ふるさとの空気を吸えば、徳恵さまのように、祖国のあたたかさをお感じになれるのではないか。そして私も、民とかかわることができれば……。そう、パパが望んだこと、生きづらい子どもたちのために、なにかできたら……。力のない私だけど、この国のひとびとに少しでも役立てたら……。

二つの土まんじゅうとバラックの方を何度も振り返り、名残を惜しみつつ、息子と義母の墓をあとにした。

第十二章 讃美歌とケーキ——マサ

——あのとき、まさか方子さまにお会いするとは思わなかった。

　マサは、新聞記事を読みながら、ずいぶん前に崇仁園の晋の土まんじゅうの前で方子に遭遇したことを思い出していた。

　それ以来、マサは、方子のことをまた気にかけるようになった。方子が韓国に正式に帰国してからはなおさらだ。あの日、面前で見た方子は、美しく、気品があり、優しい言葉をマサにかけてくれた。晋の眠る土まんじゅうの前でいつも南漢や恵郷、容緒と会えるようにと祈っているだけなのに、ありがとうと言ってくれた。そしてマサは、方子が大好きだったことを思い出したのだ。

　南漢と別れて以来、孤独に生きぬいてきたマサは、母親のきくが梨本宮家の女中だったというようなかすかな縁でも、なにか自分とつながりがある方子に出会えたことが嬉しかった。だからふだんは日本人とばれないように極力日本語を封印していたけれど、思わず話しかけていたのだ。いまでこそ清涼里に知り合いがいるが、あの頃のマサは孤独の極みにあったし、バラックで飢えをしのぎ、生きながらえるのに必死だった。

　新聞記事には、李垠が五月一日に亡くなったことが記されていた。深刻な病を患い意識のないまま帰国し、六年と六か月、ずっとソウル聖母病院に入院したまま、しかも結婚して五十年という記念すべき日の三日後に七十二歳で命を終えた。最後は昌徳宮楽善斎で息をひきとったという。

——気の毒なことだが、李垠さまは、方子さまが最後までそばにいらしたのだから、不幸ではなかったはず。方子さまだって、きっと添い遂げられて幸せだったのでは。それに比べてあたしは……。

　話しかける人もいないわびしいひとり暮らしの部屋を見回す。市場で売る商品のガムや菓子、煙草、新聞、雑誌などが隅に積んである。たいした家財道具もなく殺風景で彩りのない部屋は、マサの殺伐とした心がそのまま表れていた。

簞笥(たんす)に近寄り、上段の引き出しを開ける。そこには、恵郷からの手紙が入っていた。手を伸ばし、手紙を取り出すと、懐から出した十字架と重ねて胸に抱いた。

マサは、清凉里から動かずに南漢や恵郷、容緒を待ち続けて六十八歳となった。戦争の際に北側から逃げてきた金恩恵(キムウネ)という韓国人として生きている。日本と韓国の国交は回復しているが、マサには何も関係もない。いまさら日本人だと明かしたところで帰国するすべもないし、帰国したいとも思わない。帰ったとしても、親族も知人も誰もいない。いい思い出もない。だから、この国、韓国で、南漢、恵郷、容緒に再会するまで生き続けるしかない。死ぬに死ねないのだ。

年はとったが、幸いマサの身体は丈夫で、清凉里の市場で物売りをし、駅近くの売春街に出向いては店の掃除などの雑用を請け負っていた。また、読み書きのできない女たちに重宝されていた。手紙の代筆や代読を頼まれたり、雑誌や新聞の内容を読み聞かせたりして喜ばれている。マサは、恵まれない境遇のために身を売るにいたった彼女たちが他人とは思えなかった。自分だって、南漢や恵郷と出会えなければ、同じ道を歩むしかなかったに違いないのだ。だから、なにか彼女たちを手伝えたら、そばにいられたらと思うのだ。

約一週間後、李垠の葬儀が行われたことをふたたび新聞で知った。楽善斎でカトリックのミサが行われ、同時に仏式の法事も催され、昌徳宮の大造殿(テジョジョン)の大庭で永訣式(ヨンギョルシク)が挙行されたらしい。その後亡骸は大輿(テーヨ)に乗せられ金谷(クムゴク)の王陵へ運ばれたという。沿道には人があふれ、太極旗が揺れていたと、やじ馬で見物に行った市場の客からも聞いた。

――方子さまは、これでいよいよおひとりになったのか？　いや、そんなことはない。方子さまには、息子の玖(きゅう)さまもいる。助けてくれる人もたくさんいる。日本にも、韓国にも。最初こそはこちらで日本人の蔑称「チョッパリ(豚の足)」とののしられていたけれど、方子さまはよく耐えて、お金を集めるために日本と韓国をいったりきたりしながら、身体の不自由な者のための施設をつくった。ご立派なことだ。

いつものようにマサは市場に出ていたが、李垠の記事を読んだことがきっかけで、いつも以上に頭の中は、方子のこと、生き別れた南漢や恵郷、容緒のことで占められていた。

――オンニも生きていたら、いまでも人のために尽くしているだろう。あのひともきっとそうだ。容緒だって、オンニみたいに心優しい女性になっているのではないか。

――あたしはそこまで立派な人間じゃないけれど、オンニやあのひとみたいに、方子さまみたいに、少しでもなりたいと思う。あたしは最近、だれかのために役に立つのは、その瞬間、自分が満たされるってことでもあることに気づいた。それは、毎日を生き続けるごくわずかな理由にもなる。

――それにしても、あのひとはやっぱり生きていないのではないか。オンニも容緒も、こんなに時間が経っても会えないのだから、死んでしまっているのかもしれない。

そう思うと、これ以上生きていても意味がないように思えてくる。だが、次の瞬間にまた、とりあえず待ってみよう、と自分を励ます。

「すみません」

思いにふけっていたので、話しかけられてはっとした。目の前にいるのは、黒い服に身を包んだ男性で、首から十字架を下げていた。前に市場で見かけたことがあった人物でもある。宣教師かもしれない。

「もしかして、金恩恵さんですか？」

――は？　なんであたしの名前を？

マサは警戒して答えずにいた。

「私は、辺(ピョン)といいます。カトリックの神父です。あなたが、十字架を大事に持っていると聞いたので、声をかけました」

「誰から聞いたのですか？」

「あそこの、野菜を売っているおばあさんから」

辺神父は、向かいの店を指さした。そこにはマサよりもすこし若い老女がいて、こちらに手を振っている。

マサは一年くらい前に十字架をなくして探し回ったことがあり、あの老女が拾っておいてくれたのだった。以来、老女とは親しく話すようになった。

「どうでしょう。教会にいらっしゃいませんか」

マサは首を横に振った。

「けっこうだよ。たしかに十字架を持っているけれど、神様やイエス様を信じているわけじゃないのさ」

マサは、南漢や恵卿、容緒にいっこうに会えないことで、いまや祈ることもやめてしまっていた。「貧しいものは救われる」という教えに疑問も抱いていた。自分だけでなく、まわりの貧しい人たちがちっとも救われていないのを目の当たりにしていたからだ。そして、崇仁園の近くのバラックから出て以来、土まんじゅうの前で手を合わせることもない。

「そうですか。でも、十字架を持っていらっしゃるってことは、以前は信仰を持っていらしたのではないですか？」

「ずっと昔のことだよ。忘れるくらい」

「それでも十字架は大事にしていらっしゃる」

こちらを見つめる辺神父の瞳は曇りなく澄んでいた。まだ三十代くらいに見えるが、とても穏やかで落ち着いた話し方をする。マサはつい、心を許して「オンニからもらった十字架なんだ」と打ち明けていた。

「この十字架を持っていれば、戦争のときに離れてしまったオンニたちに会えるはずだから。オンニはあたしを探してくれるって言ったんだ」

「十字架をくれた方も信仰を持っていたんですね」

うなずくと、涙が頬をつたい、ぼろぼろと次から次へとこぼれ落ちてくる。泣いたのは、どれほどぶりか忘れているくらいで、自分でも驚いている。たぶん、ひとりになってからは泣いていない。突っ張って気丈に生きてきたマサだったが、辺神父によって心を硬く防御していた殻が破られ、無防備になってしまっている。

「金恩恵さん、離れ離れになった方やそのご家族を探すお手伝いができるかもしれません。その人たちは、どこかの教会に通っているかもしれませんからね」

「本当かい？」

マサは、辺神父の掌を両手で握り、膝を折った。

「行くよ。教会でもどこでも。助けてください。探してください」

すがって懇願するマサの背中を、辺神父は空いたほうの手でそっとさすってくれた。

聖堂に響く讃美歌や祈禱の言葉を聞いていると、マサは開城(ケソン)で通った教会を思い出し、恵郷と過ごした日々が懐かしくなり、心が慰められる。説教の内容はそれほど熱心に聴かなかったし、洗礼を受けて聖体拝領をするわけでもなかった。だが、ミサの雰囲気に浸るために、また、ミサのあとに辺神父に話を聞いてもらうために、毎週日曜日に教会に通うようになった。

辺神父には、戦争で生き別れた南漢のことも、恵郷と容緒のことも少しずつ話した。それから清涼里でどうやって生きてきたかも語った。真摯に耳を傾けてくれる辺神父をマサはすっかり信頼した。

それから教会に通い始めて二年ほど経った。辺神父が手を尽くしてくれているが、いまだ再会は果たせていない。

ずっと身分を偽っていたが本当は日本人であること、マサという名であることもこのころには辺神父に告白していた。そして、韓国にやって来たいきさつ、戦争までの暮らしをすべて打ち明けた。これまで誰にもすべてを語ることなどできなかったので、くまなく話すと気持ちがかなり軽くなった。

「たいへんな人生でしたね、マサさん」辺神父は優しく微笑んで労ってくれる。

「在韓日本婦人組織の芙蓉会というのがあります。私の知り合いの神父がかかわっているので、なにかお役に立てるかもしれません。日本に帰った人もいると聞いています。もしお望みなら日本への帰国について相談もできるでしょう」

「いえ、日本に帰るつもりはありません」

「そうですか。では、芙蓉会にマサさんについて問い合わせがあったかどうかだけでも尋ねてみましょう。そこから生き別れた人たちにつながる可能性もありますから」

辺神父はそう言ってくれたが、マサは、もういいような気さえしていた。すべてを吐露したことで、たとえ会えなくても仕方ないと、ようやく吹っ切れそうに思えた。だが、同時に、「もしかしたら」という気持ちも捨てきれていない。

そのころ、方子が精神薄弱児のための学校を設立したことをマサは新聞記事で知った。

――方子さまは、本当に素晴らしい。いまでは、韓国のひとたちも温かい目で見ている。

――このままあのひとにも、オンニと容緒にも会えないなら、残りの人生は、方子さまのお手伝いでもできないだろうか。女中にしてくれないだろうか。女中にしては年をとりすぎてしまっただろうか。だけど、母さんが梨本宮家の女中だったのだから、あたしもそうするのは運命なんじゃないか。方子さまは芙蓉会の名誉会長だというから、神父様に頼めば、繋いでもらえるだろうか。こんどのミサのあとに、言ってみよう。

　そんなことを考え始めていたある日、市場から戻ると、家の前に身なりのいい女性が立っていた。清凉里ではあまり見かけない、垢ぬけて上品なスーツでヒールのある靴を履いている。三十代から四十代くらいの年ごろに見えた。

　その女性は、マサの顔を見るなり、いきなり抱きついてきた。

「おばさま！　生きていてよかった！」

「も、もしかして、容緒？」

「そうです。容緒です。おばさまっ！」

　容緒の顔は泣きぬれている。マサは、驚きと嬉しさのあまり、アイゴー容緒ヤー、アイゴー容緒ヤー、と繰り返すことしかできなかった。

「やっと見つけました。探したんです。あらゆるところを。まさか、清凉里にずっといたとは思わなかった」

「見つけてくれてありがとう」

　マサは容緒の顔を両手で挟んだ。

「きれいになって」

　別れて二十年余りが過ぎ、容緒はすっかり大人の女性になっていた。面立ちは恵郷にそっくりだ。

「おばさまは……」

　容緒がマサのことをまじまじと見つめてくる。

「あたしは、すっかりおばあさんになっちゃったよ」

「でも、元気そうでよかった」

「まあ、身体だけは丈夫なんだ。さ、中に入ろう、容緒」

　マサと容緒は抱き合うようにして部屋の中に入り、腰を落ち着かせた。

――オンニが元気かどうか知りたい。あのひとの消息を知っていたら教えてほしい。訊きたいことが山ほどあるのに、何から訊いていいかわからない。

　マサの口から出てくるのは「アイゴー」という単語、それればかりだった。すると、容緒がマサを見つけるまでのいきさつを説明し始めた。

　かねてから容緒は、芙蓉会にマサを知っているかどうかを問い合わせていたが、消息はつかめなかった。日本に帰ってしまっているのかもしれない、亡くなったかもしれないと諦めかけていた。けれども二日前にそれらしき人物が清凉里にいることを芙蓉会が知らせてきた。辺神父が問い合わせてきたことがきっかけとなったということだった。

「それで、えっと……オンニ……いえ……あなたのお母さまは？」

　恐る恐る訊くと、容緒は、息を軽く吸ってから、戦争のときに亡くなりました、と答えた。

「逃げる途中で私をかばって、被弾して、それで」

「そう……だったのかい」

　マサは、南漢にはともかくとして、恵郷には会えるような気がしていたので、悔しくてたまらない。恵郷と出会ってからの思い出が次々と蘇り、悲しくて胸が苦しい。最後に別れたときの恵郷の顔は今でもはっきりと覚えている。

　懐にある恵郷からもらった十字架をまさぐり、ぎゅっと握りしめた。容緒の顔を見ると、そこに恵郷がいると錯覚しそうになる。

——生き写しの容緒を残してくれたことだけでも、ありがたい。

　見つめていると、容緒がまばたきをして、それから、と続けた。

「おじさまも、亡くなりました」

「あのひとも……やはり」

　別れた状況が状況だっただけに、多分生きてはいないだろうと思っていたが、一縷（いちる）の望みはあった。生きていてほしかった。乾いてしまった悲しみは、吐息を生むばかりで、涙も出なかった。

　容緒はマサの腕をとり、優しくなでながら、南漢の最期を語ってくれた。

　南漢は、マサと別れたのち、国軍につかまることはなかった。あのときの国軍兵士のひとりは、南漢にけがを手当てしてもらい助かった者で、快復して礼を言うために訪ねてきたらしい。そして家の中に朝鮮人民軍の兵士がいたことに驚いた。瀕死の人民軍兵士は運び出している途中に息絶えてしまったという。国軍兵士は、朝鮮人民軍兵士の手当てをした南漢を特別に見逃し、南漢はひとりで不自由な足で逃げた。休戦後、しばらくして釜山からソウルに戻った容緒がソウル郊外の病院にいるのを見つけ出したが、南漢は肺を悪くしていたそうだ。

「それで？」

　マサは急く気持ちを抑えながら訊いた。

「私は、ソウルに戻ると、兄や姉に再会できたんです。お父さまにも。二番目の兄は、国軍に入り戦争で亡くなりましたけれど。えっと、それで、私はお父さまやきょうだい、そしてお父さまの妾と一緒に暮らしていました。そして、おじさまを見つけたので、お父さまに頼んでおじさまを引き取ったんです。私が世話をしました。だけど、おじさまは、お父さまの家で負担になるのが辛かったみたいでした。私にも、『すまない。俺は厄介者だ』ってしょっちゅう言ってましたから。私は否定しましたけど、もしかしたら、私以外の家族のおじさまへの態度が冷たかったのを感じていたのかもしれません。あまり食事もとらず、生きる気力を失っているようでした。どんどん弱っていって、ある日、朝起きていつものようにおじさまの部屋に行くと、おじさまは冷たくなっていたんです。三か月ほどしか一緒に暮らせませんでした」

「そうだったのかい」

あまりにも切ない最期に、マサの感情が追いついていかない。

――拷問されても耐え、刑務所でも生き抜いたというのに。

――もしかしたら、あのときあたしが兵士の前に出て行っていたら、あのひとは死なずに済んだのかもしれない。国軍兵士は、あのひとを放免したのだもの。一緒に逃げていたら、あのひとが肺を患うこともなかったのではないか。あたしがずっとそばにいたら、いまでも生きていたのではないだろうか。

――つまり、あのひとが死んだのは、あたしのせいだ。

「もっとちゃんとお世話できたのではないかと思うと……」容緒はうなだれる。

「マサはどうしているだろう、マサに会いたい、とおじさまは私に言っていました」

「そう……」

マサは、その言葉を聞いて、救われた気持ちになった。

――会えなかったけれど、あのひとがあたしに会いたがってくれていたなら、いままで生きてきた意味はあったかもしれない。

「だから、私は必死におばさまを捜したんです。だけど、見つける前におじさまが死んでしまった……」

「ごめんね。容緒」

マサは絞り出すような声で言った。容緒は顔をあげる。

「なんでおばさまが謝るのですか」

「あ、うん。あんたも相当辛かっただろうに、思い出させてしまって申し訳ない。話してくれてすまないね。大丈夫かい？」

「私こそ、おばさまを悲しませちゃってごめんなさい」

「容緒はなにも悪くない。戦争のせいだ」

「おばさまの言う通り。戦争がなかったら、みんな死なずにすんだのに」

——そうだ、なによりも悪いのは、戦争、だ。

——お国の偉い人達が決めて、勝手に戦争を始めて、二百万人以上のひとたちを死なせた。ひとびとから大事なものを奪った。戦争のために、家族を失ったり、はなればなれになったりしたひとたちを清凉里でもたくさん見てきた。あたしだって、大切なひとたちとはなればなれになった。

——なんのために、戦争なんかしたのだろう。戦争なんかしたって、誰も幸せにならないのに。

——兵士たちは、自分たちが生き延びるために、敵を殺した。同じ民族同士で憎しみあった。そして深い傷が残った。

——震災のときの朝鮮人虐殺も、解放後の日本人や親日派への報復も、朝鮮での同じ民族同士の殺し合いも、なんらかの理由をそこに作るけれど、人を殺すことに、なんの正義もない。


マサは、凌辱されて無残に殺された喜代の身体から流れ出る赤黒い血を思い出す。そして、その血が、イムジン河沿いで殺されたおじいさんや、朝鮮人民軍兵士、清凉里のそこかしこに累々と重なっていた死体を次々に思い起こさせる。

——自分が生き残るために人を殺す。申虎鐘（シンホジョン）がイムジン河の渡し場でおじいさんに手をかけたときも、生きながらえるためだった。だけど、そもそも、憎悪がなければ、そんな殺人は起きなかった。

——戦争だけでなく、侵略や支配も、憎悪を生み出してしまう。

——そして、日本の侵略や支配の結果として、あたしは、ここに生きているのだ。それなのに、あのひとは最後まであたしと会いたがってくれたし、容緒はこうして見つけてくれた。

「あたしだけが生き残っていていいのだろうか。申し訳ないよ」

「そんなことはないです。おばさまが生きていてくれて、ほんとうによかった。嬉しかった。これからは、お母さまやおじさまの分も、おばさまを大切にします」

そう言うと容緒は、ふたたびマサに腕を伸ばし、さっきよりもきつくマサを抱きしめたのだった。

マサは清凉里の家を引き払い、ソウル市内の容緒の家で暮らし始めた。容緒は医師と結婚して一男一女をもうけており、容緒自身も医師であった。父親の申虎鐘がソウル大学医学部に行かせてくれたという。聡明なのは昔からだが、その経歴にマサはとても驚いた。姉の容先も医師になっており、ふたりは虎鐘の自慢の娘のようだ。

「イムジン河でのこと、お母さまのことを思えば、正直言ってお父さまを好きにはなれなかったけれど、背に腹は代えられず、お父さまと暮らすことを選びました。お母さまの最期の言葉も、『ひとりにしてごめんね。お父さまを探して、暮らしなさい。あなたをとても愛していたから、大切にしてくれます。そして落ち着いたら、おじさまとおばさまを必ず探し出しなさい』だったんです。そしてお父さまは、私に本当によくしてくださったんです。だけど、結婚してからは、疎遠になっています」

――虎鐘みたいな人が生き残り、恵郷や南漢のようなひとたちがもうこの世にいないなんて、どう考えてもおかしい。神様なんて、やはりいないのではないだろうか。

――いや、でも、容緒を残してくれた。あたしと再会させてくれた。そして、容緒はいまいい人と結婚し、幸せな暮らしをしている。そう考えると、神様はいるのかもしれない。

容緒の夫は医大の先輩で、裕福で家柄も人柄もよい好人物だった。実母をすでに亡くしていることもあってか、マサを母親のように大事にしてくれている。小学生と中学生の子どもたちも「ハルモニ」と慕ってくれている。家族みんながマサを敬ってくれる。

世話になっていることが申し訳なくてマサはつい家事を手伝うのだが、使用人のおばさんに「やめてください、大奥さま」と言われてしまう。

――大奥さまなんて柄じゃないのに。

働きづめだったので、なにもしないでいることが、どうにも居心地が悪い。本でも読もうかと容緒の家の本棚に手を伸ばしてみるが、目も悪くなっており、長時間文字を追うのは辛かった。せいぜい新聞記事の見出しを追い、きまぐれに読んでみるくらいだ。ラジオに耳を傾けるが、それもすぐに飽きてしまう。

暇だと南漢や恵郷のことばかり考えてしまう。とくに南漢を助けられなかった自分を責めてしまう。マサはしだいに神経を病んでいき、夜もよく眠れなくなってきた。

――これは、まずい。どうにかしなければ、あたしは壊れてしまう。こんなに恵まれているというのに、なんということだ。

――それに、あのひとやオンニでなく、あたしが生き残って、よくしてもらっていることは、かえって苦しい。

――辛い思いをしてこの地に残っている日本人もたくさんいるのに、あたしがのうのうと暮らしていていいのだろうか。

マサは、容緒が仕事から戻った折に、思い切って話すことにした。

「容緒、お願いがあるのだけれど」

「おばさま、何か不便でもあるの？　ごめんなさい、私、外に出て働いているから、家の中のことが行き届かなくて」

「ううん、そうじゃない。あたしね、ずっと家にいてのんびり好きにしていろ、って言われても、貧乏性だからかえって辛いんだよ」

「おばさまったら」

「よくしてもらっているのに、すまないね。こんなことを言って」

「そうね、じゃあ、近所のおばあさまたちと花札でもするとか、どうかしら」

「そういうことじゃないんだ。なんというか、ただ時間をつぶしているってことがしんどいんだ。なにか、意味のあることをしたいんだよ」

「意味のあること？」

「ちょっとやりたいことがあるんだよ」

「やりたいことってなに？　何でも言って」

容緒は目を見開いてこちらを見つめる。

「芙蓉会の……」

「芙蓉会？」

「そう、芙蓉会」

「おばさま、身よりがなかったり、行き場に困っていたりする日本人妻の女性たちを助けたいのね。それは、好ましいことね。朝鮮の男性と結婚して戦後に棄てられたり、生き別れたりした人がたくさんいるって聞いています」

うん、うん、と、容緒は、納得したとでもいいたげに首を上下する。

「その、あの、芙蓉会もだけれど、できれば、その名誉会長の方子さまのお手伝いをしたいんだ」

「方子さまって、李方子（イーバンジャヨサ）女史のこと？」

マサはうなずいてから、容緒の反応をうかがいつつ、方子さまは、と続ける。容緒はまたひとつ、うん、とうなずいて、マサを促した。

「福祉の仕事をなさってるんだ。身体障害者のための明暉園（ミョンヒウォン）、精神薄弱児のための慈恵学校（チャヘハッキョ）。もちろん、芙蓉会の仕事もなさっている。そんなお忙しい方子さまのお手伝いができたら、って思ったのさ。雑用でもかまわない。掃除でもなんでもいい。ちょっとでも役にたてないだろうか」

容緒は、唇をすぼめて、少し考えるようなそぶりをした後、わかった、と言った。

「何とかなると思う。私に任せて。垠殿下は、聖母病院に入院されていたでしょう。夫の同僚がたしか聖母病院で働いていたはず。それと、芙蓉会の方にも話してみましょう」

微笑んだ容緒は、じゃあさっそく電話をかけてまいります、と言った。


朝鮮ホテルのカフェテリアには、まばらにしか人がいなかった。ここが方子の行きつけだということで、指定されたが、こんな瀟洒（しょうしゃ）な場所に来たのは、遠い昔南漢と行った上海のフランス租界の茶館（カフェー）以来かもしれない。高い天井、制服を着た慇懃無礼な従業員、敷き詰められたふかふかの絨毯、まぶしく光るシャンデリア。マサはあのとき長衫（ちょうさん）を着ていて南漢はスーツ姿だった。男ぶりの良さに惚れ直した覚えがある。調子に乗って、手を取り合ってダンスまでした。

――あの頃は、危険が隣り合わせで無我夢中だったからわからなかったけれど、今思うとものすごく幸せだった。

――あのひとが、もうこの世にいないなんて。いまだに実感がない。

離れた席にいる妙齢の男女を自分の若い頃と重ね合わせて眺めていると、方子が現れた。

「遅れてごめんなさいね」

方子は絹仕立ての明るい水色のチマとチョゴリを身に着けていた。優雅な立ち居振る舞いに、高貴な出自がにじみ出ている。マサは立ち上がり、「金恩恵です」と頭を下げた。マサも萌黄色の朝鮮服を着てきていた。容緒が仕立ててくれた高価なものだが、自分にはあまりなじまないような気がして、落ち着かない。

「どうぞ、お座りになって」

方子は日本語で言うと、テーブルを挟む形でふたりは向かい合った。

「ここのパウンドケーキが美味しいの。お紅茶とともにどうかしら」

「はい、いただきます」

マサは、緊張で喉がからからになっていて、声もかすれていた。

「ケーキは、チョコレイトとフルーツのお味、どちらがよろしいかしら？」

「あ、では、チョコレイトで」

——チョコレイトといえば、上海租界で食べたチョコレイトは忘れられない味だった。甘さのなかにほんのり苦みがあった。

マサは、ふたたび南漢との思い出の世界を垣間見る。

方子が手を挙げると、すぐさま従業員が寄ってくる。注文を済ませた方子はあらためてマサに向き合った。

「マサさんは、いつこちらにいらしたんですか？」

「戦前にこちらに来ました。正式な結婚ではなかったのですが、朝鮮人の夫についてきました。夫はすでに亡くなっています」

「マサさんのお名前、私の名前と似ていますね」

方子は笑みを浮かべて、年齢も同じくらいかしら？　と付け加えた。

「はい、同じ歳です」

「そうですか。いろいろと共通のことがありますね。お互い、かけている眼鏡も、似たような感じですしね」

そう言うと、くすりと笑い、黒縁眼鏡のふちを持って、耳にかけなおした。

「この眼鏡は、方子さまがかけているのをまねたんです。すみません」

「あら、謝らなくてもよろしくてよ。それにしても、不思議と、マサさんとは初めて会った気がいたしませんね」

マサは、以前崇仁園の晋の墓の前で方子と会って話したことは、あえて言わなかった。みすぼらしい恰好だったあの頃の境遇を詳しく説明しなければならないし、方子もきっとあんなひとときのことは覚えていないだろう。日本にいる時分に、懐妊を祝いたくて、あるいはことあるごとに励ましや慰めのつもりで方子宛に手紙を書いたことも、伏せておこうと思う。だが、細いつながりがあることは言っておきたかった。

「実は、方子さまとは、ご縁がございまして……」

マサは、母親のきくが、梨本宮家で千代浦付きの女中をしていたことを話した。すると、方子の顔色がさっと変わり、表情がなくなった。

「いま、お母様が、千代浦の女中だったとおっしゃいましたね？」

「はい、言いました」

そこに、紅茶とパウンドケーキが運ばれてきた。しかし、方子は手を付けず黙ってテーブルの一点を見つめ続けている。眉間に皺が寄っていて、なにか考えこんでいるようだ。マサも遠慮して、紅茶とケーキをそのままにしておいた。

——なにか、母さんのことで不都合なことでもあるのだろうか。あたしは会えたことが嬉しくて方子さまに話してしまったけれど、言わない方がよかったのだろうか。

——そういえば、あたしは、静岡から出てきて青山北町の梨本宮家に行き、門前払いをくらったではないか。あれは千代浦さまが亡くなったことだけが原因ではなかったのかもしれない。

——きっと方子さまは、なんらかの理由でご機嫌を損ねたに違いない。余計なことは言わなきゃよかった。もう、お手伝いをするなんて、無理にきまっている。

視線のやり場に困って、マサは縞模様状にチョコレイトが練り込まれたパウンドケーキを絶望のなかで見つめていた。

「マサさん」

方子の声は柔らかく、顔を向けると、あたたかいまなざしに出会った。マサは、張り詰めていた心持ちを緩める。

「はい」

それでも、何を言われるかと思うとやはり緊張が走り、声はこわばる。

「どうぞお手伝いくださいな。日本語も韓国語もおできになるし、私の秘書というか、助手みたいなことをお願いできますか？　お歳もお歳なので、ご無理のない範囲で。それから、慶州（キョンジュ）にある、帰国者寮ナザレ園のお手伝いなどもお願いできればと思います。日本人妻の方たちをお助けしましょう」

方子はそう言うと、フォークを手にして、ケーキを縦に割り、さらに横にも切れ目を入れ、四つに分けた。マサはその様子を感無量で見つめた。

――大好きな方子さまを、お助けできるなんて。

「ありがとうございます。日本語は忘れかけていることばもありますが。なんでもやります。身体は丈夫ですから」

「マサさんは、日本に戻らなくてよいのですか？　帰国のお手伝い、いたしましょうか？」

「いいえ、結構です。私はこちらで幸せに暮らしておりますから。このままここで骨をうずめるつもりです」

「そう、こちらで暮らし続けるのですね。それも私と同じですね」

方子は、マサを強いまなざしで見つめてきたが、ふっと表情をやわらげた。

「マサさんもケーキを召し上がれ」

方子は切り離した一片にフォークを刺して口に入れる。

「はいっ」

マサはフォークを握ったが、方子のようにうまく切り分けることはできなかった。崩れてしまった一片を口に運ぶ。カステラのような食感だが、甘みはそれほどでもない。かすかな苦みにバターの風味が加わり、口の中で歌でもうたうように、豊潤な味わいが広がった。

「こんなに美味しいケーキは初めてです」

――あたしの人生のこんなあとになって、方子さまと出会えるなんて。繋がれるなんて。そしてこうやって向きあいケーキを食べているなんて、夢のようだ。

「またいつでも一緒にパウンドケーキを食べに参りましょう。こんどは、フルーツの入った方を試してみたらいいでしょう。ああ、お土産で買って行くのもよろしいですね」

方子はカップに砂糖を入れると、音をたてずに、いかにも上品に紅茶をすすった。

「ありがとうございます。これからも方子さまとご一緒できるなんて……」

マサも方子に倣い、砂糖を入れて紅茶を口に運ぶ。茶葉のやわらかな香りが鼻孔に広がる。マサは多幸感に包まれていた。

終章 ✿ 光の中へ　——方子

——徳恵さまを見送って、一日でもあとに命を終えたい。それが私のつとめ。

八十七歳の方子は、吐血してソウル大学附属病院に入院し、出血も続いていたが、その思いをよすがに、この世にしがみついていた。だが、徳恵が満七十六歳で楽善斎にて亡くなると、やっとそのつとめから解き放たれたかのように、病状が悪化するにまかせた。

もう余命もわずかと、方子は昌徳宮楽善斎に戻って来た。王族は、病院ではなく、宮廷内で命を終えることがよしとされ、垠も徳恵も、ここで息をひきとったのだ。すでに国を司る王家でなくなって久しいというのに、形骸化されたしきたりだけは継承されている。

方子にとって気がかりなことも残されていた。それは、玖のことだった。方子は病床の傍らに付き添うマサに、「玖のことを、どうか……」と繰り返し頼んでいた。歩行も心もとなくなり、ものごとの判断も鈍っているマサであったが、方子の言葉をうけるのが責務だと心得ているのか、「承知しています」とそのつど答えている。横にいるジュリアはずっと泣き続けている。

玖はジュリアとともに米国から韓国に移住したが、言葉の通じない祖国で疎外感を味わい、かねてから感じていた冷たさが身に染みたようだった。李王家の正統として宗廟にて行われる祭祀をとりしきったり、こちらで建築関係の仕事に就いたりもした。大学で教鞭をとったこともある。しかし、なにしろ韓国語がかたことであることで誤解が生じたり、非難されたりすることが多く、心がくじけてしまいがちだった。その後、詐欺に遭い、始めた事業にも失敗し、ジュリアとも離婚してしまった。ジュリアの方は韓国に残り、方子を手伝った。一方、玖は日本に渡り、怪しい占い師の李絹子（りきぬこ）こと有田（ありた）絹子と再婚し、彼女のいいなりになって自らが詐欺事件を起こすなど世間を騒がせ、方子とも疎遠になっていた。

「おたあさまは、乞食です。寄付、寄付って、人にたかってばかりで恥ずかしいです」

玖がそんな言葉を吐いたことがある。方子が韓国での障害児教育のために、日韓を行き来して資金を集めることを非難したのだ。方子は、自筆の書を色紙に書いて売り、七宝焼きを造って売り、王家の衣装を自ら着てファッションショーに出て寄付を募るなど、精力的に動き回ってきた。ファッションショーはハワイでも開催し、たくさんの寄付が集まった。そんな方子を玖は冷めた目で見ていたようだ。自分の不遇と照らし合わせて、八つ当たりをしたのかもしれない、と方子は解釈したが、玖と心が通じていないことを思い知らされた。

――アメリカにいたあの子に会うために東奔西走してお金を集めた日々もあったけれど……。そんなことも玖には理解できなかったのだろうか。

――玖のために生きてきたけれど、あれ以来、私はパパの願いをかなえ、ただひたすら韓国の障害児のために生きればいい、と思うようになった。明暉園の明暉はパパの雅号、慈恵学校の慈恵は私の雅号だ。あのふたつの施設を作れたことには満足している。

――だが、こうして死の淵をさまよっていると、やはり玖のことが気がかりだ。大事な我が子には、幸せになってほしいのに。

方子は、苦痛のなか、目の前のマサの顔を見つめた。あまりこれまでは気づかなかったが、自分とマサは目元のあたりがよく似ているような気がした。

朝鮮ホテルでマサに初めて会ったとき、「まさか、この人がおもうさまの外腹で私と血が繋がっているかもしれないのか」と複雑な気持ちだった。だが、当のマサはそのことを知らないようだった。

――もうおもうさまもいらっしゃらないし、たしかなことはわからないのだ。だから、千代浦と縁がある、そんな人がそばにいてくれたら、私も寂しくないでしょう。万が一、血の繋がりがあったとしたら、それはそれで、嬉しいことだと思えばいい。マサさんは、韓国にも長くいるし、こちらで生きて、福祉事業をしていくのに、なにかと助けてもらえるかもしれない。心強いことだ。

方子は当時そう考えてマサをそばに置くことにしたのだ。それからすでに十六年余りが経っている。マサは方子のために献身的に手伝ってくれた。

――マサさんが最後にそばにいてくれてよかった。玖とも隔たり、親しい身内はみな亡くなってしまったから。ジュリアはいるけれど、それでも、マサさんの存在は大きい。寄り添ってくれる人がいた私の人生は幸せだった。

「マサさん、ありがとう」

方子は、最後の気力を振り絞って言った。するとマサは、方子の手をとり、黙って小さな十字架を持たせ、そのまま手を握り続け、祈りの言葉をつぶやいた。傍らから、神父の祈禱の声も聞こえてくる。方子は、四年前にマサとともにカトリックの洗礼を受けていた。垠と同じ神のもとに行きたかったのだ。

マサのぬくもりを掌に感じ、ジュリアのすすり泣きを聞きながら、方子は、自分の人生が終わりに近づいているのをまざまざと感じていた。

――もうすぐ、パパとも会える……。

――帰国直前に大きな発作がまた起きて、祖国に帰ったことすらわからずに寝たきりで命を終えたパパ。尹大妃とも再会がかなわなかった。

――どうにか、つたない字を書き、ひとに反応するようになり、秘苑を散歩して穏やかな日々を過ごした徳恵さま。

――そして、愛しいおもうさま、大事なおたあさま。みなきっとあの世で私を待っている。なによりまもなく、晋ちゃまに会える。

――私は、流れるまま生きてきたが、韓国に来てからは、自分の人生を生きている、という実感があった。パパが亡くなったときの悲しみは、とてつもなく深かったが、パパの志を胸に抱いて働くことで、心の穴はうまっていった。パパとともに生きているような思いになれた。障害児を教育し、自立を助けることは、なによりもやりがいがあった。お国にふりまわされることもなく、ひとびととつながることができた。

――玖のことで心残りはあるけれど、もう、そろそろ、いいでしょう。

――神様、どうぞ私をお召しください。

突然激しい痛みが襲い、意識が朦朧とする。方子は夢と現（うつつ）を彷徨い始めた。

気づくと、方子は、真っ白な朝鮮服を身に着け、誰かの屋敷にいた。まわりには正装の人々が並んでおり、遠くには、ローブ・デコルテに身を包み、頭に羽根のようなものと王冠（ティアラ）をつけた若い女性が、軍服姿の男性の横に立っていた。

――あれは、私？　もしかして、これは……結婚の儀？

新郎新婦は三々九度を交わしている。しばらくこの成り行きを見守っていると、ぎこちない表情の新郎が、こちらに気づいて、不思議そうに見つめてくる。それに気づいた新婦は不安そうな面持ちで視線を寄越してくる。

――大丈夫。不安に思わなくてもいい。殿下はあなたから離れない。

視線で語りかけると、意識が急に飛んで、こんどは、大理石の円形階段のふもとに立ちすくんでいた。年配の女性が、円形階段の上にいる。

――ここは、石造殿？

しだいに周りの様子が見えてくる。たしかにここは、徳寿宮の石造殿だった。

――観見式で京城に行ったときに違いない。そして……あれは、中山ではないだろうか。

女性が、こちらに気づいて、厳しい目を向けてくるが、その視線に負けないくらい強いまなざしを返した。

――絶対に女官たちに預けないで！　晋ちゃまを守って！　私に、晋ちゃまと離れないように言って！

叫ぼうとしても、声が出てこない。仕方なく心のうちで繰り返し、念を送る。すると、また急に目の前の景色が変わった。

方子は機器に囲まれて座っていた。どうやら飛行機の操縦席にいるようだ。目の前には雲が連なる景色が開けている。

――この眺めは、玖に会いにニューヨークに向かう飛行機で見たものと似ている。

あのときの幸福に満ち溢れていた心持ちが蘇ってくる。

「方子、方子」

隣からささやかれた聞き覚えのある声は、垠のものだ。

「よくがんばったね」

垠は亡くなったとき身に着けていた白い朝鮮服を着て、方子と並んで座っていた。すっかり年老いているその顔には穏やかな笑みが浮かんでいる。

「パパ、会いとうございました」

愛しい思いを込めて言うと、垠は操縦桿を握る方子の手にそっと自分の手を重ねた。

「さあ、晋も待っている。一緒に行こう」
「はい。まいります」

答えた瞬間、方子は真っ白な光に包まれて、何も見えなくなった。

参考文献

「すぎた歳月」李方子著　明暉園（非売品）
「流れのままに」李方子著　啓佑社
「歳月よ　王朝よ」李方子著　三省堂
「梨本宮方子『日記帳』」（大正三年）
「梨本宮方子『日記帳』」（大正八年）
「李方子」小田部雄次著　ミネルヴァ書房
「日韓皇室秘話　李方子妃」渡辺みどり著　中公文庫
「朝鮮王朝最後の皇太子妃」本田節子著　文春文庫
「英親王李垠伝」李王垠伝記刊行会編　共栄書房
「李垠」李建志著　一〜三巻　作品社
「徳恵姫」本馬恭子著　葦書房
「徳恵翁主」権丕暎著　齊藤勇夫訳　かんよう出版
「青磁のひと」赤瀬川隼著　新潮社
「李王家悲史　秘苑の花」張赫宙著　共栄書房
「無窮花」福富哲著　駒草出版
「梨本宮伊都子妃の日記」小田部雄次著　小学館文庫
「三代の天皇と私」梨本伊都子著　講談社
「朝鮮王公族」新城道彦著　中公新書
「物語　朝鮮王朝の滅亡」金重明著　岩波新書
「天皇の韓国併合」新城道彦著　法政大学出版局
「閔妃暗殺」角田房子著　新潮文庫
「カメラが撮らえた明治・大正・昭和　皇族と華族」歴史読本編集部編　新人物文庫
「女官」山川三千子著　講談社学術文庫
「一〇〇年前の女の子」船曳由美著　文春文庫
「朝鮮を愛し、朝鮮に愛された日本人」江宮隆之著　祥伝社新書
「朝鮮紀行」イザベラ・バード著　時岡敬子訳　講談社学術文庫
「朝鮮王朝の歴史と人物」康熙奉著　じっぴコンパクト新書
「朝鮮王宮完全ガイド」武井一著　角川ソフィア文庫
「ソウルの王宮めぐり」武井一著　桐書房
「韓国歴史地図」韓国教員大学歴史教育科編　吉田光男監修　平凡社
「一冊でわかる韓国史」六反田豊監修　河出書房新社
「朝鮮現代史」糟谷憲一・並木真人・林雄介著　山川出版社

「年表　昭和・平成史」　中村政則・森武麿編　岩波ブックレットNo.844
「河正雄　寄贈展　目録」
「『写真絵はがき』の中の朝鮮民俗」　高麗美術館特別企画展　図録
「植民地下の暮らしの記憶」聞き書き　永津悦子　三一書房
「恨の彼方に」　崔惠淑著　右文書院
「在日朝鮮基督教会の女性伝道師たち」　呉寿恵著　新教出版社
「1937年の日本人」　山崎雅弘著　朝日新聞出版
「植民地朝鮮の教育とジェンダー」　金富子著　世織書房
「日本統治下の朝鮮」　山辺健太郎著　岩波新書
「黒い傘の下で　日本植民地に生きた韓国人の声」ヒルディ・カン著　桑畑由香訳　ブルースインターアクションズ
「日韓併合期　ベストエッセイ集」　鄭大均編　ちくま文庫
「日本帝国と大韓民国に仕えた官僚の回想」　任文桓著　ちくま文庫
「日帝時代、わが家は」　羅英均著　小川昌代訳　みすず書房
「帝国に生きた少女たち」　広瀬玲子著　大月書店
「植民地朝鮮に生きて」　中野晃著　工房草土社
「朝鮮半島を日本が領土とした時代」　糟谷憲一著　新日本出版社
「紙に描いた『日の丸』」　加藤圭木著　岩波書店
「韓国併合百年と『在日』」　金賛汀著　新潮選書
「朝鮮に於ける施設の一斑」　朝鮮総督府発行
「朝鮮の女性（1392―1945）身体、言語、心性」　金賢珠　朴茂瑛　イ・ヨンスク　許南麟編　CUON
「新女性を生きよ」　朴婉緒著　朴福美訳　梨の木舎
「あの山は、本当にそこにあったのだろうか」　朴婉緒著　橋本智保訳　かんよう出版
「長江日記」　鄭靖和著　姜信子訳　明石書店
「帝国日本と朝鮮・樺太」　コレクション戦争と文学17　中島敦ほか　集英社
「ウジョとソナ」　パク・ゴヌン著　神谷丹路訳　里山社
「関東大震災　朝鮮人虐殺の記録」　西崎雅夫編　現代書館
「証言集　関東大震災の直後　朝鮮人と日本人」　西崎雅夫編　ちくま文庫
「関東大震災時の朝鮮人迫害」　山田昭次著　創史社

「関東大震災時の朝鮮人虐殺とその後」 山田昭次著 創史社
「九月、東京の路上で」 加藤直樹著 ころから
「朝鮮戦争の社会史」 金東椿著 金美恵ほか訳 平凡社
「体験的朝鮮戦争」 麗羅著 徳間文庫
「ソウルの人民軍」金聖七著 李男徳・舘野晳訳 社会評論社
"Korean War 1129" Lee, Joong Keun 編 Woojung Books
「朝鮮戦争」 コレクション戦争と文学１ 金石範ほか 集英社
「１９４５，鉄原」 イヒョン著 梁玉順訳 影書房
「驟雨」 廉想渉著 白川豊訳 書肆侃侃房
「慶州ナザレ園」 上坂冬子著 中公文庫
「南の島のマリア」 上坂冬子著 文藝春秋
「日本人花嫁の戦後」伊藤孝司著 ＬＹＵ工房
「韓国の桜」 後藤文利著 梓書院

その他、多くの新聞記事、雑誌記事、映像（ドラマや映画、ドキュメンタリー）などを参考にいたしました。

また、執筆にあたり、光州市立美術館名誉館長の河正雄氏、草田（チョジョン）繊維・キルト博物館館長の故・金順姫（キムスニ）氏に多大なるご協力をいただきました。特に東京大学大学院総合文化研究科の外村大氏には全編にわたり細かく御指摘をいただきました。深く感謝申し上げます。

編集部注・本作品中にある「京城」は日本植民地統治時代の呼称で、現在のソウルにあたります。「鮮人」「不逞鮮人」という表現は当時、朝鮮人への蔑称として使用されていました。

また現在では、「早発性痴呆症」は「統合失調症」、「精神病院」は「精神科病院」、「精神薄弱児」は「知的障害児」という呼称を用います。本作品においては史実に沿って記述する必要性から、あえて当時の表現を用いています。

＊地名・人名などの読み仮名ルビは、「方子」視点は日本語読み、「マサ」視点は朝鮮半島の現地の読み方を採用しています。

＊本作品は史実をもとにしたフィクションです。

「小説トリッパー」

2018年秋季号〜2021年冬季号連載を大幅に改稿しました。

第11章以降は書き下ろしです。

装画
西岡悠妃

装幀
アルビレオ

深沢　潮（ふかざわ・うしお）
一九六六年東京都生まれ。二〇一二年「金江のおばさん」で「女による女のためのR‐18文学賞」大賞を受賞、受賞作を収録した連作短編集『縁を結うひと』（『ハンサラン　愛する人びと』改題）を刊行。著書に『ひとかどの父へ』『緑と赤』『海を抱いて月に眠る』『乳房のくにで』『翡翠色の海へうたう』『わたしのアグアをさがして』など多数。

李の花は散っても

二〇二三年四月三十日　第一刷発行

著　者　深沢　潮
発行者　宇都宮健太朗
発行所　朝日新聞出版
〒一〇四‐八〇一一　東京都中央区築地五‐三‐二
電話　〇三‐五五四一‐八八三二（編集）
〇三‐五五四〇‐七七九三（販売）
印刷製本　中央精版印刷株式会社

ISBN978-4-02-251817-0
定価はカバーに表示してあります
落丁・乱丁の場合は弊社業務部（電話〇三‐五五四〇‐七八〇〇）へご連絡ください。
送料弊社負担にてお取り替えいたします。

深沢潮の本

ひとかどの父へ

生き別れた憧れの父親は朝鮮人なのか。
自分の感情と向き合い、父の足跡を辿る朋美は
昭和史の狭間に秘められていたドラマを知る。
母子二代、血をめぐる魂の彷徨を描く感動の物語。